N
Via salaria
Via Nomentana
S
T. Veneris Erucinae
Vespasiani
Domus Pinciana
Gärten des Sallust
Gärten des Lucullus
Sep. Octaviae
T. Fortunae
Porta Collina
Alta semita
Agger Servii Tullii
Campus corhortium praetoriarum
Castra praetoria
Porta Viminalis
Campus Viminalis
Porta Quirinalis
Capitolium vetus
T. Quirini
T. Salutis
Collis Salutaris
Quirinal
Vicus longus
Vicus Collis Viminalis
Garten des Lollianus
Aqua Iulia
Tepula Marcia
Via
Aqua Marcia Iovia
Tiburtina
Anio vetus
Esquiliae
Cispius
T. Serapidis
Viminal
Vicus patricius
T. Iunonis Lucinae
Porta Sanqualis
Puticuli
Porta Esquilina
Via collatina
Clivus suburanus
Forum Augusti
Argiletum
Porticus Liviae
Gärten des Maecenas
Lacus Orphei
Campus Esquilinus
Aquae Marciae
Nympheum
Forum Iulium
Via Labicana
Auditorium
Oppius
Forum Romanum
Velia
Colossus
Thermae Titianae
Columbaria
Domus Tiberiana
Palatin
Ludus magnus
T. Isidis
T. Apollonis
Domus Augustana
Kolosseum
Moneta
Porta Caelimontana
Castra priora equitum singularium
Aqua Claudia
T. Divi Claudi
Herculaneus
Rivus
Caelius
Circus Maximus
Arcus Neroniani
Caput Africae
Aqua Claudia
Caelius
Clivus Scauri
Castra Peregrina
Porta Querquetulana
Porta Capena
Fons Camenarum
Vallis Camenarum
T. Bonae Deae subsaxanae
Via nova
Via Appia
Porta Raudusculana
Porta Naevia
Vicus Sulpicius
S
Sep. Scipionum
Via Ardeatina
Via Latina

Mörderisches Rennen

Hans Dieter Stöver

Mörderisches Rennen

Ein Fall für Tillia Capriola

Roman

Weitbrecht

Dramatis personae – Hauptpersonen

Tillia Capriola (53) ist eine temperamentvolle, souveräne, weil finanziell unabhängige Frau, die sich in allen Schichten der römischen Gesellschaft bewegt. Als begeisterte Anhängerin der »Grünen« trifft sie die Entführung der besten Pferde dieser Renngesellschaft zutiefst.

Athenodoros (64), griechischer Arzt und Lebensgefährte Tillias, kennt nicht nur die medizinischen Geheimnisse seiner hochwohlgeborenen Patienten.

Titus Flavius Vespasianus (junior, 35), ältester Sohn Vespasians und Thronfolger. Schaltet sich persönlich in die Suche nach den Hengsten ein.

Titus Flavius Vespasianus (senior, 65), seit fünf Jahren auf dem Thron der Caesaren. Er setzt eine hohe Belohnung für die Wiederbeschaffung der gestohlenen Pferde aus.

Caenis (53), bestinformierte Frau des Imperiums, von der Sklavin zur Mätresse und Vertrauten des Kaisers aufgestiegen. Mit Tillia befreundet.

Gaius Asinius Gallus (34), schneidiger Kommandeur der dritten Kohorte der Prätorianer.

Perdikkas (51), Thraker, als *Lanista Maximus* Chef der Gladiatorenkaserne, des Ludus Magnus, radebrecht ein fürchterliches Latein, Tillias bester Freund und Beschützer.

Alleius Nigidius Maius (46), neureicher Emporkömmling und Baulöwe.

Marcus Terentius Tatianus (42), Chef der »Grünen«, zieht nach einem Sturz vom Pferd das rechte Bein nach.

Laches (35), Tatianus' Sekretär.

Diocles und **Nymphidianus** (28), Zwillinge, erfolgreichste Wagenlenker der »Grünen«.

Cornelius Sabinus (55), Arzt der »Grünen«.

Gaius Silius (42), Veterinär der »Grünen«.

Aulus Novius Niger (38), Verwaltungschef der »Grünen«.

Avita (24), Sklavin, Tochter eines cheruskischen Fürsten.

Gaius Mummius (54), selbstständiger Wagenbauer, der auch für die »Grünen« arbeitet.

Lamia (54), geheimnisvolle Vettel, die auf- und untertaucht, wie es ihr passt.

Die Geschichte spielt in Rom während der letzten Tage der Ludi Florales vom 28. April bis zum 3. Mai. Die Altersangaben beziehen sich auf das Jahr 74 n. Chr.

I

Titus Cornelius Sabinus war zweiundfünfzig, wirkte aber jünger. Das zurückgewichene Haar, kurz gehalten und nach vorn gekämmt, war immer noch blond. Das Gesicht straff und glatt, die Haut gebräunt.

Mit großer Sorgfalt ging er seinem Beruf nach: Als *Medicus Factionis Prasinae* war er Chefarzt der Renngesellschaft der Grünen und – wenn nicht verantwortlich, so doch zuständig für die Gesundheit von zweihundertundfünfzig fest angestellten Leuten, besonders aber für die der *Agitatores*, der Wagenlenker. Hing doch letztlich von ihrer körperlichen Verfassung Erfolg oder Misserfolg der Gespanne im nächsten Rennen ab. Gemeinsam mit seinem Adlatus, Gaius Silius, hatte er sich zudem um das Wohl der Pferde zu kümmern.

Cornelius Sabinus hoffte, dass Diocles, der gemeinsam mit seinem Bruder der Star der Renngesellschaft war, sich an seine ärztlichen Anweisungen gehalten hatte. Gestern hatte er noch leichtes Fieber gehabt. Sein Ausfall würde den Erfolg der Grünen infrage stellen. Sabinus war es letztlich einerlei, wer von den Brüdern das Rennen im Circus Maximus am letzten Tag der Ludi Florales gewinnen würde – wenn es nur ein Grüner war! Die Konkurrenz der Roten war in diesem Jahr stark wie nie: Gutta, dreiundzwanzig Jahre alt und in hervorragender Verfassung, würde alles daransetzen, die Zwillinge in vier Tagen auf die Plätze zu verweisen. Von den Fahrern der Blauen und Weißen war nicht viel zu befürchten, sie hatten ihre Bestform noch nicht erreicht.

Die Stallungen der Grünen lagen, wie die der übrigen Factiones, auf einem Areal, das sich westlich des Pompeiustheaters am Vicus Stablarius parallel zum Tiber erstreckte. Das große Haupttor war geschlossen. Sabinus benutzte den kleineren Nebeneingang. Im Innenhof blieb er stehen und überlegte, ob er gleich in seine Praxis gehen, nach den Pferden schauen oder sich in das Quartier von Diocles begeben sollte. Doch dann entschied er sich dafür, zunächst Aulus Novius Niger aufzusuchen, um mit ihm die für den Tag anstehenden Dinge zu besprechen. Novius Niger war ranghöchster *Conditor*, Verwaltungschef, und somit zuständig für den reibungslosen Ablauf des gesamten Betriebs.

Die Belastung seines aufreibenden Berufes hatte ihre Spuren hinterlassen. Nigers rechtes Auge begann nun häufig zu zucken, ohne dass er selbst es bemerkte. Steigerte sich der Stress, griff dieses Zucken auf die ganze rechte Gesichtspartie über. Auch dies fiel ihm nicht auf, während seine Gesprächspartner daraus besorgt Schlüsse über den desolaten Zustand seiner Psyche zogen. An solchen Tagen war Aulus Novius Niger kaum ansprechbar und wies jeden, der etwas von ihm wollte, barsch ab oder empfahl ihm seine Probleme gefälligst mit Kollegen zu erörtern.

Cornelius Sabinus war nicht entgangen, dass Niger sich zurzeit wieder in dieser Verfassung befand, denn bis zum Rennen am letzten Tag der Ludi Florales waren es nur noch vier Tage.

Mit federnden Schritten nahm Sabinus die Treppe zum Obergeschoss, eilte durch den langen Gang und betrat das Kontor des Verwaltungschefs. Niger stand vor der großen Wandtafel, auf der der Organisationsplan für das Rennen notiert war, und hakte gerade einen Namen ab.

Er wandte sich um: »Ah, Sabinus! Bist aber früh heute! Schlecht geschlafen?« Er liebte es, in kurzen Sätzen zu sprechen.

»So ist es. *Salve!* Gibt's was Neues?«

»Eigentlich nicht.« Nigers rechtes Auge zuckte. »Wenn ich einmal von Diocles absehe.«

»Diocles?« Sabinus wurde aufmerksam. »Was ist mit ihm?«

»Er hustet.«

»Auch das noch!« Sabinus atmete durch. »Ist er schon auf?«

»Ja.«

»Wo ist er?«

»Ging in den Stall, um nach den Pferden ...«

Er hatte den Satz noch nicht beendet, als Diocles, ohne anzuklopfen, die Tür aufstieß und mit weit aufgerissenen Augen von einem zum anderen blickte.

»Ist dir nicht gut?«, fragte Sabinus. Er näherte sich ihm mit besorgtem Blick.

Diocles gab darauf keine Antwort. Sein Gesicht färbte sich rot, außer sich rief er: »Wo sind die Pferde?«

»Welche Pferde?«, fragte Niger geradezu nachsichtig und die Frage klang aufreizend beiläufig.

Diocles sah ihn verblüfft an. »Welche Pferde? Natürlich meine! Geminator, Silvanus, Saxo und Nitidus ...« Er brüllte: »Wo sind sie?«

»Na, im Stall!«, erklärte Niger und lachte. »Wo denn sonst?« Er sah Sabinus mit einem Blick an, als ob er an der Zurechnungsfähigkeit von Diocles zweifelte.

»Eben nicht!« Diocles schüttelte grimmig den Kopf. »Da komme ich doch gerade her! Die Boxen sind leer!«

»Aber ich bitte dich!« Nigers rechtes Auge zuckte. »Gestern Abend waren die Hengste noch alle da! Ich habe selbst bei der Fütterung zugesehen!«

»Das mag ja so sein.« Diocles hustete. »Aber jetzt sind sie weg! Einfach weg! Verschwunden!«

»Entschuldige bitte ...« Sabinus legte seine Hand auf Diocles' Stirn, schüttelte den Kopf und erklärte, zu Niger gewandt: »Er hat kein Fieber.«

Aulus Novius Niger schien erst in diesem Augenblick zu begreifen, was Diocles ihm klarzumachen versuchte. Er ging einen Schritt auf ihn zu, musterte ihn kritisch und erklärte scharf: »Diocles! Was du da sagst, ist vollkommen unmöglich!«

»Dann schau dir's doch selbst an, Mann!«

Wütend machte Diocles auf dem Absatz kehrt und verließ hustend den Raum, ohne darauf zu achten, ob Niger und Sabinus ihm folgten.

»Verstehst du das?«, fragte Niger und starrte Sabinus fassungslos an.

Doch Sabinus hob nur Schultern und Hände und ging mit schnellen Schritten hinaus. Niger folgte.

II

Sie mussten den großen Innenhof überqueren. Die Ställe lagen dem Verwaltungsgebäude gegenüber, links die Wagen- und Geräteschuppen, rechts die Werkstätten der Wagenbauer und Schlosser, die Schmiede und die Sattlerei. Zu dieser frühen Stunde waren erst wenige Handwerker bei der Arbeit.

Sabinus und Niger hatten Mühe mit dem vorauseilenden Diocles Schritt zu halten. Das Haupttor des Stalls war noch geschlossen, eine kleine Nebentür stand offen. Diocles wandte sich drinnen nach rechts, stürmte den breiten Gang an den Boxen der Pferde entlang, blieb am Ende stehen und wartete, bis Niger und Sabinus heran waren. »Da!«, rief er. »Leer! Sie sind leer!« Er hustete.

Sabinus und Niger starrten mit großen Augen in die verwaisten Ställe und auf die Namensschilder der vier Hengste: *Geminator*, *Silvanus*, *Saxo* und *Nitidus*. Schließlich schüttelte Niger den Kopf und murmelte mit tonloser Stimme: »Das gibt es nicht! Das ist nicht möglich! Das muss doch jemand bemerkt haben! Commius! Wo ist Commius? Er hatte Wachdienst heute Nacht!«

Er hatte die Frage kaum beendet, als alle ein Stöhnen hörten.

»Da … da drinnen ist jemand …«, flüsterte Sabinus, hielt den Kopf schief und lauschte. Das Stöhnen wiederholte sich. Es kam aus der Box von Silvanus, unmittelbar vor ihnen.

Diocles entriegelte und öffnete die brusthohe Tür, trat ein und schaute sich suchend um. Aus einem Haufen Stroh ragten zwei mit abgewetzten Sandalen bekleidete Füße heraus. Diocles räumte das Stroh vorsichtig beiseite, beugte sich hinunter und betrachtete die am Boden liegende Gestalt. Er sagte nur ein Wort: »Commius!«

Sabinus und Niger traten neugierig neben ihn. Nigers rechtes Auge zuckte nun unaufhörlich. Er fuhr sich fahrig über den Mund und flüsterte entgeistert: »Oh, ihr Götter!«

Sabinus aber reagierte, wie man es von einem Arzt erwartete. Er bückte sich, ergriff die rechte Hand des Liegenden, tastete nach dem Puls und nickte erleichtert: »Er lebt!« Vorsichtig drehte er den Körper auf die Seite und nickte wieder: Die Tunika war auf der Rückseite blutverschmiert. Behutsam zog er den Stoff nach oben und warf einen kritischen Blick auf die Wunde, die sich auf der linken Seite des Rückens in Höhe der untersten Rippe abzeichnete. Dann erhob er sich und befahl in einem Ton, der keinen Widerspruch duldete: »Eine Bahre! Sofort!«

Das galt Novius Niger.

»Selbstverständlich!« Niger nickte, verließ die Box und entfernte sich mit schnellen Schritten.

Diocles, nun schon ruhiger, betrachtete den nur noch schwach atmenden Commius und sagte leise: »Daran … daran bin ich schuld.«

»Wieso denn das?«, fragte der Arzt kühl. »Du hast mit diesem Verbrechen nichts, aber auch gar nichts zu tun.«

Und Diocles: »Er hatte sich freiwillig für die Nachtwache gemeldet. Er macht das immer in den letzten Tagen vor dem Rennen.«

»Verstehe. Dennoch trifft dich keine …« Sabinus hielt mitten im Satz inne und zeigte in die linke hintere Ecke des Stalls, wo eine bewegungslose Hand aus dem Stroh ragte. »Da … da liegt noch jemand!«

Sie räumten das Stroh von dem leblosen Körper. Sabinus fühlte nach dem Puls des Mannes, fuhr mit der Hand vor dessen starr blickenden Augen hin und her, drehte ihn zur Seite und entdeckte ebenfalls eine Wunde im Rücken, diesmal in Höhe des Herzens. Sachlich stellte er fest: »Der hat einmal gelebt.«

Diocles, der mit Mühe einen neuerlichen Hustenanfall unterdrückte, sagte: »Das … das ist Haldavo!«

»Haldavo?« Sabinus sah ihn verständnislos an.

»Ja, Haldavo. Erst seit zehn Tagen hier. Ein guter Mann. Kommt aus Germanien.«

»Sklave?« Sabinus bereute die Frage, denn er gab damit zu erkennen, dass er nicht auf dem Laufenden war.

»Nein. Ein freier Mann.«

»Ach!«

»Ja. Niger selbst hat ihn eingestellt.«

»Wie alt?«

»Fünfundzwanzig. Hat … ich meine, er hatte große Erfahrung mit Pferden.«

»Verstehe.«

Aber eigentlich verstand Sabinus gar nichts. Es ärgerte ihn, dass Niger ihn nicht informiert hatte.

Zwei Sklaven kamen mit der Bahre. Novius Niger folgte ihnen und wies sie an das Gestell in der Box niederzusetzen. Die Männer erschraken beim Anblick der beiden blutverschmierten Gestalten. Niger herrschte sie an sich gefälligst zusammenzunehmen und den Befehl auszuführen. Sein rechtes Auge zuckte wieder. Er hatte offenbar selbst Mühe, die Existenz eines zweiten Opfers, zumal eines Toten, einigermaßen ruhig zur Kenntnis zu nehmen.

Die Sklaven hoben Commius an und legten ihn vorsichtig auf die Bahre. Sabinus befahl ihn in seinen Behandlungsraum zu bringen.

»Und Haldavo?«, fragte Niger.

»In die Leichenkammer!« Sabinus sah Niger an und registrierte, dass er am Rande eines Zusammenbruchs war. Er sagte: »Man muss die Angehörigen benachrichtigen. Hatte er Verwandte?«

»Wie?« Nigers Auge zuckte. »Ja, da gibt es eine Frau …«
»Verheiratet?«
»Ich … ich weiß nicht.«
»Man muss es ihr mitteilen.«
»Sicher. Ich kümmere mich darum.« Den Trägern befahl er, unverzüglich mit der Trage zurückzukommen, um den Toten abzuholen. Bevor sie gingen, hob Niger die Hand und sagte streng: »Ihr werdet mit niemandem über das reden, was ihr soeben gesehen habt. Ist das klar?«
Sie nickten.
»Mit niemandem! Das ist ein Befehl! Verstanden?«
Sie nickten erneut und machten sich auf den Weg. Niger folgte ihnen. Sein Auge zuckte nun ununterbrochen. Diocles wollte den Toten nicht allein lassen und beschloss deshalb zu bleiben, bis die Träger zurück wären.
Sabinus betrachtete Diocles mit einem besorgten Blick. »Du solltest dich gleich, wenn ich Commius versorgt habe, bei mir melden. Dein Husten gefällt mir ganz und gar nicht, zumal in dieser Jahreszeit.«
»In Ordnung.« Diocles hob resigniert die Hand, ließ sich auf einem Hocker im Gang nieder und lehnte sich gegen die Wand. Mit leerem Blick starrte er in die verödeten Boxen.
Sabinus entfernte sich schnell. Beim Ausgang wandte er sich noch einmal um und schüttelte den Kopf.
Commius war in den großen Behandlungsraum im Hauptgebäude gebracht und auf der großen Liege in der Mitte des Raums abgelegt worden.
»Wo ist Silius?«, fragte Sabinus, als er den Raum betrat.
»Hier!«
Ein wohlbeleibter, glatzköpfiger Mann Anfang vierzig erschien in der Tür und lachte breit. Er schien guter Laune zu sein. »Was gibt's denn, Chef? Ich … äh … ich sollte mich besser um die Pferde kümmern. Delicatus von Nymphidianus lahmt seit gestern hinten rechts.«
»Das hat Zeit.« Sabinus wies auf Commius. »Es gibt einiges zu tun. Du wirst mir assistieren!«

Silius trat an die Liege und betrachtete den Ohnmächtigen. »Oh ihr Götter! Commius! Was ist mit ihm passiert?«

»Wir wissen es noch nicht genau. Jedenfalls ein Mordanschlag. Ich erzähl's dir später. Zerschneide seine Tunika. Sei vorsichtig. Ein Messerstich im Rücken. Er darf kaum bewegt werden. Die Wunde muss untersucht, gereinigt und versorgt werden.«

»Ein Mordanschlag?!« Silius starrte Sabinus an. »Weiß Novius Niger schon davon?«

»Allerdings.«

»Und wo ist er?«

»Auf dem Weg zu Tatianus, um ihn zu informieren.«

»Ist der denn in der Stadt?«

»Ja, seit gestern.«

»Aber er wollte doch erst morgen ...«

»Er hat sich's eben anders überlegt. Frag nicht so viel! Fangen wir an ...«

Beide Ärzte wuschen sich gründlich die Hände, trockneten sie mit ausgekochten Leinentüchern ab und begannen mit der Untersuchung der Wunde.

III

Tillia Capriola war am vorigen Abend früh zu Bett gegangen, hatte »tief und heftig«, wie sie zu sagen pflegte, geschlafen und war kurz nach Sonnenaufgang erwacht. Nun überlegte sie, ob sie sich auf die andere Seite drehen und noch eine Stunde im Halbschlaf dösend verbringen sollte. Doch das Herumlungern im Bett machte nur müde und antriebslos. Sie entschied sich fürs Aufstehen.

Sie starrte gegen die Decke, wo sich in parallelen Linien die Lüftungsschlitze der Fensterläden abzeichneten. Also war keine Wolke am Himmel. Es würde heiß werden. Noch war die Luft frisch und kühl. Diese ganz frühen Stunden waren die angenehmsten des Tages. Draußen begann das Argiletum lebendig zu werden. Sie hörte, wie Iulius Primosus seine Schuhständer mit den quietschenden Rädern nach draußen bugsierte. Die letzten Bauern verließen mit ihren Ochsengespannen die Innenstadt und rumpelten über den Clivus Suburanus weiter zur Porta Esquilina. Gleich würden die ersten Schwertransporte mit Travertinquadern aus den Brüchen bei Praeneste durch die Straße rollen und der riesigen Baustelle des neuen Amphitheaters zustreben. Vor zehn Tagen war es unmittelbar vor ihrem Haus zu einem schweren Unfall gekommen. Die Ladung eines Wagens hatte sich verschoben und tonnenschwere Blöcke waren auf das Straßenpflaster gestürzt. Eine alte Frau hatte dabei den Tod gefunden. Man hatte drei Tage darüber gesprochen, dann nahm das Leben wieder seinen gewohnten Gang.

Tillia seufzte. Gegen solche Schicksalsschläge konnte sich niemand wappnen. Natürlich hatte es – auf Befehl des Kaisers – eine peinliche Untersuchung des Vorfalls gegeben, doch ein Schuldiger war nicht gefunden worden.

Tillia verschränkte die Arme hinter dem Kopf. Es gab einiges zu erledigen heute Morgen: Bei Pollius Valerianus musste sie das Buch für ihren Vater abholen. Dem rührigen Buchhändler war es tatsächlich gelungen, die gewünschte Schrift *Über die Quellen des Nils* aufzutreiben; dann wollte sie sich bei Faustus Salvius den neuesten Wurf von Terriern anschauen, da sie ernsthaft mit dem Gedanken spielte sich einen Hund zuzulegen; und schließlich wollte sie sich zusammen mit Athenodoros zu Pyrrhos begeben, um sich beim renommiertesten und teuersten Sklavenhändler Roms dessen Angebot an jungen Mädchen anzuschauen. Schon vor Wochen hatte sie entschieden noch eine zweite Sklavin zu erwerben. Melitta ging ihr mehr und mehr auf die Nerven; je älter sie wurde, desto stärker traten ihre negativen Eigenschaften in den Vordergrund, vor allem ihre fast ununterbrochen schlechte Laune, verbunden mit der Lust an allem und jedem – besonders an ihrem bemitleidenswerten Gefährten Chrysostomos – herumzunörgeln; dazu kam ihre hölzerne, absolut unerotische Weiblichkeit und die Angewohnheit bei jeder unpassenden Gelegenheit zu schniefen. Melittas Unzufriedenheit steigerte sich bisweilen zu einer dümmlichen, bockigen Aufsässigkeit, wobei sie offenbar davon ausging, es könne ihr niemand Paroli bieten.

Tillia seufzte noch einmal. Sie wusste nur zu gut: Verkaufen konnte sie die Zofe nicht, denn Melitta war ein Geschenk ihres Vaters Claudius Balbinus. Sie gehörte seit zwanzig Jahren zu ihrem Haushalt und somit zu ihrem Leben, wie auch Chrysostomos, Melittas leidgeprüfter Gefährte.

Sie setzte sich aufrecht, gähnte ausgiebig und lange, streckte sich, schlug die Decke zurück, stand auf und erledigte ihr

Geschäft auf dem Topf. Dann ging sie zum Fenster, öffnete die Läden und atmete die frische Morgenluft ein. Gerade ging Matidia, die Lebensgefährtin des Girlandenmalers Fabullus vom vierten Stock, mit wiegenden Hüften und aufreizend hoch geschnürter Brust über die Straße.

»Lächerlich!«, zischte Tillia. »Einfach lächerlich! In dem Alter sollte man sich nicht mehr so geben! Das ist ordinär und gewöhnlich. Immerhin ist sie sechsunddreißig. Meint aber, sie sei achtzehn. Der arme Fabullus! Kann so viele Girlanden malen, wie er will, und kommt doch auf keinen grünen Zweig. Was manche Männer für Frauen ... Tsss!«

Sie trat zurück ins Zimmer und betrachtete sich in dem neuen großen Metallspiegel, den sie vor drei Wochen erworben hatte. Er war eingepasst in einen vergoldeten Bronzerahmen und hatte fünfhundertachtzig Sesterzen gekostet. Man konnte ihn, da er beweglich auf einem Ständer angebracht war, nach allen Seiten schwenken und seine Stellung auch in der Vertikalen verändern. Athenodoros war damals mitgegangen, hatte die Mechanik mit kritischem Blick begutachtet und Tillia am Ende zugeraten das elitäre Stück zu erwerben: Es sei zwar teuer, aber Qualität, nicht wahr, habe nun einmal ihren Preis.

Sie hob wie eine Tänzerin die Arme, bewegte sich wiegend zwei-, dreimal hin und her und war mit ihrer Figur sehr zufrieden. Eine Woche lang hatte sie sich einer strengen Diät unterworfen. Nicht nur, weil sie Athenodoros gefallen wollte – er hatte die tapferen Bemühungen beredt gewürdigt –, sondern mehr noch aus Prinzip. Sie hasste es, sich von Leidenschaften hinreißen zu lassen – aber sie wusste: Ihre Passion war nun einmal exquisites, ja lukullisches Essen. Im Übrigen war es für ihre chronisch rheumatischen Hüftgelenke besser, wenn sie weniger wog. Immerhin zählte sie dreiundfünfzig Jahre, war also in einem Alter, in dem fast alle Frauen, die sie kannte, von allerlei Gebrechen und Leiden heimgesucht wurden. Gestern noch hatte sie mit Athenodoros darüber gesprochen, und der erfahrene, selbst sehr disziplinierte Arzt hatte ihr einmal mehr bestätigt, dass das Wohlbefinden eines Menschen in allererster Linie von dem abhing, was er über den Tag hin zu sich nahm: »Besonders jene kleinen Köstlichkeiten, die man gemeinhin abends, nicht wahr, so gerne zu sich nimmt, zeitigen eine fatale Wirkung, dergestalt sie dich den momentanen kurzen Genuss schon am nächsten Morgen bereuen lassen.«

Es klopfte an der Tür. Melitta, selbst Frühaufsteherin, hatte registriert, dass ihre Herrin auf war, und betrat das Schlafzimmer. Wie üblich machte sie einen Knicks und fragte, was Tillia zu frühstücken wünsche und ob sie ihr etwas vom Markt holen solle.

»Gegen ein weich gekochtes Ei hätte ich nichts einzuwenden. Dazu zwei Scheiben gallischen Schinken und eine Semmel. Sonst nichts.«

»Und was möchtest du trinken, Herrin?«

»Wasser. Mit einem Schuss Falerner. Aber zunächst hilf mir beim Waschen!«

Tillia nahm auf dem gepolsterten Hocker vor dem Toilettentisch Platz und ließ sich von der Zofe den Rücken mit einem in kaltes Wasser getauchten Schwamm abreiben und mit einem rauen Tuch frottieren. Dasselbe wiederholte sie dann selbst mit ihrem Busen, spülte den Mund mit einem Schluck Wein und schluckte den Rest.

»Ich möchte heute Nachmittag ein Bad nehmen.«

»Sehr wohl. Hier im Haus oder in den Thermen?«

»In den Thermen. Ich brauche Bewegung. Schwimmen wird mir gut tun. Dir übrigens auch! Du wirst mich begleiten.«

»Sehr wohl.«

»Was macht Chrysostomos?«

»Er holt Brötchen und Weißbrot.«

»Gut. Hilf mir beim Ankleiden. Es wird heiß heute. Also etwas Leichtes, Luftiges.«

Melitta ging zu einer der beiden Truhen – sie enthielt die sommerlichen Kleidungsstücke –, öffnete sie und zeigte der Herrin dieses und jenes Stück. Tillia entschied sich für eine weiße, sehr leichte Tunika aus fein gesponnenem Leinen. »Und darüber die seegrüne Stola.«

»Möchtest du eine Perücke anziehen, Herrin?«

»Gute Göttin! Willst du, dass ich ersticke?! Wie sehen denn meine Haare aus?«

»Sehr gut, Herrin. Das neue Henna hält die Farbe bedeutend länger als das alte.«

»Es war ja auch teurer. Vor allem ist der Farbton nicht mehr so ordinär stechend. Was meinst du?«

»Durchaus, Herrin. Er ist zurückhaltender und somit, wenn ich mir die Bemerkung erlauben darf, vornehmer.«

War das eine Anspielung darauf, dass sie es liebte, Farbe zu zeigen? Tillia schmunzelte und rief aufgeräumt: »Also, dann fang an, Mädchen!«

Ankleiden und Kämmen dauerten eine gute Viertelstunde, denn Tillia hatte an der Lage dieses und jenes Haarstrangs etwas auszusetzen.

»Ach, da fällt mir ein: Ich muss ja die Smaragde noch fassen lassen, die mir der Caesar neulich geschenkt hat. Wir werden gleich nach dem Frühstück zu Nymphidius gehen und uns seine Vorschläge anhören.«

Melitta fühlte sich sehr geschmeichelt, dass sie dabei in irgendeiner Weise assistieren durfte, und schniefte unbedacht, was ihr prompt einen Rüffel einbrachte: »Aber bitte, Kind, ohne Schniefen! Das macht einen höchst unfeinen Eindruck!«

»Ich weiß, Herrin. Aber es ist der Schnupfen.« Sie setzte ihre säuerliche Miene auf. »Er will und will nicht aufhören.«

»Dann werde ich mit Athenodoros einmal darüber reden. Es muss doch irgendein Mittel dagegen geben!«

Es wurde an die Tür geklopft.

»Herein!«, rief Tillia. Ein unausgeschlafener, triefäugiger Chrysostomos erschien im Rahmen.

»Was gibt's denn?«, fragte Tillia ungehalten, denn sie sah ihm an, dass er gestern Abend im *Siebengestirn* wieder einmal zu tief in die Weinschale geschaut hatte.

»Da … da … da is'n Mann …«, nuschelte er und stierte sie mit unbewegtem Blick aus rot umränderten Augen an.

»Was für ein Mann?«, hakte sie nach. Trotz seiner Beschränktheit und Trotteligkeit mochte sie Chrysostomos. Er würde zu Fuß nach Ostia gehen, um ihr dort ein Pfund Oliven zu kaufen, wenn sie es ihm befehlen würde. Einmal mehr tat er ihr Leid, mit dieser Gefährtin geschlagen zu sein. Wenn die beiden wenigstens Kinder hätten!

»Vom … vom Kaiser«, erklärte er.

»Vom Kaiser?« Tillia zwinkerte lebhaft. »Aber Chrysostomos, was soll das heißen? Drück dich bitte deutlicher aus, Junge!«

»Sehr wohl.«

»Also?«

»Sehr wohl. Er … er sagt, er hätte auch 'ne Sänfte dabei.«

Tillia verstand. Sie seufzte und rief: »Nein, nicht schon wieder!« Immer wenn eine kaiserliche Sänfte mit einem Herold im Argiletum erschien, standen unangenehme Dinge ins Haus.

»Sagt er aber!«

»In Ordnung. Wo ist er jetzt?«

»Ich habe ihm gesagt … im Tablinum … weil du immer sagst, wenn ein Mann vom Kaiser … dann soll ich ihn … immer ins Tablinum …«

»Korrekt.« Sie nickte ihm freundlich zu. »Sag ihm, ich komme gleich.«

Chrysostomos schlurfte davon.

Tillia erhob sich vom Hocker, begutachtete ihr Äußeres kritisch im Spiegel und nickte zufrieden. Dann befahl sie Melitta das Frühstück zu richten. »Ha! Ich gehe doch nicht nüchtern aus dem Haus!«

Melitta war nicht entgangen, dass die Herrin heute Morgen nicht die geringste Lust verspürte sich aufs Neue in irgendwelche verqueren Staatsaktionen verwickeln zu lassen. Sie wollte bei Nymphidius die herrlichen Smaragde zum Fassen geben. Aber daran war nun wohl nicht mehr zu denken. Also knickste Melitta gehorsam und zog sich in die Küche zurück. Tillia ging ins Tablinum. Der Herold stand am Fenster und blickte auf die Straße. Betont sachlich stellte sie fest: »Wir … wir kennen uns doch schon, nicht wahr?«

Der Mann fuhr herum und verbeugte sich steif vor ihr. »So ist es, Herrin.« Er versuchte ein Lächeln, doch es wirkte aufgesetzt. »Ich hatte schon vor kurzem die Ehre …«

»Ich weiß. Was führt dich zu so früher Stunde zu mir?«, fragte Tillia.

»Ich … äh … ich komme im Auftrag der Herrin Caenis.« Er sagte es wie immer etwas näselnd.

»Ach ja? – Und sie will, dass ich zu ihr komme? Jetzt?«

»So ist es, Herrin.«

»Eilt es sehr?« Sie zwinkerte. »Ich habe nämlich noch nicht gefrühstückt.«

»Dem steht durchaus nichts im Wege, Herrin.«

»Das ist gut. Möchtest du nicht auch eine Kleinigkeit zu dir nehmen?«

»Danke, nein, Herrin, ich habe bereits …«

»Na gut. Es dauert nicht lange.«

»Ich erlaube mir dann unten zu warten, Herrin.«

»Bitte!« Tillia lächelte ihm kurz zu, er verbeugte sich und verließ den Raum.

Als sie eine gute Viertelstunde später aus dem Haus trat, fuhr Primosus gerade einen weiteren Schuhständer aus der Werkstatt und ordnete die Sandalen aus gelbem Ziegenleder. Er wandte sich um, wies zur Straße, wo sich eine Menge Neugieriger um den Tragstuhl versammelt hatten, und erklärte mit wichtiger Miene: »Schon wieder eine kaiserliche Sänfte!«

»So ist es. Die Leute werden allmählich lästig.«

»Wie?« Er hielt den Mund offen. »Aber, Tillia! Wie kannst du so etwas sagen! Wenn das der Kaiser …!«

»Hat hier jemand was gegen den Kaiser gesagt?«

Sie ließ ihn stehen und nahm in der Sänfte Platz. Der

Herold schloss die Klappe und gab das Zeichen zum Aufbruch. Die Träger hoben an, der Herold setzte sich an die Spitze und schritt mit gravitätisch geschwungenem Stab voraus, um gegebenenfalls die Straße freizuräumen.

Kopfschüttelnd blickte Primosus dem schwankenden Tragstuhl nach und murmelte: »Unmöglich, vollkommen unmöglich, wie sie sich benimmt! Wahrscheinlich wird die neue Hausbesitzerin dieser vorlauten Person als Erster kündigen. Man muss sie in jedem Fall vor ihr warnen. Meint, sie kann sich alles erlauben ...«

Tillia aber verschwendete ihrerseits keinen Gedanken an den Schuhmacher. Sie lehnte sich in die Kissen zurück und dachte laut nach: »Da muss wieder irgendetwas schief gelaufen sein.« Sie zwinkerte. »Caenis hat mich doch noch vor vier Tagen in Tusculum besucht und keine Andeutungen über irgendwelche Probleme gemacht. Sie war im Gegenteil erleichtert, dass der Kaiser von einer schweren Erkältung genesen ist. Seltsam ...« Es musste in der Zwischenzeit etwas geschehen sein, was die Interessen des Palastes berührte. Aber was hatte sie, Tillia, damit zu schaffen? Caenis verfügte über hervorragende Sicherheitsdienste, die jederzeit aktiv werden konnten!

Sie schob den Vorhang zur Seite und blickte nach draußen. Die Sänfte passierte gerade das Caesar-Forum und schwenkte nach links zum Forum Romanum. Heute Morgen waren nur wenige Passanten unterwegs, weil alle öffentlichen Gebäude – das Staatsarchiv im Tabularium, die Curia, die Basilica Aemilia und die Basilica Iulia – während der Festtage der Ludi Florales geschlossen waren. Sogar die Geldwechsler fehlten, die sonst im Schatten der Arkaden auf den Bänken ihre Geschäfte betrieben. »Ein seltener Anblick!«, stellte Tillia fest. »Und welch wohltuende Ruhe!«

Schon wenige Augenblicke später bogen die Träger in den steil ansteigenden Clivus Palatinus ein, erreichten dann das Plateau des Hügels und wandten sich nach rechts zur pompösen Säulenhalle, die Nero vor den Palast des Tiberius hatte setzen lassen. Auf dem dahinter liegenden Innenhof hielten sie an, setzten den Tragstuhl mit einem Ruck ab und halfen ihr beim Aussteigen.

Wie bei ihrem letzten Besuch vor wenigen Wochen reichte der Herold sie an einen Kammerherrn weiter, der sie in jenen Teil des Palastes geleitete, den Caligula vor drei Jahrzehnten in der Nähe des Abbruchs zum Forum an die Domus Tiberiana hatte anbauen lassen. War sie neulich noch mit Skrupeln hier eingetreten, so betrachtete sie ihren heutigen Besuch schon fast als selbstverständlich.

Caenis erwartete sie bereits im Empfangszimmer. Wie immer war sie ganz in makelloses Weiß gekleidet und trug außer einem mit Smaragden besetzten Goldkollier keinen Schmuck. Sie lächelte Tillia freundlich entgegen, doch ihre dunklen Augen waren voller Sorge.

»Schön, dass du so schnell gekommen bist.« Caenis reichte Tillia die Hand. »Gehen wir in mein Arbeitszimmer. Dort sind wir ohne Lauscher.«

Alles im Raum war, wie Tillia es bereits kannte. Auf dem Webstuhl war ein neues Stück Tuch in Arbeit, diesmal in dunklen Blau- und Grüntönen, unterbrochen von schmalen purpurroten und weißen Streifen. Sie bildeten rhythmisch sich wiederholende quadratische Felder. Caenis würde daraus einen Umhang für kalte Tage nähen.

Sie bemerkte Tillias neugierigen Blick und meinte: »Er hat ihn nötiger denn je. Wie alle Männer achtet er nicht darauf, wenn er in Zugluft gerät. Und er war, wie ich dir sagte, noch vor fünf Tagen fiebrig.«

»Sehr schön.« Tillia strich mit der Hand über den feinen, warmen Wollstoff. »Du bemutterst ihn ja geradezu.«

Sie erschrak: Diese intime Bemerkung war etwas gewagt. Doch Caenis lächelte nur und meinte: »Das mag schon so sein. Aber er hat es gern. Unter seiner rauen Soldatenschale steckt immer noch ein Kind.«

Solche Sätze sollte man sich merken, dachte Tillia. In den nüchternen Werken der Geschichtsschreiber tauchten sie kaum auf. Gute Göttin! Wenn Caenis ihre Memoiren schreiben würde!

»Ich muss dich sehr um Verzeihung bitten, liebe Freundin«, fuhr Caenis fort, »dass ich dich schon wieder in den Palast bitten lasse. Und das zu so früher Stunde! Aber es ist ein Umstand eingetreten, der …« Sie hielt inne und sah Tillia an. »Ich will es einmal so sagen: Dein Sachverstand ist gefordert, Tillia.«

»Mein Sachverstand? Ich bitte dich! Du verfügst über hundert und mehr höchst erfahrene Leute, die …« Sie zwinkerte. »Wie meinst du das?«

Caenis forderte sie auf am zierlichen runden Tisch beim Fenster Platz zu nehmen, setzte sich ihr gegenüber und fuhr fort: »Meine liebe Tillia, niemand kennt sich in der Welt des Circus und der Wagenrennen besser aus als du. Ich behaupte sogar: besser als alle, die ich kenne, und das sind einige.«

»Danke für das Kompliment! Aber ich verstehe immer noch nicht, worauf du hinauswillst.«

Caenis nickte, legte ihre Hände ineinander und kam zum Thema: »Die grüne Factio ist doch die deinige, nicht?«

»Allerdings!« Tillia reckte sich. »Crescens ist für die Grünen gefahren!«

»Ich weiß, ich weiß. Und gerade das spielt bei meinen Überlegungen eine wichtige Rolle.«

Tillia beugte sich vor. »Was ist denn geschehen?«

»Etwas Unglaubliches.«

»Etwa wieder ein Mord?«

»Das auch, ja.«

»Das auch?« Tillia zwinkerte lebhaft. »Was denn noch?«

»Geminator, Silvanus, Saxo, Nitidus … Ich gehe davon aus, dass dir diese Namen etwas sagen …«

»Und ob! Die erfolgreichsten Pferde der Grünen! Diocles führt sie von Sieg zu Sieg. Ha! Sie werden auch am dritten Mai als Sieger durchs Ziel gehen und die Roten einmal mehr in ihre Schranken weisen. Was bilden die sich überhaupt ein? Diocles ist nicht zu schlagen. Gutta ist in schlechter Form.

Und die Weißen und Blauen kann man ohne weiteres vergessen.«

Caenis lächelte ein wenig und sagte leise: »Da bin ich nun nicht mehr so sicher.«

»Aber ich bitte dich! Liebe Freundin, sie sind seit fünf Rennen ungeschlagen!«

»Das mag schon sein ...«

»Aber?«

»... es ist nur möglich, wenn sie überhaupt an den Start gehen.«

»Ich verstehe nicht.«

»Sie sind entführt worden.«

»Nein!«

»So ist es.«

»Von wem?«

»Das wissen wir nicht.«

»Aber, Caenis! Das ... das ist doch völlig unmöglich! Die Ställe der Grünen werden Tag und Nacht bewacht. Da gibt es ein stark gesichertes Eingangstor und das Gelände ist von außen unzugänglich. Man kann doch nicht einfach vier Pferde in einer Nacht- und Nebelaktion unauffällig beiseite schaffen.«

»Offensichtlich doch.« Caenis lehnte sich zurück und berichtete Tillia, was ihr bisher bekannt war. Sie schloss: »Im Augenblick wissen wir nur dies: Ein Stallknecht wurde erstochen, ein zweiter lebensgefährlich verletzt und die Pferde befanden sich nicht in ihren Boxen, als Diocles sie heute Morgen in Augenschein nehmen wollte.«

Tillias Interesse war geweckt: »Wer außer Diocles weiß davon?«

»Sabinus.«

»Ah, der *Medicus Factionis*!«

»Du kennst ihn?«

»Ein wenig. Er ist mit Athenodoros befreundet. Wer noch?«

»Novius Niger.«

»Der Verwaltungschef.«

»So ist es.«

»Sonst noch jemand?«

»Nun, wahrscheinlich all jene, die am Morgen auf dem Gelände zu tun hatten: Stallknechte, Handwerker, Sklaven, Schreiber, Leute vom inneren Betrieb. So etwas spricht sich schnell herum.«

»Allerdings.« Tillia nickte. »Bald wird es die ganze Stadt wissen.«

»Das wird sich nicht verhindern lassen«, gestand Caenis ein.

»Weiß der Kaiser schon davon?«

»Nein.«

»Nein? Oh, das ist aber ...«

»Ich werde ihn gleich nach seiner Rückkehr informieren. Er ist zwei Tage in Falacrinae in Samnium, um die Restauration seines Vaterhauses zu begutachten. Er wird heute Abend zurück sein.«

»Von wem hast du's denn erfahren?«

»Von Titus.«

»Er war wohl außer sich?«

»Allerdings.«

»Und wer hat Titus es erzählt? – Verzeih, wenn ich so beharrlich bohre, aber das ist wichtig.«

»Warum?« Caenis sah sie überrascht an.

»Weil ich dann schon auf das Verhalten gewisser Personen schließen kann. Im Augenblick ist für mich jeder verdächtig.«

Da lachte Caenis kurz auf und meinte: »Du bist ja schon mitten in deinen Recherchen, Tillia! So brauche ich dich nicht erst zu bitten Licht in die dunklen Hintergründe des Verbrechens zu bringen.«

»Natürlich nicht«, stellte Tillia fest und fügte hinzu: »Die Factio Prasina ist ein Teil meines Lebens.«

»Ich weiß es, ja. Und wie ich dich kenne, wirst du alles in deinen Kräften Stehende daransetzen, den Urheber dieser unglaublichen Gewalttat zu finden. Es ist keine Zeit zu verlieren.«

Caenis erhob sich, trat neben Tillia, die ebenfalls aufgestanden war, legte ihr eine Hand auf den Arm und sagte sehr ernst: »Diesmal muss ich freilich darauf bestehen, dass du dich bei all deinen Unternehmungen unter den Schutz von erfahrenen und bewaffneten Männern begibst. Du sollst nicht noch einmal in Todesgefahr geraten!«

In Erinnerung an den Überfall vor nicht allzu langer Zeit, bei dem nur das beherzte Eingreifen einiger Handwerker verhindert hatte, dass sie in einer dunklen Nebengasse des Argiletums erstochen worden war, stimmte Tillia zu: »Einverstanden. Freilich wäre es mir am angenehmsten, wenn es wieder Pankrates, Theodoros und Geta aus der Truppe des Ludus Magnus wären. Wir sind ja schon gut aufeinander eingespielt.« Sie lächelte viel sagend.

Caenis nickte beifällig. »Einverstanden. Ich werde gleich mit Titus darüber reden und ihn bitten dem *Lanista Maximus* eine entsprechende Order zukommen zu lassen. Du solltest dich noch heute Morgen mit Perdikkas in Verbindung setzen. Bitte, versprich es mir!«

»In Ordnung. Dann ist alles unter Kontrolle.«

»Wenn es deine Sicherheit erfordert, werden selbstverständlich weitere Leute zu deinem Schutz abgestellt.«

Tillia nickte, hielt aber den Zeigefinger an die Lippen und meinte einschränkend: »Nicht zu viele! Das kann Probleme schaffen. Weniger ist besser. Sie können dann unauffälliger operieren und leichter koordiniert werden.«

Längst hatte Tillia bemerkt, dass Caenis das Gespräch beenden wollte, denn sie musste sich mit Titus, der während der Abwesenheit Vespasians des Kaisers Stelle einnahm, noch abstimmen. Doch da war noch ein wichtiger Punkt: »Es könnte in Kürze der Fall eintreten, dass ich über diesen und jenen, der in mein Blickfeld gerät, besondere Informationen benötige …«

»Kein Problem«, sagte Caenis. »Du wirst alles, was du an Unterlagen, Dossiers oder Geheimpapieren brauchst, bekommen.«

»Von wem?«

Caenis dachte kurz nach. Dann entschied sie: »Machen wir es doch so: Bei einfachen Fragen wendest du dich an mich. Du kannst mir auch schreiben. Du hast ja, wie du ohnehin weißt, jederzeit Zutritt zum Palast. Sollte es sich allerdings um heiklere Dinge handeln, bei denen die Interessen von hoch stehenden Persönlichkeiten berührt werden, dann werde ich herausfinden, wer in einem solchen Fall der geeignetste Ratgeber wäre, und es dich wissen lassen. Aber das wird sich von Fall zu Fall ergeben.«

Caenis ging mit Tillia zur Tür und fügte ernst hinzu: »Immerhin ist – außer der Entführung einer kompletten Quadriga der Grünen – ein heimtückischer Mord verübt worden. Und ein zweiter Mann schwebt in Lebensgefahr. Das alles ist geschehen auf dem Gelände der Factio Prasina, die im gesamten Reich als die *kaiserliche* gilt!«

»Genau das ist der Punkt, liebe Freundin«, pflichtete Tillia ihr temperamentvoll bei. »Ich bin schockiert über die ungeheuerliche Menschenverachtung des Täters, wer auch immer es ist.« Sie zwinkerte. »Sobald ich mehr weiß, lasse ich es dich wissen. *Vale!*«

»*Vale!*«

Beide Frauen umarmten sich und drückten ihre Wangen aneinander. Tillia atmete das raffinierte Parfüm ein, das schon die ganze Zeit im Raum geschwebt hatte. Mit schnellen Schritten verließ sie den Raum.

Draußen wartete die Sänfte.

»Wohin darf ich die Herrin Tillia Capriola nun bringen?«, fragte der Herold dienstbeflissen.

»In den Ludus Magnus.«

Tillia betrachtete ihn interessiert. Dann fragte sie unvermittelt: »Sag mal, wie heißt du eigentlich?«

Der Herold, vollkommen überrascht von dieser Frage, hinter der sich ein allgemeines menschliches Interesse zu erkennen gab, verbeugte sich noch einmal und erklärte, diesmal mit einem geradezu glücklichen Lächeln auf den Lippen: »Eudoxos, Herrin. Eudoxos, Sohn des Eumenes.«

»Oh, das klingt gut: Eudoxos, der *Wohlgelehrte.* Ich denke, dass wir in den nächsten Tagen noch öfter miteinander zu tun haben werden. Also dann, Eudoxos: In den Ludus Magnus!«

»Sehr wohl, Herrin. In den Ludus Magnus.«

Die Freude darüber, dass man ihn als Menschen zur Kenntnis genommen hatte, stand Eudoxos noch lange im Gesicht.

IV

Die Begrüßung im Arbeitszimmer des *Lanista Maximus* lief stets nach dem gleichen Ritual ab. Perdikkas, ein Hüne von Mann, kam hinter seinem großen Arbeitstisch hervor, baute sich vor Tillia auf, strahlte sie wie ein Junge an, griff plötzlich mit seinen mächtigen Händen nach ihr, drückte sie an sich – wie immer fürchtete sie dabei um ihren Busen – und gab ihr einen herzhaften Klaps auf den Hintern.

»Tillia, altes Mädchen! Schön, dich zu sehen wieder!«

»Ganz meinerseits, *Lanista*.«

»Was ich dir anbieten kann? Ich habe wieder frischen Schinken. Direkt aus Gallien. Köstlich!«

»Danke, ich habe schon gefrühstückt.«

»Schade. Nun sag: Wie es dir geht?«

»Danke, mein Junge. *Mir* geht es gut.«

»Das mich freut. Aber klingt, als ob einem anderen es nicht geht gut.«

Sie nickte ihm zu. »Ja, so kann man das in der Tat sagen.«

Perdikkas kniff seine stahlblauen Augen zusammen, schaute sie ernst an und meinte: »Damit spielst du doch auf den Mordanschlag bei den Grünen an – oder?« Er war ins Griechische gewechselt, das er als gebürtiger Thraker perfekt beherrschte, während sein Latein trotz all der langen Jahre, die er schon in Rom lebte, immer noch zu wünschen übrig ließ.

»So ist es.«

»Schrecklich das. Woher weißt du es?«

»Von Caenis.«

»Ahja, von Caenis.« Er nickte sich selbst zu, als ob er seine Vermutung bestätigen müsse.

»Ja«, rief sie, »ich komme gerade aus dem Palast. Und von wem hast du's erfahren?«

»Von einem der Jungs.«

»Und woher weiß er es?«

»Aber, Tillia! Die Nachricht verbreitet sich in der Stadt wie ein Lauffeuer!«

»Na klar …«

»Hast du etwas anderes erwartet?«

»Nein.« Sie ließ sich auf einem der harten Stühle nieder, blickte hinüber zur Baustelle des neuen Amphitheaters und meinte: »Sie sind drüben kaum weitergekommen.«

»Natürlich nicht.« Perdikkas nahm mit einem Seufzer wieder hinter seinem Schreibtisch Platz. »Die Reparatur des vor vierzehn Tagen eingestürzten Teilstücks hat alles andere verzögert, zumal auch die Schuldigen festgestellt werden mussten, und das kostet eben Zeit. Die betroffenen Gewölbe mussten von Grund auf neu gegossen werden. Im Übrigen lässt Haterius nun alle fertigen Teile auf Herz und Nieren prüfen, Stück für Stück. Und einer der Subunternehmer ist gefeuert worden.«

»Wer denn?«

»Domitius Lucanus.«

»Ach!«

»Kennst du ihn etwa?«

»Allerdings.« Sie schmunzelte in Erinnerung an das nächtliche Gespräch mit dem betrunkenen Ziegeleibesitzer und Bauunternehmer vor vierzehn Tagen im Garten der Villa von Antonius Felix, wo er ihr sein Herz ausgeschüttet hatte. »Es passt zu dem Mann.«

»Wenn du das sagst, wird es stimmen. Aber sag mal …«, er wechselte das Thema, »was führt dich schon zu so früher Stunde zu mir?«

Sie starrte ihn an und meinte halb ernst, halb scherzhaft: »Gute Göttin! Hab ich dich etwa geweckt?«

»Nein, nicht doch!« Er lachte kurz auf. »Wie du weißt, stehe ich mit der Sonne auf. Also?«

»Ich brauche deine Hilfe, lieber Freund!«

»Du meinst, ich soll dir wieder einmal einige meiner Jungs als Personenschutz zur Verfügung stellen?«

»Das auch, ja, aber das wird dir im Laufe des Morgens ein kaiserlicher Kurier selbst mitteilen. Es wird diesmal ganz offiziell.«

»Verstehe. Der Zwischenfall bei den Grünen berührt direkt die Interessen des Palastes.«

»So ist es. Aber darum bin ich nicht hier.«

»Sondern?«

Tillia zwinkerte und erklärte: »Man hat mich beauftragt den Hintergründen des Verbrechens nachzugehen. Begründung: Niemand kenne sich so wie ich in der Welt des Circus und der Faktionen aus. Darum …«

»Was in der Tat eine korrekte Feststellung ist, ja!«, warf Perdikkas dazwischen.

»Darum«, fuhr Tillia fort, »brauche ich deine Hilfe.«

»Ja, aber …« Er starrte sie verblüfft an. »Ich bin *Lanista*, aber kein Rennstalldirektor wie Tatianus! Ich trainiere Menschen, keine Pferde!«

»Das ist richtig. Aber du bist ein kluger Menschenkenner und kritischer Beobachter deiner Umwelt. Und du kennst sie alle, die mehr oder weniger eingebildeten Herren der vier Factiones: Tatianus, Caecina, Tedius Afer, Dolabella und ihren ganzen vom Ehrgeiz zerfressenen Anhang!«

»Nun ja …« Perdikkas lächelte leicht abschätzig. »Freilich würde es zu weit führen, wollte ich dir ihre Vorzüge und Mängel in allen Einzelheiten schildern – um es einmal unbefangen zu formulieren –, einschließlich der Macken, Marotten, und Dummheiten, die sie auszeichnen. Das brauchte Tage – was sage ich: Wochen! Und am Ende wüssten wir nicht mehr, als wir bereits jetzt wissen.«

»Nun bleib mal auf dem Teppich, Junge!«, ermahnte Tillia ihn forsch. »Ich will ja nur, dass du mir in diesem und jenem Fall bestimmte Anmerkungen zur Person, zum familiären Hintergrund, zu den von dir genannten Vorzügen und Mängeln und besonders zu den so genannten Marotten machst, die mir wohl am ehesten weiterhelfen werden.«

Perdikkas lehnte sich zurück. »In Ordnung. Mit wem fängst du an?«

»Das weiß ich noch nicht. Aber das wird sich vielleicht schon im Laufe des heutigen Tages ergeben.«

»Verstehe.« Er trommelte mit dem Zeigefinger auf die Tischplatte. »Du sagtest: ›Man hat mich beauftragt‹ Wer ist *man*?«

»Caenis.«

»Ahja. Ich hätt's mir denken können.«

»Wieso?«

»Der Kaiser ist nicht in der Stadt. Da greift sie selbst durch.«

»Ihr gutes Recht!«

»Aber ja doch. Sie ist – außer dir – die klügste Frau des Imperiums, die ich kenne.«

»Ich werd's ihr ausrichten.«

Perdikkas wollte darauf gerade eine launige Antwort geben, als die Tür aufgerissen wurde. Sein Sekretär Geta erschien, trat hastig zum Schreibtisch, beugte sich über die Platte und flüsterte aufgeregt: »Der Tribun der Prätorianer Gaius Asinius Gallus! In persönlichem Auftrag und auf Befehl des Caesar Titus!«

Schon erschien der Tribun im Türrahmen. Er wurde begleitet von einem Zenturio und zwei Prätorianern. Alle in voller Montur. Sie grüßten zackig.

Perdikkas erhob sich, reckte sich zu seiner ganzen beeindruckenden Größe und schlug sich nach Art der Gladiatoren mit der rechten Faust in Höhe des Herzens auf den Brustkorb, dass es dröhnte.

»*Salve*, Asinius! Was verschafft mir zu so früher Stunde die Ehre der Garde?«

Perdikkas konnte es sich erlauben, den offiziellen Titel wegzulassen. Tillia wusste, dass der *Lanista* dem Tribun Fechtunterricht erteilt hatte. Seit dieser Zeit hegten sie freundschaftlichen Respekt voreinander.

Bevor Asinius antwortete, wandte er sich an Tillia, die in souveräner Haltung sitzen geblieben war: »Tillia Capriola! Ich freue mich sehr, dich wieder zu sehen, und hoffe, dass es dir gut geht.«

»Durchaus, Tribun«, entgegnete sie freundlich, zwinkerte lebhaft und kam augenblicklich zur Sache: »Wenn ich … äh … wenn ich einmal davon absehe, was da bei den Grünen passiert ist.«

Sie reichte ihm die Hand und Asinius neigte kurz den Kopf.

»Eine schreckliche Geschichte, ja.«

Er zog sich einen freien Stuhl heran und setzte sich in straff aufrechter Haltung neben Tillia. Auch Perdikkas nahm wieder Platz, während die drei Prätorianer stehen blieben.

Nach einem Seitenblick auf Tillia fuhr Asinius fort: »Die Anwesenheit der Herrin Tillia Capriola macht es mir einfacher, meinen Auftrag durchzuführen.«

Er schaute den Lanista an und teilte ihm in forschem, soldatischem Ton mit: »Ich komme auf direkten Befehl des Caesar Titus!«

Perdikkas machte im Sitzen eine angedeutete Verbeugung.

»Der Caesar misst den Vorfällen bei der Factio Prasina höchste Bedeutung bei. Der unglaubliche Anschlag fordert rascheste Aufklärung. Die vier Pferde müssen so schnell wie möglich gefunden werden, damit sie am letzten Tag der Spiele an den Start gehen können. Die Herrin Tillia Capriola ist von der Herrin Caenis mit privaten Untersuchungen der Vorgänge beauftragt worden. Sie ist bei ihren Recherchen in jeder nur denkbaren Weise zu unterstützen. Das heißt vor allem: Es ist dafür zu sorgen, dass sie sich bei ihren Nachforschungen in der Stadt oder wo auch immer nie, ich betone *nie* ohne verdeckten Schutz bewegt! Haben wir uns verstanden?«

»Jawohl!« Perdikkas nickte und Asinius fuhr fort: »Gehen wir doch davon aus, dass der Urheber des Verbrechens nicht die geringsten Skrupel haben wird jeden, der ihm in die Quere kommt, auszuschalten.«

Wieder nickte Perdikkas. Dann hob er den Blick, fixierte Asinius und stellte fest: »Das heißt also, Tribun, ich bin gehalten ihr so viele Männer, wie es die Situation erfordert, zum Schutz beizugeben?«

»So ist es. Wer das im Einzelnen ist, hast du selbst zu entscheiden, *Lanista*. Falls du weitere Leute benötigst, wirst du es mich wissen lassen!«

Asinius Gallus hatte sich die ganze Zeit des Griechischen bedient, das er fließend sprach. Es war eine freundliche Geste gegenüber Perdikkas.

Um Tillias Mund spielte ein ironisches Lächeln, als sie meinte: »Ich danke den edlen Herren, besonders aber dem Caesar, für die besorgte Anteilnahme. Erlaube mir in diesem Zusammenhang aber eine Frage, Tribun.«

»Bitte!« Asinius Gallus sah sie an.

»Du sagtest soeben, ich sei von Caenis mit *privaten* Untersuchungen der Vorgänge beauftragt worden. Diesen deinen Worten entnehme ich, dass es daneben also auch noch offizielle Untersuchungen gibt oder geben wird. Ist das richtig?«

»Das ist korrekt.«

»Und wer wird sie leiten?«

»Das ist noch nicht entschieden.«

»Ach!«

Mit einem schnellen Blick überflog sie das schöne, sehr beherrschte Gesicht des jungen Stabsoffiziers – er war erst vierunddreißig – und registrierte, wie es um seine Mundwinkel herum ironisch zuckte. Er reagiert genauso wie vor einigen Tagen bei unserem nächtlichen Gespräch im Garten von Antonius Felix, dachte sie. Auch damals ging es zunächst um Präferenzen. Aber sie sagte: »Nun denn, Gaius Asinius Gallus, ich gehe davon aus, dass *du* dieser Mann sein wirst.«

Der Tribun lachte sie an. »Dann weißt du mehr als ich, Tillia Capriola.« Natürlich wusste er, dass sie ihn durchschaute. Als Tillia nur lässig die Hand hob, fuhr er eifrig fort: »Im Übrigen gehe ich davon aus, dass du von der Herrin Caenis immer über den aktuellen Stand der Dinge unterrichtet werden wirst. Umgekehrt kann es natürlich sein, dass der Leiter der Untersuchungen – wer auch immer es sein mag – an dich herantritt, um von dir weitere Details zu erfahren.«

»Einverstanden.« Tillia nickte beifällig. Man würde sich also in den nächsten beiden Tagen sehen.

Der Tribun erhob sich. »Ich wünsche dir Erfolg, Tillia Capriola!«

»Danke, gleichfalls!«

»Perdikkas wird sich um die geeigneten Männer kümmern.«

»Jawohl!«, bekräftigte dieser.

Asinius grüßte den *Lanista Maximus* mit erhobener Rechter, reichte anschließend Tillia die Hand und verließ mit seiner martialischen Begleitung den Raum.

Perdikkas schloss die Tür und wandte sich an Geta: »Herhören! Theodoros und Pankrates holen!«

»Sofort!« Geta eilte davon.

Perdikkas sah Tillia an und meinte: »Deine Vermutung dürfte richtig sein.«

»Du meinst, dass Asinius mit der Koordinierung der Maßnahmen betraut ist?«

»Aber sicher. Im Übrigen muss ich dir sagen ...« Er grinste. »Du sprichst mit diesem stolzen Mann in einer Weise, die niemand, den ich kenne, sich sonst erlauben dürfte.«

»Oh«, lächelte Tillia viel sagend, »er mag mich.«

»Den Eindruck hatte ich allerdings auch.«

»Immerhin haben wir kürzlich einträchtig den *Mord nach der Vorstellung* aufgeklärt. So etwas verbindet.«

»Natürlich.« Perdikkas wurde wieder ernst: »Jedenfalls hast du diesmal allen nur erdenklichen Schutz im Rücken. Das beruhigt mich etwas. Ich nehme sogar an, dass der Kaiser die Sache zu seiner eigenen macht, wenn er aus Falacrinae zurück ist. Die Reputation des Palastes steht schließlich auf dem Spiel.«

»Ja, das erwarte ich auch.«

»Was wirst du als Erstes unternehmen?«

»Nun, ich will mich zunächst bei den Grünen umsehen. Werde mit Sabinus und Niger reden. Eventuell auch mit dem *Dominus Factionis* Tatianus.«

»Tatianus? Kennst du ihn näher?«

»Nein. Es gab nur die üblichen Kontakte vor einem Rennen ...«

»Verstehe. Du musst wohl davon ausgehen, dass er bereits über deine Rolle informiert ist.«

»Ach ja? Und von wem?«

»Von Titus. Tatianus ist mit ihm befreundet.«

»Oh, das wusste ich nicht.« Sie zwinkerte. »Ob sich das für mich als Vor- oder Nachteil erweist, wird sich noch herausstellen.«

Die Tür wurde aufgerissen. Pankrates und Theodoros stapften in den Raum. Geta folgte ihnen. Die beiden Gladiatoren bauten sich vor Tillia auf, schauten ihr mannhaft ins Auge, schlugen sich mit der Faust dröhnend auf die linke Brustseite und machten einen zackigen Diener.

Perdikkas trat vor, musterte sie streng und erklärte: »Herhören! Ihr seid bis auf weiteres vom gesamten Training ausgenommen! Das gilt für die nächsten drei Tage.«

»Jawohl!«, tönte Theodoros.

»Ihr wisst, was bei den Grünen passiert ist?«

»Wir wissen es, *Lanista*. Das ist die ... die größte Sauerei, die ... Oh, Verzeihung!«

Theodoros neigte vor Tillia entschuldigend den Kopf.

»Aber nicht doch«, meinte Tillia. »Das ist eine durchaus angemessene Bezeichnung.«

»Herhören!«, fuhr Perdikkas fort: »Die Herrin Tillia Capriola ist von allerhöchster Stelle – ich betone: von allerhöchster Stelle mit der Untersuchung des Verbrechens beauftragt worden. Es besteht die Gefahr, dass sie bei ihren Nachforschungen in gefährliche Situationen gerät. Der Täter wird nicht zögern jeden, der ihm im Wege steht, zu liquidieren. Um das zu verhindern, wird die Herrin Tillia Capriola bei Tag und Nacht beschattet!«

Pankrates nickte, wandte aber ein: »Dazu brauchen wir mehr als drei Leute, *Lanista*!«

»Richtig. Sucht euch aus der Truppe zwei Mann als Unterstützung aus. Was haltet ihr zum Beispiel von Hormus?«

»Guter Mann«, nickte Pankrates. »Hat Grütze im Kopf.«

»Das ist wichtig. Einverstanden. Und wie wär's mit Dumnorix?«

»In Ordnung. Der Gallier fackelt nicht lange. Gestern erst hat er im *Siebengestirn* …«

Perdikkas unterbrach ihn. »Redet mit den beiden! Meldung in einer Viertelstunde! Die Herrin Tillia Capriola wird sich als Erstes zu den Ställen der Grünen begeben. Ihr werdet euch in der Nähe aufhalten und jeden, der den Laden betritt oder verlässt, im Auge behalten. Noch Fragen?«

»Jawohl!« Pankrates wies auf Tillia. »Über Nacht sollte sich jemand – zur Sicherheit – in der Wohnung der Herrin aufhalten.«

»Gute Idee! Wenn die Herrin nichts dagegen einzuwenden hat …?«

Tillia seufzte. »Ich bitte euch! Muss das sein? Ihr tut ja gerade so, als ob ich …«

»Es muss!«, stellte Perdikkas klar und legte ihr seine schwere Hand auf die Schulter. »Ich habe das ungute Gefühl, dass es sich in diesem Fall um einen intelligenteren und skrupelloseren Täter als beim letzten Mal handelt. Es sind nicht nur vier Pferde entführt worden, sondern er hat einen Stallknecht in den Hades geschickt und einen zweiten lebensgefährlich verletzt.«

»Also gut.« Tillia schickte sich in das Unvermeidliche.

Es wurde abgesprochen, dass Theodoros sich bei Sonnenuntergang in Tillias Wohnung melden würde. Wenn sie selbst nicht da sei, müsse das Personal Bescheid wissen. Tillia versprach Melitta und Chrysostomos unverzüglich zu unterrichten.

Geta und Hormus würden sie zunächst nach Hause und von dort zu den Grünen oder wohin auch immer begleiten; Theodoros und Dumnorix sollten sich gleich zur Factio Prasina begeben.

Tillia verabschiedete sich und machte sich auf den Weg.

V

Schon im Flur der Wohnung teilte Melitta ihr mit, dass Athenodoros gekommen sei.

»Wo ist er?«

»Im Tablinum.«

»Sonst noch was? Irgendeine Nachricht?«

»Nein, Herrin.«

Athenodoros saß am Tisch vor einem Stapel Papyrusblätter und machte mit einem Stift Verbesserungen. Er blickte erst nach einer Weile hoch und erklärte mit einem geradezu entschuldigenden Unterton: »Ich … äh … ich habe dir das letzte Kapitel einmal mitgebracht. Es enthält, wie ich dir schon angekündigt habe, einiges zur Therapie von Hämorrhoiden mit Kräuterextrakten. Du wolltest den Text ja bei Gelegenheit durchgehen und irgendwann ins Lateinische übertragen.«

Sie nickte geistesabwesend und ließ sich mit einem tiefen Seufzer auf dem Stuhl neben ihm nieder.

»Was ist denn, Lunula?«, fragte er. »Du siehst blass aus. Was ist geschehen?«

»Etwas Schlimmes, Doro, etwas ganz Furchtbares!« Sie zwinkerte lebhaft und berichtete ihm mit wenigen Worten, was sie bisher über den Anschlag bei den Grünen erfahren hatte.

Er schüttelte den Kopf und sah sie besorgt an: »Ich gehe wohl nicht fehl, wenn ich annehme, nicht wahr, dass du …

äh … in diese Geschichte schon einbezogen, um nicht zu sagen verwickelt bist – oder?«

»Ja, so kann man es ausdrücken. Ich war im Palast.«

»Caenis?«

»Ja.«

»Aha.« Es klang ungehalten, denn jedes Mal, wenn Caenis sie in den Palast holte, hatte dies für sie bedrohliche Folgen. »Und was will sie?«

»Ich soll mich bei den Grünen umschauen.«

»Und das wirst du tun?«

»Sicher.«

»Wieso sicher?« Er hob konsterniert eine Augenbraue an. »Ich halte das, nicht wahr, für eine Zumutung, dass sie immer dann auf dich zurückgreift, wenn sie selbst nicht weiterweiß.«

»Aber, Doro! Wie kannst du so etwas nur sagen! Sie vertraut mir. Und die Grünen – sie sind ein Teil meines Lebens. Das weiß sie.«

Er sah sie lange an. Schließlich erklärte er sachlich: »Ich verstehe.«

Vor seinem inneren Auge aber sah er Szenen, die sich vor zwanzig und mehr Jahren abgespielt hatten: der tödliche Sturz von Crescens im Circus Maximus, die Verzweiflung Tillias, ihre Fehlgeburt, sein eigenes beherztes Eingreifen, die lange Zeit der Trauer, die allmähliche Rückkehr ins Leben, schließlich ihrer beider Annäherung.

»Ja, ich verstehe«, wiederholte er und nickte bedeutsam. Er verstand es wirklich. Es war ihre Welt.

»Es ist vielleicht albern Doro, aber …«

»Ja?«

»Ich meine, dass ich als Frau …«

»Aber, Lunula! Was hat das damit zu tun? Selbst Kaiserinnen wie Messalina und Agrippina waren fasziniert von den Rennen und leidenschaftliche Anhängerinnen der Grünen!«

»Oh, vergleiche mich bitte nicht mit diesen beiden!«, rief sie empört. »Jede von ihnen war auf ihre Weise ein Scheusal:

entweder macht- oder sexbesessen oder beides zusammen! Die Rennen boten ihnen doch nur eine weitere Gelegenheit zu eitler Selbstdarstellung in der Öffentlichkeit. Pah, für das Wesentliche hatten sie keinen Sinn.«

»Das Wesentliche, aha. Und das wäre?«

Ihre Stimme vibrierte vor Erregung: »Es ist diese … diese hinreißende Faszination, Doro, die von dem Zusammenspiel von Mensch und Tier ausgeht, ihr gemeinsamer Wille das Ziel als Erste zu erreichen! Ich weiß nicht, ob du verstehst, was ich meine.«

Er lächelte nachsichtig. »Natürlich. Aber lassen wir das im Augenblick beiseite, nicht wahr. Ich bin in großer Sorge um dich. Du scheinst vergessen zu haben, in welch tödlicher Gefahr du dich vor wenigen Tagen erst befunden hast. Nur um Haaresbreite bist du dem Tod entronnen!«

»Ich habe es nicht vergessen, Lieber.« Sie drückte seinen Kopf an sich. »Aber diesmal ist es anders. Jeder meiner Schritte wird überwacht!« Sie berichtete, was im Ludus Magnus zwischen Asinius Gallus, Perdikkas und ihr abgesprochen worden war. »Es ist alles unter Kontrolle. Wenn du Zeit hättest, könntest du mich zu den Ställen begleiten.«

»Warum sollte ich das?«

»Aber, Doro! Weil du mit Cornelius Sabinus befreundet bist. Sabinus wird sich um den Verletzten gekümmert haben. Vielleicht kannst du ihm noch einen guten Rat geben.«

»Ich bin kein Chirurg!«

»Na und? Du mit deinen Essenzen und Extrakten bist doch ein Meister der Wundbehandlung. Sabinus hält große Stücke auf dich. Vielleicht kann er mir weiterhelfen. Niemand kennt die Interna der Factio so gut wie er. Ich denke dabei auch an mögliche Spannungen, die es in letzter Zeit gegeben haben könnte. Es ist keine Zeit zu verlieren. In vier Tagen ist das Rennen. Und du bist doch mit Sabinus befreundet.«

»Also gut.« Er seufzte und stand auf. »Ich habe eine gute Stunde Zeit. Gehen wir!«

»Das ist lieb von dir!« Sie küsste ihn auf die Wange. »Den

Text werde ich durchgehen, sobald ich Zeit dafür habe. Lass ihn hier!«

Sie rief nach Melitta und teilte ihr mit, dass sich Theodoros bei Sonnenuntergang melden würde.

»Ist das der große Starke mit dem Kindergesicht?«, fragte die Dienerin.

»Ja. Warum?«

»Er ist immer sehr freundlich!«

»Aber, Kind, warum sollte er es nicht sein?«

»Er ist Gladiator, Herrin!« Sie erschauerte sichtlich in dem Bewusstsein, dass er zum Töten ausgebildet worden war.

»Sein gutes Recht. Kümmere dich trotzdem um ihn, Mädchen, wenn ich noch nicht da sein sollte. Hol ihm aus dem *Siebengestirn* was Gutes zum Essen! Am besten Fasan in Senfsoße. Das mag er.«

Melitta versprach es.

Als Tillia mit Athenodoros aus dem Haus trat, gaben Geta und Hormus von der Arkade der anderen Straßenseite durch Handzeichen zu verstehen, dass sie bereit seien. Tillia hob ebenfalls kurz die Hand und ging mit Athenodoros in Richtung Innenstadt.

Im Argiletum herrschte um diese Zeit das übliche morgendliche Treiben. Wegen der Ludi Florales waren viele Besucher von auswärts in der Stadt, was wiederum zahlreiche Bettler veranlasst hatte sich hier im dicht bevölkerten Zentrum herumzutreiben und an betuchte Fremde heranzumachen. Mit geübtem Blick pickten sie sich flanierende Nichtrömer aus der Menge, gingen sie mit beschwörender Stimme, Mitleid heischender Gestik und einer Mimik an, als stünde ihr eigenes, ja das Ende ihrer ganzen zwölfköpfigen Familie unmittelbar bevor.

Tillia kannte einige von ihnen gut und wusste, dass ihr Einkommen durchaus über dem eines fleißigen Handwerkers liegen konnte, der von Sonnenaufgang bis -untergang fleißig in einem lichtlosen Gewölbe werkelte und dennoch auf keinen grünen Zweig kam. Also rief sie diesem und jenem im Vorbeigehen zu: »Nun treib's mal nicht zu toll, Junge! Andere wollen auch leben!« – was meist mit einem ironischen Grinsen oder vertraulichem Zwinkern beantwortet wurde.

Besonders aufdringlich und lästig waren Scharen von bettelnden Kindern. Scheuchte man hier eine Gruppe weg, wurde man hundert Schritt weiter von einer anderen überfallen. Die erfahrenen, abgebrühten Fünf- bis Zwölfjährigen bildeten regelrechte Belagerungsringe um die Fremden, berührten sie, zupften an ihrer Kleidung, griffen nach Armen und Händen, streichelten sie, und wenn der so Angegangene endlich seine Geldbörse zückte um den Schwarm loszuwerden, lief er Gefahr, dass ihm der Lederbeutel mit blitzschnellem Zugriff entrissen wurde. Dann war der Spuk im Nu verschwunden. Die Plagegeister tauchten in der Menge unter, zogen sich in eine Seitengasse zurück, teilten die Beute und warteten im Schatten von düsteren Hauseingängen so lange, bis der Späher an der Ecke das Zeichen zur Entwarnung gab. Das Spiel konnte aufs Neue beginnen und sich bis in den Abend fortsetzen.

Mehrmals vergewisserte sich Tillia, dass Geta und Hormus in einem gewissen Abstand folgten. Die Nähe ihrer Beschützer war sehr beruhigend, obwohl zur Stunde nicht der geringste Grund zur Besorgnis gegeben war: Noch bewegte sie sich als anonyme Bürgerin unter Bürgern. Niemand konnte wissen, welche Ziele sie verfolgte. Das aber würde sich ändern, sobald sie das Areal der Factio Prasina betrat.

Der kürzeste Weg zu den Ställen der Grünen führte übers Forum Romanum. Bei der Basilika Iulia bogen sie in den Vicus Iugarius ein, der in der Senke zwischen Capitol und Palatin auf die *Horrea*, die großen Getreidespeicher beim Forum Holitorum, traf. Hier war es ruhiger, wenn man davon absah, dass allerlei zwielichtiges Volk unterwegs war, angetrunkene Seeleute, grölende Soldaten in Zivil und Proleten, auf der Suche nach Prostituierten beiderlei Geschlechts; denn hier, in Nähe des Tiberhafens, des Circus Maximus und der

Aemilischen Brücke, lagen die verrufensten Etablissements von ganz Rom. Doch eine Frau in Begleitung eines Mannes wurde hier nicht belästigt.

Sie umrundeten die Rückseite des Marcellustheaters, passierten die Säulenhalle der Octavia und folgten der geraden Straße bis zum Pompeiustheater. Dort bogen sie links in eine Verbindungsstraße ein, die nach hundert Schritt auf den Vicus Stablarius stieß. Wenige Augenblicke später waren sie am Ziel.

Das mächtige Eingangstor der Factio Prasina war geschlossen. Davor hatten sich fünfzig, sechzig Leute versammelt und diskutierten lebhaft darüber, wer wohl der Urheber des Anschlags gewesen sein könnte. Es handelte sich durchweg um Angehörige der Unterschichten, wie Tillia und Athenodoros mit schnellem Blick feststellten. Jeder, der durchs Tor ein- und ausging, wurde von ihnen neugierig und kritisch in Augenschein genommen. Einer von ihnen, der sich als Kenner der Grünen aufspielte, erklärte mit wichtiger Miene, es habe sich bisher lediglich um Angehörige des untergeordneten Personals gehandelt. Man war aber begierig hoch stehende Persönlichkeiten zu sehen. Also warteten die Leute weiter auf irgendein großes Ereignis, von dem sie Familie und Nachbarschaft berichten konnten. Der Caesar, hieß es, sei schon auf dem Wege hierher, er werde bald eintreffen, der Caesar Titus! Ein anderer wollte wissen, Vespasian selbst werde in Kürze erscheinen, Vespasian, der Kaiser!

Als Tillia und Athenodoros in Richtung Tor gingen, machte die Menge bereitwillig Platz. Man beäugte sie mit unverhohlener, dreister Neugier. Einige wiesen auf die vornehm gekleidete Dame, flüsterten hinter der Hand und stellten allerlei Mutmaßungen über sie an. Wer war diese Domina? Was hatte sie hier zu suchen?

Tillia schritt souverän durch die Menge, erreichte das Tor und bewegte den Bronzegriff. Es war verriegelt. Kurz entschlossen betätigte Athenodoros den schweren Klopfer und schlug dreimal heftig gegen die Metallplatte. Drinnen rührte sich nichts. Er wiederholte die Schläge. Endlich näherten sich Schritte. Die obere Klappe wurde geöffnet. Ein übel gelauntes Gesicht blickte abweisend nach draußen, das rechte Auge zuckte. Der Mann wollte die Luke schon wieder schließen, als er innehielt und lächelte: »Oh, Tillia Capriola! Einen Augenblick, Herrin!«

Die Klappe wurde geschlossen, der schwere Riegel zur Seite geschoben, die Tür öffnete sich. Sie traten ein.

»Tillia Capriola, *salve!* Ah, auch Athenodoros!« Der Mann verbeugte sich vor beiden.

»Schön, dich zu sehen, Novius Niger«, sagte Tillia. »Seit wann machst du hier den Türsteher?«

Niger lachte kurz auf, während sein rechtes Auge zuckte. »Ich war zufällig in der Nähe. Man muss aufpassen. Alle möglichen und unmöglichen Leute, die sich als Freunde der Grünen ausgeben, verlangen heute Morgen Einlass.«

»Ich verstehe. Aber das ist doch auch tröstlich, nicht?«

»Wie? Ja, natürlich. Aber die meisten sind Wichtigtuer.« Er schloss die Tür und legte den Riegel wieder vor.

»Stimmt«, nickte Tillia. »Wo ist Sabinus?«

»In seiner Praxis.«

»Bei Commius?«

»Ja.«

»Wie geht es ihm?«

»Den Umständen entsprechend, Herrin. Eine schlimme Verletzung! Er ringt mit dem Tode.«

»Ich hörte davon. Ich frage dies ...« – Tillia zwinkerte lebhaft – »weil ... ich denke, Athenodoros könnte Sabinus helfen die Wunde vor dem Brand zu retten.«

»Oh, das ist gut! Das ist sehr gut, Herrin! Commius muss durchkommen! Er ist der einzige Zeuge, der den Anschlag überlebt hat! Der einzige!«

»Gute Göttin! Furchtbar, das alles, ja.«

»So ist es.«

»Tatianus, ist er schon hier?«

»Ja, seit einer Stunde. In seinem Kontor.«

»Ich möchte später mit ihm reden. Lässt sich das einrichten?«

»Ich denke, das lässt sich ...«

»Es hat ihn wohl schwer getroffen?«

»Sicher. Wie uns alle.«

»Natürlich.«

Novius Niger ging voraus zur breiten Außentreppe, die über drei Stufen ins Hauptgebäude führte. Einmal mehr nahm Tillia mit Genugtuung zur Kenntnis, dass der Verwaltungschef sie äußerst respektvoll behandelte, als ob sie zur Führungsspitze der Factio gehörte. Aber das war nicht außergewöhnlich. Immer wenn sie hier war, erwies er ihr sehr höflich seine Reverenz. Er musste genau informiert sein über ihr Verhältnis zu Crescens, der bis zum heutigen Tag als genialster Fahrer der Grünen in der ereignisreichen Geschichte der Factio Prasina galt. Keiner seiner Nachfolger hatte je mehr Siege eingefahren, niemandem von ihnen war dies mit der unvergleichlichen Eleganz und Leichtigkeit eines Crescens gelungen.

In den großen kahlen Fluren und Gängen war es still. Alles schien wie immer. Das Personal ging seinen Tätigkeiten nach. Doch Tillia wusste: Jeder, vom untersten Schreiber bis zum *Dominus Factionis*, spürte die Last der fürchterlichen Tat.

Cornelius Sabinus war dann doch nicht im Behandlungsraum. Novius Niger machte sich auf die Suche, öffnete verschiedene Türen, fragte nach dem Verbleib des Medicus und erhielt schließlich von einem Schreiber die Auskunft, Cornelius Sabinus habe sich wahrscheinlich in seine Dienstwohnung im zweiten Stock begeben.

Sie eilten dorthin und fanden ihn in seinem Arbeitszimmer. Silius war bei ihm. Die beiden hatten offensichtlich über den Zustand von Commius gesprochen, denn sie machten sehr ernste Gesichter, die sich auch nur kurzfristig aufhellten, als Niger mit Tillia und Athenodoros in den Raum trat.

»Das ist schön, dass ihr kommt!«, sagte Sabinus und lächelte ihnen traurig entgegen. Er verbeugte sich leicht vor Tillia und reichte zuerst ihr, dann Athenodoros die Hand.

»Das ist doch wohl selbstverständlich«, stellte Tillia fest. »Wie geht es dem verletzten Stallknecht?«

Sabinus bat sie auf einem der Stühle Platz zu nehmen, Tillia setzte sich und wartete auf die Antwort.

»Nun …« Sabinus stellte die Finger gegeneinander. »Er hat viel, sehr viel Blut verloren.«

»Ist er bei Bewusstsein?«

»Nein.«

»Also kann man auch nicht mit ihm sprechen?«

»Auf keinen Fall.«

Sabinus wandte sich an Athenodoros: »Ich möchte dich bitten, lieber Freund, dir die Wunde anzuschauen. Sie darf sich nicht entzünden.«

»Darum bin ich hier, Sabinus. Gehen wir!«

»Danke. Und du kommst mit.« Das galt Silius, der bisher kein Wort gesagt hatte.

Die drei Ärzte verließen den Raum.

Tillia folgte Novius Niger nach unten zum Arbeitszimmer des obersten *Conditor* im Erdgeschoss.

Ohne Umschweife fragte Tillia: »Wer leitet die Untersuchung?«

»Das weiß ich nicht. Aber ich erwarte in Kürze jemanden aus dem Palast mit genauen Anweisungen.«

»Ich verstehe.« Tillia studierte sein angespanntes Gesicht und überlegte, ob er die Wahrheit sagte. Niger hielt ihrem Blick stand, nur sein rechtes Auge zuckte mehrmals. Der Mann ist mit seinen Nerven ziemlich am Ende, dachte sie. Früher hatte er dieses Zucken nicht!

Sie bat ihn zu berichten, wer wann und wie das Verbrechen entdeckt hatte. Niger tat dies mit wenigen Worten. Tillia hörte konzentriert zu, ohne ihn zu unterbrechen. Sie erfuhr dabei nichts Neues.

Als sie dann ihre Fragen stellte, war es ihr gleichgültig, ob Niger dies als aufdringlich empfand; er konnte ja nicht wissen, dass sie sozusagen dienstlich hier war. Sie musste den Eindruck erwecken, hinter ihrem Interesse stehe lediglich private Anteilnahme; galt sie doch nicht nur als leidenschaftliche Anhängerin der Grünen, sondern auch als großzügige Spenderin, wenn es darum ging, Preisgelder auszusetzen.

»Abgesehen von diesem brutalen Mord an einem der Knechte und der lebensgefährlichen Verletzung des Commius beschäftigt mich am meisten diese eine Frage ...« Sie betrachtete das Füllhorn Fortunas auf ihrem Siegelring, strich mit dem Finger darüber und fuhr fort: »Wie bringt es jemand fertig, vier lebendige Pferde geräuschlos vom Gelände der *Factio* auf die Straße zu bringen und mit ihnen ungesehen zu verschwinden?«

»In der Tat«, stimmte Niger ihr zu, »genau das ist der Punkt, der auch mir seit heute Morgen keine Ruhe lässt. Ich hoffe, dass ein Verhör des gesamten Personals etwas Licht in die Sache bringen wird.«

»Aber es waren doch Wachen eingeteilt.«

»Selbstverständlich.«

»Wer hatte denn Wachdienst heute Nacht?«

»Ich glaube, das waren Silvanus und ...« Novius Niger trat zu der schwarzen Tafel an der Seitenwand, warf einen Blick auf die mit Kreide geschriebenen Namen und sagte bedauernd: »Nein, es waren Commius und der Ermordete.«

»Oh! Das ist fatal!«

»So ist es. Wir sind also vollkommen auf das angewiesen, was Commius zum Tathergang sagen wird, sofern er überlebt. Ein schwierige Situation, ja« Nigers Auge zuckte dreimal hintereinander.

»Hast du die Einteilung für die Nachtwachen selbst vorgenommen?«

»Nein, einer meiner Leute. Das war ...« Er blickte noch einmal zur Tafel. »Das war Dacius.«

»Ahja. Und wo ist er jetzt, dieser Dacius?«

»Ich habe ihn noch nicht gesehen.«

»Ist er etwa nicht zum Dienst erschienen?«

»Das kann sein. Willst du ihn denn sprechen?« Die Frage klang höchst erstaunt.

»Nein, nicht nötig, Niger. Das war nur so eine Frage.« Sie lächelte ihm freundlich zu. »Ich überlege nur, mit welchen Schritten man wohl am schnellsten dem Täter auf die Spur kommt.«

Tillia registrierte, dass Niger ihre Äußerung mit Erleichterung zur Kenntnis nahm, und sie hatte dafür Verständnis. In einer solch gespannten Situation sah es niemand gern, wenn Außenstehende sich einmischten.

Trotzdem! Sie musste vorsichtiger sein und verhindern, dass Niger aus ihren Fragen mehr als nur privates Interesse herauslas. Immerhin kannte sie nun den Namen des Diensthabenden, der gestern Abend die Wachen eingeteilt hatte: Dacius. Der Mann war ihr nicht bekannt. Freilich verriet der in Rom höchst seltene Name, dass sein Träger aus Dacia stammte, einem fernen Land jenseits der Donau. Ein Sklave? Wohl kaum. Rom hatte in den letzten Jahren keinen Krieg gegen die Daker geführt. Vielleicht ein Fachmann für die Zucht und Ausbildung von Rennpferden. Sehr oft kamen fähige Leute aus jenen fernen Weltgegenden, in denen das Pferd wichtigstes und schnellstes Verkehrsmittel war. Wahrscheinlich war er erst seit kurzem hier angestellt. – Wie dem auch sei, sie würde es einzurichten wissen, diesen Dacius irgendwann zu treffen und mit ihm zu sprechen. Dass Niger in Bezug auf die Einteilung der Nachtwachen nicht auf dem Laufenden war, hatte nichts zu bedeuten. Wie beim Militär war es die Sache subalterner Chargen, formale Dinge des inneren Betriebs zu regeln. Und immerhin wurde darüber Buch geführt.

»Mein lieber Novius Niger, ich will deine ohnehin knappe Zeit nicht länger in Anspruch nehmen. Du hast heute Wichtigeres zu tun, als mit einer neugierigen Tillia Capriola zu plaudern.«

»Aber ich bitte dich, Herrin!« Sein Auge zuckte mehrmals, ohne dass er es bemerkte. »Ich … ich werde jetzt nachschauen, ob der Chef in seinem Kontor ist. Wenn du mir bitte folgen würdest?«

»Aber gern.«

VI

Tillia war sehr neugierig, wie Marcus Terentius Tatianus als Chef der Factio Prasina den Anschlag verarbeitet hatte. Sie kannte ihn noch aus der Zeit, als Crescens auf dem Höhepunkt seiner Karriere gestanden hatte. Damals noch keine zwanzig, war Tatianus der größte Bewunderer des erfolgreichsten Fahrers der Grünen. Er dürfte jetzt Anfang vierzig sein, ja, er ist zweiundvierzig, überlegte sie. Sie wusste das so genau, weil sie vor zwei Jahren mit Athenodoros und zwanzig weiteren ausgesuchten Gästen in Tatianus' Haus, einer alten, sehr geschmackvoll eingerichteten *Domus urbana* auf dem Esquilin, seinen vierzigsten Geburtstag gefeiert hatte.

Tatianus war ritterlicher Herkunft und sehr wohlhabend. Er hatte vor fünfundzwanzig Jahren zu der kleinen Schar kritischer junger Männer aus gutem Hause gehört, die Gladiatorenkämpfe verachteten, aber von den Wagenrennen im Circus maximus magisch angezogen wurden. Tatianus' Vater, unter Tiberius auf verschiedenen Verwaltungsposten in Gallien und Ägypten zu Wohlstand und Ansehen gekommen, bewirtschaftete bei Lorium nahe der Via Aurelia ein Latifundium von einigen tausend Joch und machte im Alter einen Jugendtraum wahr: Er begann Pferde zu züchten. Dabei hatte er sich das Ziel gesetzt, durch Kreuzungen bester arabischer, numidischer und thrakischer Rassen ein Tier hervorzubringen, das alle Tugenden seiner Vorfahren in sich vereinte: Schönheit im

Ganzen wie im Detail, Grazie der Bewegung, Ausdauer bei starker Belastung, Stehvermögen, Widerstandsfähigkeit gegen Krankheiten, Schnelligkeit und Freude an der Bewegung und den Ehrgeiz im Wettkampf mit anderen zu siegen.

In dieser Welt edler Pferde aufgewachsen, hatte der junge Tatianus nur ein Ziel vor Augen: Beim Wettkampf im Circus Maximus als Erster über die Ziellinie zu fahren! Sah es der Vater anfangs noch gern, wenn der Vierzehn-, Fünfzehnjährige den ganzen Tag in den Ställen und auf den Weiden verbrachte, abenteuerliche Reitkunststücke vollführte und mit Biga oder Quadriga über eine improvisierte Bahn raste, so setzte er dem Wunsch des Herangewachsenen erheblichen Widerstand entgegen, als dieser ihm irgendwann eröffnete, er wolle im römischen Circus Rennen fahren und sich mit den besten *Agitatores* messen. Der Protest des Vaters legte sich erst, als Tatianus aus mehreren lokalen Rennen als Sieger hervorging. Kenner sagten ihm eine große Zukunft in Rom voraus.

Da starb plötzlich der Vater, vom Schlag aus heiterem Himmel getroffen. Tatianus ordnete den Betrieb, setzte einen neuen Verwalter an seine Spitze und ging nach Rom. Er fuhr zahlreiche Rennen für die Grünen, siegte an die zwanzig Mal, doch war er dem genialen Können seines Stallgenossen Crescens nicht gewachsen. Crescens beherrschte seine Hengste – sie stammten alle aus dem Gestüt bei Lorium – in einer Weise, als ob er in einem früheren Leben selbst ein Pferd gewesen sei. Tatianus, mit Crescens eng befreundet, gab in nüchterner Abwägung seiner Möglichkeiten schließlich der Vernunft den Vorrang und zog sich als erfolgreicher Züchter auf sein Gut zurück.

Er ritt und fuhr nur noch zu seinem Vergnügen, doch bei einem dieser Ausritte in felsigem Gelände stürzte er unglücklich vom Pferd und brach sich den Oberschenkel nahe der Hüfte. Die Wunde heilte zwar gut aus, doch behielt er von diesem Unfall ein zwar nicht gänzlich steifes, so doch in der Fortbewegung behinderndes rechtes Bein zurück. Das Ganze schien ihm ein Wink des Schicksals zu sein, nicht mehr öffentlich aufzutreten. Mit noch größerer Leidenschaft als der Vater widmete er sich fortan der Aufzucht seiner Pferde und begann mit Ausdauer und Umsicht Material für ein Lehrbuch zu sammeln, das seine Erfahrungen als Züchter, Reiter und *Agitator* an Angehörige späterer Generationen weitergeben sollte. Die Fachwelt, und dazu gehörte Tillia, wartete gespannt auf die Veröffentlichung.

Nach dem dramatischen Todessturz des Freundes begann Tatianus junge Talente zu fördern, stellte ihnen seine besten Pferde zur Verfügung und trainierte sie selbst auf der Rennbahn des Gestüts. Das blieb in Rom nicht unbemerkt. Alle vier Renngesellschaften, immer auf der Suche nach jungen Talenten, machten Tatianus ihre Angebote. Durch seine hervorragenden Beziehungen zu den Grünen erhielten die Neulinge in der Factio Prasina ihre Chance und fuhren prompt einen Sieg nach dem anderen ein. Tatianus galt nun als größter Pferdekenner Italiens.

Zu dieser Zeit verstarb der greise Aurelius Victor, *Dominus Factionis* der Grünen. Die finanzstarken Aktionäre der Renngesellschaft einigten sich sehr schnell darauf, Tatianus den Posten des Leitenden Direktors der Gesellschaft anzubieten.

Tatianus zögerte lange. Nur zu gut kannte er die zermürbenden Belastungen, die auf den obersten Chef zukamen: die kindischen Eifersüchteleien zwischen den Fahrern, ihre eitlen Selbstdarstellungen, hässlichen Streitereien und üblen Nachreden inner- und außerhalb der *Factio*. Schließlich sagte er zu, stellte aber harte Bedingungen. Er forderte:

- Zweidrittelmehrheit bei der Wahl des *Dominus Factionis;*
- ebenso eine Zweidrittelmehrheit für den Fall seiner Abwahl;
- absolutes Weisungsrecht für den *Dominus Factionis;*
- Entfernung aller Personen aus dem laufenden Betrieb, denen Unregelmäßigkeiten in Ausübung ihres Dienstes nachzuweisen waren;
- strengste Auslese bei der Anstellung neuer *Agitatores*, verbunden mit eindeutigen, längerfristigen Vertragsbedin-

gungen, um so zu verhindern, dass erfolgreiche Neulinge gleich nach den ersten Siegen von der Konkurrenz der Roten, Blauen oder Weißen abgeworben wurden;
- geradezu soldatische Disziplin für alle Angehörigen der *Factio*, vom untersten Stallknecht bis zum leitenden *Conditor;*
- Einsetzung eines internen Ehrengerichtes, das bei groben Verstößen von *Agitatores* gegen die genannten Bestimmungen ihre fristlose Entlassung aus dem Dienst mit einfacher Mehrheit beschließen konnte.

Die potenten Herren – unter ihnen Senatoren aus altadligen Familien, finanzstarke Ritter, einflussreiche Großkaufleute, Reeder und Bankiers – beratschlagten lange in kleinen und größeren Zirkeln, wogen das Für und Wider ab und waren am Ende alle der Meinung, frischer Wind tue dem altehrwürdigen Unternehmen gut; es gebe zurzeit keinen besseren Mann als Marcus Terentius Tatianus, denn neben seiner jahrelangen Erfahrung als erfolgreicher Züchter müsse man auch seine Kenntnis der Interna der Factio auf die Waagschale legen. Kurz, er sei der geeignetste Mann für den wichtigen Posten.

Natürlich hatte Tatianus Neider. Aber sie wagten ihre Bedenken nicht offen zu artikulieren. Sie wussten: Hinter Tatianus stand Titus, der Thronfolger, und der drängte darauf, die Factio der Grünen auf die Höhe der Zeit zu bringen.

Als Tillia mit Novius Niger das Arbeitszimmer von Tatianus betrat, saß dieser hinter seinem Schreibtisch und diktierte seinem Sekretär den letzten Satz eines Briefes. Dann hieß es: »Zwei Abschriften, eine fürs Archiv. Ich siegele sie alle! Danke, Laches, du kannst gehen. Und beeil dich bitte! Der Brief muss noch vor Mittag raus!«

Laches nickte, verbeugte sich leicht und verließ unauffällig den Raum.

Tatianus, ein großer, massiger Mann, erhob sich und kam um den Tisch herum, wobei er das rechte Bein bei jedem

Schritt etwas nachzog. Er lächelte Tillia freundlich zu und erklärte: »Du warst lange nicht hier, Tillia Capriola. Schön, dass du den Grünen wieder einmal einen Besuch abstattest.« Er nahm Tillias Rechte in seine großen, warmen, fleischigen Hände und drückte sie. »Allerdings hast du dir einen recht unerfreulichen Zeitpunkt ausgewählt. Du hast wohl schon gehört, was hier heute Nacht passiert ist.«

»Allerdings.« Sie zwinkerte. »Die Nachricht von dem unglaublichen Anschlag hat sich wie ein Lauffeuer in der Stadt verbreitet. Ich sah an die sechzig Leute vor dem Tor.«

»Es werden noch mehr werden.«

Tatianus bot ihr einen Stuhl an. Während Tillia sich setzte, wandte sich Tatianus an Novius Niger: »Wie geht es Commius?«

»Unverändert. Er war vor einer Viertelstunde noch nicht bei Bewusstsein. Sabinus ist bei ihm. Und Athenodoros.« Sein Auge zuckte. »Sie tun, was sie nur können!«

»Athenodoros?« Tatianus sah Tillia an. »Das ist gut. Das war sehr umsichtig von dir, dass du …«

Tillia nickte nur.

»Tja, dann …« Niger rieb seine Hände aneinander. »Ich hätte da noch einiges zu erledigen …«

»Natürlich. Ich will dich nicht aufhalten.« Plötzlich fixierte Tatianus ihn scharf und befahl mit unerwarteter Strenge: »Du wirst mit deinen Leuten das gesamte Personal zusammenrufen. Ich werde in Kürze eine Erklärung abgeben.«

»Jawohl. Und wo?«

»Im Versammlungsraum. Alle! Ich will, dass alle anwesend sind! Wer sich nicht auf dem Gelände befindet, muss geholt werden! Ist das klar?«

»Jawohl.« Niger machte die Andeutung einer Verbeugung, auch zu Tillia hin, und verließ den Raum

Tatianus ließ sich mit einem Seufzer auf seinem Sessel nieder. Er schaute Tillia lange an und sagte dann leise: »Ich hätte mit allem Möglichen gerechnet – aber nicht damit!«

»Wem sagst du das, Tatianus! Auch ich bin immer noch

schockiert. Wer wird die Untersuchung leiten – wenn ich das fragen darf?«

Tatianus zögerte kurz, dann sagte er: »Gaius Asinius Gallus.«

»Ahja …«

»Du kennst ihn?«

»Ein wenig.«

»Das klingt aber nicht sehr vertrauensvoll.«

»Im Gegenteil, Tatianus, im Gegenteil!« Sie frohlockte innerlich. Ihre Vermutung war also richtig gewesen. »Ich bin sogar überzeugt, dass Asinius der richtige Mann für diese Aufgabe ist.«

»Aber ich bitte dich!«, ereiferte sich Tatianus. »Asinius ist Tribun der Prätorianer und kein Mann mit einschlägigen Erfahrungen bei der Aufklärung von Verbrechen wie diesem!«

»Erlaube mir dir zu widersprechen, Tatianus.« Sie lächelte wissend. »Ich kann dir versichern, dass er sich gerade auf diesem Gebiet gewisse Verdienste erworben hat. Aber lassen wir das …«

Sie studierte sein Gesicht: Er sieht schlecht aus. Seine Bewegungen sind fahrig. Die Sache hat ihn völlig aus der Bahn geworfen. All seine Gelassenheit, die ich an ihm so schätzte, ist dahin. Ob er von einem Erpresser unter Druck gesetzt wird?

»Ich nehme an«, fuhr sie fort, »Asinius wird als Erstes das gesamte Personal verhören wollen.«

»Das erwarte ich auch. Darum lasse ich die Leute ja zusammenrufen.«

»Hm … Es wird nicht viel bringen.«

»Bitte? Wie meinst du das?«

»Sagen wir einmal so …« Tillia schlug die Beine übereinander und lehnte sich zurück. »Außer Commius und seinem ermordeten Kollegen war niemand in unmittelbarer Nähe, als es geschah. Warum auch. Die beiden waren ja als Nachtwachen eingeteilt. Hinzu kommt, dass die Ställe sich in einiger Entfernung von den Quartieren der Leute befinden, die hier übernachten. Hätte einer von ihnen verdächtige Geräusche gehört, würde er dies seinen Vorgesetzten, also letztlich dir, gemeldet haben. Das aber ist nicht der Fall – oder?«

»So ist es.«

»Des Weiteren gehe ich davon aus, dass hinter dem Anschlag kein einzelner Täter steht. Ein Unternehmen dieser Größenordnung kannst du nur mit Gehilfen durchführen, mit Männern, die routiniert, kühl und skrupellos – ja geradezu tollkühn vorgehen. Und sie müssen über hervorragende Ortskenntnisse verfügt haben! Mehr noch: Sie wussten genau, welche Stunde für das Gelingen des Unternehmens am günstigsten war. Das legt den Verdacht nahe, dass Angehörige der Factio daran beteiligt waren.«

Tatianus nickte. »Daran habe ich selbst schon gedacht.«

»Das Fazit lautet also«, schloss Tillia ihren Gedankengang, »ein Verhör des Personals wird nichts Brauchbares ans Licht bringen.«

»Man könnte fast meinen«, Tatianus schmunzelte, »*du* leitest die Untersuchung, Tillia!«

»Nun, ich mache mir meine eigenen Gedanken, nicht?« Sie zwinkerte lebhaft. »Wir haben keine Zeit zu verlieren. Der Fall muss bis übermorgen aufgeklärt sein, falls Diocles mit der Quadriga am letzten Tag der Ludi Florales an den Start gehen will.«

Tatianus nickte beifällig.

»Darum eine Bitte«, fuhr sie fort. »Wenn Commius wieder ansprechbar ist, möchte ich ihm gern einige Fragen stellen. Du hast doch nichts dagegen?«

»Natürlich nicht.«

In diesem Augenblick wurde an die Tür geklopft. Sabinus und Athenodoros traten ein. Beide machten sehr ernste Gesichter.

Tatianus erhob sich. »Und …?«

Sabinus wechselte mit Athenodoros einen Blick und erklärte: »Wir haben getan, was wir konnten. Die Wunde ist gereinigt und versorgt. Alles Weitere liegt in der Götter Hand.«

»Was heißt das?«

»Sein Zustand ist sehr ernst. Wenn jetzt noch Wundbrand hinzukommt, wird er sterben. Heute Nacht wird es zur Krise kommen.«

»Ist er bei Bewusstsein?«

»Immer nur für kurze Augenblicke, dann fällt er sofort wieder in einen todesähnlichen Tiefschlaf. Nach Mitternacht wird sich entscheiden, ob er durchkommt.«

Tillia stand auf und wandte sich an Tatianus: »Lass mich morgen bitte wissen, wie es um ihn steht.«

»Sicher. Ich schicke dir den Laches. Ins Argiletum?«

»Ja, ins Argiletum.«

Tatianus begleitete Tillia und Athenodoros bis auf den Flur und bedankte sich bei beiden für ihr Engagement.

»Aber das ist doch selbstverständlich, nicht wahr!«, sagte Athenodoros. »Wenn man mich noch braucht ... Ich stehe jederzeit zur Verfügung. Auch in der Nacht!«

»Danke!«

Sie trennten sich.

VII

Die Menge vor dem Tor hatte sich in der Zwischenzeit verdoppelt. Man wartete immer noch auf ein spektakuläres Ereignis, auf das Eintreffen prominenter Persönlichkeiten, auf Sicherungskräfte, die das Gelände abriegeln würden – und auf den Kaiser. Als Tillia und Athenodoros auf die Straße traten, wurden wieder die Köpfe gereckt und Spekulationen über das Paar angestellt, das offenbar in irgendeiner Beziehung zu den Vorkommnissen stand. Tillia war erleichtert endlich aus dem Bannkreis dieser aufdringlichen Gaffer zu kommen.

Zwei Gestalten lösten sich unauffällig aus der Menge und folgten den beiden gemächlich. Tillia und Athenodoros bogen an der nächsten Kreuzung nach links ab und warteten, bis Geta und Hormus heran waren.

»Keine besonderen Vorkommnisse, Herrin«, meldete Geta eifrig. »Es sei denn …«

»Ja?«

»Da strich eine männliche Person herum …«

»Strich herum? Was heißt das?«

»Nun, der Mann war allein, ohne Begleitung, sprach auch nicht mit den andern. Ich hatte sogar das Gefühl, als ob er deren Nähe mied. Er wurde nur dann sehr aufmerksam, wenn jemand hineinging oder herauskam.«

»Interessant. Kennst du den Mann?«

»Nein.«
»Wie alt war er denn?«
»Könnte Mitte dreißig sein – oder?« Die Frage galt Hormus, der als Antwort nur nickte.
»Sklave?«
»Schwer zu sagen.«
»Irgendwelche Besonderheiten?«
»Nein.«
»Kleidung?«
»Einfach, alltäglich.«
»Proletarisches Äußeres?«
»Nein, durchaus nicht. Intelligentes Gesicht. Benahm sich wie jemand, der im Auftrag seine Augen offen hält.«
»Aha. Du würdest ihn wieder erkennen?«
»Sicher.«
»Nun«, meinte Tillia, »das kann alles und auch nichts bedeuten. Vielleicht wartete er auf jemanden, der bei den Grünen angestellt ist, einen Freund oder Verwandten.«
»Das sah nicht so aus, Herrin.«
»Ist Pankrates noch drüben?«
»Ja. Er behält den Typen im Auge.«
»Na gut. Als ich dann mit Athenodoros aus dem Tor trat, reagierte der Fremde da besonders aufmerksam?«
Geta überlegte. »Nein, nur ein kurzer, neugieriger Blick. Wie bei den andern. Du warst für ihn offensichtlich ohne größeres Interesse. Verzeih, wenn ich das so sage.«
Tillia streifte Athenodoros mit einem belustigten Blick und lachte kurz auf. »Du scheinst also davon auszugehen, Geta, die Herrin Tillia Capriola ziehe die Blicke aller Römer auf sich.«
Geta grinste. »In gewisser Weise kann man das sagen, Herrin.«
»Falls das ein Kompliment sein sollte, danke ich.« Und zu Athenodoros: »Gehen wir!«
Geta und der stille Hormus begleiteten Athenodoros und Tillia bis zu deren Haus. Unterwegs sprach Tillia nur über

belanglose Dinge, obwohl sie in Gedanken mit den Ereignissen in der Factio beschäftigt war.

»Was sieht euer Auftrag nun vor?«, fragte sie, als alle vor ihrer Haustür angekommen waren.

»Wir haben Befehl deine Wohnung nicht aus den Augen zu lassen. Bis Ablösung kommt.«

»Und wann wird das sein?«

Geta schaute zur Sonne. »In anderthalb Stunden.«

»Oh, das ist noch lang. Aber das könnt ihr doch auch aus dem *Siebengestirn* machen.« Sie holte ihre Börse hervor und steckte Geta einige Münzen zu. »Fabius hat heute Fasan in Senfsoße auf der Speisekarte! Setzt euch da ans rechte Fenster.« Sie wies hinüber. »Von dort könnt ihr den Eingang hier gut im Blick behalten. Und euch sieht man nicht.«

»Oh, danke, Herrin!« Geta verbeugte sich. »Aber das war wirklich nicht nötig.«

»Natürlich nicht. Notwendig ist nur der Tod! Nun geht und haltet die Ohren offen! Es wird zwar wie immer in solchen Fällen reichlich dummes Zeug über das Verbrechen geredet, aber es könnte ja sein, dass irgendjemand einen interessanten Gedanken dazu äußert.«

Die beiden verbeugten sich noch einmal und verschwanden im Eingang zum *Siebengestirn*.

Im Treppenhaus blieb Tillia stehen und stöhnte auf.

Besorgt fragte Athenodoros: »Aber, was ist denn, Lunula?«

»Die Hüfte! Das Rheuma!«

»Das muss am Wetter liegen.«

»Nein. Das ist nicht das Wetter. Das sind die Aufregungen. Immer wenn ich mich aufrege, dann ...«

Mitfühlend und zugleich schuldbewusst blickte er sie an, denn wieder einmal hatten all seine Mittelchen, Tinkturen und Extrakte hatten ihr keine Linderung verschafft.

»Ich ... äh ... ich werde noch einmal gründlich den Dioskurides studieren. Vielleicht suche ich ihn auch selbst auf, nicht wahr. Er ist schließlich der erfahrenste Arzt auf dem Gebiet der Schmerzlinderung. Es muss doch etwas dagegen geben!«

»Lieb von dir, Doro, wirklich. Aber ich muss wohl damit leben. Es gibt wahrhaftig Schlimmeres.« Sie massierte die schmerzende Hüfte und wechselte das Thema: »Netter Junge, dieser Geta, nicht?«

»Durchaus, ja.« Athenodoros nickte. »Perdikkas sucht immer die richtigen Leute aus. Aber bist du nicht etwas zu spendabel mit den Trinkgeldern?«

»Keineswegs!« Sie sah ihn streng an. »Von den Jungs hängt im Ernstfall meine Sicherheit, was sage ich, mein Leben ab! Und Geta verdient nur einen Bruchteil dessen, was Pankrates, Theodoros und die anderen kassieren.«

»Dafür riskieren sie in der Arena ja auch Kopf und Kragen, nicht wahr!«

Sie stiegen weiter nach oben. Melitta erwartete sie an der offenen Wohnungstür und hatte keine neuen Nachrichten zu melden, worüber Tillia sehr erleichtert war. Wie immer machte die Zofe vor Athenodoros einen tiefen Knicks, worauf dieser zum Zeichen, dass er die höfliche Geste zur Kenntnis genommen hatte, wohlwollend die Rechte hob, was Melitta auf der Stelle veranlasste noch einmal zu knicksen. Sie behandelte den Freund ihrer Herrin mit allergrößtem Respekt, erst recht seit sie erfahren hatte, dass er sogar die Hämorrhoiden des Kaisers behandle – des Kaisers!

Tillia ging mit Athenodoros ins Tablinum und ließ sich mit einem Seufzer auf dem nächsten Stuhl nieder. Athenodoros trat ans Fenster und verfolgte eine Weile das Treiben auf der Straße. Dann drehte er sich um und fragte sehr direkt: »Und was wirst du als Nächstes tun?«

»Nachdenken.«

»Ahja.« Er lächelte unmerklich. »Und worüber? Du hast doch irgendeinen Plan im Kopf!«

«Mehrere, Doro, mehrere!«

»Nämlich?«

Sie überlegte kurz und erklärte dann: »Was ich dir jetzt sage, Doro, ist nur laut gedacht, nicht mehr; denn ich stehe im Augenblick gewissermaßen vor einem leeren Blatt Papyrus.«

»Ich verstehe. Sag's trotzdem. Ich höre dir gerne zu.«

»Danke! Das Wichtigste zuerst: Ich bin überzeugt, dass der oder die Täter mit Angehörigen der Factio Prasina zusammengearbeitet haben.«

»Das ist eine starke Behauptung!« Er hob die Augenbrauen. »Wie kommst du zu dieser Annahme?«

Tillia erklärte es ihm, wobei sie die gleichen Argumente zur Sprache brachte, die sie eben vor Tatianus ausgebreitet hatte.

»Einverstanden, wenn auch einiges dagegen spricht, nicht wahr. Aber fahr bitte fort!«

Tillia stand auf, ging einige Schritte auf und ab und blieb schließlich vor Athenodoros stehen. Sie sah ihn konzentriert an und fragte: »Der Stich, mit dem man Commius außer Gefecht gesetzt hat … Er ist hinten, im Rücken, nicht wahr?«

»So ist es.«

»Und die Verletzung, an der der zweite Mann gestorben ist … sie befindet sich ebenfalls am Rücken?«

»Ja, etwa an der gleichen Stelle.«

»Du hast dir den Toten genau angesehen?«

»Sicher.«

»Aha! Das ist sehr gut!«

»Wie bitte?« Er sah sie entgeistert an. »Aber, Lunula, was redest du da?!«

»Ach, Doro, doch nicht was du meinst!« Sie strich ihm liebevoll über die Wange. »Ich ziehe im Augenblick nur gewisse Möglichkeiten und die Folgerungen, die sich daraus ergeben, in Betracht. Wenn sich also die Verletzungen bei beiden am Rücken befinden, dann heißt das doch, dass man sie ihnen in heimtückischer Absicht zugefügt hat. Eben von hinten! Kannst du mir folgen?«

»Sicher.«

»Das setzt aber doch voraus, dass man sie ihnen in einem Augenblick beigebracht hat, als sie es nicht erwartet haben. Der Täter nutzte einen Moment aus, als sein Opfer sich umdrehte oder ohnehin mit dem Rücken zu ihm stand.«

»Hm …« Athenodoros hielt die Hand ans Kinn, dachte

nach und schüttelte den Kopf. »Du vergisst dabei, nicht wahr, dass es sich um zwei handelte. Man kann aber nicht zwei Männer gleichzeitig mit *einem* Messer von hinten erstechen!«

»Das ist korrekt. Und was schließt du daraus?«

»Nun, dass sie sich an verschiedenen Orten befunden haben müssen, als man sie von hinten anging.«

»Sehr gut. Folglich spricht einiges dafür, dass es sich bei dem Täter um jemanden handelt, der zum Personal der Grünen gehört.«

»Warum?«

»Die Opfer müssen ihm vertraut haben. Sie kannten ihn!«

»Das ist möglich, ja. Zieh trotzdem keine voreiligen Schlüsse, Lunula. Es kann alles ganz anders gewesen sein, nicht wahr. Wir müssen in jedem Fall abwarten, was Commius zum Hergang zu sagen hat. Vor morgen wirst du allerdings nicht mit ihm sprechen können.«

»Ich weiß, Doro. Der arme Kerl! Hoffen wir, dass er durchkommt.«

Athenodoros reckte sich und meinte bedauernd: »Ich muss jetzt ... Meine Patienten ...«

»Natürlich. Ich möchte dich nicht aufhalten. Ich danke dir, dass du dir die Zeit genommen hast mich zu begleiten.«

Er ging zur Tür, blieb stehen und wandte sich um. »Was also wirst du heute noch unternehmen?«

»Ich muss herausfinden, wo Dacius wohnt.«

»Dacius? Wer ist das?«

»Ein Stallmeister, direkt Novius Niger unterstellt. Er hat gestern Abend die Einteilung der Wachen vorgenommen. Vielleicht gehe ich noch einmal zu den Grünen.«

»Sei vorsichtig!«

»Aber, Doro, du weißt doch, dass die Jungs von Perdikkas immer dabei sind. Es ist alles unter Kontrolle.«

»Das beruhigt mich. Sehen wir uns heute noch?«

»Wir könnten im *Siebengestirn* zu Abend essen.«

»Einverstanden. Wann?«

»Nach Sonnenuntergang.«

»Gut. Ich werde dort sein.«

Tillia küsste ihn auf die Wange. Dann sah sie ihn aufmerksam an, zwinkerte und fragte: »Welchen Eindruck machte eigentlich Novius Niger auf dich?«

»Niger?« Er überlegte. »Nun, über seine Verdienste oder Fehler kann ich mir kein Urteil erlauben, nicht wahr, weil ich ihn zu wenig kenne. Aber ...«

»Ja?«

»Er wirkte auf mich wie ein Mann, der vollkommen überlastet ist. Dieses permanente unkontrollierte Zucken seines rechten Auges ist ein überdeutlicher Beleg dafür.«

»Und Sabinus?«

»Aber, Lunula! Du wirst diesen Mann doch nicht in die Reihe der möglicherweise Verdächtigen einbeziehen wollen! Cornelius Sabinus ist einer der pflichtbewusstesten und diszipliniertesten Ärzte, die ich kenne! Er geht ganz auf im Dienst für die Factio Prasina! Ich kenne und schätze ihn seit vielen Jahren.«

»In Ordnung. War auch nur so eine Frage ...«

»Also dann, bis heute Abend. Und pass auf dich auf!«

»Du auch.«

Athenodoros strich ihr liebevoll über die Wange und verließ die Wohnung.

VIII

Tillia ging zurück ins Tablinum, trat zum Fenster und blickte gedankenverloren auf die Straße. Sie überlegte, wie sie es umgehen konnte, noch einmal die Factio aufzusuchen, nur um nach der Wohnung eines gewissen Dacius zu fragen. Es musste übertrieben wirken, wenn sie nach zwei, drei Stunden schon wieder dort erschien, ja gewisse Leute konnten misstrauisch werden. Und gerade das wollte sie unbedingt vermeiden. Man sollte ihr unvoreingenommen gegenübertreten. Tatianus erwartete morgen ohnehin ihren Besuch.

»Hm ...« Sie dachte laut nach. »Es müsste doch möglich sein, an die Adresse dieses Dacius zu kommen, ohne dass ich selbst wieder ...«

Plötzlich hatte sie eine Eingebung: Gaius Mummius, der Wagenbauer! Arbeitete er nicht auch für die Grünen? Sie erinnerte sich: Vor fünfzehn Jahren – oder waren es sechzehn? – hatte Mummius neue Eisenringe auf die Räder ihres Reisewagens gezogen. Das Gefährt stand meistens im Schuppen ihres Landhauses bei Tusculum. Sie benutzte es selten, eigentlich nur, wenn sie im Hochsommer mit Athenodoros für einige Wochen aufs Land fuhr. Mummius musste den Mann kennen.

Tillia öffnete die Tür und rief nach Melitta.

»Herrin?« Die Zofe kam aus der Küche, die Hände an einem Tuch abtrocknend.

»Sag mal, Mädchen, du kennst doch den Gaius Mummius …«

Melitta nickte eifrig und fragte: »Soll ich bei ihm eine Bestellung aufgeben?«

»Nein, das mache ich selbst. Du gehst ins *Siebengestirn* und teilst Geta und Hormus mit, dass ich bei Mummius bin.«

»Sehr wohl. Sofort?«

»Ja, sobald ich die Wohnung verlassen habe.«

»Bist du denn lange weg?« Sie schniefte, was Tillia diesmal überhörte.

»Nein. Wo ist denn dein Chrysostomos?«

»In der Wäscherei.«

»Dann wirst du die Tür gut verriegeln.«

»Aber Chrysostomos hat keine Schlüssel mit.«

»Gute Göttin! Dann muss er eben warten, bis du zurück bist.«

Da sie noch angekleidet war, machte Tillia sich unverzüglich auf den Weg. Mummius' Werkstatt lag direkt im Argiletum, nur zweihundert Schritt entfernt stadteinwärts. Sie hatte den Mann als tüchtigen Meister seines Fachs in Erinnerung, der nicht nur hervorragende Arbeit leistete, sondern sich auch strikt an seinen Kostenvoranschlag hielt. Das war bei handwerklichen Großbetrieben dieser Art selten; andere Chefs nutzten die finanzielle Potenz eines Auftraggebers in kühler Berechnung aus, besonders wenn dieser darauf drängte, dass der Neubau oder die Reparatur in möglichst kurzer Zeit durchgeführt werden müsse. Nicht so Mummius! Darum zählten zu seinem Kundenkreis auch die wohlhabenden Villenbesitzer auf den umliegenden Hügeln. Er baute ihnen nicht nur neue Reisewagen, sondern brachte die ramponierten alten mit großem Können wieder auf Vordermann. So hatte er über Mangel an Aufträgen nie zu klagen.

Von Perdikkas wusste Tillia, dass Mummius sich auch um den Wagenpark der Grünen kümmerte. Dazu unterhielt er auf dem Gelände der Grünen eine eigene Werkstatt. Da sie sich für diese technischen Dinge kaum interessiert hatte, war sie mit Mummius in der Factio nie zusammengetroffen. Aber Mummius musste Dacius kennen, wusste vielleicht sogar, wo er wohnte.

Die großen Flügel des Eingangstors standen offen. Tillia trat in das Gewölbe ein, das unter der ganzen Breite des fünfstöckigen Hauses zu einem Hinterhof führte, an dessen Seiten sich die verschiedenen Werkstätten befanden: die Schmiede, die Tischlerei, die Stellmacherei, das Holz- und das Eisenlager. Sie blickte sich um. Nichts hatte sich hier seit ihrem letzten Besuch vor fünfzehn Jahren verändert; lediglich die Wände, Türen und Läden waren wieder einmal frisch gestrichen worden. Alles wirkte sauber, aufgeräumt, wohl geordnet, proper. Nirgendwo lag Gerümpel herum. Es roch angenehm nach frischem Holz und Harz. Ganz klar: Gaius Mummius legte größten Wert auf das äußere Erscheinungsbild seines Betriebs. Schon der erste Eindruck sollte einen neuen Kunden überzeugen. Tillia hatte nichts anderes erwartet.

Auf dem Hof waren vier Männer damit beschäftigt, einen frisch geschmiedeten, noch glühenden eisernen Reifen auf ein hölzernes Rad zu zwingen. Das musste sehr schnell geschehen, noch bevor das Eisen abkühlte. Mit riesigen Zangen setzten zwei von ihnen den Reifen auf das Rad, während die beiden anderen ihn mit geübten Schlägen großkalibriger Hämmer auf das Holz zwangen. Allen perlte der Schweiß von der Stirn. Beißender Qualm stieg auf, als das heiße Eisen schließlich das Holz umspannte. Dann tauchten sie Rad und Ring in einen riesigen, mit Wasser gefüllten Trog. Das Wasser brodelte wild auf. Heißer Wasserdampf schoss in die Höhe. Jäh zog sich der abgeschreckte Eisenring zusammen und presste sich unlösbar um das hölzerne Rad, das die Arbeiter nun mit bloßen Händen aus dem Trog heben und daneben ablegen konnten. Später würden sie den eisernen Reifen zusätzlich mit Nägeln arretieren. Die Männer atmeten auf, das Werk war gelungen. In ihren Gesichtern stand Zufriedenheit.

Tillia, die das Ende der Prozedur abgewartet hatte, fragte einen von ihnen, ob der Meister anwesend sei.

Der Mann blickte sie zaghaft an, denn es kam höchst selten vor, dass sich eine vornehm gekleidete Domina in diese derbe Männerwelt begab. Von Statur, Gesicht und Haarfarbe her konnte er ein Germane sein. Er erklärte: »In Kontor, Herrin! Chef in Kontor!« Er zeigte auf eine bestimmte Tür.

Tillia lächelte ihm freundlich zu und sagte: »Danke!«

Sie ging zum Hauptgebäude, in dem sich neben Kontor und Lager im Obergeschoss wohl auch die Privatwohnung von Mummius und seiner Familie befand. Auch hier war alles frisch gestrichen und so sauber, dass man vom Fußboden hätte essen können. Dabei war das Haus schon sehr alt, wie sie an der ausgetretenen Schwelle, den schiefen Deckenbalken und den patinierten Steinstufen der Treppe erkannte, die nach oben führte. Das Treppengeländer war erst kürzlich erneuert worden, die Pfosten, der Handlauf und die geschnitzten Stäbe aus Buchenholz rochen noch nach Leinöl.

Im Flur stand links eine Tür offen. Tillia schaute neugierig hinein. Das Vorzimmer! Drei Schreiber standen an ihren Pulten und schrieben emsig. Wahrscheinlich Rechnungen, Zwischenberichte, Mahnungen und dergleichen mehr. Einer von ihnen bemerkte sie, hielt inne und fragte: »Womit kann ich dienen, Herrin?«

Tillia kehrte die souveräne Domina heraus und fragte mit strengem Blick: »Wie heißt du?«

»Wie? Ich … äh …« Überrascht von ihrer Direktheit öffnete er den Mund. »Ich heiße Aratos, Herrin.«

»Also dann, Aratos …« Sie zwinkerte. »Geh zu deinem Herrn, dem ehrenwerten Gaius Mummius – falls er denn da ist –, und teile ihm mit, die Herrin Tillia Capriola wünsche ihn in einer bestimmten Angelegenheit, die durchaus keinen Aufschub dulde, sofort zu sprechen.« Mit Absicht hatte sie sich einer komplizierten Syntax bedient, weil sie wusste, wie sehr dies subalterne Gemüter immer wieder beeindruckte.

Prompt nickte Aratos beflissen, verbeugte sich und erklärte, der Herr sei sehr wohl da, er werde den Herrn selbstverständlich sofort informieren, die Herrin möge sich bitte einen Augenblick gedulden, er sei gleich wieder zurück. Er ging zur Tür des Kontors, klopfte an und trat ein. Tillia konnte nicht verstehen, was er sagte, doch schon wenige Augenblicke später erschien Gaius Mummius im Türrahmen. Er hatte sich in den Jahren kaum verändert: ein Mann mit dem Körper eines Ringers, wohlbeleibt, muskulös, glatzköpfig, stiernackig. Dunkle Kulleraugen schauten neugierig in die Welt. Lachfältchen an den Augen verrieten, dass er über Humor und Witz verfügte.

Mummius sah Tillia kurz an, sagte aber nichts, sondern machte mit der Hand eine einladende Geste, ließ sie in sein Kontor vorausgehen und schloss hinter ihr die Tür. Dann zog er einen Stuhl heran und wischte mit der Hand unsichtbare Stäubchen weg. Sie setzte sich. Er selbst nahm hinter dem voluminösen Arbeitstisch Platz.

»Tillia Capriola!«, begann er und neigte leicht den Kopf. »Wir hatten vor einigen Jahren miteinander zu tun.«

»Oh, das ist lange her.«

»Es ging, wenn ich mich recht erinnere, um neue Eisenringe für einen Reisewagen …« Er verzog das Gesicht zu einem überaus freundlichen Lächeln.

»Du hast ein gutes Gedächtnis, Gaius Mummius! In Kürze sind wieder neue fällig.« Sie lächelte nun ebenfalls, stellte aber sofort klar: »Deshalb bin ich freilich nicht hier.«

»Nicht?!« Er riss die Augen auf, sein Erstaunen schien echt zu sein. »Dann darf ich fragen, was mir die Ehre verschafft?«

»Aber gewiss doch.« Sie fuhr mit dem Finger über ihren Siegelring, legte die Hände ineinander und studierte sein rosiges Gesicht, das so deutlich die Empfindungen seines Gemütes spiegelte. »Ich gehe davon aus, dass du erfahren hast, was in der Factio Prasina geschehen ist …«

»Wie? Allerdings!« Er rief es aufgebracht. »Furchtbar, das! Eine Unverschämtheit! Was sage ich! Eine … eine Tragödie! Das hat bisher noch keiner gewagt! Keiner!«

Er beugte sich unvermittelt vor und fragte erstaunt: »Aber was hast du damit zu schaffen, Herrin?«

»Nun …« Tillia lehnte sich zurück. »Es wird dir vielleicht nicht unbekannt sein, dass ich seit vielen Jahren die Geschicke der Factio Prasina mit lebhaftem Interesse verfolge.«

»Natürlich, natürlich! Niemand kennt die Stärken und Schwächen der Grünen besser als du.«

»Danke. Dann wirst du auch verstehen, dass mir sehr daran gelegen ist, den Täter so bald wie möglich überführt zu sehen.«

»Aber ja doch, aber ja!«, rief er. »Du sprichst mir aus dem Herzen, Herrin! Jawohl! Den Täter so bald wie möglich …« Wieder beugte er sich vor und fragte leise: »Hast du denn schon einen bestimmten Verdacht?«

»Nein, Mummius, bis jetzt noch nicht. Aber wir müssen alle möglichen Konstellationen und Modalitäten ins Auge fassen, Kleinigkeiten können viel verraten, wenn du verstehst, was ich meine.«

»Natürlich, natürlich!«, rief er und strich sich mit der Hand über sein Stoppelkinn, dass es knisterte. Eifrig fuhr er fort: »*Was für Zeiten, was für Sitten!*, würde der alte Cicero ausrufen. Du kannst voll und ganz mit mir rechnen, Herrin. Wirklich!« Sein Gesicht hatte sich gerötet. Er meinte es ernst.

»Ich habe nichts anderes erwartet«, stellte Tillia fest und war erleichtert. Sie mochte diesen Mann. Wie sie selbst hatte er sich den Grünen mit Haut und Haaren verschrieben. Das machte es ihr leichter, zum Kern ihres Anliegens zu kommen. Sie gab gerafft wieder, was sie von Novius Niger erfahren hatte, schilderte auch den kritischen Zustand von Commius und schloss: »Man muss jeden, der gestern Abend mit irgendwelchen offiziellen Aufträgen bedacht war, überprüfen.«

»Jawohl!«, rief Mummius. »Jeden! An wen denkst du dabei besonders, Herrin?«

»Zum Beispiel an Dacius.«

»Dacius?« Er starrte sie an. »Warum denn Dacius?«

»Er hat gestern Abend die Nachtwachen eingeteilt.«

»Aha, aha!«

»Kennst du ihn?«

»Wie? Du meinst persönlich? Nein, nur oberflächlich.«

»Was heißt das?«

»Nun …« Mummius grinste. »Dacius ist sehr überzeugt von seiner Wichtigkeit, seiner Bedeutung für die Grünen.«

»Sein gutes Recht. Das macht nichts. Hier geht es um mehr. Man muss ihn unter anderem darüber befragen, was er über die Stimmung in der Factio weiß, denn gerade Leute wie er bekommen viel mit. Wenn du verstehst, was ich …«

»Natürlich, natürlich!«

Tillia zwinkerte und kam direkt zur Sache: »Dacius … Wo wohnt er eigentlich?«

Die Antwort kam prompt: »In der Subura.«

»Aha. Und wo genau?«

»Beim Tempel der Diana. Im vierten Stock einer Insula.«

»Könntest du das vielleicht noch etwas genauer beschreiben?«

»Wie? Ja, natürlich. Im Erdgeschoss befindet sich der Laden einer Töpferei. Gebrauchsgeschirr. Billiges Zeug. Nicht zu verfehlen. Jeder kennt sie.«

»Eine Frage, Mummius … Dacius … Er stammt wohl aus Dakien?«

»So ist es.«

»Sklave?«

»Oh nein, oh nein! Er ist aus freien Stücken hier.«

»Interessant. Wer hat ihn denn eingestellt?«

»Ich glaube, Tatianus selbst, auf Vorschlag von Novius Niger. Warum willst du das wissen?«

»Ach, nur so eine Frage, Mummius. Ich bin immer sehr neugierig. Tja, dann …«

Tillia stand auf und auch Mummius erhob sich. Sie wechselte das Thema: »Wie lange würdest du brauchen, um neue Ringe auf die Räder meines Wagens aufzuziehen?«

Und Mummius: »Das hängt vom Zustand der Holzteile ab. Wenn da nichts zu ersetzen ist, einen Tag, sonst länger.«

»Ich verstehe.«

»Das Beste ist, ich schaue mir das Gefährt erst einmal an. Übrigens …« Er kam um den Tisch herum, hob die Brauen und erklärte mit bedeutungsvollem Blick: »Ich könnte dir da ein ganz hervorragendes Angebot machen, Herrin …«

»Du meinst einen neuen Wagen?«

»So ist es, so ist es. Beste Qualität! Neueste Technik! Perfekte Lederaufhängung der Kabine! Vier bequeme, gepolsterte Plätze! Sehr komfortabel! Im Heck ein großes Gepäckteil! Reiche Verzierungen in Bronze und Silber! Perfekte Lenkung!«

»Ja, aber …« Sie zwinkerte. »Ich habe doch einen fahrbereiten Wagen, Mummius!«

»Schon recht, Herrin, schon recht. Aber das ist – wenn ich mir dir Bemerkung erlauben darf – doch schon ein recht altes, ja gebrechliches, dazu unbequemes Gefährt. In keinem Punkt auf der Höhe der Zeit. Ich sehe es geradezu vor mir. Du hättest etwas Besseres verdient. Im Übrigen …« Er kam nahe heran und verfiel fast ins Flüstern: »Ein Sonderangebot. Eine einmalige Gelegenheit. Ich verkaufe ihn dir weit unter Preis, obwohl er so gut wie neu ist.«

»So? Und warum tust du das?« Sie ahnte, dass hinter alldem irgendeine menschliche Katastrophe stehen musste. Immer wieder kam es vor, dass sich gewisse Leute übernahmen.

Mummius versuchte es ihr zu erklären: »Wie? Nun, weil der Vorbesitzer, der ihn bei mir hatte bauen lassen, er wurde von heute auf morgen vom Schlag getroffen. Er ist, so viel ich weiß, noch nie damit ausgefahren. Das bedeutet, der Wagen ist neu. Die Witwe hat ihn mir zurückgegeben. Sie hat Schulden zu begleichen. Du verstehst?«

»Ich verstehe.« Tillia rief sich ins Gedächtnis, dass sie schon zu Beginn des Frühlings mit dem Gedanken gespielt hatte sich einen neuen Reisewagen zuzulegen. »Nun ja«, meinte sie, »ansehen kostet nichts. Wo ist denn das gute Stück?«

»Im Lager.« Er stand wie auf dem Sprung.

»In Ordnung. Zeig ihn mir. So viel Zeit habe ich noch.«

Sie verließen das Kontor und gingen hinüber in die Lagerhalle. Tillia war überrascht. Der Wagen, vollkommen neuwertig, war in jeder Hinsicht technisch perfekt gebaut. Die Eleganz der Linien, die Leichtigkeit der Materialien, die Abstimmung der Farben gefielen ihr auf Anhieb. Besonders die Farben! Dunkelgrünes Leder auf den Sitzen und Rücklehnen, die Armauflagen aus Ebenholz, innen und außen silberne Griffe, bronzene Angeln, und in den Türen waren kompliziert gestaltete Intarsien eingelassen, Rankenmuster aus hellen und dunklen Furnieren in warmen Tönen von Ocker bis Rotbraun. An den vier Ecken des Daches wachten silberne Löwenköpfe.

Mummius öffnete eine Tür und lud Tillia ein im Innern Platz zu nehmen. Sie war beeindruckt: Die Sitze waren hervorragend, die Fenster so groß, dass man während der Fahrt die ganze Gegend wahrnehmen konnte, ohne sich weit hinauslehnen zu müssen, wie es bei ihrem alten Wagen der Fall war. An den Innenseiten der Türen befanden sich große Fächer aus Leder, in denen man allerlei Kleinkram verstauen konnte. Es gab sogar mittlere Lehnen zwischen den Sitzen, die man hochklappen konnte, wenn sie störten. Tillia war fasziniert.

Sie stieg aus und ließ sich nicht anmerken, wie gut ihr das Fahrzeug gefiel. »Nicht schlecht«, meinte sie lässig. »Und was soll er kosten?«

»Achttausend.«

»Denare?«

»Wie? Nein, natürlich Sesterzen!«

Sie schüttelte den Kopf, obwohl ihr klar war, dass der Wagen weit mehr wert war. »Lieber Mummius, du scheinst vergessen zu haben, dass ich doch einen Wagen besitze. Und ich hänge an ihm. Warum sollte ich also …?«

Daraufhin bewegte Gaius Mummius lautlos die Lippen und überschlug, wie weit er mit dem Preis heruntergehen konnte, ohne ein Verlustgeschäft zu machen. Schließlich erklärte er: »Also gut, siebentausendfünfhundert.«

»Sechstausend!«, forderte Tillia. Sie wusste, dass er etwa bei siebentausend auf seine Kosten kommen würde.

Mummius wiegte den Kopf. »Sagen wir siebentausend.«

»Abgemacht, unter einer Bedingung …«

»Eine Bedingung? Aha!« Er ahnte Schlimmes. »Ich höre, Herrin …«

»Eine Kleinigkeit nur, Mummius. Ich möchte den Wagen, wenn ich in Rom bin, bei dir unterstellen. In meinem Haus habe ich dazu keine Gelegenheit. Wäre das möglich?«

»Kein Problem.«

»Das ist gut. Dafür bitte ich dich einen Betrag zu nennen. Ich meine die Miete für ein Jahr.«

Er schlug hundert Sesterzen vor, doch sie erhöhte auf hundertfünfzig.

»Einverstanden.« Er verbeugte sich. »Wann möchtest du den Vertrag abschließen?«

»Sofort.«

»Sofort?« Er staunte. »Ahja, sofort. Dann darf ich bitten …«

Sie gingen zurück ins Kontor und Mummius diktierte einem der Schreiber die verschiedenen Garantien, die er für den Zeitraum von zwei Jahren zu gewähren sich verpflichtete. Sie betrafen die Funktion der mechanischen Teile, der Griffe, Schlösser und Angeln ebenso wie die witterungsunabhängige Qualität der Hölzer und Zugketten sowie die Qualität des Leders. Alle Vierteljahre müsse der Wagen allerdings zu einer Inspektion vorgeführt werden, als Voraussetzung für die Garantiegewährung auf die fehlerfreie Funktion der beweglichen Teile.

Tillia war mit allem einverstanden und drückte am Ende ihren Siegelring in das dunkelrote Wachs, das der Chef höchstpersönlich auf das Pergamentblatt hatte tropfen lassen. Gaius Mummius setzte mit großer Geste und bedeutungsvollem Blick sein eigenes Siegel daneben.

»Zwei Abschriften!«, befahl er. »Eine gesiegelte erhält die Domina Tillia Capriola!«

»Ich werde dir das Geld morgen schicken«, sagte Tillia.

»Das eilt nicht, Herrin.«

Beide wussten, dass sie ein gutes Geschäft gemacht hatten. Sie sahen sich an und lächelten. Aber die Einladung zu einem

Essen lehnte Tillia höflich ab. Sie habe schon zu viel Zeit verloren, doch man könne sich ja am Abend im *Siebengestirn* treffen. Dabei hoffte sie im lockeren Gespräch einiges über die internen Verhältnisse in der Factio Prasina zu erfahren.

Mummius sagte gerne zu und verbeugte sich tief beim Abschied.

IX

Als Tillia auf die Straße trat, erkannte sie im Schatten der gegenüberliegenden Arkade Geta. Sie gab ihm mit Handzeichen zu verstehen ihr in ihre Wohnung zu folgen. Er nickte und trabte im Abstand von zehn, zwölf Schritten hinter ihr her. Um diese Zeit war es schon ruhiger im Argiletum.

Die schwüle Hitze war heute unerträglich. Sie war froh die kurze Strecke bis zu ihrem Haus hinter sich gebracht zu haben. Im Flur wartete sie auf Geta, der wenige Augenblicke nach ihr eintrat. Sie legte den Zeigefinger auf die Lippen und sagte: »Oben! Nicht hier!«

Melitta hatte keine neuen Nachrichten zu melden. So ging Tillia mit Geta ins Tablinum.

»Ist eure Ablösung schon da?«

»Ja, Herrin. Theodoros und Dumnorix.«

»Aber die waren doch in der Nähe der Factio.«

»Richtig. Und sie haben da die gleiche Beobachtung wie Hormus und ich gemacht.«

Tillia merkte auf: »Du sprichst von diesem sonderbaren Mann, der dir auch schon aufgefallen war?«

»Ja, Herrin.«

»Und?«

Bevor Geta antworten konnte, wurde der Klopfer an der Wohnungstür betätigt. Melitta öffnete. Es war Theodoros, wie Tillia an seiner tiefen Stimme erkannte. Sie trat in den Flur und bat auch ihn ins Tablinum. Theodoros bewegte sich mittlerweile in der Wohnung mit einer Selbstverständlichkeit, als ob er hier täglich aus und ein ginge. Er baute sich vor Tillia auf und begann ohne Umschweife: »Ein höchst sonderbarer Knabe!«

»Wen meinst du?«

»Diesen Herumlungerer und Eckensteher. Steht stundenlang in der Landschaft herum und betrachtet mit argen Augen das hübsche Törchen der Grünen.«

»*Argusaugen*!«, verbesserte Tillia und schmunzelte. »Mit Argusaugen!«

»Sag ich doch, Herrin! Sollte durchaus verboten werden! Sind bestimmt schon Löcher drin. Der Mann muss dingfest gemacht werden. Beschädigt fremdes Eigentum.«

»Gut, doch nun zu Sache, mein Junge.«

»Jawohl!« Er wandte keinen Blick von ihr. »Aber er ist weg.«

»Weg? Was heißt das? Und wieso ›aber‹?«

»Weil ... Ich näherte mich ihm in freundlicher Absicht, als er es suchte!«

»Was?«

»Das Weite!«

»Aha. Da bist du hinter ihm her ...«

»Jawohl.«

»Bis du ihn aus den Augen verloren hast.«

»So ist es.«

»Wo war das?«

»Auf der anderen Seite des Tibers.«

»In Transtiberim?«

»So ist es.«

»Wo genau? Das könnte wichtig sein.«

»Bei den Mühlen.«

»Du meinst die Wassermühlen am Fluss?«

»Jawohl.«

»Interessant.«

Tillia hielt den Zeigefinger an den Mund und dachte nach. »Du würdest ihn jederzeit wieder erkennen?«

»Auf der Stelle, Herrin! Hat diesen Löcherblick! Gefährlich!«

»Gut, gut. Hast du gesehen, wohin er ging? In ein Haus, in eine der Mühlen?«

»Nein. Er war plötzlich verschwunden.«

»Wo?«

»In der Menge.«

»Nun, immerhin etwas. Das hast du gut gemacht, Theodoros.«

Theodoros strahlte und wusste einen Augenblick lang nicht, wohin mit den Händen. Er ballte die Faust und hieb damit unvermittelt durch die Luft. Tillia sah ihn verwundert an.

»Lass das!«, merkte Geta kritisch an. »Du könntest die Herrin erschrecken!«

»Keineswegs.« Tillia legte die Hand auf Theodoros' schwarz behaarten Unterarm. »Ich würd's am liebsten auch so machen. Hört zu, Jungs! Ich begebe mich jetzt zu einem gewissen Dacius, seines Zeichens *Conditor* bei den Grünen und direkt dem Novius Niger unterstellt. Er ist aus Gründen, die ich nicht kenne, heute nicht zum Dienst erschienen. Was sieht euer Auftrag des Weiteren vor?«

»Dich nicht aus den Augen zu lassen, Herrin. Theodoros wird deinen Schutz übernehmen«, erwiderte Geta.

»Also gut. Ich mache mich jetzt auf den Weg.«

Geta und Hormus kehrten in den Ludus zurück. In Kürze würde Pankrates auftauchen und die Observation des Hauses übernehmen. Vielleicht hatte Perdikkas noch weitere Leute abgestellt. Theodoros würde ihren Schutz auf dem Weg zu Dacius übernehmen.

X

Tillia litt sehr unter der Hitze und wäre nur zu gern in ihrer Wohnung geblieben, um sich etwas auszuruhen. Diese plötzlich über sie hereingebrochene Affäre zerrte sehr an ihren Nerven, denn sie ließ die Sache der Factio Prasina zu ihrer eigenen werden. Außerdem hatte sie Hunger. Doch das Gespräch mit Dacius war wichtiger. Also machte sie sich auf den Weg.

Die Gegend, in der Dacius sein Domizil hatte, kannte sie sehr gut, denn in der Nähe lag Athenodoros' Haus. Auch die Töpferei, die Mummius erwähnt hatte, war ihr bekannt, da sie hier schon des Öfteren billiges Alltagsgeschirr gekauft hatte. Tillia besaß zwar schon seit langem ein kostbares zwölfteiliges Service aus hauchdünner *Terra Sigillata* aus der ältesten Werkstatt in Praeneste, doch wurde es nur bei besonderen Anlässen auf den Tisch gebracht. Für den alltäglichen Gebrauch genügte das billige derbe Geschirr.

Theodoros ging nun neben ihr her, denn schon nach wenigen Schritten hatte Tillia ihm zu verstehen gegeben, dass sie es albern finde, wenn er wie ein Hund hinter ihr herlaufe. Ihm selbst war das nur recht, denn so konnte er im Falle eines plötzlichen Angriffs unmittelbar reagieren.

Allmählich leerten sich die Straßen. Die Menschen zogen sich ins kühle Innere ihrer Wohnungen zurück. Bis in den frühen Nachmittag würde es ruhig bleiben. Wie alle anderen Läden und Werkstätten war auch die Töpferei um diese Zeit geschlossen. Den Eingang zu den Wohnungen in den fünf Obergeschossen erreichte man durch den mittleren Torbogen, von dem aus links eine Treppe nach oben führte. Im überwölbten Gang war eine Wand mit Grafitti bekritzelt. Tillia blieb stehen und studierte die Mitteilungen:

Auf dem Landgut des C. Legannius Verus erwartet dich ein Bad! Wie in der Hauptstadt badet man, und alle Bequemlichkeiten sind vorhanden!

Primigenius grüßt seine Successa. Leb wohl, mein Fischlein!

Diebe hinaus! Ehrliche Leute herein!

Betrifft Häuserblock des Arrius Pollio. Besitzer: Cn. Alleius Nigidius Maius. Vom nächsten 1. Juli ab werden vermietet: Läden mit ihren Oberzimmern, herrschaftliche Speiseräume und ein Haus. Interessierte Mieter wenden sich an Primus, den Sklaven des Cn. Alleius Nigidius Maius.

Da Theodoros des Lesens nicht kundig war, trug Tillia ihm die Texte vor. Er grinste und tönte: »Unglaublich!«

»Was?«

»Der Fisch! Habe noch nie gehört, dass einer sein Mädchen ›Fisch‹ nennt. Vollkommen abartig! Sollte verboten werden!«

»Nun, dieser Primigenius sieht das wohl anders.«

»Sicher. Stammt wahrscheinlich von Fröschen ab!«

Beide lachten.

In diesem Augenblick polterte jemand aufreizend laut im Treppenhaus die Stufen herunter. Tillia erwartete einen Mann, doch es war eine alte Frau, die in den Gang trat und mit unglaublich schnellen Schritten auf sie zuhumpelte. Sie benutzte einen derben Knotenstock, um sich beim Gehen abzustützen.

Tillia trat ihr in den Weg und sprach sie freundlich an: »*Salve,* Mütterchen! Gehört dieses Haus hier dem Gnaeus Alleius Nigidius Maius?«

»Wie?« Sie öffnete den fast zahnlosen Mund und hielt die zitternde Hand ans Ohr. Tillia wiederholte ihre Frage, diesmal lauter.

»Ja, ja, dem Nigidius«, nuschelte die Alte und keifte: »Ein Halsabschneider! Ein Halunke! Lass dich nicht mit ihm ein, Herrin, nicht mit ihm … Er zieht jedem das Fell über die Ohren! Jedem!«

»Gehört ihm auch die Töpferei?«

»Wie?« Die Hand fuhr reflexartig ans Ohr. »Ja, ja, dem gehört auch die … Auch zu teuer! Viel zu teuer! Aber der macht ja aus allem noch was! Auch aus Dreck!«

Tillia hatte keine Lust sich in ein längeres Gespräch über den römischen Mietwucher einzulassen, dessen Auswüchse sie nur zu gut kannte. Sie wollte nur dies wissen: »Kennst du einen gewissen Dacius?«

»Wie? Dacius? Ja, den kenne ich … kenne ich.«

»Wohnt er hier?«

»Ja, er wohnt hier.«

»Und wo?«

»Oben.« Sie hob den Stock und wies in die Höhe. »Im vierten Stock … im vierten … nach vorne, zur Straße hin. Ein freundlicher Mann. Wirklich. Trägt mir immer den Korb hinauf. Ich wohne nämlich im fünften Stock! Habe ihn aber seit gestern nicht gesehen … nicht gesehen.«

»Na, vielleicht ist er krank, nicht?«

»Wie? Krank? Der?« Sie beugte sich vor. »Aber nein, Herrin, aber nein! Der ist kerngesund! Kerngesund! Obwohl er allein lebt … allein.«

»Allein?«

»Na ja, manchmal …« Sie kam näher und tat sehr wichtig. »Manchmal hat er da so eine Frau, ein ganz junges Ding. Ist aber auch sehr freundlich, wirklich.«

»Ahja. Ist es immer dieselbe?«

»Wie? Nein, nicht immer. Aber was geht das mich an.« Sie kicherte. »Ich bin ja längst jenseits von gut und böse.«

»Bist du dir da sicher?«

Tillia hatte das spaßhaft gemeint, doch die Alte nahm es wörtlich: »Was soll denn das heißen, he?!« Sie ereiferte sich. »Ich … ich bin eine anständige Frau und nicht so eine, die …!«

»Natürlich nicht, schon gut, Alte.«

Tillia, die längst erkannt hatte, dass diese Frau zur ärmsten Kategorie der Mieter dieser Insula gehörte – wahrscheinlich wohnte und lebte sie hier ganz alleine und hielt sich mit kleinen Dienstleistungen und Handarbeiten für die Nachbarschaft über Wasser –, Tillia holte ihre Börse hervor und drückte ihr zwei Denare in die Hand. Für die Alte war das offensichtlich ein Vermögen, denn sie rief mit vor Aufregung zitterndem Kopf: »Aber Herrin! Womit habe ich das verdient?«

Tillia hielt ihr lockend eine dritte Silbermünze hin und fragte: »Diese Frau, mit der er zurzeit zusammen ist ... Wie heißt sie?«

»Avita!« Die Alte ließ die Münze nicht aus den Augen.

»Das klingt, als ob sie eine Sklavin sei.«

»Sklavin? Keine Ahnung«, brummte die Alte. »Aber was geht mich das an ...«

»Na klar. Wo wohnt sie denn, diese Avita?«

»Gleich neben dem Tempel der Diana, Herrin, gleich daneben.«

»Ahja. Das ist doch nicht weit von hier. Könntest du's mir zeigen?« Tillia winkte mit dem Denar.

»Aber sicher, Herrin, aber sicher. Komm nur, Herrin, ich zeig's dir, ich zeig's dir!«

Schon humpelte sie mit diesen ungemein schnellen, hart klackenden Schritten los – sie trug primitivste Sandalen mit hölzerner Sohle – und schlug dazu mit dem Stock den Takt. Tillia hatte Mühe ihr zu folgen. Der Dianatempel lag schräg gegenüber in einem kleinen Hain. Die Alte steuerte auf ein fünfstöckiges Haus links davon zu, blieb vor dem Eingang stehen, wies mit dem Stecken in die Höhe und murmelte: »Hier wohnt sie. Im vierten Stock.«

Tillia blickte nach oben, an den übereinander gesetzten Balkonen entlang. Auf einigen waren Frauen damit beschäftigt, Wäsche aufzuhängen. Auf anderen erkannte sie blühende Oleanderbüsche und allerlei grünes Ziergewächs, das von den Bewohnern mit Liebe gehegt und gepflegt wurde.

Sie fragte: »Gehört dieses Haus auch dem Alleius Nigidius Maius?«

»Wie?« Die Hand der Alten fuhr ans Ohr, doch sie hatte die Frage verstanden. »Aber ja, aber ja. Viele Häuser hier gehören diesem ... diesem ...« Sie spuckte geradezu angewidert auf die Straße. Das sagte mehr aus als jede lange Erklärung.

Tillia drückte ihr den dritten Denar in die Hand und die alte Frau machte einen tiefen Knicks vor ihr. »Danke, Herrin! Danke!« Sie führte die Münze an die Lippen und küsste sie.

Tillia betrachtete sie eine Weile interessiert. Schließlich fragte sie: »Wie heißt du?«

»Lamia, Herrin, Lamia! Immer zu Diensten!« Ein erneuter Knicks. Dabei ließ sie Tillia nicht aus den Augen.

»Du lebst allein?«

»Ja, Herrin, allein. Mein Mann ist vor sieben Jahren gestorben, vor sieben ...«

»Was machte er?«

»Er war Schreiber.« Sie betonte das letzte Wort, um damit anzudeuten, er sei im Viertel etwas Besonderes gewesen.

»Schreiber, aha! War er angestellt?«

»Wie?« Die Hand fuhr hoch. »Nein. Aber er schrieb Briefe.«

»Briefe?«

»Ja, Briefe. Für Leute, die nicht lesen und schreiben können. Er hatte eine sehr schöne Schrift, eine sehr schöne ...« Ihre Augen leuchteten in der Erinnerung daran auf und plötzlich sah sie viel jünger aus.

»Ich verstehe. Wie alt bist du, Lamia?«

»Vierundfünfzig, Herrin, vierundfünfzig.«

Gute Göttin!, dachte Tillia erschrocken. Nur ein Jahr älter als ich! Dabei sieht sie aus, als sei sie vierundsiebzig! Die Frau tat ihr ungemein Leid. Sie holte noch einmal ihre Börse hervor, suchte und fand einen Aureus, reichte ihn ihr und sagte: »Kauf dir neue Sandalen, eine neue Tunika oder was auch immer! Es soll dir gut gehen!«

»Aber, Herrin!«, rief Lamia und starrte Tillia fassungslos an. »Womit habe ich das verdient?«

»Verdient?« Tillia lächelte ihr sehr freundlich zu. »Du hast mir in einer bestimmten Angelegenheit sehr geholfen, Lamia. Ich wünsche dir alles Gute. Und vergiss nicht: Neue Sandalen kaufen! Diese da sind doch sicher sehr unbequem und im Übrigen etwas laut.«

»Aber ja doch, aber ja doch …« Lamia knickste ein weiteres Mal und entfernte sich. Man hörte das Klacken der hölzernen Sohlen und des Stocks noch eine Weile, bis sie in einer Seitenstraße verschwunden war.

Tillia überquerte mit Theodoros die Straße und ging auf den Toreingang des Töpferladens zu. Im Gang blieb sie stehen, schüttelte den Kopf und sagte: »Das gefällt mir ganz und gar nicht.«

»Du meinst … weil Dacius heute nicht zum Dienst erschienen ist?«

»Genau. Und weil die Alte sagte, sie habe den Mann auch gestern nicht gesehen. Ich habe ein ungutes Gefühl.«

»Vielleicht ist er wirklich krank.«

»Wohl kaum. Hast du vergessen, was Lamia eben sagte? Der Mann sei kerngesund. Nun, wir werden es gleich wissen. Komm, mein Junge!«

Sie stiegen die Treppe hinauf. An jeder Kehre musste Tillia eine Pause einlegen, weil ihre Hüfte schmerzte. Theodoros wartete dann mitfühlend, bis sie sich etwas erholt hatte. Im dritten Stock sah Tillia ihn freundlich an und sagte mit matter Stimme: »Bist ein guter Junge. Weißt du, manchmal ist es ganz schlimm … ich meine das Rheuma.«

Theodoros war gerührt, dass die sonst so souveräne Herrin Tillia Capriola keine Scheu hatte vor ihm diese Schwäche zu zeigen. In seinem Metier war das geradezu unvorstellbar. Wieder wusste er einen Augenblick lang nicht, wohin mit den Händen. Da er hier nun nicht wie am Morgen mit der Faust durch die Luft schlagen konnte, zog er seinen Dolch aus dem Gürtel, fuhr mit dem Daumen über die Klinge und steckte ihn zurück.

So erreichten sie das vierte Stockwerk. Tillia lehnte sich

gegen das Geländer und verschnaufte etwas. Dabei betrachtete sie die beiden Wohnungstüren. Lamia hatte gesagt, die Wohnung von Dacius liege zur Straße hin; so war es leicht, sich für eine der beiden zu entscheiden. Als Tillia darauf zuging, stutzte sie. Die Tür war nicht geschlossen, sondern stand einen Spalt offen.

Auch Theodoros hatte es bemerkt. Er hob warnend die Hand und gab Tillia damit zu verstehen, dass er als Erster hineingehen wolle. Er trat vor, zog seinen Dolch, bereit, sich jederzeit damit zu verteidigen, und drückte mit der anderen Hand langsam die Tür auf. Die Angeln quietschten nicht.

Der Flur lag im hellen Mittagslicht, das durch die offen stehende Tür eines Zimmers gleißend hereinfiel. Tillia sah, wie feinste Staubpartikel in den Strahlen tanzten. Vorsichtig bewegte sich Theodoros zur Mitte des Flurs, verhielt, lauschte und blickte immer wieder sichernd nach allen Seiten. Tillia folgte ihm im Abstand von zwei Schritten. Wieder machte Theodoros eine Geste, die Tillia zu verstehen gab, sie solle warten. Sie nickte. Theodoros ging durch die geöffnete Tür in den nächsten Raum. Schon nach wenigen Augenblicken war er zurück, sah Tillia sehr ernst an, schluckte und sagte mit belegter Stimme: »Du wirst starke Nerven brauchen, Herrin!«

Tillia, seit dem Gespräch mit Lamia auf einiges gefasst, trat entschlossen in den Raum und sah, was sie befürchtet hatte. Am Boden lag ein Mann, offensichtlich so, wie er im Augenblick des Todes gefallen war: mit Brust und Gesicht am Boden, Arme und Beine seitlich weggestreckt, die Finger gekrümmt, als ob sie nach einer allerletzten Rettung hatten greifen wollen. Im Rücken zeichnete sich links auf der Tunika ein großer Blutfleck ab, genau an der Stelle, wo der tödliche Dolchstoß ihn getroffen hatte.

Während Tillia mit kühlem, sachlichem Interesse den Toten betrachtete, hörte sie, wie im Treppenhaus jemand mit aberwitziger Geschwindigkeit über die Stufen nach unten hetzte. Schon wollte Theodoros der unbekannten Person nachsetzen, als Tillia ihn am Arm zurückhielt: »Lass nur, Junge. Komm zum Fenster. Von dort sehen wir mehr …«

Sie traten ans Fenster. Schauten nach unten. Warteten. Da! Eine Frau tauchte vor dem Haus auf, überquerte im Laufschritt die Straße, näherte sich dem Tempel der Diana, hielt sich dann links und verschwand im Eingang genau des Hauses, in dem laut Lamia Avita, die Freundin von Dacius, wohnen sollte.

Tillia dachte kurz nach und erklärte: »Hör zu, mein Junge! Du bleibst hier!«

»Warum?«, fragte Theodoros und schaute sie besorgt an.

»Weil … Jemand muss bei ihm bleiben.« Sie wies auf den toten Dacius. »Und ein Toter ist für dich doch kein allzu ungewöhnlicher Anblick – oder?«

»Das ist schon in Ordnung.« Er nahm auf dem nächsten Stuhl Platz, den Dolch in der Hand.

»Sollte hier irgendjemand erscheinen und dich neben dem Toten sehen, wird er dich zwar spontan für den Mörder halten, aber du weißt, was du zu sagen hast.«

»Jawohl.« Er sah sie an. »Die Herrin Tillia Capriola war dabei, als ich …«

»… und so weiter! Gut so, Junge. Ich bin gleich zurück. Am besten schließt und verriegelst du die Außentür. Ich klopfe fünfmal, wenn ich zurück bin.«

XI

Tillia ging, ohne zu hetzen, nach unten. Sie wusste, dass eine bestimmte Person ihr nicht weglaufen würde. Zugleich stellte sie erstaunt fest, dass dieser neuerliche Mord sie nicht im Geringsten in Panik versetzte. Im Gegenteil. Sie betrachtete den Fall wie ein Arzt, der für den plötzlich eingetretenen Tod eines Patienten zunächst keine Erklärung hat, aber sicher ist sie später zu finden. Ebenso kühl und sachlich begann sie in Gedanken durchzuspielen, was in dieser Wohnung geschehen sein könnte: Die gleiche Todesart. Dolchstoß in den Rücken. Wieder in Höhe des Herzens und sehr wahrscheinlich aus nächster Nähe. Der Mörder muss sein Opfer, wie zuvor schon Commius und Haldavo, gekannt haben. Immerhin hat Dacius ihn in seine Wohnung gelassen. Wahrscheinlich handelt es sich um einen Angehörigen der Factio Prasina. Aber das muss sich ja wohl feststellen lassen!

Als Erstes erwartete sie wichtige Hinweise von Avita. Denn bei der Frau, die vor wenigen Augenblicken panikartig das Haus verlassen hatte, konnte es sich nur um die Lebensgefährtin von Dacius handeln. Dafür sprach unter anderem, was die Alte über sie und ihr Verhältnis zu Dacius gesagt hatte.

Tillia trat aus dem Haus, vergewisserte sich mit einem schnellen Rundblick, dass keine irgendwie verdächtige Person sich in der Nähe befand, überquerte die Straße und ging auf den von Lamia beschriebenen Eingang zu. Stechend heiß brannte die im Zenit stehende Sonne auf Gesicht, Armen und Händen. Die Luft auf der Straße flimmerte. Ihre Hüfte schmerzte. Sehnlichst wünschte sie jetzt in ihrem schattigen Schlafzimmer bei geschlossenen Läden auf dem Bett zu liegen.

Der Eingang des Hauses glich dem, aus welchem sie gekommen war. Unter dem großen schattigen Torbogen spielten zwei kleine Mädchen. Sie machten dieses Hüpfspiel, das auch sie als Kind mit Hingebung betrieben hatte: Man musste einen Stein, eine Scherbe oder eine Kugel, während man hüpfte, in das nächste mit Kreide gezogene Feld stoßen; dabei durfte der Stoß nur so stark sein, dass der Stein in diesem Feld liegen blieb; schoss er darüber hinaus, hatte man seine Chance vertan und die Gegnerin war an der Reihe.

Tillia blieb stehen, schaute den beiden eine Weile lächelnd zu und fragte dann sehr freundlich: »Könnt ihr mir sagen, in welchem Stockwerk Avita wohnt?«

»Im vierten«, rief die Ältere, ohne das Spiel zu unterbrechen.

»Weißt du auch, ob sie da ist?«

»Ja, sie ist …«, die Kleine hüpfte und klatschte begeistert in die Hände, denn sie hatte gewonnen, »… sie ist eben gekommen. Sie ist oben.«

»Sie wohnt doch zur Straße hin, nicht?«, fragte Tillia, denn sie musste wissen, an welcher Wohnungstür sie zu klopfen hatte. Nur an den wenigsten Türen befanden sich Namensschilder, die ohnehin nur jene entziffern konnten, die des Schreibens und Lesens kundig waren.

»Ja, zur Straße«, sagte das Mädchen und warf den Stein zu neuem Spiel.

»Danke.«

Die Tür zum Treppenhaus stand offen. Tillia ging hinein, blieb stehen, wischte sich mit der Hand den Schweiß von der Stirn und streifte ihn an der Seite ihres Gewandes ab. Dann begann sie tapfer zu steigen, musste aber an jeder Kehre der Treppe eine längere Pause einlegen und verschnaufen, um zu neuen Kräften zu kommen. Sie nahm sich Zeit. Avita war ja in ihrer Wohnung. Sie konnte ihr nicht entkommen.

Als sie endlich den Treppenabsatz des vierten Stocks erreichte, hörte sie in der Nähe hemmungsloses Schluchzen, das sich zu immer neuen Höhen der Verzweiflung steigerte. Betroffen lauschte Tillia und knetete hilflos ihre Hände. Es zog ihr das Herz zusammen. Und es war ihr ungemein peinlich.

Sie musste etwas tun. Sie konnte dieses furchtbare Schluchzen nicht mehr länger ertragen. Entschlossen trat sie zur Tür. Mit Vehemenz pochte sie gegen das Holz.

Augenblicklich verstummte das Weinen.

Tillia schlug noch einmal gegen die Tür, diesmal weniger kräftig.

Drinnen blieb es still. Sie fürchtet um ihr Leben, dachte Tillia.

»Avita!«, rief sie eindringlich und betonte jede Silbe des schönen Namens. »Avita! Ich bitte dich, mach auf!«

Drinnen rührte sich nichts.

»Hör zu«, rief sie. »Hier spricht eine gute Freundin von Dacius. Ich will dir doch nur helfen, sonst nichts. Du hast nichts zu befürchten. Ich bin allein.«

Lange blieb es still. Sie spielt jetzt alle Möglichkeiten durch und versucht zu klären, wer da vor ihrer Tür stehen könnte, dachte Tillia. Endlich näherten sich Schritte. Eine kraftlose Stimme fragte: »Wer ist da?«

Tillia entschied sich ihren Namen zu nennen: »Tillia Capriola.«

Sei es, dass ihr der Name nicht unbekannt war, sei es, dass allein die Tatsache, dass draußen eine Frau stand, Avita beruhigte – sie schob den Riegel zur Seite, drehte den Schlüssel und öffnete die Tür einen Spalt. »Was willst du?«

»Mit dir sprechen.«

Die Tür öffnete sich ganz und Tillia trat in den Flur.

»Bitte!« Avita wies zu einem Zimmer, machte die Andeutung einer Verbeugung und ließ die Besucherin vorausgehen.

Der Raum war recht groß, hatte zwei Fenster zur Straße, war aber nur spärlich eingerichtet. An der rechten Seitenwand stand eine einfache Liege, an der anderen ein rechteckiger Tisch. Daneben ein primitives Regal aus Pinienholz, gefüllt mit billigem Gebrauchsgeschirr. Am Tisch drei Stühle und ein Korbsessel, der noch sehr neu aussah. Diesen bot Avita der Besucherin an und Tillia nahm Platz, während Avita in einiger Entfernung stehen blieb.

Tillia studierte das Gesicht der jungen Frau, die sie auf Anfang bis Mitte zwanzig schätzte. Die Lider ihrer hellblauen Augen waren vom Weinen gerötet und verquollen, die Wangen blass, der schön geschwungene große Mund blutleer. Die Nase vollkommen gerade und vielleicht etwas zu breit. Das üppige blonde Haar war am Hinterkopf geflochten und zu einem Knoten hochgesteckt, der sich gelockert hatte. Seitlich der Augen zeichneten sich markante Backenknochen ab, die den Zügen eine gewisse Strenge verliehen. Avita trug eine einfache, verwaschene, doch saubere Stola. Dem kundigen Auge Tillias entging nicht, dass die Bordüren an Hals und Ärmeln fachgerecht erneuert worden waren.

»Du kennst mich?«, fragte Tillia.

»Nein, Herrin, wenn du damit meinst, ob ich dich persönlich kenne.«

»Aber du hast meinen Namen schon gehört?«

»Ja.«

»Von wem?«

»Von Dacius.«

»In welchem Zusammenhang?«

»Crescens ...«

»Ich verstehe.« Tillia empfand ihre warme Altstimme als sehr sympathisch. »Bitte, Avita, setz dich zu mir! Ich denke, wir haben einiges von Bedeutung miteinander zu besprechen.«

Avita zog einen Stuhl heran und ließ sich auf der Kante nieder. Sie legte die gefalteten Hände in den Schoß und starrte unbewegt auf den Boden.

Tillia war betroffen, ja bestürzt, und konnte ihre eigenen Tränen kaum zurückhalten. Die Erinnerung an den tödlichen Sturz von Crescens war plötzlich wieder da, mit der gleichen Erschütterung wie damals, dem gleichen Schock und der Trauer, die von Stunde zu Stunde lähmender wurde und sie daran hindern wollte, weiterzuleben. Überdeutlich sah sie es wieder vor sich, wie man Crescens auf einer Bahre von der Rennbahn trug.

Tillia atmete tief durch. Sie musste zu ihrem eigentlichen Anliegen kommen und darüber mit dieser jungen Frau reden, die den Mann, den sie liebte, durch einen heimtückischen Mordanschlag verloren hatte. Sie konnte nur hoffen, dass ihre sachlich vorgetragenen Fragen die aufgewühlte Seele der Trauernden, wenn nicht beruhigen, so doch von der schrecklichen Szene in der Wohnung drüben ablenken würden. Und darum entschied sie sich ihre eigene Rolle in der Sache offen zu legen.

»Du wirst dich sicherlich wundern und fragen«, begann sie, »was denn ausgerechnet ich in der Wohnung von Dacius zu schaffen hatte?«

Avita schwieg. Tillia hatte nichts anderes erwartet. Also legte sie ihr mit wenigen Worten dar, dass sie seit heute Morgen dem Mann auf der Spur sei, auf dessen Konto zwei weitere Anschläge gegen Angehörige der Factio Prasina gingen: Er habe einen Stallknecht der Grünen ermordet und einen zweiten lebensgefährlich verletzt. Der Mann ringe immer noch mit dem Tode.

»Dass er sich nun auch noch an Dacius vergriffen hat, wirft auf das Ganze ein völlig neues Licht.«

Es hielt Tillia nicht länger auf ihrem Platz. Sie erhob sich, trat vor Avita und sah sie intensiv an: »Glaube mir, Avita, ich weiß nur zu gut, wie dir jetzt zumute ist, denn auch ich …«

Sie vollendete den Satz nicht, sondern fuhr sich mit der Hand über die Augen. Dann beugte sie sich hinunter, nahm den Kopf Avitas in beide Hände, drückte ihn fest an sich, streichelte ihr über das Haar, ließ sie los und sah sie beschwörend an: »Wir werden den Mörder finden!«

Sie setzte sich wieder. Zwinkerte. Dachte nach.

»Hör zu, Mädchen, du musst mir jetzt alles sagen, was du über Dacius, über seine Tätigkeiten und seine Stellung in der Factio weißt!«

Avita nickte und atmete tief durch. »Frage nur, Herrin.«

»Gut. Wie lange kanntet ihr euch?«

»Drei Monate.«

»Gute Göttin! Ich dachte …« Sie war von einem jahrelangen Verhältnis ausgegangen. »Er stammt aus Dacia, nicht?«

»Ja. Aus der Stadt Dobreta am Danuvius.«

»Er war frei geboren?«

»Ja. Sein Vater besaß ein großes Gestüt vor der Stadt.«

»Das heißt also, er war ein guter Pferdekenner.«

»Ja.«

»Warum ging er nach Rom?«

»Weil … Ein durchreisender Händler hat ihm von den Rennen im Circus Maximus erzählt, und da hat er …«

»Ich verstehe. Er war also sehr ehrgeizig.«

»Ja. Er wollte …«

»… selbst Rennen fahren!«

»Nein. Er wollte seine Erfahrungen in Zucht und Dressur der Pferde an die verantwortlichen Leute weitergeben.«

»Ich verstehe.«

Einmal mehr fiel Tillia auf, wie differenziert sich Avita in der lateinischen Sprache auszudrücken vermochte. Dabei deutete ihr Name darauf hin, dass sie aus Germanien stammte. War sie schon lange in Rom? Sehr direkt fragte Tillia: »Du stammst aus Germanien?«

»Ja, Herrin.«

»Ubierin?«

»Nein, Cheruskerin.«

»Und wie kamst du nach Rom?«

»Im Krieg des Civilis. Mein Vater unterstützte ihn.«

»Dein Vater … War er ein Fürst?«

»Ja.«

»Lebt er noch?«

»Nein. Er ist im Bataverkrieg gefallen.«

»Und deine Mutter?«

»Sie starb schon vor zwanzig Jahren.«

»Und du – wie bist du nach Rom gekommen?«

»Vor fünf Jahren. Als Sklavin.«

»Wie alt warst du damals?«

»Fünfzehn.«

Dann ist sie doch erst zwanzig, dachte Tillia. Aber sie sieht älter, reifer aus. Sie sagte: »Bist du damals sofort in den Besitz von Alleius Nigidius Maius übergegangen?«

»Ja.«

»Wie hat er dich behandelt?«

Avita sah Tillia an: »Das Übliche, Herrin ... Schon in den ersten Tagen holte er mich ins Bett.«

»Das Übliche, ja ...« Tillia nickte grimmig. »Und wie lang trieb er das?«

»Nicht lange. Weil seine Frau ...«

»Verstehe. Wurdest du schwanger?«

»Nein. Den Göttern sei Dank!« Avita wischte sich über die Augen.

Das fast alltägliche Schicksal einer jungen, hübschen Sklavin, dachte Tillia. Dabei hat sie noch Glück gehabt nicht geschwängert zu werden.

»Du sprichst sehr gut Latein«, fuhr sie fort. »Kannst du auch schreiben?«

»Etwas, ja.«

»Aha? Wer hat es dir beigebracht?«

»Niemand.«

»Niemand?« Sie staunte. »Dann kannst du natürlich auch lesen!«

»Ja.«

Tillia musste sich eingestehen, dass sie bislang in Rom noch keine junge Germanin kennen gelernt hatte, die solches von sich behaupten konnte, dazu noch eine Sklavin; und während sie Avita mit mütterlicher Besorgnis anschaute, schoss ihr durch den Kopf, dass sie genau diese junge Frau für ihren

Haushalt brauchen konnte: Avita war aufgeweckt, klug, sprachbegabt, von herber Schönheit, wohlerzogen, zurückhaltend und höflich und wusste dank früherer schlimmer Erfahrungen Wesentliches von Unwichtigem zu unterscheiden.

Sie musste mehr wissen: »Dein Herr, dieser Alleius Nigidius Maius, ist er wohlhabend?«

»Ja, sehr.«

»Ein römischer Ritter?«

»Nein. Er ist ein freigelassener Sklave.«

»Ach!«

Tillia begann sich ein Bild – und zwar ein sehr negatives – von diesem Emporkömmling zu machen.

»Womit hat er denn sein Geld verdient? Ich meine früher?«

»Er hat ein Wettkontor aufgemacht.«

»Ein Wettkontor? Wo denn das?«

»Beim Circus Maximus.«

»Interessant ...«

Dabei konnte Tillia sich nicht entsinnen, im Umfeld des Circus jemals den Namen Alleius Nigidius Maius gehört zu haben. Doch das hatte nicht viel zu bedeuten, da sie selbst nie wettete.

»Aber wie kommt es«, fuhr sie zwinkernd fort, »dass du hier oben eine eigene Wohnung hast?«

»Ich habe sie nur der Frau von Nigidius zu verdanken.«

»Eine kluge Frau!«, rief Tillia spontan. »Und was machst du? Ich meine, was ist deine Aufgabe, deine Tätigkeit?«

»Ich habe mich um die Kleidungsstücke des gesamten Personals zu kümmern. Ich wasche, flicke, erneuere – was eben so anfällt, Herrin.«

Unvermittelt hielt sie die Hand an den Mund, fuhr in die Höhe und sagte erschrocken: »Ich müsste schon längst wieder in der Wäscherei sein!«

»Keine Sorge, Avita. Ich gehe mit dir. Ich habe nämlich mit deinem Herrn zu reden. Wo finde ich ihn?«

»Im Erdgeschoss ... in seinem Kontor ... aber Herrin,

ich … ich …« Sie begann wieder zu weinen. Tillia griff nach ihren Händen, streichelte sie und sagte liebevoll: »Ganz ruhig, Kind, ganz ruhig. Lass mich nur machen. Ich habe alles unter Kontrolle. Und über das andere, das Schreckliche, reden wir später.«

Sie lächelte der jungen Frau zu, und Avita, in alles ergeben, nickte gefasst zurück. Sie vertraute Tillia jetzt vollkommen und fragte: »Wer … wer kümmert sich denn jetzt um ihn?«

»Ich«, sagte Tillia entschieden. »Ich werde die Factio in Kenntnis setzen. Es ist in diesem Fall deren Sache, alles Notwendige zu veranlassen. Mach dir wegen dieser Dinge keine Sorgen.«

»Danke, Herrin.«

Tillia sah sie an. »Nun wasch dir dein Gesicht mit kaltem Wasser! Damit du klarer sehen kannst.«

XII

Während sie die Treppe hinuntergingen, stellte Tillia Mutmaßungen darüber an, ob sie selbst diesem Nigidius Maius bekannt sein könnte oder nicht. Eigentlich müsste er ihren Namen schon gehört haben, wenn er denn schon vor zwanzig oder mehr Jahren mit zwielichtigen Wettgeschäften den Grundstein zu seinem Reichtum gelegt hatte. Das war immerhin die große Zeit von Crescens gewesen! Nun, es würde sich gleich herausstellen. Sie war entschlossen diesen Parvenü, den sie sich wie eine Kopie aus Petronius' *Gastmahl des Trimalchio* vorstellte, in seine Schranken zu weisen, falls er sich ihr gegenüber einen einzigen falschen Ton erlauben sollte.

Das gesamte Erdgeschoss des Hauses war mit Geschäfts- und Arbeitsräumen belegt. Man erreichte sie durch zwei getrennte Eingänge vom Hinterhof aus. Avita wandte sich nach links und bat ihre Begleiterin ihr zu folgen. Tillia fielen sofort die teuren Materialien auf, die am Haus verbaut worden waren. Tür- und Fenstereinfassungen glänzten in farbigem, poliertem Marmor; die Türen selbst und die Fensterrahmen leuchteten in einem rotbraunen, exotischen Holz, das sie nicht kannte; die Treppenstufen des Eingangs bestanden aus rotem, ägyptischem Granit – und Tillia hasste Granit. Kein Zweifel: Alleius Nigidius Maius legte es darauf an, jedem Besucher oder Kunden unübersehbar zu zeigen, dass er sich diese Protzerei leisten konnte.

Das setzte sich im Innern fort. Auch hier waren sämtliche Türen aus diesem fremdländischen Holz, dessen Beschaffung und Verarbeitung ein Vermögen gekostet haben mussten. Die Wände des Flurs waren bedeckt mit albernen bukolischen Szenen, mit Ziegen, Schafen, Hirten, geflügelten Putten, nackten Mädchen und Jünglingen, die vorgaben irgendeinem griechischen Mythos entsprungen zu sein. Anatomie, Perspektive und Farbgebung waren dilettantisch, ja stümperhaft und absolut geschmacklos.

Avita ging bis zum Ende des Flurs, klopfte an eine Tür, öffnete sie und trat ein. Tillia folgte ihr.

»Da bist du ja endlich, Mädchen! Wo steckst du denn? Meine Frau wartet nämlich schon die ganze Zeit darauf, dass du …«

Nigidius Maius stand bei einem Wandregal, hantierte mit verschiedenen Papyrusrollen, blickte dabei beiläufig, doch sehr ungehalten herüber, unterbrach aber sofort seine Zurechtweisung, als er Tillia bemerkte, die dazugetreten war.

»Oh, ich bitte um Verzeihung, Herrin!« Er verbeugte sich und lächelte geschäftsmäßig. »Aber so ist das nun einmal mit dem Personal. Wenn man sich nicht selbst immer um alles …« Er holte weit mit der Hand aus, was eine Marotte von ihm zu sein schien. »Bitte, womit kann ich dienen, Herrin? «

Tillia war überrascht. Sie hatte einen wohlbeleibten, übergewichtigen, glatzköpfigen Mann mit Doppelkinn erwartet, doch vor ihr stand ein kleines, dürres Männchen mit flinken Bewegungen, wachen misstrauischen Augen und sportlich kurz gehaltenem schwarzem Haar. Sein Gesicht war glatt rasiert. Der Duft eines teuren exotischen Parfüms strahlte von ihm aus und füllte den ganzen Raum.

»Bitte, womit kann ich dienen, Herrin?«, wiederholte Nigidius Maius seine Frage und verbeugte sich vor ihr ein weiteres Mal. Seine Stimme klang routiniert geschäftsmäßig in mittlerer Tonlage. Er ließ kein Auge von Tillia.

Tillia ging nicht darauf ein, sondern wandte sich überaus freundlich an die Sklavin: »Avita, ich denke, dein Herr wird dir gleich, wenn ich mit ihm eine wichtige Sache besprochen habe, mitteilen, wie es weitergehen wird. Nun geh und lass deine Herrin nicht warten.«

Avita nickte. Sie machte vor Tillia einen tiefen Knicks, verließ den Raum und schloss sehr leise die Tür.

»Aber, Herrin, ich … äh …«, rief Nigidius und machte wieder diese ausholende Armbewegung, »ich verstehe nicht!«

»Dann werde ich es dir erklären.« Sie fixierte ihn scharf: »Sagt dir der Name Tillia Capriola etwas?«

Er überlegte nicht lange und rief mit Schwung: »Und ob, Herrin! Tillia Capriola … Sie gilt in Fachkreisen nach wie vor als exzellente Kennerin des Circus und der vier Factiones.«

»Bist du sicher?«

»Aber ja doch, Herrin!« Unvermittelt lächelte er. »Ich erinnere mich noch ganz genau: Als ich in meinen Anfangsjahren erst ein einziges Wettkontor betrieb – nun ja, das ist wahrlich schon lange her, mittlerweile besitze ich davon schon mehrere – da kamen immer wieder Leute zu mir, die behaupteten gehört zu haben, dass diese Tillia Capriola einen gewissen Crescens zum Favoriten des nächsten Rennens erklärt hätte. Dazu musst du wissen, Herrin, dass dieser Crescens damals noch ein völlig unbeschriebenes Blatt war!«

»Ach!«

»Wie? – Ja. Aber sie wollten unbedingt auf diesen Neuling der Grünen setzen, auf diesen Crescens, auf keinen anderen. Und sie gewannen immer. Immer! Es war ganz unglaublich! Diese Frau, sie war damals erst um die dreißig, hatte mehr Ahnung von Pferden, Lenkern und Wagen als alle Hippologen Roms zusammen, und das sind immerhin Fachleute!«

»Interessant«, nickte Tillia.

»Ja, nicht? Außerdem …« Er beugte sich vor. »Sie, ich meine diese Tillia Capriola, sie soll ja heute eine sehr wohlhabende, um nicht zu sagen steinreiche Frau sein, dazu energisch, klug und ungemein souverän, was bei Frauen nicht alltäglich ist. Oh, Verzeihung, Herrin! Das war nur eine allgemeine Feststellung. Außerdem soll sie über beste Beziehungen zum Palast verfügen.«

»Ist das wahr?«

»Ja. Erst vor vierzehn Tagen wurde sie in der kaiserlichen Loge des Circus Maximus öffentlich ausgezeichnet. Vom Thronfolger persönlich! Es soll ihr nämlich gelungen sein, das schreckliche Verbrechen im Pompeiustheater aufzuklären. Ich weiß nicht, ob du davon gehört hast, Herrin?«

»Doch, ja, beiläufig. Es ging, so viel ich weiß, um die Ermordung des jungen Antonius Primus, nicht wahr?«

»So ist es, ja.«

Tillia lächelte viel sagend. Dann fragte sie: »Warst du damals auch im Circus?«

»Nein. Ich gehe lieber in die Arena. Mich faszinieren immer wieder diese Kämpfe auf Leben und Tod. Aber meine Frau hat mir davon berichtet. Sie geht immer zu den Rennen im Circus und lässt sich keines entgehen.«

»Ahja. Aber nun sage mir, Nigidius Maius: Du kennst diese Domina Tillia Capriola nicht persönlich, ich meine von Angesicht?«

»Nein, Herrin, leider hatte ich bisher noch nicht die Ehre ihre Bekanntschaft machen zu dürfen.«

»Nun hast du sie! Sie steht vor dir.«

»Oh! Das ist aber …« Es verschlug ihm für einige Augenblicke die Sprache. Schließlich rang er sich zu dieser Entschuldigung durch: »Ich bitte um Verzeihung, Herrin! Womit kann ich dienen?«

»Dienen?« Tillia lachte kurz auf. »Ich möchte ein Geschäft mit dir machen, Nigidius Maius.«

»Ein Geschäft, aha.« Er frohlockte. »Braucht die Herrin eine Wohnung oder ein Haus? Ich hätte da nämlich gerade …«

»… Läden mit Oberzimmern und herrschaftliche Speiseräume, ich weiß.« Sie hatte es spöttisch gesagt. »Nein, danke, Nigidius. Es geht mir um etwas ganz anderes.«

Sie studierte sein glatt rasiertes Gesicht, diese ungemein flinken, misstrauischen schwarzen Punktaugen, die sie an eine Maus erinnerten, den kleinen und doch herrischen Mund, die zu kurz geratene Stupsnase. Alles sprach für einen rührigen, umtriebigen, streberhaften Geist, der blitzschnell erkannte, wie und wann er aus einer Sache seinen Vorteil ziehen konnte. Obwohl er etwas penetrant Kleinbürgerliches an sich hatte, hieß es, vor ihm auf der Hut zu sein.

»Darf ich dann fragen, wofür sich die Herrin interessiert?« Er witterte schon ein großes Geschäft.

»Nun«, meinte Tillia, »es geht um diese Sklavin.«

»Etwa Avita?« Er hielt den Mund offen.

»So ist es. Aber willst du mir keinen Stuhl anbieten?« Das saß.

»Ich bitte um Verzeihung!«

Er beeilte sich ihr einen Korbsessel heranzuziehen, wartete, bis sie sich niedergelassen hatte, und nahm dann selbst hinter seinem viel zu großen pompösen Arbeitstisch Platz. Die Tischplatte zwischen ihnen schien ihm größere Sicherheit zu geben.

Tillia, die sich vorgenommen hatte den Mann zu überrumpeln, war mit dem vorausgegangenen Geplänkel sehr zufrieden. Nun ging sie wie ein Anwalt vor Gericht zum Angriff über: »Gnaeus Alleius Nigidius Maius! Du besitzt hier in der Subura eine ganze Reihe von Häusern, wenn nicht ganze Straßenzüge, nicht wahr?«

Er machte erneut diese ausholende Handbewegung und erklärte: »Einige, ja. Und man hat nur Ärger mit den …«

»Das ist nicht unser Thema!«, unterbrach ihn Tillia auf der Stelle, um ihm keine Zeit zum Nachdenken zu geben und um ihn einzuschüchtern. Es entging ihr nicht, dass sich seine Schläfen vor Zorn röteten.

»Dir gehört doch auch das Haus schräg gegenüber, in dessen Erdgeschoss sich die Töpferei befindet, nicht wahr?«

»Ja, natürlich. Und die Töpferei auch.« Offenbar wollte er sie mit seinen zahlreichen Besitztümern beeindrucken. »Verzeihung! Aber ich verstehe wirklich nicht, worauf du hinauswillst, Herrin.«

Unbeeindruckt fuhr Tillia fort: »Und im vierten Stock dieses Hauses hast du eine Wohnung an einen gewissen Dacius vermietet.«

»Dacius? Hm, das ist möglich. Ich kenne natürlich nicht die Namen aller Mieter, denen ich …«

»Das solltest du aber!«

»Darf ich fragen, warum?«

»Er wurde ermordet.«

»Nein!« Nigidius starrte sie entgeistert an. »Oh ihr Götter! Das ist ja …« Er schluckte, fasste sich wieder und erklärte: »Aber so etwas kommt eben vor. Was habe ich damit zu schaffen?«

»Ich hoffe für dich, nichts.«

Da schoss er jäh in die Höhe, stützte sich mit den Händen an der Platte ab und rief zornig: »Also, ich muss doch sehr bitten, Herrin! Ist das hier eine … eine Gerichtsverhandlung?!«

Tillia erwiderte darauf sehr kühl: »Etwas Ähnliches, ja. Setz dich!«

Er gehorchte tatsächlich, denn er war schon sichtlich verunsichert.

Im gleichen streng sachlichen Ton fuhr sie fort: »Bei gewissen Untersuchungen, die ich im Zusammenhang mit einem Anschlag auf die Factio Prasina durchführe, bin ich auf deinen Namen gestoßen.«

Das war ein gewagter Bluff; doch wie sie Nigidius einschätzte, würde er nun all seine zahlreichen krummen Geschäfte der vergangenen Wochen und Monate vor seinem geistigen Auge vorbeiziehen lassen und sich fragen, wie es denn möglich sein konnte, dass trotz aller Vorsichtsmaßnahmen Unerwünschte davon Wind bekommen hatten.

Er rief: »Ein Anschlag? Bei den Grünen?«

»Bei den Grünen, ja! Und nun sag ja nicht, du hättest nichts davon gehört!«

»Nein, nein, die ganze Stadt spricht doch davon. Trotzdem erlaube mir die Frage, Herrin: Was habe ausgerechnet ich damit zu schaffen?«

Gute Frage, dachte Tillia. Sie hatte mehr und mehr das Gefühl, dass dieser Mann in allen möglichen schmutzigen Geschäften seine Finger hatte. Warum nicht auch bei dem Anschlag gegen die Grünen. Er hatte vor vielen Jahren als Betreiber eines Wettkontors begonnen und mit den Einkünften aus diesen Geschäften den Grundstock zu seinem jetzigen Vermögen gelegt. Sie wusste nur zu gut, dass Männer wie Nigidius über Leichen gingen, wenn ihre Interessen gefährdet waren. Vor zwölf Jahren gab es einen Fall, der damals ganz Rom erregt hatte. Es ging um Millioneneinsätze auf ein Gespann der Roten; als dann die Blauen gewannen, lag am nächsten Morgen der *Dominus Factionis Venetae* tot vor dem Eingang seines Rennstalls.

Tillia war sich bewusst, dass sie ein sehr gewagtes Spiel trieb. Es war völlig aus der Luft gegriffen, Nigidius mit dem Mord in Verbindung zu bringen. Dennoch, er machte sich durch sein Verhalten verdächtig. Er war verunsichert. Nichts schien ihm im Augenblick unangenehmer zu sein, als in eine offizielle Untersuchung von höchster Stelle hineingezogen zu werden. Also legte sie die Leimrute weiter aus und fuhr fort: »Dieser Dacius war erst seit kurzem bei den Grünen angestellt.«

»Na und?«, rief er. »Davon weiß ich nichts. Das geht mich nichts an!«

Tillia betrachtete ihren Siegelring. »Nun, das wird sich feststellen lassen.« Sie sah ihn ungerührt an und trieb ihn weiter in die Enge: »Ferner ist mir bekannt, dass du deinen Mietern Wucherpreise abverlangst, die weit über dem Zulässigen liegen.«

Nigidius, der schon längst nicht mehr ein noch aus wusste, rettete sich in allgemeine Floskeln und erklärte: »Das ist doch wohl meine, nur meine Sache. Und es gilt immer noch die alte Rechtsregel: Wo kein Kläger ist, ist kein Richter.«

»Sei dir da nicht zu sicher, mein Lieber. Das alles kann sich schon bald, sehr bald ändern.«

Nigidius wurde immer kleinlauter. Seine ganze vordergründig inszenierte Souveränität war dahin. Es war ihm auch nicht bewusst, dass er seit einer Weile ununterbrochen seine feucht gewordenen Hände knetete. Einer solchen Frau war er in seinem ganzen Leben noch nicht begegnet. Sie ging mit einer kühnen Unbedingtheit und Selbstsicherheit gegen ihn vor, die ihm schon an Impertinenz grenzte. Vorsicht war geboten, kluge vorausschauende Vorsicht. Was wusste sie über seine nicht ganz sauberen Geschäfte und Machenschaften, was über seine gerissenen Betrügereien? Was … ja, was wollte sie denn überhaupt von ihm? Er sprach es aus: »Was willst du eigentlich von mir?«

Tillia stand auf und warf einen kurzen Blick auf das völlig missratene Fresko an der linken Seitenwand, das eine Szene mit Odysseus und Circe darstellen sollte.

»Nun, wie ich schon eingangs sagte …« Sie wandte sich ihm zu. »Ich möchte etwas von dir kaufen.«

»Gut, Herrin. Und ich sagte bereits, ich hätte derzeit einige gute Angebote!«

»Sie interessieren mich nicht. Ich besitze schon einige Häuser in- und außerhalb Roms.«

»Nicht? Aha … Ja aber – was denn dann?«

»Dieses Germanenmädchen!«

»Avita?«

»So ist es. Was hast du für sie bezahlt?«

»Eine Menge!«

»Natürlich! Wo hast du sie erworben?«

»Bei Pyrrhus.«

»Ach ja?«

Es klang so, als ob sie das Prestige dieses Ladens doch als etwas zu hoch für einen Nigidius Maius ansetzte. Pyrrhus war der renommierteste und teuerste Sklavenhändler Roms. Sein Laden lag auf dem Marsfeld in der Nähe des Pompeiustheaters. Nur die Oberschicht kaufte bei ihm. Immerhin, wenn diese Angabe stimmte, schätzte Tillia den Kaufpreis auf fünftausend Sesterzen. Eine Frau mit den Qualitäten Avitas war auf dem freien Markt eigentlich erheblich mehr wert, aber nach dem Bataverkrieg war gerade das Angebot an jungen Germanen und Germaninnen inflationär gestiegen.

»Hinzu kommt«, meinte Nigidius und setzte eine wichtige Miene auf, »ich habe erhebliche Mittel in ihre Ausbildung gesteckt! Sie kann lesen und schreiben!«

»Ich weiß es, Nigidius. Aber sie hat es sich selbst beigebracht. Nun bleib mal auf dem Teppich! Was hast du für sie bezahlt?«

»Sechstausend«, behauptete er kühn. »Aber Herrin, warum … ich meine …«

»Ja?« Tillia sah ihn geradezu belustigt an und genoss seine Verwirrung.

»Oh, nichts«, meinte er und schüttelte verständnislos den Kopf, denn er verstand immer weniger, warum die prominente Tillia Capriola ihm unbedingt diese Germanin abkaufen wollte. Sie konnte sie noch nicht lange kennen. Die Domina wurde ihm immer unheimlicher. Da er zugleich argwöhnte, sie könne etwas Konkretes gegen ihn in der Hand haben, war er nicht nur bereit ihr die Sklavin auf der Stelle abzutreten, sondern dabei auch noch erheblich mit dem Preis herunterzugehen. Nun erwartete er, dass sie mit ihm hart um jeden Sesterzen feilschen werde.

Doch Tillia erklärte ohne mit der Wimper zu zucken: »Einverstanden.«

»Wie? Ist das dein Ernst?« Er starrte sie entgeistert an. So etwas war ihm noch nie vorgekommen.

»Ich sagte: einverstanden! Ich werde dir das Geld noch heute schicken. Setze über den Vorgang bitte ein paar Zeilen auf!«

»Sofort?«

»Auf der Stelle! Wir werden den Vertrag beide gegenzeichnen und siegeln. Bitte, ich habe es nämlich sehr eilig.«

Nigidius holte aus der Schublade des Tischs ein Blatt Papyrus hervor, öffnete umständlich das Tintenfass, prüfte die Rohrfeder, tauchte sie ein und notierte eigenhändig die Einzelheiten des Kaufvertrags: Dass besagte Avita an dem und dem Tage vor fünf Jahren bei Pyrrhus gekauft worden sei, dass sie alle Zähne besitze, keinen Buckel oder eine sonstige Verunstaltungen ihres Körpers an sich habe, dass sie nach eigener Aussage zwanzig Jahre alt sei; ferner, dass sie sprachbegabt, sauber, ehrlich, zuverlässig, stets freundlich, nicht schwanger und überhaupt vollkommen gesund sei.

Tillia überflog das Blatt, nickte und forderte Nigidius auf das Ganze zu siegeln und zu unterzeichnen. Das war schnell geschehen. Anschließend drückte sie ihren eigenen Siegelring in das noch weiche Wachs.

»Lass davon bitte eine Abschrift machen und sie mir zukommen. Und nun hol sie her!«

»Wie bitte? Soll sie denn sofort mitgehen?«

»Ja.«

»Hat das denn nicht Zeit bis morgen?« Wie sollte er das alles seiner Frau erklären? Avita war ihre größte Stütze, da sie den ganzen inneren Betrieb von Küche, Keller und Wäscherei im Auge behielt.

»Nein!« Es klang wie ein Befehl.

»Selbstverständlich. Aber sie hat noch Sachen hier, die sie …«

»Kein Problem. Ich schicke dir morgen meine Melitta, die sich darum kümmern wird. Also?«

Nigidius machte eine steife Verbeugung und verließ den Raum.

»Gute Göttin!«, flüsterte Tillia, als sie allein war. »Was für ein Tag! Zwei Morde, ein beinahe Erstochener, ein neuer Wagen – und eine neue Sklavin!« Sie reckte sich und fügte, nun doch leicht konsterniert, hinzu: »Was für Zeiten, was für Sitten!«

XIII

Als Tillia eine Viertelstunde später mit ihrer neuen Sklavin aus dem Haus trat, trug Avita einen prall gefüllten Wäschesack auf der Schulter, in dem sie die Kleidungsstücke und Utensilien verstaut hatte, die sie fürs Erste unbedingt brauchte. Alles andere würde sie morgen zusammen mit Melitta holen.

Schon nach wenigen Schritten blieb Tillia stehen, zwinkerte lebhaft und überlegte, was als Nächstes zu tun sei: Sie selbst musste unverzüglich zurück in die Wohnung von Dacius, um sich mit Theodoros abzusprechen, wie mit dem Toten am Ende zu verfahren sei. Aber da war nun auch Avita! Auf keinen Fall durfte sie mit ihr gehen, um den Toten noch einmal zu sehen. Sollte sie es wünschen, würde Tillia es ihr rundweg abschlagen, ja strikt verbieten. Immerhin war sie seit einer Viertelstunde ihre neue Herrin.

»Avita, hör gut zu, was ich dir sage!«

»Ja, Herrin.«

»Du kennst doch das Argiletum.«

»Ich kenne es gut.«

»Dann weißt du auch, wo das *Siebengestirn* liegt. Es ist ein sehr bekanntes Lokal in der Gegend.«

»Ich kenne es.«

»Sehr gut. In dem Haus direkt gegenüber befindet sich unten rechts ein Schuhladen, links ein Möbelgeschäft, beide sind nicht zu übersehen. Der Zugang zu den Wohnungen befindet sich in der Mitte. Du gehst in den dritten Stock und klopfst an der linken Wohnungstür! Kannst du mir folgen?«

»Aber sicher, Herrin.«

»Gut. Eine Frau wird dir öffnen, Melitta – vielleicht aber auch ihr Mann Chrysostomos. Wer auch immer es ist, du teilst ihm mit, du kämest im Auftrag der Herrin Tillia Capriola und hättest den Auftrag auf sie in der Wohnung zu warten. Das genügt. Ich werde Melitta später alles erklären.«

»Ja, Herrin.«

»Nun geh, Mädchen. Es ist alles unter Kontrolle. Ich denke, ich werde in einer knappen Stunde ebenfalls dort sein. Sollte es später werden, schicke ich jemanden mit Nachricht, wann ich komme.«

Tillia nickte ihr noch einmal freundlich zu und Avita ging vor ihr sehr tief in die Knie.

»Avita ...«

»Herrin?«

»Ich bitte dich, Kind, lass dieses dauernde Knicksen! Das schickt sich nicht für die Tochter eines Fürsten.«

»Danke, Herrin.«

Avita lächelte ihr traurig zu und machte sich mit zügigen Schritten auf den Weg.

»Welch eine stolze Haltung sie hat«, stellte Tillia bewundernd fest. »Und das bei all ihrem Kummer!«

Sie wartete, bis Avita an der nächsten Kreuzung nach links abbog, dann überquerte sie mit schnellen Schritten die Straße, strebte zum Toreingang des Hauses mit den Werbesprüchen, betrat das Treppenhaus und machte sich an den mühsamen Aufstieg zum vierten Stock. Immer wieder musste sie eine Pause einlegen, denn die Aufregungen der letzten Stunden machten nicht nur ihrem Rheuma, sondern nun auch dem Herzen zu schaffen.

So erreichte sie endlich unter Aufbietung ihrer letzten Kräfte, vollkommen außer Atem und mit wild pochendem Herzen, den vierten Treppenabsatz mit den beiden Wohnungstüren. Erschöpft lehnte sie sich gegen das Geländer und wartete, bis sie freier atmen konnte. Das dauerte einige Zeit. Müde, doch keineswegs kraftlos, murmelte sie: »Gute Göttin! Tillia, warum … warum machst du das eigentlich alles!«

Dann raffte sie sich auf, wandte sich nach links, zur Wohnungstür von Dacius, und gab das vereinbarte Klopfzeichen. Drinnen rührte sich nichts. Sie klopfte noch einmal, diesmal energischer. Es blieb ruhig.

»Das gibt's doch nicht …«

Ein ungutes Gefühl beschlich sie. Sie drückte die Klinke vorsichtig nach unten. Die Tür gab nach und öffnete sich. Leicht vorgebeugt trat sie in den Flur. Blieb mit angehaltenem Atem stehen. Lauschte. Nichts rührte sich. Kein Geräusch, das auf die Anwesenheit eines lebenden Menschen deutete. Die Tür zu dem Raum, in dem der tote Dacius am Boden gelegen hatte, war geschlossen.

Ohne Rücksicht auf mögliche schlimme Folgen ging sie darauf zu und stieß die Tür mit solchem Schwung auf, dass sie innen dröhnend gegen die Wand schlug. Sie wurde geblendet, denn immer noch lag auf allem das volle, gleißende Licht der Mittagssonne, auf dem Boden, den Wänden, den Möbeln, und tat ihren Augen weh. Sie beschattete ihre Augen mit der Hand, blickte vor sich auf den Boden und stutzte. Da war niemand, weder ein toter noch ein lebender Dacius.

»Heilige Juno!«, stieß sie hervor. »Es geschehen Zeichen und Wunder. Er kann sich doch nicht in Luft aufgelöst haben!«

Als ihr allmählich bewusst wurde, dass sie allein in der Wohnung war, zog sie den nächsten Stuhl heran und ließ sich mit einem Seufzer darauf nieder. Das Sitzen tat gut. Sie massierte die schmerzende Hüfte und dachte nach. Wie immer, wenn sie mit einer unvorhergesehenen Situation konfrontiert war, sprach sie leise ihre Gedanken aus: »Ganz ruhig bleiben, Tillia, ganz … Der Leichnam ist also weggeschafft worden, gut … Aber Theodoros ist auch verschwunden … Das ist seltsam, sehr …« Sie zwinkerte. »Es muss jemand vor der Wohnung erschienen sein, er hat Einlass verlangt und Theodoros hat ihn hereingelassen. Aber wer war das?«

Zwei Möglichkeiten waren denkbar. Erstens: Es handelte sich um jemanden, den Theodoros kannte – sei es persönlich oder dem Namen nach –, sodass er nicht zögerte die Wohnungstür zu öffnen. Zweitens: Diese Person hatte sich gewaltsam Einlass verschafft. Tillia schüttelte unwirsch den Kopf. »Unsinn! Das Türschloss ist nicht beschädigt!«

Es gab freilich noch eine dritte Variante: Eine Person mit amtlicher Vollmacht war, begleitet von Bewaffneten, erschienen und hatte Theodoros davon überzeugen können, dass es besser für ihn sei, die Tür zu öffnen, was er dann getan hatte. Aber wer kam da infrage? Diese Annahme setzte ja voraus, dass die Person Kenntnis von diesem Mord haben musste.

»Gute Göttin!«, flüsterte Tillia. »Am Ende hat man den braven Theodoros wie einen auf frischer Tat ertappten Mörder abgeführt!«

Sie blickte sich im Raum um. Alles schien so an seinem Platz zu sein, wie sie es in Erinnerung hatte. Nichts war hastig durchsucht, aus Regalen und Truhen herausgerissen und am Boden zerstreut worden – wie beim Einbruch in ihrer eigenen Wohnung vor wenigen Wochen. Auch das sprach dafür, dass hier keine überfallartige Aktion stattgefunden hatte.

Sie stand auf, ging zum Wandregal und betrachtete die Buchrollen, die säuberlich geordnet nebeneinander lagen. Nach den Angaben der herunterhängenden Titelschilder handelte es sich durchweg um Schriften zur Tier- und Pferdezucht. Sie waren auf Griechisch und Latein geschrieben. Also war Dacius in beiden Sprachen ein des Lesens und Schreibens kundiger Mann gewesen.

Sie trat zum Fenster, blickte auf die menschenleere Straße und dachte angestrengt nach. Der Unbekannte, der hier erschienen war und sich Einlass verschafft hatte, musste Kenntnis vom Mord an Dacius gehabt haben! Es war aber auch denkbar, dass Tatianus, besorgt wegen des Fernbleibens jenes Mannes, der gestern Abend die Wachen eingeteilt hatte, aktiv geworden war und einige seiner Leute hierher geschickt hatte. Man hatte den Toten gefunden und ihn – auf welche

Weise auch immer – abtransportiert. Das wäre die einfachste und glaubhafteste Erklärung.

Aber Theodoros! Warum war Theodoros mitgegangen, ohne sie vorher davon in Kenntnis zu setzen? Er wusste doch, dass sie nach drüben in die Wohnung Avitas gegangen war. Theodoros war sehr zuverlässig und korrekt. Wenn er es unterlassen hatte, dann nur, weil man ihn daran gehindert hatte. Irgendetwas war faul an der Sache.

Tillia machte sich auf die Suche nach irgendwelchen Indizien, die Licht in die Angelegenheit bringen konnten. Sie ging ins Schlafzimmer, öffnete die Kleidertruhe, fand aber nichts außer akkurat gefalteten Togen, Tuniken und Tüchern. Das Bett war unbenutzt. Also war Dacius schon im Lauf des gestrigen Tages erstochen worden. Sie musste Avita fragen, wann sie ihn zuletzt lebend gesehen hatte.

Im Wohnraum stand eine zweite Truhe. Sie versuchte den Deckel anzuheben, aber er war verschlossen. Das Schloss zeigte keine Spuren von Gewaltanwendung.

Tillia ging in den Flur. Auch hier deutete nichts auf irgendwelche Auffälligkeiten hin. Ihr Blick fiel auf die Wohnungstür. Der Schlüssel steckte innen. »Seltsam, sehr seltsam …« Sie betätigte ihn. Das Schloss funktionierte einwandfrei. Kurz entschlossen zog sie den Schlüssel ab, verließ die Wohnung und verriegelte die Tür von außen. Dann machte sie sich auf den Heimweg.

XIV

Als Tillia die Wohnung betrat, kam ihr Melitta schon im Flur entgegen und flüsterte mit wichtiger Miene: »Da ist eine junge Frau, Herrin. Und sie sagt, sie müsse hier auf dich warten.«

»Ich weiß, Mädchen. Wo ist sie?«

»In der Küche.«

»In der Küche? Was macht sie denn in der Küche?«

»Gemüse putzen.«

»Wie bitte?«

»Ja. Sie sagt, sie will sich nützlich machen. Ich konnte es ihr nicht ausreden.« Melitta schniefte und wischte sich über die Nase.

Tillia überhörte es für diesmal. Sie schüttelte sogar leicht schmunzelnd den Kopf und ging ins Tablinum. Melitta folgte ihr und fuhr fort: »Und … und sie hat sogar einen Wäschesack dabei, Herrin!«

»Aha? Hat sie auch gesagt, warum?«

»Nein, Herrin.«

»Gut. Dann hol sie mal her! Und du kommst auch! Wo ist Chrysostomos?«

»Unten, im Bad.«

»Um diese Zeit? Was macht er denn da?«

»Ich habe ihm gesagt, er soll mal das Becken putzen und einen Riss flicken.«

»Sehr schön.« Manchmal hatte selbst Melitta einen guten Einfall. »Aber er soll auch kommen.«

»Sofort?«

»Sofort!«

»Sehr wohl, Herrin.« Die Dienerin verließ den Raum.

Wenige Augenblicke später erschienen alle drei im Tablinum.

Avita, nun schon etwas gefasster, blickte sich scheu im Zimmer um. Melitta musterte die Fremde immer wieder verstohlen von der Seite, als ob sie ahnte, was auf sie zukam. Chrysostomos atmete schwer und fuhr sich mit seinen noch nassen, schmutzigen Händen immer wieder über die Stirn, denn er schwitzte gewaltig. Alle drei standen unmittelbar vor der geöffneten Tür und warteten gespannt auf das, was ihre Herrin ihnen eröffnen würde.

Tillia nahm auf einem Stuhl am Tisch Platz und schaute gelassen von einem zu anderen.

»Also ...« Sie lächelte Avita freundlich zu, wandte sich dann in bedeutsamem Ton an die beiden anderen: »Ich habe euch eine wichtige Mitteilung zu machen. Ab heute sind wir zu viert!« Sie wies auf die junge Frau. »Das ist Avita, und sie wird nun zusammen mit dir, Melitta, den Haushalt in Ordnung halten. Avita hat besonderes Geschick im Nähen und wird sich deshalb besonders um unser aller Kleidungsstücke kümmern. Das bedeutet für dich, Melitta, dass du ab sofort von diesen Arbeiten befreit bist.«

»Oh, danke, Herrin!« Melitta knickste.

Erstaunt nahm Avita zur Kenntnis, dass ihre neue Herrin gegen ein Knicksen vonseiten Melittas keinen Einspruch erhob. In Erinnerung an die Szene vor einer Stunde zog sie daraus die Folgerung, dass sie, Avita, also vom ersten Tag an einen höheren Rang als Melitta besitzen sollte. Das beunruhigte sie, denn diese ungleiche Behandlung konnte zu Spannungen zwischen ihr und der erheblich älteren Dienerin führen, die sicherlich schon viele Jahre im Dienst von Tillia Capriola stand.

Die nüchtern denkende und praktisch veranlagte Melitta kam sofort zum wichtigsten Punkt. Sie schniefte und sagte: »Herrin, darf ich mal was fragen?«

»Bitte, Kind!«

»Ich meine, Avita ... Wo soll sie denn schlafen? Wir haben doch kein weiteres Schlafzimmer.«

Tillia lächelte überlegen. »Also, nun pass mal auf, Mädchen ...«

Dann entwickelte sie folgenden Plan: Vorübergehend müsse Avita mit der kleinen Kammer vorlieb nehmen, die seit Jahren als Abstellraum für allen möglichen Plunder benutzt werde; der ganze Kram müsse nach unten, in den Verschlag neben dem Bad, gebracht werden, wo noch genügend Platz dafür sei. Das werde Chrysostomos gleich anschließend, wenn er mit dem Reinigen des Bades fertig sei, in Angriff nehmen.

»Aber das Bett, Herrin! Sie muss doch ein Bett haben.«

»Natürlich. Wir werden gleich nach der Mittagspause bei Aulus Firmius eines kaufen. Sollte mir etwas dazwischenkommen – und damit rechne ich –, wirst du das zusammen mit Avita erledigen. Firmius wird dir sicher im Preis sehr entgegenkommen. Achte auf Qualität! Es soll was Gutes sein.«

Melitta war ganz aus dem Häuschen.

»Es ist, wie ich schon sagte, nur vorübergehend«, betonte Tillia, »denn ich werde in Kürze nach unten in den ersten Stock ziehen.«

»Aber Herrin!« Melitta sah sie erstaunt an. »Da wohnt doch Primosus, der Schuhmacher! Und Aulus Firmus, der Möbelhändler!«

»Nicht mehr lange, mein Kind, nicht mehr lange. Denn sie werden wohl in den dritten Stock umziehen müssen, falls sie denn im Haus bleiben wollen.«

»Ja, aber ...« Melitta starrte sie perplex an. »Verzeih, Herrin, aber warum sollten sie das denn tun?«

»Weil ich das Haus kaufe!«

Maßloses Erstaunen stand Melitta im Gesicht. Sie öffnete den Mund, sagte aber nichts.

Da lachte Tillia kurz auf und fügte hinzu: »Das ewige Treppensteigen … ich bin es leid. Und wenn den beiden der Wohnungswechsel nicht passt, dann müssen sie eben ausziehen! *Punctum!*«

Tillia hatte nun wahrlich keine Lust, darüber länger mit Melitta zu diskutieren. Also erklärte sie abschließend: »Hör zu, Mädchen! Das hat für dich und deinen Chrysostomos unter anderem die höchst angenehme Folge, dass ihr beide zwei zusätzliche Zimmer bekommt, denn ihr werdet auf diesem Stockwerk wohnen bleiben. Und auch Avita kann sich dann aussuchen, in welchen Räumen sie wohnen möchte. Selbstverständlich werden die Wohnungen neu gestrichen und bekommen neue Möbel. Ich gehe davon aus, dass sich das alles in den nächsten Tagen entscheidet.«

»Oh, das ist ja wunderbar, Herrin! Nicht wahr, Chrysostomos?« Melitta sah ihren Partner geradezu verzückt an. Dann würden sie eine eigene Wohnung mit eigenem Tablinum haben, in dem sie Freunde empfangen konnten.

»Ja-ja«, murmelte Chrysostomos ergeben. »Ich … ich gehe dann jetzt runter … wegen dem Plunder …« Er fuhr sich mit der Hand über die immer noch feuchte Stirn und schickte sich an den Raum zu verlassen.

»Augenblick!« Tillia sah ihn streng an. »Ich habe mit dir und Melitta noch etwas zu besprechen.« Und zu Avita: »Würdest du uns bitte einen Augenblick allein lassen?«

Avita neigte kurz den Kopf, verließ das Zimmer und schloss draußen leise die Tür.

Tillia erhob sich, ging einige Schritte auf und ab, blieb vor Melitta und Chrysostomos stehen und erklärte eindringlich: »Ich muss euch in diesem Zusammenhang auf etwas hinweisen. Diese junge Frau hat heute großes Leid erfahren. Sie hat ihren Lebensgefährten verloren. Er … er ist ermordet worden.«

»Oh ihr Götter!« Melitta griff nach ihrem Herzen.

»Darum erwarte ich von euch, dass ihr in den nächsten Tagen und Wochen in angemessener Weise Rücksicht darauf nehmt!«

»Selbstverständlich, Herrin!« Melitta knickste.

»Ihr solltet auch dieses noch wissen: Avita ist die Tochter eines Fürsten! Der Vater ist im Bataverkrieg vor vier Jahren gefallen. Ihre Mutter starb schon früh. Aber sie trägt es tapfer. Und nun geht an eure Arbeit.«

Als sie wieder allein im Zimmer war, überlegte Tillia, ob sie sich eine halbe Stunde hinlegen oder im *Siebengestirn* eine Kleinigkeit essen sollte. Um diese Zeit kam zwar nur eine kalte Mahlzeit infrage, da die Küche bis zum frühen Abend geschlossen hatte, aber ein gemischter Salat mit Schafskäse, Knoblauch und Oliven würde ihr gut tun. Danach würde sie Tatianus aufsuchen.

Sie wurde einer Entscheidung enthoben, denn es klopfte an der Tür. Melitta meldete, Pankrates sei da und wünsche sie dringend zu sprechen.

»Gut, lass ihn herein.«

Pankrates trat ein, baute sich vor ihr auf und schlug sich mit der Faust auf den Brustkorb. Dann sagte er: »Herrin, ich mache mir Sorgen.«

»Warum?«

»Wegen Theodoros. Ich sollte ihn schon vor einer Stunde ablösen, aber er war nicht am vereinbarten Treffpunkt.«

»Gute Göttin!«, rief Tillia und zwinkerte aufgeregt, denn sie hatte es nach den vorausgegangenen Aufregungen glatt verschwitzt. »Hast du schon was gegessen, mein Junge?«

»Nein, Herrin.«

»Armer Kerl! Dann gehen wir jetzt rüber ins *Siebengestirn* und essen was! Es gibt um diese Zeit zwar nur Kaltes, aber es ist gut. Komm!«

Sie informierte Melitta, dass sie wohl eine gute halbe Stunde im *Siebengestirn* sei, und schärfte ihr ein sie sofort zu benachrichtigen, falls jemand sie dringend zu sprechen wünsche. Im Übrigen solle sie sich schon mal um das neue Bett für Avita kümmern. Firmius öffne ja in Kürze wieder seinen Laden.

Melitta, die es kaum erwarten konnte, sich um die Beschaffung des neuen Bettes zu kümmern, versprach alles im Sinne der Herrin zu regeln.

Zusammen mit Pankrates verließ Tillia die Wohnung. Sie überquerten die Straße und tauchten in den dunklen Gang ein, durch den man den Schankraum des Lokals erreichte.

Wie immer, wenn Tillia um diese Zeit die Gaststätte betrat, wurde sie als Erstes von Placida, der riesigen Molosserhündin von Fabius, dem Wirt, begrüßt. Sie hatte unmittelbar neben der Eingangstür ihren Liegeplatz. Placida war sieben Jahre alt. Ihr Name bedeutete zwar die *Sanfte,* doch sie sah Furcht erregend aus. Groß wie ein Kalb, besaß sie einen voluminösen Schädel mit gewaltigen Kiefern und Zähnen, die ohne weiteres ein armdickes Stück Holz durchtrennen konnten. Dazu hatte sie eine erstaunliche Eigenschaft: Jeder neu eintretende Gast wurde von ihr kritisch daraufhin untersucht, ob er sich etwa im Zustand der Volltrunkenheit befand. War dies tatsächlich der Fall, verweigerte sie ihm den Eintritt in die Gaststube. Sie ließ dann ein tiefes, Unheil kündendes Grollen aus ihrem Rachen ertönen. Der so begrüßte Zecher zog es dann meist vor, aus freien Stücken den ungastlichen Ort zu verlassen. Tat er dies nicht – was freilich höchst selten vorkam –, dann baute Placida sich mit scharf beobachtendem Blick vor ihm auf und verdeutlichte ihm durch ein weiteres warnendes Grollen, dass es jetzt besser für ihn sei, das Weite zu suchen. Auf der Stelle war die Angst bei den Betroffenen größer als ihr Wunsch nach einem weiteren Schoppen Wein. Sie torkelten zurück auf die Straße. Umgekehrt ließ Placida jeden Gast, der dem Wein allzu reichlich zugesprochen hatte und sich schon schwankend bewegte, geradezu generös von dannen ziehen – und dabei machte sie ihrem Namen alle Ehre.

»Na, Placida, altes Mädchen!« Tillia kraulte die Hündin hinter den Ohren und Placida klopfte freudig mit dem Schweif gegen den Türrahmen. »Wo ist denn der liebe Cyrus?«

»Hier, Herrin!«, rief jemand von der Theke her.

Cyrus, von Geburt Perser, war ein Freigelassener des Fabius, dem dieser die Aufsicht über das gesamte Personal übertragen hatte. Er fungierte auch als Empfangschef. Nun kam er herüber, machte mit dem Kopf die Andeutung einer Verbeugung, begrüßte Tillia wie immer sehr freundlich und meinte: »Du bist aber heute früh dran, Herrin!«

»So ist es.«

»Falls du warm essen möchtest – die Küche hat leider noch bis zum Abend geschlossen.«

»Ich weiß, Cyrus. Aber ich darf doch wohl davon ausgehen, dass du für Pankrates noch ein Stück kalten Braten von gestern hast – oder? Und für mich einen gemischten Salat mit Schafskäse, Hühnerklein und Pfeffer.«

»Wenn ich mir den Vorschlag erlauben darf, Herrin: Ich hätte da sogar noch etwas kalten Fasan von gestern, wenn du den lieber als ...?«

»Oh ja, fein. Also Fasan!«

»Und was möchtest du trinken?«

»Nur Wasser, mit einem Schuss Falerner.«

Pankrates schloss sich dem an, denn es war nicht seine Art, schon am Tage zu bechern. Außerdem brauchte er für den Rest des Tages einen kühlen Kopf. Sie konnten sich ihren Platz aussuchen, da das Lokal um diese Zeit kaum besucht war. Lediglich ein junges Paar saß abseits in einer Nische und gab sich verzückt dem gegenseitigen Anblick hin.

Schon wenige Augenblicke später kam ein Mädchen aus der Küche mit den Speisen, ein Sklave reichte Wasser, danach kleine Tücher zum Trocknen der Hände. Cyrus stand diensteifrig daneben und wartete ab, bis alles auf dem Tisch war.

Als er sich entfernen wollte, fragte Tillia ihn, ob sein Herr noch seine Mittagsruhe halte. Cyrus erklärte, Fabius sei auf und werde wohl in Kürze nach unten kommen. Darauf Tillia: »Würdest du ihm bitte mitteilen, dass ich ihn gern sprechen möchte?«

»Sehr wohl, Herrin.« Er machte eine Verbeugung und zog sich zurück.

Pankrates machte sich mit Heißhunger über den kalten Braten, das Brot und die Rote Bete her, die Tillia ihm auf den

Teller schob, auch sie selbst gab sich ganz dem Genuss des köstlichen Salats hin. Während des Essens gab sie gerafft wieder, wie sie zusammen mit Theodoros den toten Dacius entdeckt, kurz darauf die Wohnung für etwa eine halbe Stunde verlassen und bei ihrer Rückkehr festgestellt habe, dass Theodoros verschwunden war.

Sie schloss: »Und bei dir hat er sich auch nicht gemeldet, sagst du.«

»So ist es, Herrin. Also war meine Sorge berechtigt.«

»Durchaus, ja.« Tillia nickte. Einmal mehr fiel ihr auf, dass Pankrates sich von allen Gladiatoren aus dem Ludus Magnus, die sie kannte, am gewähltesten ausdrückte. Sie wusste, dass jeder dieser Männer eine interessante Biografie hatte und fragte neugierig: »Sag mal, mein Junge, warum machst du das eigentlich? Ich meine diese Auftritte in der Arena. Du bist doch kein Sklave!«

»Nein. Ich bin frei geborener Bürger aus Panormos auf Sizilien.« Er sagte es nicht ohne Stolz.

»Ach! Nun, dann musst du aber gute Gründe haben, Pankrates.«

»So ist es.«

Er berichtete: Sein Vater sei Reeder in Panormos auf Sizilien gewesen; bei Geschäften mit Kaufleuten aus Alexandria sei er betrogen worden und habe etwa achthunderttausend Denare verloren; wenige Wochen später habe er beim ersten schweren Herbststurm vor zwei Jahren drei seiner fünf Schiffe verloren; die beiden andern hätten zwar den Heimathafen erreicht, aber nur, weil man den größten Teil der Ladung – Amphoren mit Garum, dem teuren Würzmittel aus Spanien – über Bord geworfen habe. Sein Vater, schon seit langem ein herzkranker Mann, sei wenige Tage später vom Schlag dahingerafft worden.

»Und deine Mutter?«, fragte Tillia.

»Sie starb schon vor Jahren, bei der Geburt meiner Schwester.«

»Du hast eine Schwester?«

»Nicht mehr. Sie ist schon als Kind gestorben.«

»Dann bist du also der einzige Überlebende deiner Familie?«

»Ja.«

»Wo hast du denn Fechten gelernt?«

»Noch in Panormos. Bei einem numidischen Fechtmeister.«

»Und was ist mit dem restlichen Besitz geschehen?«

»Ich habe ihn verkauft, um die Gläubiger zu befriedigen. Dann bin ich nach Rom gegangen.«

»Armer Junge!«

»Keineswegs, Herrin. Es geht aufwärts. Noch zehn Kämpfe – und ich bin ein gemachter Mann.«

»Zehn Kämpfe? Gute Göttin! Steht das so in deinem Vertrag?«

»Ja.«

»Und du kannst da nicht heraus? Ich meine aus diesem Vertrag?«

»Nein, natürlich nicht. Und ich will es auch nicht.«

»Aber du spielst doch ununterbrochen mit deinem Leben!«

»Daran gewöhnt man sich, Herrin.«

»Pankrates, bitte, sag nicht Herrin zu mir! Du bist ein frei geborener Mann. Ich heiße Tillia, wie du weißt.«

»Na gut, aber ich möchte das nicht in Gegenwart der anderen. Ich hoffe, du verstehst das, Tillia.«

»Ich verstehe. Aber wenn wir unter uns sind, sag bitte Tillia zu mir.«

»In Ordnung.«

Als das Geschirr abgeräumt war und sie sich die Hände gesäubert hatten, kam Pankrates noch einmal auf Theodoros und den Zustand der Wohnung zu sprechen: »Du hast also keine Anzeichen bemerkt, die auf ein Handgemenge oder einen Kampf hindeuten?«

»Nein, nicht die geringsten. Alles in der Wohnung schien an seinem Platz zu sein.«

»Hm, dann kann es sich bei demjenigen, den Theodoros

eingelassen hat, nur um jemanden handeln, den er kannte oder der sich als Amtsperson mit gewissen Befugnissen ausweisen konnte. Andernfalls hätte er sich zur Wehr gesetzt, dass die Fetzen flogen!« Er fügte hinzu: »Ich kenne ihn. Er fackelt nicht lange.«

»Dasselbe habe ich auch schon erwogen. Nun, dann müssten wir doch in Kürze ein Lebenszeichen von ihm erhalten.«

»Das denke ich auch.« Pankrates nickte und fügte leise hinzu: »Da kommt Fabius!«

Wie immer um diese Zeit machte der Wirt den Eindruck eines Kindes, das man unvermittelt aus dem Schlaf gerissen hatte. Seine ohnehin roten Bäckchen waren noch röter, die Augen schauten höchst erstaunt in die Welt, er gähnte mehrmals hintereinander, wobei er sicher sein konnte, dass Tillia und Pankrates dafür Verständnis hatten. Man kannte sich seit langem.

»War es wieder eine Hochzeit?«, fragte Tillia verständnisvoll, wobei sie voraussetzte, dass es für Fabius heute Nacht wieder einmal sehr spät geworden war.

»Wie? Nein, eine Beerdigung.« Fabius gähnte erneut und ließ sich neben ihnen nieder. »Und wenn ich ehrlich bin, muss ich sagen: Ich ziehe eine Beerdigung einer Hochzeit vor.«

»Ach! Und wieso das?«, rief Tillia und war gespannt auf die Antwort.

»Weil ... Bei einer Hochzeit machen sich die Leute doch immer was vor.«

»Und bei einer Bestattung nicht?«

»Nein. Alle wissen, dass sie sterblich sind.«

»Und du meinst, bei einer Hochzeit ...«

»Aber sicher, Tillia.« Er strich sich über seinen stattlichen Bauch. »Da geht es doch immer nur um die handfesten Interessen der Eltern, um Geld, Besitz, Ansehen. Ich kenne nur zwei, vielleicht drei Beispiele, dass Zuneigung zwischen den Brautleuten im Spiel war.«

»Aber das kann doch noch kommen! War's denn bei dir etwa anders?«

»Nein, natürlich nicht. Darum spreche ich aus Erfahrung.« Er schaute Tillia an und meinte: »Du siehst aber nicht gut aus! Bist du krank?«

»Nein, nur etwas überanstrengt.«

»Aber nun ... Du wolltest mich sprechen, also wolltest du etwas von mir wissen!«

»So ist es, Fabius.« Sie zwinkerte. »Sagt dir der Name Alleius Nigidius Maius etwas?«

»Nigidius Maius? Allerdings!« Fabius lehnte sich zurück. »Ein höchst undurchsichtiger Bursche aus der Subura. Besitzt da an die zwanzig Häuser. Zieht seinen Mietern das Fell über die Ohren! Greift zu übelsten Mitteln, wenn er ein weiteres Haus erwerben will. Ich weiß das so genau, weil die Betroffenen hier oft ihren Kummer im Wein ertränken. Aber was hast du denn mit diesem Mann zu schaffen, Tillia?«

»Noch nichts, Fabius. Aber das kann noch kommen. Sag mal ...«, sie zwinkerte, »hat er nicht vor Jahren mit einem kleinen Wettkontor begonnen?«

»Ja-ja, ich erinnere mich genau. Er betrieb seine Geschäfte beim Circus und auch bei den Wechslern am Forum.«

»Hast du auch bei ihm gesetzt?«

»Wie? Ja, einige Male.«

»Und gewonnen?«

»Nie. Das hat mich sehr schnell kuriert.«

»Aber es gab genügend andere, die ...«

»Nun, schon damals erzählten einige Leute, dass er seine Kunden nach allen Regeln der Kunst betrüge. Nachweisen konnte man ihm das nie. Du kennst das ja. Aber ich bin sicher, dass diese Gerüchte stimmten.« Fabius unterdrückte ein Gähnen und rieb sich die Augen. »Das ist ein ganz gerissener Gauner, einer von diesen Leuten, die auf Kosten anderer leben.«

Tillia, die plötzlich spürte auf der richtigen Spur zu sein, fragte weiter: »Weißt du, ob er auch heute noch Kontakt zu den Renngesellschaften hat?«

»Sicher. Zu den Grünen.«

»Zu den Grünen?«

»Ja. Er ist gut Freund mit diesem … diesem … Beim Hercules! Wie heißt denn dieser Oberknabe noch …?«

»Doch nicht Tatianus?«

»Nein, da war ein o im Namen!«

»Novius?«

»Ja, Novius! Novius Niger!«

»Bist du sicher?«

»Ja, natürlich.«

»Wieso?«

»Weil … Nigidius Maius hat sich hier schon des Öfteren am Abend nach den Rennen mit diesem Novius zum Essen getroffen.«

»Ach! Aber dann müsste ich ihn doch schon gesehen haben!«

»Nicht unbedingt. Sie feiern dann mit zwei, drei Leuten im Hinterzimmer. Sie wollen unter sich sein.«

»Interessant. Wann war er zum letzten Mal hier?«

»Am neunzehnten April.«

»Am neunzehnten April! Das war doch der letzte Tag der Ludi Ceriales.«

Tillia sah die Szene wieder vor sich: An diesem Tag war sie vom Thronfolger in der Kaiserloge des Circus Maximus in aller Öffentlichkeit ausgezeichnet worden.

»Ist das denn wichtig für dich?« Fabius sah sie verwundert an.

»Vielleicht, Fabius, vielleicht.«

Sie wandte sich an Pankrates. »Ich glaube, wir müssen weiter.« Und zu Fabius: »Was habe ich zu zahlen?«

Der Wirt nannte den Preis und Tillia griff schon nach ihrer Börse, als Pankrates ihr zuvorkam und erklärte: »Das geht selbstverständlich auf meine Rechnung, Fabius!«

»In Ordnung.«

Pankrates zählte die Münzen auf den Tisch und legte noch einen Denar dazu.

»Für Cyrus!«, erklärte er.

Sie erhoben sich. Fabius begleitete sie bis zur Tür und auch

Placida tapste wedelnd heran, um die freundliche Domina zu verabschieden, und ließ sich von ihr im Nacken kraulen.

»Du solltest mal ausspannen, Tillia«, meinte Fabius und legte ihr vertraulich die Hand auf die Schulter.

»Gute Idee! Vielleicht heute Abend. Mal schauen …«

Als sie aus dem Gang auf die Straße traten, traf sie die Hitze wie ein Keulenhieb.

»Gute Göttin!«, flüsterte Tillia. »Diese Schwüle! Und kein Wölkchen am Himmel! Man könnte fast meinen, die Hundstage seien schon da.«

Dabei war es erst der 30. April – und noch drei Tage bis zum Rennen.

XV

Pankrates begleitete Tillia in ihre Wohnung; er musste sich mit ihr noch abstimmen, wie für den Rest des Tages zu verfahren sei.

»Und danke für das Essen!«, sagte Tillia im Treppenhaus. »Es war köstlich. Und deins?«

»Ebenfalls, Tillia. Sein Fasan ist spitze, selbst der kalte! Ich kenne in dieser Gegend kein besseres Lokal als das von Fabius.«

»Sehr wahr, ja!« Sie schmunzelte. Zum ersten Mal hatte er sie mit ihrem Namen angeredet.

Melitta hatte keine neuen Nachrichten zu vermelden.

»Auch nicht von Theodoros?«, fragte Tillia.

»Nein, Herrin.«

»Und was macht Avita?«

»Sie näht.«

»Ach!«

»Ja. Ich habe ihr zwei Tuniken von Chrysostomos gegeben. Die Säume am Hals und an den Ärmeln sind verschlissen. Sie macht das wirklich sehr geschickt, Herrin!«

»Gutes Mädchen! Na siehst du … Übrigens, hast du dich schon um das Bett gekümmert?«

»Gleich, Herrin. Der Laden von Firmius ist ja noch geschlossen. Gehst du denn nicht mit?«

»Ich weiß nicht …« Tillia gähnte. »Ich müsste eine gute Stunde schlafen.«

Sie hatte den Satz kaum beendet, als mit erheblicher Lautstärke an die Wohnungstür geklopft wurde. Tillia sah Pankrates an und beide hofften, es werde Theodoros sein, der Einlass begehrte.

Melitta ging öffnen.

»Ist das hier die Wohnung der Herrin Tillia Capriola?«, tönte es in knappem Befehlston.

»Ja, natürlich«, sagte Tillia und wandte sich dem fremden Besucher zu: Vor ihr stand ein Zenturio der Prätorianer in voller Montur, mit rotem Helmbusch, silbernen Nieten am Gehänge, Schwert und Dolch am Gürtel. Er wurde begleitet von zwei rangniederen Dienstgraden.

Er riss den ausgestreckten Arm zackig zum Gruß hoch und erklärte: »Ich habe Befehl, der Herrin etwas mitzuteilen, kann ihr die Botschaft allerdings nur unter vier Augen anvertrauen!«

»Ahja. Und von wem?« Tillia fragte es in einer Weise, die den gestandenen Mann auf der Stelle verunsicherte.

»Es … es handelt sich um eine Nachricht des Tribunen der dritten Kohorte Asinius Gallus!«

»Asinius Gallus? Interessant …« Sie zwinkerte lebhaft. »Komm bitte ins Tablinum, Zenturio!«

Sie ließ ihn vortreten, schloss die Tür und sah ihn gespannt an. Er reckte sich, nahm noch einmal Haltung an und begann: »Der Tribun Asinius Gallus lässt dir dies mitteilen: Wenn es der Herrin genehm sei, möge sie sich sofort in die Kaserne der Garde begeben. Der Tribun habe ihr eine äußerst wichtige Mitteilung zu machen. Leider sei er selbst zurzeit unabkömmlich.«

Tillia sah ihn mit hochgezogenen Brauen an, zwinkerte lebhaft und fragte nach: »Du hast keine Ahnung, worum es sich handelt, Zenturio?«

»Nein, Herrin.«

»Na, macht nichts. Also dann, gehen wir! Oder habt ihr vielleicht einen Wagen dabei?«

»Selbstverständlich, Herrin!«

»Na, wenigstens das … Der Tribun ist sehr umsichtig.«

Tillia war Asinius dankbar, dass er ihr einen Wagen zur Verfügung stellte, einmal wegen der schwülen Hitze in der Stadt, aber wohl auch in Kenntnis ihrer rheumatischen Beschwerden.

Im Flur warf sie Pankrates einen viel sagenden Blick zu, nahm ihn beiseite und bat ihn bis zu ihrer Rückkehr zu warten. Melitta schärfte sie ein die Wohnung nicht zu verlassen; es könne sein, dass sich Theodoros oder Geta und Hormus meldeten.

Die Entfernung bis zu den *Castra Praetoria*, dem Lager der Prätorianer, betrug genau eine Meile. Der Wagen folgte dem ansteigenden Vicus Patricius, der in fast gerader Linie auf die Porta Viminalis zulief. Der Zenturio und seine Begleiter ritten voraus, um gegebenenfalls die Straße freiräumen zu können. Doch um diese Zeit des frühen Nachmittags war es noch ruhig.

Tillia war zu müde, um Spekulationen darüber anzustellen, weshalb Asinius sie zu dieser Stunde, in der man sich gemeinhin der Ruhe hingab, in die Kaserne holen ließ. Dass er durch dienstliche Angelegenheiten verhindert war, selbst bei ihr vorstellig zu werden, klang einleuchtend. Es musste also etwas passiert sein, worüber er unbedingt mit ihr sprechen musste. Sie seufzte, rieb sich die Hüfte und machte es sich, so gut es ging, auf dem harten, mit Leder überzogenen Sitz bequem.

»Nächstens könntest du durchaus deinen eigenen Wagen nehmen, Tillia … Ha!«, – sie rieb sich die Hände – »Und der ist entschieden bequemer!« Da fiel ihr ein, dass ihre Pferde bei Tusculum auf der Weide standen. »Nun, dann muss der liebe Chrysostomos sie eben holen. Oder ich kaufe noch zwei Maultiere. Sie sind ohnehin angenehmer und folgsamer … und ausdauernder. Die könnte ich doch ebenfalls bei Mummius unterstellen. Ich muss mit dem Mann darüber reden. Platz hat er ja noch. Außerdem soll er es nicht umsonst machen. Im Übrigen hat er mit mir eine potente neue Kundin gewonnen, die pünktlich zahlt.«

Der Wagen passierte den mittleren Torbogen der Porta Viminalis. Tillia sah, wie einer der Posten gewaltig gähnte. Es wirkte so ansteckend, dass sie es es ihm gleichtat. »Gute Göttin!« – sie gähnte noch einmal – »Jetzt im Bett liegen und zwei Stunden schlafen!«

Außerhalb der Mauer ging es weiter auf der hier beginnenden Via Tiburtina. Aber nicht lange. Nach etwa zwei Stadien bogen sie im rechten Winkel nach links ab. Der Wagen rollte nun an der westlichen Außenmauer der *Castra Praetoria* entlang. Auf dem vorgelagerten Campus, einem riesigen Exerzierplatz, wurden Gruppen von Rekruten gedrillt. Bei der Übung ging es offenbar um die strikte Einhaltung der Marschformation bei einem plötzlichen Richtungswechsel. Tillia hörte die scharfen Kommandos und das wütende Gebrüll der Ausbilder, wenn einer der jungen Männer aus der Reihe tanzte. Dann rissen sich die Rekruten wieder zusammen und das Ganze ging von vorne los.

Wenige Augenblicke später rollte der Wagen durch die Porta Praetoria ins Lager. Tillia machte sich bewusst, dass sie in eine streng hierarchisch gegliederte Männerwelt eingelassen wurde, die Frauen gemeinhin verschlossen blieb. Mit Neugier, Scheu, ja Beklommenheit warf sie einen Blick auf die lang gezogenen zweistöckigen Mannschaftsgebäude, die absolut sauberen Lagerstraßen, den großen Appellplatz, das Stabsgebäude mit dem Fahnenheiligtum, den Altar der Fortuna, wusste sie doch: Die hier kasernierten Elitetruppen galten in der gesamten römischen Armee als »das Feinste vom Feinen«, wie sich ihr Vater einmal ausgedrückt hatte. Und auch dies hatte er gesagt: »Wer den Oberbefehl über die Prätorianer hat, hat die Macht über Rom – und somit den gesamten Erdkreis!« Ihr Vater musste es wissen, denn er war unter Nero fünf Jahre lang kaiserlicher Statthalter von Ägypten gewesen.

Der Wagen rollte auf das Stabsgebäude zu und hielt vor

dem breiten, dreistufigen Treppenaufgang. Die Luft flimmerte auf dem Platz davor. Der Zenturio sprang vom Pferd, kam heran, öffnete die Tür, half ihr beim Aussteigen und sagte: »Bitte zu folgen, Herrin!«

Im Inneren des großen Gebäudes war es angenehm kühl. Sie folgte dem Zenturio in einen langen Gang im Erdgeschoss, an dessen Ende sich das Arbeitszimmer von Asinius befand. In den Nischen zwischen den Türen hielten überlebensgroße Statuen der ehemaligen Gardepräfekten Wache, und im Vorbeigehen meinte Tillia den Kopf von Afranius Burrus, dem tüchtigen *Praefectus Praetorio* unter Nero, erkannt zu haben. Burrus war einer der Letzten gewesen, die mäßigenden Einfluss auf den zunehmend hemmungslos agierenden Kaiser ausgeübt hatten; nach dem plötzlichen Herztod des Präfekten hatte die Katastrophe ihren Lauf genommen.

Der Zenturio öffnete eine Tür und ließ Tillia vortreten. Sie befand sich in einer Art Vorzimmer, nüchtern eingerichtet mit einem Rundtisch, vier Korbsesseln, einem Kleiderständer. Die Wände weiß gekalkt und ohne jeden Schmuck.

»Bitte hier zu warten!«, befahl der Zenturio, ging in den nächsten Raum und schloss hinter sich die Tür.

Schon wenige Augenblicke später kam er zurück. »Bitte zu folgen!«

Sie trat in eine Schreibstube. Zwei Soldaten füllten an Stehpulten Listen aus, zwei andere sortierten am großen mittleren Arbeitstisch *Tesserae*, rechteckige Paroletäfelchen aus Blei, beseitigten schadhafte Eingravierungen und glätteten die Oberfläche, damit das Material wieder neu beschriftet werden konnte. An den Seitenwänden standen Regale, gefüllt mit Karteikästen und Rollen.

Asinius Gallus kam aus dem Nebenraum, verbeugte sich leicht vor Tillia und bat sie mit einer Handbewegung einzutreten. Er schloss die Tür und zog ihr einen gepolsterten Stuhl heran. Sie setzte sich. Er selbst nahm hinter dem großen Arbeitstisch Platz, auf dem sich Papyrusblätter und Rollen stapelten. Auch dieser Raum enthielt keinen Schmuck, außer einer Marmorbüste des Caesar Titus.

»Ich bin dir sehr dankbar, Tillia, dass du so schnell meiner Bitte entsprochen hast und sofort gekommen bist.«

Er wirkt überarbeitet, dachte Tillia. Abgenommen hat er auch. So sieht jemand aus, der's am Magen hat. Sie sagte: »Von Mühe kann keine Rede sein, Asinius. Wenngleich ich zugeben muss, dass ich mich lieber der mittäglichen Ruhe hingegeben hätte.«

»Oh, das tut mir sehr Leid, Tillia.«

»Es gibt Schlimmeres«, meinte sie lässig. Dann fixierte sie ihn und fuhr streng fort: »Zum Beispiel einen Dacius, der tot in seiner Wohnung aufgefunden wird!«

Asinius verzog zunächst keine Miene, doch dann spielte jenes jungenhafte Lächeln um seine Lippen, das sie an ihm so mochte. Er war erst vierunddreißig.

»Allerdings.« Er nickte ernst. »Und das ist denn auch der Grund, warum ich dich hergebeten habe.«

Tillia lehnte sich zurück und sagte: »Ich hätte früher drauf kommen können. *Du* warst also während meiner kurzen Abwesenheit in der Wohnung!«

»So ist es«, gestand er.

»Allein?«

»Nein.«

»Wer war außer dir anwesend?«

»Ist das wichtig?«, fragte er.

Tillia schmunzelte leicht, denn sie fühlte sich wieder an ihr nächtliches Gespräch im Garten von Antonius Felix erinnert, das mit einem ähnlich vorsichtigen gegenseitigen Abtasten begonnen hatte.

»Ich denke schon«, sagte sie. »Falls es denn jemand ist, den ich kenne.«

Und Asinius: »Ich glaube kaum, dass du die beiden Soldaten kennst, die ich …«

»Du weißt«, unterbrach sie ihn, »dass ich sie nicht meine. Wer also sonst?«

Nach kurzem Zögern erklärte er: »Sagt dir der Name Novius etwas? Er ist der Verwaltungschef der Grünen.«

»Etwas … ja.« Sie zwinkerte. »Aber nicht viel.«

»Bist du sicher?« Wieder dieses überlegene Lächeln.

War er etwa schon über ihr Gespräch mit Fabius im *Siebengestirn* informiert? Unmöglich! Sie musste nun aufpassen: Genau wie damals wollte Asinius sie aushorchen, ohne selbst zu viel vom eigenen Wissen preiszugeben. Novius Niger also. Aber wieso ausgerechnet er? Sie fragte: »Wieso war ausgerechnet Novius Niger mit dir am Tatort?«

»Nun, ich habe mich am späten Vormittag noch bei den Grünen umgesehen, wo man sehr besorgt über das Ausbleiben dieses Dacius war. Da ist Novius gleich mit zu dessen Wohnung gegangen.«

»Hast du ihn darum gebeten?«

»Nein, er bot es mir an. Das lag doch nahe, nicht?«

»Ja, natürlich«, sagte sie und nickte. In Wahrheit zog sie aus dem soeben Gehörten ganz andere Schlüsse, über die zu reden sie nicht gewillt war – noch nicht. Sachlich stellte sie fest: »Also bist *du* mit der Leitung der Untersuchungen betraut.«

»Wie kommst du denn nur darauf, Tillia?« Er grinste.

»Bitte, Asinius, du wirst mir doch nicht weismachen wollen, du seist just aus privater Neugier zu den Grünen gegangen, um anschließend ausgerechnet mit dem obersten Verwaltungschef der Factio einfach so in die Wohnung eines gewissen Dacius einzudringen. Oh, entschuldige!«, rief sie und zwinkerte lebhaft. »Das war ja gar nicht nötig! – Wo ist mein Theodoros?«

»Dein Theodoros?« Er lachte belustigt auf. »Nun, er ist hier.«

»Wo?«

»In einer Arrestzelle.«

»Wie bitte?!« Sie starrte ihn entgeistert an. »Aber Asinius! Das kann doch nicht dein Ernst sein!«

»Es ist so, wie ich sage.«

Er stand auf, kam um den Tisch herum und fuhr fort: »Ich habe den Mann festsetzen lassen, weil er unter dem dringenden Tatverdacht steht, einen gewissen Dacius, seines Zeichens Trainer bei der Factio Prasina, kaltblütig ermordet zu haben.«

Tillia blickte in sein feines Gesicht und meinte zu erkennen, wie seine Augen kurz, aber amüsiert aufblitzten. Ihre Gedanken überschlugen sich, sie spielte die verschiedensten Möglichkeiten durch und suchte nach einer Erklärung für dieses vollkommen unmotivierte, aberwitzige Vorgehen. Was war in den Tribun gefahren?

Asinius, der genau spürte, was in ihr vorging, beruhigte sie: »Ich verfolge dabei natürlich eine bestimmte Absicht, Tillia.«

»Ach ja?«

Nun stand auch sie auf, trat zum Fenster und beobachtete eine Weile, wie die jungen Soldaten, die sie draußen auf dem Campus beobachtet hatte, zum Appellplatz marschierten. Leise sagte sie: »Asinius! Ich kann nicht glauben, was du da sagst – es sei denn, du verfolgst damit wirklich eine bestimmte Spur.«

Auch er trat zum Fenster und schaute eine Weile scheinbar gedankenverloren nach draußen. Schließlich erklärte er: »Liebe Tillia! Ich habe allergrößten Respekt vor deinem weiblichen Scharfsinn.«

»Aber?« Sie schaute ihn an.

»Kein *aber*, nein!« Er schien es ernst zu meinen. »Ich will versuchen es dir zu erklären. Zuvor möchte ich dich jedoch an unsere Abmachungen erinnern.«

»Welche Abmachungen?«

»Wir wollten uns gegenseitig auf dem Laufenden halten.«

»Ist das wahr?« Sie lachte ihn herausfordernd an.

»Also«, fuhr er ungerührt fort, »ich möchte von dir wissen, ob du schon bestimmte Verdachtsmomente gegen die eine oder andere Person hast. Deine vorige Frage, ob Novius auf meinen Wunsch oder freiwillig mitgegangen sei, zielt doch eindeutig auf ihn. Habe ich Recht?«

»Ach, Asinius ... Ich stehe doch noch ganz am Anfang. Und solange ich keine wirklichen Anhaltspunkte habe, ziehe ich den Radius eben weit, sehr weit, um mich dann allmählich näher heranzutasten.«

»Na gut.« Er nahm wieder Platz und auch sie setzte sich. Sie blickten sich eine Weile schweigend an. Dann sagte Asinius unvermittelt: »Du kannst ihn wieder mitnehmen.«

»Wen? Theodoros?«

»Ja.«

»Ich verstehe nicht. Warum dann das ganze Theater?«

»Ganz einfach, eine Finte, Tillia.« Er schmunzelte. »Wer auch immer die Tat begangen hat, er wird über Äußerungen von Novius Niger im kleinen oder größeren Kreise erfahren, dass im Mordfall Dacius ein Angehöriger des Ludus Magnus, der Gladiator Theodoros, festgenommen und arretiert wurde. Steht doch nach landläufiger Meinung ein Gladiator grundsätzlich im Ruf, zu Gewalttätigkeiten zu neigen. Das wird den wahren Täter in Sicherheit wiegen. Und wir können ungestört unseren Untersuchungen nachgehen.«

»Darf ich daraus schließen«, meldete sich Tillia zwinkernd zu Wort, »dass auch du den Täter unter dem Personal der Grünen vermutest?«

»Es spricht einiges dafür, ja.« Er sah sie an. »Du nimmst doch das Gleiche an – oder?«

Es wäre unklug gewesen, dies jetzt noch zu leugnen. Also nickte sie und sagte: »So ist es.«

Und Asinius: »Dann sind wir ja einer Meinung.«

»Mal was Neues!«, stellte Tillia fest. »Aber was ist nun mit Theodoros? Wenn er sich frei in der Stadt bewegt, könnte der Täter davon Wind bekommen.«

»Das soll er ruhig. Es wird ihn aufs Neue verunsichern. Er muss seit heute Mittag ohnehin davon ausgehen, dass ich ihm auf den Fersen bin. Von deiner Existenz weiß er nichts. Ich hoffe es. Oder hast du irgendetwas in diese Richtung bei den Grünen verlauten lassen?«

»Natürlich nicht«, betonte sie mit Nachdruck.

Der Tribun erhob sich und auch Tillia stand auf. Was im Augenblick zu sagen war, war gesagt.

Asinius wollte abschließend wissen: »Was wirst du heute noch unternehmen?«

»Nichts Bestimmtes, Asinius. Morgen früh erwarte ich Nachricht von Tatianus über den Gesundheitszustand von Commius. Ich werde, falls das möglich ist, mit dem Mann reden.«

»Sei vorsichtig, Tillia! Sobald der Täter erfährt, dass du dich für ihn interessierst, bist du in höchster Gefahr!«

»Ich weiß es. Wenn ich Neues erfahre, lasse ich es dich wissen. Und nun gib mir meinen Theodoros wieder!«

»Sofort, Herrin!« Die Ironie war nicht zu überhören.

Asinius verließ den Raum um entsprechende Anweisungen zu geben.

Eine Viertelstunde später rollte der dunkle Wagen zurück in die Stadt.

Theodoros saß neben Tillia und konnte sich immer noch nicht beruhigen, dass man ihn als »Mörder« festgenommen hatte; während der ganzen Fahrt schimpfte er vor sich hin.

»Ausgerechnet! Es ist nicht zu fassen! Ich, der ich keiner Fliege etwas … Beim Herkules! Es ist weit gekommen mit dieser Stadt!« Er ballte die Faust und schlug sich damit in die andere Hand. »Das werden sie noch büßen! Ich werde, ich werde sie …«

»Na, was denn?«, fragte Tillia, die neben ihm saß.

»Ich werde sie verklagen! Man muss diese Leute dem Richter vorführen! Das ist eine himmelschleichende Ungerechtigkeit!«

»Eine *himmelschreiende!*«, verbesserte Tillia. »Eine himmelschreiende Ungerechtigkeit.«

»Sag ich doch, Herrin! Sag ich doch! Muss ich mir das bieten lassen? Ich? Der ich keiner Fliege …?«

»Nun beruhige dich doch, mein Junge!« Sie legte ihre Hand auf seinen Arm. »Das Ganze hat sich als eine Verwechslung herausgestellt. Die Sache ist damit erledigt.«

»Nicht für mich, Herrin! Wie stehe ich denn da?« Er blickte sie von der Seite aus weit aufgerissenen Kinderaugen an. »Wie soll ich denn meinem Freund Pankrates in die Augen schauen? Und Hormus, Geta – und dem *Lanista*?«

»Nun bleib mal auf dem Teppich, Junge! Außer Asinius und

mir weiß doch niemand etwas davon. Du hast also keinen Grund dich so zu erregen.«

»Und was ist mit diesem anderen Knaben? Diesem … diesem …?«

»Wen meinst du?«

»Diesen Augenzucker! Heißt Novius Niger. Spielte den großen Mann! Er wird nun überall erzählen, ich hätte …«

»Das ist beabsichtigt«, informierte ihn Tillia ungerührt.

»Das … das ist Absicht?« Wieder starrte er sie an, diesmal völlig perplex.

»Ja. Also, nun pass mal auf …«

Mit einfachen Worten erklärte sie ihm die Zusammenhänge und teilte ihm so viel mit, wie sie beim augenblicklichen Stand der Ermittlungen verantworten zu können glaubte.

Theodoros hörte mit wachsendem Interesse zu. Allmählich hellten sich seine Züge wieder auf.

»Das heißt also …« Er dachte angestrengt nach. »Das heißt also, ich bin kein Mörder!«

»Richtig.«

»Das heißt aber auch: Ich bin ein Mörder!«

»Auch richtig.«

»Ja, aber – was bin ich denn nun?«

»Natürlich kein Mörder!«

»Wirst du das auch dem *Lanista* klarmachen?«

Gute Göttin!, dachte Tillia. Er ist noch viel kindlicher als ich dachte! Und dennoch der gefürchtetste Gegner in der Arena! Sie sagte: »Darauf kannst du dich verlassen, Theodoros.«

»Wirklich?«

»Mein Wort darauf!«

»Dann ist's gut.«

»Na siehst du!« Er schien beruhigt zu sein.

Der Wagen hielt. Sie waren wieder im Argiletum. Ein Prätorianer riss die Tür auf, klappte das Treppchen herunter und half Tillia artig beim Aussteigen. Der Zenturio wartete die Prozedur ab, dann grüßte er zackig und gab unverzüglich den Befehl zur Rückfahrt.

XVI

In der Wohnung wurden sie von Pankrates, Geta und Hormus erwartet, die ihnen mit besorgten Gesichtern entgegenblickten. Melitta kam aus der Küche und hatte nur zu vermelden, dass sie zusammen mit Avita ein Bett gekauft habe. Chrysostomos sei gerade mit dessen Zusammenbau beschäftigt und werde wohl in einer halben Stunde damit fertig sein.

»Fein. Und was macht Avita?«

»Sie hilft ihm, Herrin.«

»Gutes Mädchen.« Dabei war sie in Gedanken mit ganz anderen Dingen befasst.

»Willst du es dir nicht anschauen, Herrin?« Melitta war gespannt auf das Urteil Tillias.

»Doch, Kind, aber später. Kommt alle ins Tablinum!«

»Ich auch?«, fragte Melitta.

»Nein. Mach du deine Arbeit in der Küche.«

»Sehr wohl, Herrin.« Sie schniefte und zog sich ohne den obligaten Knicks beleidigt zurück.

Tillia ging voraus und schloss hinter den vieren die Tür.

»Setzt euch, Jungs!«

Sie gehorchten auf der Stelle, zogen sich Stühle heran und ließen sich vorsichtig nieder, den Blick erwartungsvoll auf Tillia gerichtet, die auf dem hochlehnigen Korbsessel Platz nahm.

»Es hat sich eine neue Situation ergeben«, begann sie und

schaute von einem zum anderen. Als sie das Gesicht von Theodoros streifte, nahm dieser im Sitzen Haltung an, ballte die Fäuste und knurrte: »Eine Un ... eine Unverschämtheit! Sofort festnehmen, aufhängen, ertränken! Und dann dem Richter vorführen! Todesurteil!«

Geta, Pankrates und Hormus warfen sich erstaunte Blicke zu und schüttelten verwundert die Köpfe.

»Es gilt folgende Regelung«, fuhr Tillia unbeeindruckt fort, »Theodoros ist der Mörder!«

Die drei starrten den Kameraden an, der seltsamerweise keinen Einspruch erhob, sondern nun fröhlich in die Runde feixte.

»Ich verstehe nicht«, meinte Geta schließlich sehr höflich. »Du beliebst zu scherzen, Herrin!«

Diese Wortwahl passt zu ihm, dachte Tillia, er will mir seine Kultiviertheit zeigen. »Durchaus nicht, Geta. Dafür ist die Sache zu ernst. Hört zu!«

Dann schilderte sie ihnen, wie sie und Theodoros Dacius tot in seiner Wohnung aufgefunden hatten, flocht ein, dass sie selbst das Haus für eine halbe Stunde verlassen, die Wohnung bei ihrer Rückkehr aber leer vorgefunden und erst von Asinius Gallus erfahren habe, was sich in der Zwischenzeit ereignet hatte.

»Asinius Gallus«, schloss sie, »ist wie ich der Meinung, dass der Mörder zum Personal der Grünen gehören muss. Die Gründe, die dafür sprechen, kennt ihr.« Die Männer nickten. »Doch anders als der Tribun sind wir in einer besseren Ausgangslage: Der Mörder wird bald wissen, dass Asinius mit seinen Prätorianern hinter ihm her ist, weil Novius Niger in der Factio Prasina erzählen wird, was sich heute ereignet hat. Und Novius wird nicht zögern bekannt zu geben, man habe den Gladiator Theodoros aus dem Ludus Magnus festgenommen und inhaftiert, um ihn in Kürze dem Richter vorzuführen.«

»Aber Herrin«, wandte Geta ein und wies auf Theodoros, »er ... er läuft doch frei herum!«

»Oh, das soll er auch! Oder möchtest du ihn wieder einlochen?« Tillia lächelte freundlich und versicherte, dass auch diese Tatsache den Täter, wenn er denn davon erführe, erneut aus dem Konzept bringen werde.

»Das aber heißt für uns alle«, fuhr sie fort, »dass wir uns ab sofort noch vorsichtiger als bisher zu bewegen haben. Wir dürfen gegenüber niemandem eine Andeutung darüber machen, dass wir uns für den Täter interessieren. Solange sich an dieser Situation nichts ändert, sind wir gegenüber dem Mörder im Vorteil: Wir können uns freier bewegen und befinden uns bis auf weiteres in Sicherheit. Damit das auch in den nächsten Tagen so bleibt, muss ich euch das Versprechen abnehmen euch strikt an diese Anweisung zu halten. Denn nicht nur ich käme in Gefahr, sondern auch ihr. Dieser Mann wird nicht die geringsten Skrupel haben jeden, der seine Kreise stört, auf der Stelle aus dem Weg zu räumen. Immerhin ist ihm das schon zweimal gelungen.«

Alle nickten ernst. Theodoros setzte wieder zu einem kolossalen Luftschlag mit geballter Faust an, aber Geta, dem dies nicht entging, fuhr ihn streng an: »Lass das! Du könntest die Herrin erschrecken.«

»Na, dann eben nicht«, brummte Theodoros.

Doch Tillia meinte: »Lass ihn nur, Geta! Der arme Junge muss seiner Empörung doch irgendwie Ausdruck verleihen. Im Übrigen werde ich mit eurem Chef noch über das Ganze zu reden haben.«

»Ich hätte da noch eine Frage, Herrin«, sagte Geta.

»Bitte!«

»Hast du schon eine bestimmte Person in Verdacht?«

»Ja.«

»Darf man wissen, wen?«

»Noch nicht, Geta. Dafür ist es noch zu früh. Aber das kann sich sehr schnell ändern.« Sie stand auf und die vier schossen in die Höhe. »So … und nun wüsste ich gern, was ihr für den Rest des Tages geplant habt.«

Man einigte sich folgendermaßen: Theodoros würde sich in den Ludus Magnus begeben und Perdikkas über das Vorgefallene unterrichten. Er sollte bei Sonnenuntergang zurückkehren und die Nacht in Tillias Wohnung verbringen. Der stille Hormus würde bis dahin Haus und Straße im Auge behalten. Für Geta und Pankrates hatte Tillia eine besondere Aufgabe.

»Würde es euch etwas ausmachen«, fragte sie, »eine größere Geldsumme durch die Stadt zu tragen? Ich fühle mich unter den gegebenen Umständen im Augenblick wirklich etwas überfordert und wäre erleichtert, wenn ihr das übernehmen könntet.«

»Kein Problem«, meinte Pankrates. »Und wohin?«

Sie nannte die Adressen von Gaius Mummius und Alleius Nigidius Maius. Die Namen waren den beiden ebenso bekannt wie die Lage ihrer Geschäfte.

Tillia ging zur Geldtruhe und entnahm ihr einen prall mit Münzen gefüllten ledernen Beutel, aus dem sie Goldstücke im Wert von jeweils sechstausend und siebentausend Sesterzen in zwei Ledersäckchen verteilte. Die vier waren in höchstem Grade beeindruckt, zum einen, als sie sahen, dass Tillia so viel bares Geld in der Wohnung aufbewahrte, zum andern, dass sie keine Scheu hatte es ihnen blind anzuvertrauen.

»Diese sechstausend bekommt Nigidius Maius.« Sie reichte Pankrates den Beutel. »Und diese siebentausend gehen an Gaius Mummius.« Geta nahm ihr das Säckchen aus der Hand. »Ihr sagt nur, ihr hättet im Auftrag der Herrin Tillia Capriola das Geld zu überbringen. Und lasst euch den Empfang quittieren.«

»Selbstverständlich, Herrin.« Geta verbeugte sich.

Auf der Stelle verließen alle vier die Wohnung.

»Gute Göttin!«, seufzte Tillia, als sie endlich allein im Tablinum war. »Was für ein Tag! Was für ein …!« Und dann kam schlagartig die Müdigkeit über sie. Sie gähnte, gähnte gleich noch einmal und musste sich gegen den Tisch lehnen, so erschöpft war sie. Sie hatte nur den einen Wunsch: schlafen … schlafen … und nicht mehr aufwachen. Doch bevor sie sich hinlegen konnte, musste sie einen Blick auf das von Melitta erworbene neue Bett werfen. Das war sie ihr, mehr noch Avita, schuldig.

Sie atmete zweimal tief durch, reckte sich und ging mit müden Schritten hinüber in die ehemalige Abstellkammer, wo Melitta und Avita gerade damit beschäftigt waren, Kissen und Bettzeug aufzuschütteln. Als sie ihre Herrin bemerkten, unterbrachen sie ihre Tätigkeit und sahen sie gespannt an.

»Gefällt's dir, Herrin?«, fragte Melitta, die ganz aus dem Häuschen zu sein schien.

Tillia trat zum Bett, begutachtete das helle, glänzend gewachste Buchenholz, fuhr mit der Hand über die Oberkante des Fußteils und die aufgesetzten, gedrechselten Ziersäulchen, setzte sich, federte mehrmals und nickte beifällig.

»Sehr gut. Wirklich!«

Melitta schaute Avita an und strahlte. Daraus schloss Tillia, dass sich zwischen den beiden so unterschiedlichen Frauen bereits eine gewisse Sympathie entwickelt hatte. Offensichtlich war Melitta gewillt und entschlossen die Jüngere, die vom Alter her ihre Tochter sein konnte, zu bemuttern. Im Übrigen war es der erste größere Kauf, den sie ohne Beisein ihrer Herrin in eigener Verantwortung getätigt hatte.

»Und das Kissen?«, fragte Melitta.

Tillia griff nach dem Kopfkissen und stauchte es prüfend zusammen. »Auch gut, wirklich! Das hast du gut gemacht, Mädchen!«

»Das sind allerbeste Daunen, Herrin. Nur ganz reine, von einjährigen Gänsen. Keine Wolle dazwischen.«

Melitta wartete die ganze Zeit auf Tillias kritische Frage, was das alles denn gekostet habe; doch als ihre Herrin beharrlich zu diesem Thema schwieg, erklärte sie eifrig: »Firmius ist mir sehr entgegengekommen, Herrin. Obwohl das Bett aus einer berühmten Athener Werkstatt stammt, wie er sagt.«

»Ach ja?« Nur zu gut kannte Tillia die Geschäftspraktiken von Aulus Firmus und Konsorten, wenn sie auslaufende Modelle loswerden wollten; sie zwinkerte müde und wünschte unverzüglich im Bett zu liegen. »Nun, der gute Firmius muss wissen, was er tut, damit er kein Verlustgeschäft macht. Aber viel wichtiger ist, ob Avita das Bett gefällt.«

»Aber Herrin!« Avita faltete die Hände vor der Brust und schaute beschämt zu Boden. »Ich … ich verstehe die Welt nicht mehr, Herrin …«

Tillia lächelte ihr zu und sagte mütterlich: »Es soll dir gut gehen bei mir, Avita. Nicht wahr, Melitta?«

»Aber ja, Herrin!«, rief diese.

Als Melitta dann sah, wie Tillia sich erschöpft gegen die Wand lehnte, fügte sie besorgt hinzu: »Herrin!«

»Ja?«

»Du solltest dich nun hinlegen und versuchen zu schlafen! Du siehst nicht gut aus!«

Tillia nickte. »Genau das habe ich vor. Weckt mich nicht, geschehe, was wolle. Es sei denn, der Kaiser persönlich will etwas von mir …«

Sie hob müde die Hand und ging in ihr Schlafzimmer.

XVII

Die Fensterläden waren geschlossen. Durch das Spalier der Holzstäbe fiel genügend Licht herein, um sich zurechtzufinden. Verglichen mit der Hitze auf der Straße war es angenehm kühl im Zimmer. Schnell entledigte sie sich ihrer Kleidung, streifte eine leichte Tunika über und legte sich aufs Bett.

Primosus, der Schuhmacher, sprach mit einem Kunden und pries überschwänglich die Qualität seiner Sandalen aus gelbem Ziegenleder an. »Schwätzer, Wichtigtuer!«, murmelte Tillia. In der Nachbarschaft bellte ein Hund hysterisch. »Elender Kläffer!« Dann jaulte er. Man hatte ihm wohl eins übergezogen. »Na endlich …« Eine Fliege war im Zimmer und vollführte unermüdlich ihre seltsam ruckartigen Flugbewegungen. Von einer Fliege war nichts zu befürchten. Tillia fiel ein, wie sie diese Flugkünste als kleines Kind fasziniert verfolgt hatte, wenn sie von Tillia Cimbrilla, ihrer Amme, ins Bett gebracht worden war. Das war lange her.

»Gute Göttin!«, flüsterte Tillia. »Ich muss Cimbrilla in den nächsten Tagen einmal besuchen. Sie erwartet das. Ihr gutes Recht. Ich habe mich schon über einen Monat nicht mehr bei ihr sehen lassen …«

Cimbrilla war jetzt neunundsechzig. Oder schon siebzig?

»Nein, sie ist neunundsechzig! Und immer noch rüstig! Und sie hat immer noch den prallen Busen einer Dreißigjährigen. Nicht zu fassen! Mit neunundsechzig!«

Obwohl schon seit langem Witwe, hatte Cimbrilla in familiären Dingen stets das letzte Wort in Geschäft und Haushalt, auch und besonders ihrem Sohn Fannius Rufus gegenüber, der die Bäckerei des früh verstorbenen Vaters mit wachsendem Erfolg weiterführte und an verschiedenen Stellen der Subura und des Argiletums Zweigstellen eingerichtet hatte, die er pünktlich an jedem Morgen mit frischen Semmeln und süßem Honigbrot belieferte.

»Er ist und bleibt ein Muttersöhnchen!«, murmelte Tillia. »Er hat nicht das Zeug sich von seiner Mutter zu lösen. Schrecklich, solche Mütter! Aber früher, zu meiner Zeit, da war sie nicht so. Oder doch?« Sie hatte es nie bemerkt. Sie war ein kleines wohlerzogenes Mädchen gewesen. »Gute Göttin, das ist schon fünfzig Jahre her!«

Sie verschränkte die Arme hinter dem Kopf und folgte mit den Augen den unendlich langsam wandernden Lichtstreifen an der Decke, ohne sie eigentlich wahrzunehmen, denn sie war plötzlich wieder ganz bei den ungelösten Problemen dieses Tages.

Alleius Nigidius Maius ... Der Mann war sichtlich verunsichert, als ich ihn in die Enge trieb. Dabei war es doch nur eine Finte. Ha, er hat Dreck am Stecken, ganz klar! Er kennt Novius Niger. Und in seinen Anfangsjahren hat er krumme Sachen gedreht. Möchte nicht wissen, was er damals alles ... Auch einer von diesen Emporkömmlingen, die allein aufgrund ihrer Gerissenheit das schnelle Geld gemacht haben. Dabei war er einmal Sklave!

Doch allein daraus den Schluss zu ziehen, er sei an der Ermordung des Dacius beteiligt, war voreilig. Setzte es doch voraus, dass er bei der Beseitigung des Stallknechts mitgewirkt hatte. Das gab fürs Erste keinen Sinn. »Es sei denn, Nigidius macht mit einem Zweiten, dem eigentlichen Drahtzieher, gemeinsame Sache. Das würde allerdings erklären, dass heute Nacht gleich zwei Stallknechte liquidiert werden sollten. Zwei! Wie will das einer allein bewerkstelligen?«

Und Novius Niger? »Auf den ersten Blick ein völlig integrer

Mann, der sich ganz im Dienst der Factio aufreibt. Nicht die geringste Auffälligkeit. Außer diesem nervösen Augenzucken. Aber das kann die Folge von Überarbeitung sein. Der Mann ist völlig überarbeitet! Sagt auch Doro. Nur noch drei Tage bis zum Rennen. Allerdings … Es ist schon seltsam, dass ausgerechnet Novius den Tribunen in die Wohnung von Dacius begleitet hat. Das hätte auch ein Untergebener machen können. Nein, er ging selbst mit … Warum?«

Obwohl Tillia vollkommen erschöpft war, ließen ihr die offenen Fragen keine Ruhe. Die Lichtstreifen an der Decke hatten schon fast die Tür erreicht. Sie musste schlafen, um sich von den Strapazen des Tages zu erholen. Doch in ihrem Kopf arbeitete es: Auch Asinius Gallus ist überzeugt, dass der Täter zum Personal der Grünen gehört. Und Asinius ist ein klar und nüchtern denkender Mann.

Waren es nicht oft diese braven, stillen, schüchternen Leute, die plötzlich ein kapitales Verbrechen begingen? So wie im letzten Sommer, als man im Laufe der gerichtlichen Ermittlungen durch puren Zufall dahinter kam, dass der als scheu, ängstlich und gehemmt geltende Privatsekretär Eumenes seinen Herrn, einen Senator, erstochen hatte – und nicht der Einbrecher, den man in der Nähe der Leiche ertappt und festgenommen hatte. Verrückte Welt! Das Leben schrieb immer noch die überraschendsten Geschichten.

Auch Novius Niger war äußerlich angepasst, dabei sehr ehrgeizig, ja geradezu penibel in allen Dingen, die die Factio Prasina betrafen. Eigentlich war er ein Niemand! So sehr sie sich auch anstrengte, sie fand keine irgendwie beachtenswerte Eigenschaft, die ihn vor anderen auszeichnete. Darum nahm sie sich vor gleich morgen genauere Erkundigungen über ihn einzuholen. Von Caenis! Caenis hatte ihr angeboten sie jederzeit mit Informationen über bestimmte Personen zu versorgen. Über diesen Gedanken schlief Tillia ein.

Als sie erwachte, war es dunkler im Zimmer. Sie musste mindestens zwei Stunden tief geschlafen haben. Erschrocken fuhr sie hoch: »Gute Göttin! Ich bin doch mit Doro zum

Abendessen verabredet!« Sie setzte sich auf die Bettkante, tastete nach ihren Hausschuhen und rief nach Melitta.

»Herrin?« Die Dienerin war leise eingetreten.

»Wie spät ist es?«, fragte Tillia.

»Etwa eine halbe Stunde vor Sonnenuntergang.«

»Gute Göttin! Dann habe ich ja über zwei Stunden geschlafen.« Sie gähnte und reckte sich. »Waren Pankrates und Geta in der Zwischenzeit hier?«

»Ja. Sie haben zwei Quittungen abgegeben.«

»Gut. Hilf mir beim Ankleiden. Auch die Haare müssen … Vorher aber waschen!«

»Die Haare?«

»Nein.«

Melitta war erleichtert. »Musst du denn noch mal weg?«

»Ja. In einer halben Stunde kommt Athenodoros mich abholen. Wir gehen noch aus. Und nun beeil dich!«

»Ja, Herrin.«

»Und Theodoros wird auch gleich kommen. Hast du genügend zu essen im Haus? Er langt abends kräftig zu, der gute Junge.«

»Ja, aber nichts Besonderes. Brot, Wurst, Käse und Schinken.«

»Gallischen Schinken?«

»Ja. Chrysostomos hat heute Morgen frischen geholt.«

»Wo?«

»Im Velabrum.«

»Bei Rufio?«

»Ja.«

»Sehr gut. Rufio hat nämlich den besten.«

»… und teuersten, Herrin!« Melitta war immer darauf bedacht, preiswert einzukaufen. Diese Eigenschaft Melittas gefiel Tillia.

»Gut. Dann fang an, Mädchen!«

Melitta machte sich an die Arbeit, holte Wasser in einer großen Schüssel, tränkte einen Schwamm und wusch ihrer Herrin den Rücken.

»Was möchtest du anziehen, Herrin?«

Tillia entschied sich für eine hellblaue Stola und eine federleichte, fast durchsichtige weiße Palla, durch die sehr elegant das lichte Blau des Untergewandes schimmerte.

»Und welche Perücke?«, fragte Melitta. »Die hennafarbene oder die schwarze?«

»Keine.« Tillia grauste davor, in dem schwülwarmen Gastraum des *Siebengestirns* unter einer zweiten Haarpracht schwitzen zu müssen.

Das Aufsetzen und Zurechtrücken einer Perücke wäre für die Dienerin die bessere Lösung gewesen, denn nun war sie gezwungen der Herrin eigenes Haar in eine gute Form zu bringen. Eine Prozedur, die große Fertigkeit verlangte, über die Melitta freilich nach jahrzehntelanger Übung glänzend verfügte. Sie machte sich an die Arbeit, kämmte das immer noch volle Haar durch, löste geschickt störende Knötchen und steckte es am Hinterkopf zu einer eleganten Welle hoch, in die sie am Ende eine mit Smaragden besetzte silberne Spange steckte.

»Melitta!«

»Herrin?«

»Sag mir ehrlich, Mädchen: Hat die Zahl der grauen Strähnen zugenommen?«

»Nein, Herrin.«

»Du lügst!«

»Aber, Herrin! Warum sollte ich das tun? Dein Haar ist voll, ja geradezu üppig, kräftig und gesund und diese zwei, drei grauen Strähnen hattest du schon vor zehn Jahren.«

»Bist du sicher?«

»Aber ja doch, Herrin. Ich würde es sagen, wenn …«

»Na gut.«

Melitta war fertig. Sie schniefte – was Tillia diesmal überhörte –, fuhr sich mit der Hand über die Nase und reichte der Herrin den silbernen, auf Hochglanz polierten Handspiegel. Tillia betrachtete ihren Kopf aus verschiedenen Blickwinkeln und war mit Melittas Werk zufrieden.

»Ich danke dir. Reich mir nun den Schminkkasten!«

Während sie sehr vorsichtig grüne Lidschatten auflegte, die Brauen nachzog und Wangen und Nase puderte, überlegte Tillia, welchen Schmuck sie anlegen sollte. Sie entschied sich schließlich für das Kollier, das Athenodoros ihr zum fünfzigsten Geburtstag geschenkt hatte. Sie hatte es lange nicht getragen. Er würde sich freuen.

Sie war gerade fertig, als es an der Tür klopfte. Avita schaute herein und meldete, ein gewisser Theodoros sei da und bereit seinen Dienst für die Nacht anzutreten.

Tillia ging in den Flur. »Ah, Theodoros! Na, was sagt dein Chef zu der Sache?«

»Er findet das alles in Ordnung, Herrin, alles.«

»Dann bist du jetzt also beruhigt?«

»Jawohl.«

»Na siehst du. Hast du schon zu Abend gegessen?«

Theodoros schüttelte den Kopf.

»Aha. Melitta wird dich gleich beköstigen. Sie hat sogar gallischen Schinken! Den magst du doch.«

Er nickte.

Gute Göttin, dachte Tillia. Er wird zum Töten ausgebildet und ist doch ein kleiner Junge geblieben!

Melitta lächelte ihm überaus freundlich zu und lud ihn ein in die Küche zu kommen. Er folgte ihr brav wie ein Hund.

Der Klopfer an der Wohnungstür wurde betätigt. Avita ging öffnen. Athenodoros blickte erstaunt auf die junge Frau. Tillia stellte sie ihm vor: »Das ist Avita! Sie gehört ab heute zum Haushalt. Die Einzelheiten erkläre ich dir später, Doro. Wir können sofort gehen!«

Athenodoros hob in seiner unnachahmlichen Art huldvoll die Rechte, doch anders als Melitta reagierte Avita darauf nicht mit einem tiefen Knicks, sondern neigte nur leicht den Kopf. Es entging Tillia nicht, dass Athenodoros dies mit großem Erstaunen zur Kenntnis nahm.

Der Gastraum des *Siebengestirns* war, wie immer um diese Zeit, schon fast voll besetzt. Viele aus der Nachbarschaft, die in ihren Wohnungen über keine eigene Feuerstelle im Erdgeschoss verfügten und es sich leisten konnten, nahmen bei Fabius ihre Abendmahlzeit ein. Tillia war aber sicher, dass man ihr und Athenodoros einen Tisch freigehalten hatte.

Das war der Fall. Cyrus kam hinter der Theke hervor und teilte beflissen mit, es stehe, sofern es die Herrschaften gelüste zu speisen, wie immer der Tisch in der Ecke am Fenster für sie bereit.

»Danke, Cyrus. Du bist sehr aufmerksam.«

»Man tut, was man kann, Herrin. Darf ich bitten ...«

Er geleitete die beiden persönlich zu ihrem Tisch und rückte ihnen die Stühle, wobei er wie immer auf ein erkleckliches Trinkgeld am Ende des Mahles spekulierte; wusste er doch, dass die Herrin damit stets sehr großzügig war. Erfreut stellte Tillia fest, dass am Nebentisch Geta und Hormus saßen; von ihrem Platz aus konnten sie den Eingang ihres Hauses gut im Auge behalten.

»Setzt euch doch zu uns«, forderte sie die beiden auf, die der Einladung gern Folge leisteten. Geta teilte mit, dass er und Pankrates den Auftrag erledigt und je eine Quittung bei Melitta hinterlegt hätten. Im Übrigen hätten sie, seit sie hier säßen, keine verdächtige Person vor dem Haus bemerkt.

Da die beiden noch nicht zu Abend gegessen hatten, lud Tillia sie auf der Stelle dazu ein. Alle einigten sich darauf, wieder einmal die Spezialität des Hauses zu nehmen: Fasan in Senfsoße mit verschiedenen Gemüsen und Salaten. Dazu einen sechsjährigen weißen Falerner aus der Campania.

Schon wenige Augenblicke später standen die Köstlichkeiten auf dem Tisch und sie machten sich mit großem Appetit darüber her, besonders Tillia, die über den Tag hin wenig zu sich genommen hatte. Es entging ihr nicht, dass Geta und Hormus sie heute Abend mit einer gewissen Scheu betrachteten. Hatten sie die Herrin doch noch nie in so edlem Aufputz gesehen, geschmückt mit Ringen, goldenem Ohrgehänge und einem Halsschmuck, der einige tausend Denare gekostet haben musste. Dazu ihr raffiniert geschminktes Gesicht: Die grünen Lidschatten waren über die Enden der Augen etwas hinausgezogen, die Wimpern schwarz getuscht, die Wangen gepudert, die Lippen leicht mit Rouge überzogen. Offenbar hatten die Jungs ihr diese durchaus jugendliche, ja herausfordernde Selbstdarstellung nicht zugetraut.

Doch Tillia gab sich wie immer. Ihr Körper hatte sich im Schlaf regeneriert, der Kopf war klar, die Stimme fest. Sie war Herrin ihrer fünf Sinne. Es war an der Zeit, Athenodoros über den Stand der Dinge zu informieren.

Athenodoros hörte ihr zu, ohne sie zu unterbrechen. Nun dachte er kurz nach, nickte bedächtig und stellte fest: »Der Täter hat nur eines im Sinn …« Tillia sah ihn an. »Er will verhindern, nicht wahr, dass die Quadriga in drei Tagen an den Start geht.«

»Aber das wissen wir doch, Doro!«, rief Tillia.

»Gewiss. Aber diesem Faktum ist alles andere unterzuordnen.«

»Wie meinst du das?«

»Nun«, er lehnte sich zurück, »wir haben es mit jemandem zu tun, dem der Besitz der vier erfolgreichsten Renner der letzten Jahre wichtiger ist als das Leben eines oder mehrerer Menschen. Ein Stallknecht wurde erstochen, ein zweiter ringt um sein Leben, ein Trainer wurde kaltblütig ermordet. Ich bin überzeugt, er wird nicht zögern, jeden, der ihm von heute an in den Weg tritt, ebenfalls aus dem Weg zu räumen. Er ist absolut skrupellos!«

»Aber das Motiv, Doro, das Motiv!«, rief Tillia temperamentvoll. »Was du da sagst, läuft doch am Ende darauf hinaus, ihn für einen Wahnsinnigen zu halten, den man für seine Taten nicht verantwortlich machen kann. Das aber«, sie zwinkerte lebhaft, »das scheint mir nun wirklich zu einfach. Du kannst nicht jeden, der solche Verbrechen begeht, damit entschuldigen, dass er … dass er verrückt ist!«

»So habe ich das nicht gemeint, Tillia. Und von Entschuldigung der Verbrechen kann überhaupt keine Rede sein. Ich meine etwas ganz anderes: Er muss bereits so weit in die Enge getrieben worden sein, dass es ihm nun auf einen Mord mehr oder weniger nicht mehr ankommt. Man kann ihn ja nur einmal hinrichten, nicht wahr.« Er lächelte kühl. »Mit anderen Worten: Es ist ihm von nun an vollkommen gleichgültig, ob er noch einen Menschen mehr umbringt und wer als Nächster an die Reihe kommt. Dieses Verhalten ist freilich von Gedanken geprägt, die ich als wahnsinnig bezeichnen möchte. Der Mann ist keinem normalen menschlichen Argument mehr zugänglich. Und noch etwas, nicht wahr, kommt hinzu …«

»Was denn?«, fragte Tillia.

»Nun, der gewisse Reiz im Mittelpunkt großer, spektakulärer Aktionen zu stehen. Er sieht sich – nein, er *ist* im Augenblick Mittelpunkt der Welt: Ganz Rom verfolgt sein mörderisches Spiel – wahrscheinlich mit größerem Interesse als einen spannenden Kampf in der Arena.«

Tillia dachte über das Gehörte nach und sagte: »Du hältst es also für möglich, dass wir heute oder in den nächsten Tagen mit einem weiteren Anschlag rechnen müssen.«

»Jederzeit.« Athenodoros nickte. »Das kann heute, morgen oder in zehn Tagen sein.«

»In zehn Tagen? Aber dann sind die Rennen vorbei!«

»Das spielt doch überhaupt keine Rolle mehr.«

Tillia hing eine Weile ihren trüben Gedanken nach und blickte wie die anderen schweigend auf die Tischplatte. Aber nicht lange, denn ein großer massiger Mann mit Glatze tauchte plötzlich am Tisch auf und machte eine leichte Verbeugung, zunächst zu Tillia, dann zu Athenodoros und den Jungs hin.

»Störe ich?«

Tillia blickte hoch. »Gaius Mummius! Das ist aber eine Überraschung. Darf ich bekannt machen …«

Sie stellte die Männer vor und sagte: »Willst du dich nicht zu uns setzen, Mummius?«

»Ich ... äh, ich möchte eure Unterhaltung nicht ...«

»Aber Mummius, du störst wirklich nicht, im Gegenteil. Außerdem haben wir schon gegessen. Bitte!«

Mummius zog sich vom Nebentisch einen Stuhl heran und ließ sich schwer darauf nieder. Sofort kam Cyrus heran und fragte nach seinem Begehr. Mummius, der offenbar schon zu Hause gegessen hatte, bestellte nur einen weißen Falerner.

»Sehr wohl, einen weißen Falerner«, notierte Cyrus. »Und möchten die Herrschaften vielleicht noch eine kleine Nachspeise?«

Tillia war zwar der Appetit vergangen, sie dachte aber an die anderen. Sie ließ sich von Cyrus das Angebot des Abends nennen und bestellte für alle geröstete Mandeln und in Honigwein eingelegte Kirschen. Schon wenige Augenblicke später standen die gefüllten Schalen auf dem Tisch.

Mummius wandte sich sehr höflich an Tillia: »Hast du heute Mittag das Haus und die Wohnung von Dacius gleich gefunden?«

»Das schon ...«

»Aber?« Er sah sie überrascht an.

»Ich fand einen toten Dacius vor.«

»Nein!« Mummius fuhr zurück und öffnete erschrocken den Mund. »Ich verstehe nicht ...«

»Ich auch nicht, Mummius. Aber ich bin froh, dass du hier bist, denn ich möchte dir einige Fragen stellen.«

»Mir? Warum ausgerechnet mir?« Misstrauen stand ihm im Gesicht.

»Weil du Dacius näher gekannt hast.«

»Das würde ich so nicht sagen, Tillia.«

»Sondern?«

»Eher dienstlich.«

»In Ordnung, aber du kanntest ihn.«

»Ja, natürlich. Wie jeder, der in der Factio zu tun hat, ihn kannte.«

»Gut.« Tillia zwinkerte, streifte Athenodoros mit einem Blick und fuhr fort: »Mit wem hatte Dacius denn in der kurzen Zeit, die er erst in Rom war, besonders engen Kontakt?«

»Du meinst, in der Factio?«

»Genau.«

»Nun ...« Mummius legte seine große fleischige Hand an die Stirn, dachte einige Zeit nach und sagte schließlich: »Soweit ich das beurteilen kann ... vor allem mit Novius Niger.«

»Bist du sicher?«

»Ja.«

»Und warum ausgerechnet mit Novius?«

»Weil Novius sein direkter Vorgesetzter war. Und auf seinen Vorschlag hin ist Dacius fest angestellt worden.«

»Woher weißt du das?«

»Von einem meiner Leute, der es von Commius erfahren hat. Warum willst du das wissen? Ist es wichtig?«

»Ich denke, ja. Hatten die beiden – ich meine Novius und Dacius – auch privat Kontakt miteinander?«

»Das weiß ich nicht. Ich kümmere mich nicht um das Privatleben der Leute, die in der Factio Prasina zu tun haben. Wo käme ich denn hin, wenn ich ...«

»Natürlich.« Tillia zwinkerte und nickte beifällig, während sie zugleich überlegte, wie sie aus dem braven Mann mehr herausholen konnte. »Gut, Mummius ... Aber wenn du sagst, Dacius wurde auf Vorschlag des obersten Verwaltungschefs auf den wichtigen Posten eines Trainers gesetzt, dann muss Novius ihn doch schon lange vorher gekannt – ja sogar gut gekannt haben! Wobei ich zu bedenken gebe, wie schwierig es ist, einen neuen Mann auf einen so wichtigen Posten zu heben. Und dazu noch einen Fremden!«

Mummius nickte bedächtig und nahm einen Schluck aus der Schale. »Das ist richtig, Tillia. Aber ich kann dir da wirklich nicht mit Einzelheiten dienen.«

Wieder wurden sie unterbrochen, denn ein kleiner, wohlbeleibter Mann näherte sich nun ihrem Tisch, blieb schwankend davor stehen und hielt sich an einer Stuhllehne fest. Er wandte sich ohne Umstände an Athenodoros: »Das is' aber ein Ssu… ein Ssufall! Du hier, Athenodoros?«

Es war Gaius Silius, Veterinär der Grünen und direkt dem *Medicus Factionis* Cornelius Sabinus unterstellt. Alle registrierten, dass er stark angetrunken war. Und es war allen, Tillia ausgenommen, peinlich.

Wieder warf Tillia Athenodoros einen Blick zu und erklärte forsch: »Gaius Silius! Setz dich zu uns! Je später der Abend …«

»… umso flöhlicher die Gäste!«, rief Silius. Er lachte lauthals, zog sich den nächsten freien Stuhl heran und ließ sich mit einem tiefen Seufzer nieder.

»Was für ein Tag!«, rief er. »Eins, swei, drei, vier entführte Renner!« Er zählte sie an den Fingern ab. »Die bes… die besten des Erdkleises! … Dassu ein toter Stallknecht … ein fas' toter … und dann noch ein rischtig toter! Alle Achtung! Fas' wie in der Arena! Nich' wahr, Geta?!«

Die beiden kannten sich also. Geta nestelte an seiner Tunika, denn ihm war die Szene zunehmend peinlich. Aber er musste irgendetwas sagen und meinte schließlich steif: »Vielleicht hast du Recht, Silius.«

»Ich habe immer Recht!«, tönte der und rülpste. »Oh, Versseihung!« Das galt Tillia, die freilich gewillt war sein schlechtes Benehmen zu übergehen. Silius kam ihr genau im rechten Augenblick. Sie winkte Cyrus herbei und ließ noch eine Weinschale bringen und füllen. Dann hob sie ihre eigene und trank Silius zu, der gierig einen großen Schluck nahm. Die übrigen kamen nicht umhin, es den beiden gleichzutun.

Athenodoros, der wusste, dass Tillia den betrunkenen *Medicus Veterenarius* der Grünen nun auszuhorchen gedachte, versuchte eine Überleitung: »Wie geht es Commius? Du kommst doch aus der Factio – oder?«

»Wie?« Silius wandte sich ihm zu, stierte ihn mit dem geistlos kindischen Grinsen eines Betrunkenen an und nickte dann traurig. »Der arme Junge. Er schläft. Das Beste, was er machen kann, das Beste …«

»Ist Sabinus bei ihm?«

»Wie? Ja, is' bei ihm.«
»Und du nicht?«
»Ich? Nein.«
»Und warum nicht?«
»Bin für die lieben Tier… die lieben Tierchen zuständig, nicht für die Menschen. Die Menschen sind böse. Oder etwa nicht?«, rief er aggressiv und blickte in die Runde, doch keiner ging darauf ein. »Darum trinke ich auf die lieben Tierchen!«
Er hob seine Schale, was alle anderen am Tisch veranlasste ihm zuzutrinken. Allerdings nippten sie nur am Wein, während Silius die Schale mit einem Zug leerte. Athenodoros füllte sie gleich wieder. Tillia betrachtete das stark gerötete Gesicht des Betrunkenen. Sie bemerkte seine unruhigen Augen und argwöhnte, dass es in der Factio Prasina zu einem schweren Eklat gekommen sein musste, denn bisher war ihr nicht zu Ohren gekommen, dass Silius als Trinker galt.
»Sag mal, Silius …« Sie nutzte seine augenblickliche Geschwätzigkeit und kam direkt zum Thema. »Kennst du einen gewissen Alleius Nigidius Maius?«
»Nigidius?« Er stierte sie an. »Aber sicher. Auch so ein Schleimschei…! Oh, ich bitte um Versseihung!«
»Keine Ursache, Silius. Woher kennst du ihn?«
»Ha!«, rief er. »Der legt doch ganz dicke Eier!«
»Aha. Und mit wem?«
»Mit wem? Natü'lich mit Novius.«
»Ach! Kommt Alleius Nigidius denn schon mal in die Factio?«
»In die Factio? Nein, natü'lich nicht!«
»Nicht, aha. Wohin denn sonst?«
»Ins … ins Gestüt.«
»Was denn für ein Gestüt?«
»An der Via Tusculana. Beim vierten Meilenstein.«
»Und wem gehört das Gestüt?«
»Na, dem Novius Niger!«
»Ahja. Und woher weißt du, dass Alleius dort war?«
»Weil ich auch da war!«

»Du? Was hast du dort gemacht?«

Er schien zu überlegen. »Einer der Hengste hatte Husten. Und da sollte ich …«

»Verstehe. Novius hat dich also gebeten einmal nach dem Pferd zu schauen.«

»Genau.«

»Wie viel Pferde hat er denn?«

»Na, ich hab sie nich' alle gezählt. Schätze aber … an die sswanzig.«

»So viele?«

»Können auch mehr sein. Warum frags' du, Tillia?«

»Nur so, Silius. Du weißt doch, wie mich Pferde interessieren.«

»Aber ja, Tillia. Das waren noch Zeiten, damals, als Crescens … Ha!« Er lachte wieder.

»So ist es. Aber sag mal, die Unterhaltung des Gutes kostet doch eine Menge Geld. Hat Novius denn so viel?«

»Ha! Hätte er wohl gern! Träumt von einer Villa mit Marmor und Ebenholz. Und ein großes Bad mit Schwimmbecken … und mit wa'mem und kaltem Wasser … und Sta … und Statuen!«

»Ahja. Wie oft warst du schon dort?«

»Nur ei'mal.«

»Und wann war das?«

»Vor … vor ssehn … nein, vor neun Tagen. Warum wills' du das denn alles wissen, Tillia? Is' das wichtig?«

»Überhaupt nicht. Prosit, Silius!«

»P'osit, Tillia!«

Er leerte die Schale und Tillia gab Athenodoros ein Zeichen Silius nachzugießen.

»Und da hast du also den Alleius Nigidius Maius gesehen?«

»So isses.« Silius nickte mehrmals.

»Was wollte er denn dort?«

»Wie? Keine Ahnung. Wah'scheinlich krumme Sachen drehen. Dieser … dieser Mann dreht nur krumme Sachen!« Er rülpste.

»Bist du sicher, Silius?«

»A'ssolut, Ti'jja … a'ssolut.« Die korrekte Aussprache gewisser Konsonanten machte ihm bereits erhebliche Schwierigkeiten. Er nickte, sich selbst bestätigend, mehrmals vor sich hin.

»Worum könnte es denn dabei gehen?«

»Was weiß ich? Um Geld natü'lich.«

»Aha. Und wie kommst du zu dieser … Ich meine, woraus leitest du das ab? Du musst doch irgendwelche Anhaltspunkte haben!«

»Weil …« Silius hielt plötzlich inne und starrte Tillia an, als ob ihm plötzlich klar geworden wäre, dass er mit seinen Äußerungen schon entschieden zu weit gegangen war. Sie meinte Angst in seinen Augen zu erkennen.

»Ach, nichts!«, sagte er dann unwirsch und machte eine wegwerfende Handbewegung. Mühsam stemmte er sich hoch und schaute mit flackerndem Blick in die Runde.

»Ich wün… ich wünsche noch einen schönen Abend aller… allerseits.« Sprach's und torkelte durch den Gastraum zum Ausgang.

Athenodoros blickte ihm besorgt nach und fragte: »Wo wohnt er denn?«

»In der Subura«, antwortete Mummius. »Nicht weit von deiner Praxis, Athenodoros.« Dann schüttelte er den Kopf und meinte: »Seltsam. Ich habe den Mann noch nie betrunken gesehen.«

»Kennst du ihn denn näher?«, fragte Tillia.

»Na ja, ich lasse ihn schon ein-, zweimal im Jahr kommen, wenn eines der Maultiere was hat. Guter Mann! Hat Pferdeverstand. Komisch, so wie heute habe ich ihn noch nie gesehen. Da muss irgendwas passiert sein, dass er …«

»Das war auch mein erster Gedanke«, sagte Tillia. Sie wandte sich an Geta: »Ich hatte eben den Eindruck, du kennst Silius?«

»Ja, aber nur flüchtig, Herrin.«

»Und woher?«

»Er kümmert sich auch um die Pferde des Chefs.«

»Verstehe.« Silius schien ein gefragter Mann zu sein, dessen Dienste auch Perdikkas, der sich einige Reitpferde hielt, in Anspruch nahm.

Tillia fixierte Geta, dann Hormus, der die ganze Zeit über geschwiegen und sich still seinem Wein gewidmet hatte, und fragte: »Sagt mal: Wisst ihr, wo Silius wohnt?«

»Ja, allerdings«, erklärte Geta.

»Tut ihr mir einen Gefallen, Jungs?«

Geta hatte sich schon erhoben, denn er ahnte, was sie im Sinn hatte: »Verstehe, Herrin. Wir sollen ihm nach und aufpassen, dass er wohlbehalten nach Hause kommt.«

»So ist es. Ich habe nämlich plötzlich ein ungutes Gefühl. Wenn ihr euch beeilt, müsstet ihr noch im Argiletum auf ihn stoßen!«

»Machen wir. Komm, Hormus!«

Auch Hormus stand auf, prüfte den Sitz seines Dolches und brummte ein bestätigendes »Na klar!«.

Es war die erste Äußerung, die er an diesem Abend von sich gegeben hatte. Die beiden machten sich sofort auf den Weg.

XVIII

Als sie auf die Straße traten, stand einer von Fabius' Sklaven auf einer wackligen Leiter und war umständlich damit beschäftigt, die sieben Laternen des schmiedeeisernen Wirtshausschildes anzuzünden, die vorgaben das »Siebengestirn« des Firmamentes abzubilden. Es war schon beinahe dunkel. Man konnte gerade noch Straße und Häuser voneinander unterscheiden. Doch schon nach wenigen Augenblicken hatten sich ihre Augen an die Finsternis gewöhnt. Mit großen, schnellen Schritten eilten Geta und Hormus halb laufend, halb gehend in Richtung Innenstadt. Verglichen mit dem Getriebe des Tages herrschte nun wohltuende Ruhe in der Straße.

Das stimmte nicht ganz. Immer wieder passierten die beiden Gruppen von Anwohnern, die auf Stühlen und Hockern vor den Türen ihrer Häuser saßen, Wein tranken und mit den Nachbarn die Ereignisse des Tages besprachen. Kinder tollten mit Hunden herum oder machten Versteckspiele. An solchen Abenden wurde das Argiletum zum Dorf mitten in der riesigen Stadt, die von über einer Million Menschen bis zum Bersten gefüllt war.

Als Geta und Hormus sich dem Forum des Augustus näherten, verlor die Straße ihren privaten Charakter. In den Obergeschossen der Häuser befanden sich Kontore von Großhändlern und Bankiers, keine Wohnungen. Hier saß niemand mehr auf der Straße. Nun hieß es aufpassen. Gerade hier, im Zentrum der Stadt, kam es nach Einbruch der Dunkelheit immer wieder zu Überfällen auf Passanten, die es entgegen dem guten Rat von kundigen Gastgebern gewagt hatten, sich allein, ohne den bewaffneten Schutz von Sklaven, auf den nächtlichen Heimweg zu begeben.

Die beiden gingen nun langsamer, blieben immer wieder stehen und lauschten aufmerksam nach vorne. Gleich musste rechts die Straße abzweigen, die quer durch die Subura zum Vicus Longus verlief und an deren Ende Silius auf der linken Seite wohnte. Sie hatten das Argiletum gerade verlassen, als sie vor sich, weit voraus, einen Schrei hörten.

»Los!«, rief Hormus und sprintete davon, sodass Geta Mühe hatte ihm zu folgen. Wer auch immer da geschrien hatte, er musste in großer Gefahr sein. Die Straße lag fast vollkommen im Finstern. Beide wussten aus Erfahrung, dass die Bewohner der Häuser sich nicht rührten, wenn draußen jemand schrie. Was ging das sie an! Am nächsten Morgen konnte man ja nachsehen, ob in der Nacht wieder jemand hatte dran glauben müssen. Jetzt nicht. Es konnte einen selbst erwischen. Man prüfte allenfalls, ob die Riegel an der Haustür vorgelegt waren.

Wieder ein Schrei. Diesmal schwächer. Der Mann – es war eine männliche Stimme – schien schwer getroffen worden zu sein. Noch während sie liefen, rissen Geta und Hormus ihre Dolche aus dem Gürtel, bereit, jederzeit damit zuzustechen. Zwanzig Schritt voraus meinten sie zwei schattenhafte dunkle Gestalten zu erkennen, die sich über jemanden beugten, der am Boden lag. Ohne ihr Tempo zu vermindern, stürmten sie auf die Gruppe zu. Ehe die beiden finsteren Gestalten es sich versahen, hatte Hormus den einen von hinten gepackt, riss ihn hoch und trat ihn mit solcher Wucht in die Hoden, dass er mit schmerzhaftem Stöhnen zu Boden ging. Währenddessen hatte Geta sich auf den Zweiten gestürzt. Doch schnell war der Erste wieder auf den Beinen und bedrängte Hormus mit dem Dolch, den er in der Rechten hielt.

Der jedoch war schneller: Hormus stach blitzschnell zu und erwischte seinen Gegner am Oberarm. Der Getroffene schrie auf, ließ die Waffe fallen und rannte davon. Jetzt konnte Hormus seinem Gefährten zu Hilfe kommen. Es war höchste Zeit, denn Geta war dem zweiten Angreifer in keiner Weise gewachsen. Als der jedoch erkannte, dass er gegen zwei Bewaffnete den Kürzeren ziehen würde, wandte auch er sich zur Flucht und verschwand in der Dunkelheit.

»Es … es hat keinen Sinn ihnen zu folgen«, stieß Geta hervor. »Sie kennen hier wahrscheinlich jeden Schlupfwinkel.«

Hormus nickte und beugte sich schwer atmend über den am Boden Liegenden. An seiner Glatze erkannten sie, dass es Silius war.

»Verdammt!«, stieß Hormus hervor. »Wir brauchen Licht!«

»Wirst du hier nirgends kriegen, Junge«, meinte Geta und blickte sich dennoch suchend nach allen Seiten um.

Vorsichtig tasteten sie den bewegungslosen Körper ab. Hormus legte sein Ohr auf den Brustkorb von Silius, hielt die Luft an und horchte.

»Und?«, fragte Geta, immer noch außer Atem.

»Er lebt.«

Noch vorsichtiger machten sie sich daran, den ganzen Körper auf Wunden hin zu untersuchen.

»Da!« Hormus wies mit der Hand auf eine Stelle auf der rechten Seite des Rückens.

»Mensch, ich seh doch nichts!«

»Brauchst du nicht. Meine Hand ist nass. Blut! Schöne Scheiße. Und was machen wir jetzt?« Hormus wischte seine Hand umständlich an der Tunika des Verletzten ab.

Geta kratzte sich am Kopf und dachte nach. Schließlich sagte er: »Wir können das nicht entscheiden.«

»Was?«

»Ob er transportfähig ist.«

»Mensch, Geta, er kann doch hier nicht mitten auf der Straße …!«

»Natürlich nicht. Pass auf! Ich renne zurück ins *Siebenge-*

stirn und informiere die Herrin und den Medicus. Er soll kommen. Du bleibst hier, bis wir ...«

»Bei den Göttern!«, hörten sie plötzlich in der Nähe eine weibliche Stimme. Eine Frau trat in gebeugter Haltung aus dem dunklen Gang, der ins Innere einer Insula führte und fragte: »Was ist denn passiert ... passiert?«

»Dieser Mann ist überfallen worden«, erklärte Geta. »Er kann hier nicht liegen bleiben. Er ist schwer verletzt und verliert Blut. Könntest du vielleicht ...?«

»Aber ja doch, aber ja doch. Bringt ihn herein ... herein!«

»Wohin?«

»In die Kammer!«

»Welche Kammer?«

»Ich bin hier die Hausmeisterin ... die Hausmeisterin.«

»Ist da eine Liege?«

»Eine Liege, ja ... eine Liege.«

»Bring Licht, Alte! Wir brauchen Licht!«

»Natürlich ... Licht ... Ich hole Licht ...«

Schon wenige Augenblicke später kam sie zurück mit einer Laterne. Sie zog beim Gehen ein Bein nach.

»Bringt ihn nur, Jungs ... bringt ihn rein! Aber vorsichtig ... vorsichtig ...«

»Na klar«, brummte Hormus. »Geh du voraus, Alte!«

»Ich geh schon, Jungchen, ich geh schon.« Sie humpelte geschäftig davon.

Vorsichtig hoben sie den bewusstlosen Silius an – Hormus packte ihn bei den Schultern, Geta bei den Beinen – und trugen ihn, dabei bemüht, den Schwerverletzten keiner plötzlichen Erschütterung auszusetzen, durch das dunkle Gewölbe.

Die Alte trat in den schwachen Lichtschein zweier Lampen, die vom Treppenaufgang her das Gewölbe schwach erleuchteten, und zeigte nach links zu einer offen stehenden Tür. »Kommt hinter mir her ... hinter mir her!«

Sie folgten ihr. An der Tür war ein Messingschild mit der Aufschrift CVRA DOMESTICA angebracht.

»Hierher … hierher!« Sie wies auf eine einfache Holzliege, auf der eine braune Decke lag.

»Wartet … wartet!« Sie ging zu einer Truhe und entnahm ihr ein sauberes Leinentuch, das sie auf der Decke ausbreitete. »Legt ihn darauf … darauf!«

Behutsam ließen sie den Ohnmächtigen darauf nieder.

»Nun lasst mich sehen … mich sehen!«

Die Alte humpelte zu der Liege, beugte sich über Silius, der mit geschlossenen Augen dalag, öffnete die Lider eines Auges, betrachtete die Pupille und nickte. Dann roch sie an seinem Atem, wandte sich um und sagte: »Er ist betrunken … betrunken.«

»Das wissen wir«, erklärte Hormus und wechselte mit Geta einen Blick.

»Dreht ihn auf die Seite … die Seite!« Sie taten es. »Nun halt die Lampe, Jungchen!« Sie reichte Geta die Laterne. Und zu Hormus: »Gib mir dein hübsches Messerchen!« Hormus drückte es ihr in die Hand.

Mit schnellen, gekonnten Schnitten durchtrennte sie Silius' Tunika vom Nacken bis zum Steiß, klappte die rechte blutige Stoffbahn zur Seite, beugte sich vor und betrachtete mit zusammengekniffenen Augen die Wunde, die nun nicht mehr blutete.

»Unser Väterchen hat Glück gehabt … Glück gehabt. Komm her, Jungchen, halt das!« Sie drückte Hormus den zurückgeschlagenen Zipfel in die Hand, damit der nicht zurück auf die Wunde rutschte.

Flink hinkte sie zu einem Wandregal, auf dem mehrere Holzkästchen, verschiedene Tongefäße, kleine farbige Fläschchen und eine Tonschale mit Mörser standen. Sie griff sich die Schale, humpelte damit zum Tisch und setzte sie dort ab. Schnell kehrte sie zum Regal zurück, betrachtete die verschiedenen Behältnisse und murmelte dabei eifrig vor sich hin. Nach und nach holte sie ein Holzkästchen, zwei dunkelgrüne Fläschchen und ein Tongefäß herunter und stellte alles nebeneinander auf den Tisch.

»Komm, Jungchen, komm!« Sie winkte Geta heran. »Leuchte mir … leuchte!«

Geta hielt die Lampe über den Tisch. Die Alte öffnete das Holzkästchen, entnahm ihm mit der Hand kleine getrocknete Blätter, roch daran und zerbröselte sie über der Mulde der Schale, wobei sie Unverständliches vor sich hin murmelte. Dasselbe wiederholte sie mit anderen, noch kleineren Blättern, die sie mit einem Holzlöffel dem Tongefäß entnahm. Dann entfernte sie die Glasstöpsel aus den Fläschchen und ließ von der darin enthaltenen Flüssigkeit einige genau abgezählte Tropfen auf die zerkleinerten Blätter fallen.

»He, was machst du da eigentlich?«, fragte Geta, dem der geheimnisvolle Vorgang allmählich ebenso unheimlich wurde wie die Alte selbst.

»Jetzt nicht fragen, Jungchen … nicht fragen!«, sagte sie und begann die Mischung mit dem Stößel zu zermalmen. Die Bewegungen ihrer Hände waren unglaublich schnell. Schon nach wenigen Augenblicken stiegen unangenehme, beißende Gerüche aus der Schale auf und Geta musste gleich dreimal hintereinander niesen. Selbst Hormus, der das Tun der Alten von der Liege aus verfolgte, hatte Mühe ein Niesen zu unterdrücken.

Sie stampfte, knetete und rührte so lange, bis in der Mulde eine breiige Masse entstanden war. Sorgfältig strich sie mit dem Finger die Reste vom Stößel, legte ihn auf den Tisch und trat mit der gefüllten Schale zum Lager.

»Stell die Lampe auf den Hocker, Jungchen, auf den Hocker!«

Geta zog den Hocker heran und setzte die Lampe so darauf ab, dass ihr Licht voll auf den entblößten Rücken von Silius fiel.

»Nun halt das Schälchen, Jungchen, halt es!«

Geta nahm die Schale und hielt sie mit beiden Händen fest.

»Väterchen wird sich gleich bewegen. Musst ihn gut festhalten … gut festhalten!« Das galt Hormus, der sofort einen Arm fest um Silius' Schulter legte, um so zu verhindern, dass dieser sich während der Wundbehandlung aufbäumte oder auf den Rücken drehte.

Die Alte ging noch einmal zum Wandregal, holte eine weitere Dose herunter, öffnete sie und entnahm ihr ein flaches Holzstäbchen, dessen Ende die Form eines Spatels hatte, wie ihn auch die Ärzte benutzten. Sie setzte sich auf die Kante der Liege und betrachtete die zwei Finger breite Einstichwunde.

»Nun halt ihn fest, Jungchen ... ganz fest!«

Hormus nickte und verstärkte den Griff um die Schulter.

Sei es, dass er infolge des Schocks und des großen Blutverlusts in einer tiefen Ohnmacht lag, sei es, dass der reichlich genossene Wein seine betäubende Wirkung entfaltete – Silius regte sich nicht. Dass er noch lebte, sah man nur an seinem regelmäßigen, flachen Atem und den hin und wieder zuckenden Mundwinkeln.

Die Alte häufte einiges von der braungelben cremigen Masse auf den Spatel und näherte sich damit der Wunde. Mit Zeigefinger und Daumen der freien Hand berührte sie die geschwollenen Ränder der Wunde – Silius zeigte keine Reaktion –, zog sie wie die Lippen eines Mundes auseinander und drückte die Paste mit kurzen, schnellen Bewegungen in die blutige Öffnung.

Silius stöhnte auf. Seine Finger zuckten, er atmete schneller, doch er hielt die Augen weiterhin geschlossen. Unbewusst versuchte er seinen Körper in eine andere Lage zu bringen, doch Hormus hielt ihn mit eisernem Griff fest. Sorgfältig verteilte die Alte den Rest der Paste auf der Wunde, begutachtete ihr Werk und nickte zufrieden. Dann legte sie den Spatel zurück in die leere Schale, stand auf und holte aus der Truhe unter dem Wandregal ein weißes Leinentuch und zwei gerollte weiche Wollbinden.

»Kannst die Lampe und die Schale jetzt auf den Tisch stellen, Jungchen!«

Geta gehorchte.

»Und nun hebt ihn an ... hebt ihn an! Aber vorsichtig ... vorsichtig!«

Sie wartete, bis Geta und Hormus mit vereinten Kräften den schweren Körper von der Liege hoben, wickelte dann die Binden mehrfach um Brust und Rücken, bis sie das Leinentuch über der Wunde ganz bedeckten, und steckte das Ende des Verbands am Bauch unter die straff sitzenden Bahnen.

»Legt ihn wieder hin … wieder hin!«

Sie ließen Silius langsam herunter und drehten ihn mit angewinkelten Beinen auf die linke Seite, damit die Wunde im Rücken nicht dem Druck des Körpers ausgesetzt wurde. Besorgt blickten sie auf den Liegenden. Schließlich fragte Geta: »Wo hast du das gelernt, Mütterchen?«

»Oh, eine lange Geschichte, Jungchen … eine lange …« Sie kicherte. »Vielleicht erzähl ich sie dir ein andermal … ein andermal.«

Sie kicherte wieder, holte aus dem Regal eine Holzschüssel, stellte sie auf den Tisch, goss Wasser aus einem Tonkrug hinein und begann Schale und Mörser zu reinigen.

»Hör zu, Alte«, fuhr Geta fort. »Mein Freund Hormus wird hier bleiben, bis ich zurück bin. Ich muss jemanden von dem Überfall in Kenntnis setzen.«

»Gut, gut, Söhnchen, geh nur, geh nur. Ich pass auf Väterchen auf. Er wird lange schlafen … lange schlafen …«

Wieder kicherte sie, und plötzlich lief es Geta kalt den Rücken hinunter. War sie etwa eine von diesen geheimnisumwitterten Vetteln, die gegen entsprechendes Geld alles taten, was ein Auftraggeber von ihnen verlangte? Sie stellten starke Schlafmittel her, die in wenigen Augenblicken wirkten; sie mischten tödliche Gifte, die auf der Stelle oder erst nach Monaten zum Tode führten; sie verstanden sich auf die Mixtur von Liebestränken ebenso wie auf die Zusammenstellung rabiater Mittel, die bei unerwünschten Schwangerschaften zum baldigen Abort führten. In der Stadt kursierten immer wieder wilde Gerüchte über diese geheimnisvollen Frauen, die im Bunde mit allerlei Dämonen ihr Unwesen treiben sollten. War sie eine von ihnen? Und kannte sie am Ende Silius?

Er wies auf den Ohnmächtigen und fragte: »Kennst du ihn?«

»Kann schon sein, Jungchen … kann schon sein …« Wieder dieses Kichern.

Geta gab es auf. Er reckte sich und wandte sich an Hormus: »Ich denke, in einer knappen halben Stunde wird der Medicus hier sein. Ich beeil mich!«

»In Ordnung.« Hormus nickte. Und nach einem Seitenblick auf die Alte: »Ich bin ja hier.« Er legte ostentativ die Hand auf den Dolchgriff im Gürtel.

Als Geta aus dem Gewölbe auf die Straße trat, stieß sein Fuß gegen einen Gegenstand. Er bückte sich und tastete den Boden ab. Es war der Dolch, den einer der Burschen fallen gelassen hatte, als Hormus ihn außer Gefecht setzte. Er hob ihn auf und steckte ihn in den Gürtel.

XIX

Es war noch keine halbe Stunde vergangen, als am unteren Ende der Straße, die vom Argiletum abzweigte, Lichter auftauchten. Sechs Personen eilten mit schnellen Schritten auf den dunklen Toreingang zu. Als sie näher heran waren, konnte man Tillia Capriola, Athenodoros, Theodoros und Geta erkennen. Sie wurden von zwei Sklaven begleitet, die Fackeln trugen. Fabius hatte sie ihnen zur Verfügung gestellt. Gegen den Einspruch Tillias hatte Geta energisch darauf bestanden, dass auch Theodoros mitkam. Er war von allen Gladiatoren, die zurzeit Tillia beschützten, der größte, wendigste und stärkste.

Geta wies die Fackelträger an draußen zu warten, ging durch den Torbogen zur Tür, die ins Treppenhaus führte und drückte dagegen. Sie war nur angelehnt. Er öffnete sie und ließ Tillia eintreten.

»Hinten links, Herrin!«, sagte er und fügte höflich hinzu: »Darf ich vorgehen?«

Die Tür der Kammer war verschlossen. Geta pochte dreimal energisch gegen das Holz. Sofort wurde geöffnet. Hormus erschien im Türrahmen. Er hielt vorsichtshalber seine Waffe in der Hand. Nun verbeugte er sich vor Tillia, steckte den Dolch weg, trat zurück und ließ die Herrin mit ihrer Begleitung eintreten. Die Neuankömmlinge fanden kaum Platz in dem engen Raum.

Tillia schaute sich neugierig um. Genauso hatte sie es sich nach der knappen Beschreibung Getas vorgestellt. Ihr Blick traf den der Alten.

»Wir kennen uns doch, nicht wahr, Lamia?«

»Aber ja, Herrin, aber ja … Immer zu Diensten …« Sie verbeugte sich tief.

Tillia ging zur Liege, betrachtete kopfschüttelnd den immer noch ohnmächtigen Silius und murmelte fassungslos: »Oh, ihr Götter!«

Geta, Theodoros und Athenodoros traten dazu. Athenodoros nahm mit kritischem Blick den Verband in Augenschein und wandte sich an Lamia: »Sage, Alte, welche Substanzen hast du auf die Wunde aufgetragen?« Die Frage klang äußerst streng.

Lamia humpelte heran und erklärte eifrig: »Immer zu Diensten, Herr … zu Diensten!« Sie knickste. »Mandelöl … Mandelöl und Weihrauch … Zypresse … Maulbeerbaum … Honig, Essig und Kamille.«

Sie sah ihn erwartungsvoll an. Offensichtlich wusste sie, wen sie vor sich hatte.

Athenodoros nickte langsam und sagte: »Hm, nicht schlecht.«

Dann wandte er sich an Hormus und Theodoros und befahl: »Hebt ihn hoch! Aber langsam, vorsichtig!«

Es wiederholte sich die gleiche Prozedur wie vor einer halben Stunde, nun in umgekehrter Reihenfolge. Athenodoros entfernte mit geübten Griffen den Verband und gab mit einem Kopfnicken das Zeichen, den Patienten wieder niederzulegen. »Den Hocker bitte!« Er wies hinter sich und Tillia zog das Gewünschte heran.

Athenodoros nahm umständlich Platz. Mit äußerster Vorsicht hob er das Leinentuch von der Wunde ab. Es gelang ohne Komplikationen, da es nicht an verkrustetem Blut festklebte. Er beugte sich vor und betrachtete den geschwollenen Spalt des Einstichs sehr genau aus der Nähe, tastete die umgebende Hautpartie ab, ohne die Wundränder und ihre unmittelbare

Umgebung mit den Fingern zu berühren. Führte schließlich seine Nase ganz nahe heran und roch mehrmals, wobei er die Luft ruckartig einsog. Er ließ sich viel Zeit dabei.

Schließlich drehte er sich um, betrachtete Lamias früh gealtertes, faltenreiches Gesicht und lobte: »Gut gemacht, Frau!«

Lamia knickste emsig und bekräftigte das Lob mit dem üblichen »Immer zu Diensten, Herr … zu Diensten!«

»Schon gut, Frau. Aber Respekt! Denn es kann durchaus sein, nicht wahr, dass du ihm mit deinen Mittelchen das Leben gerettet hast. Dennoch muss ich ihn mitnehmen … in meine Praxis … du verstehst?«

Sie knickste erneut und wiederholte ihr »Immer zu Diensten, Herr … zu Diensten!«

Athenodoros wechselte mit Tillia einen Blick, bat Hormus und Theodoros den Körper anzuheben und legte den Wundverband wieder an.

»Gibt es hier irgendwo eine Trage?« Er schaute Lamia fragend an.

»Es gibt sie, Herr, es gibt sie!« rief Lamia eifrig, humpelte flink in eine angrenzende kleine Kammer und kam mit einer zusammengeklappten Bahre zurück. »Man braucht sie selten, aber man braucht sie.«

»Wozu?«, fragte Athenodoros.

Lamia hielt ihre von der Gicht knotigen Finger an den Mund, blickte ihn groß an und kicherte. »Irgendwann braucht sie jeder, Herr, jeder … Der Tod ist nicht wählerisch … nicht wählerisch …«

»Wem sagst du das, Frau!«

Wieder wechselte Athenodoros mit Tillia einen Blick. Dann betrachtete er misstrauisch die Bahre, deren zahlreiche Kratzer, Kerben und aufgenähte Flicken erkennen ließen, dass sie wohl schon zahllosen Hausbewohnern auf ihrem allerletzten Weg als Vehikel gedient hatte. Er nahm die beiden Holme auseinander und legte sie so auf den Boden, dass die aus mehreren Leinenschichten zusammengeklebte und mit mehreren Lederstreifen verstärkte Auflage dazwischen ein schmales

Rechteck bildete, das in Länge und Breite den normalen Maßen eines erwachsenen Menschen entsprach – sei er nun lebendig oder tot.

Er forderte Hormus und Theodoros auf Silius darauf zu betten. »Genau so, wie er lag, auf die Seite! Und äußerste Vorsicht bitte!«

Die beiden gaben sich alle Mühe und hoben Silius so fürsorglich auf die Stoffbahn, als ob er ein rohes Ei wäre.

Tillia, die das alles schweigend und aufmerksam verfolgt hatte, wandte sich nun an die Alte: »Sag mal, Lamia …«

»Herrin?« Die Alte sah Tillia gespannt an, denn sie hatte nicht vergessen, dass die Herrin ihr heute Mittag ohne ersichtlichen Grund ein für ihre Verhältnisse äußerst nobles Trinkgeld gegeben hatte.

»Warum«, fuhr Tillia fort, »hast du mir nicht gesagt, dass du in diesem Hause für die *Cura Domestica* zuständig bist?«

»Zu Diensten, Herrin, aber du hast mich nicht danach gefragt … nicht gefragt!« Sie knickste.

Tillia ließ nicht locker. »Kennst du diesen Mann?«

»Kann schon sein, Herrin … kann schon sein.«

»Na was denn nun? Kennst du ihn?«

»Kann schon sein …« Sie kicherte.

Tillia sah Athenodoros viel sagend an, sie dachten beide das Gleiche: Entweder war diese Frau nicht ganz richtig im Kopf oder sie spielte es ihnen nur vor.

»Ich möchte mit dir einmal reden, Lamia. Nicht jetzt. Morgen. Und in aller Ruhe. Wann treffe ich dich hier?«

»Ich stehe mit der Sonne auf, Herrin … mit der Sonne.«

»Das ist mir etwas zu früh. Wie wäre es zur sechsten Stunde?«

»Oh ja! Zur sechsten Stunde! Ich werde hier sein … hier sein.«

»Gut. Sollte ich verhindert sein, wird es dir jemand mitteilen.« Sie ging zur Tür. Athenodoros gab Hormus und Theodoros das Zeichen zum Aufbruch. Sie hoben an. Alle verließen die Kammer.

Fabius' Sklaven hatten in der Zwischenzeit schon die zweite Fackel angezündet. Athenodoros bat sie dem Krankentransport vorauszugehen und zu leuchten; er werde ihnen die Richtung zeigen.

Sie brachen auf.

Als sie den Vicus Longus erreichten, hieß es aufpassen. Ein Bauernkarren nach dem andern rollte, von der nördlichen Porta Collina kommend, polternd vorbei. Ziel der Wagen waren die großen *Macella*, die Gemüse- und Fleischmärkte in der Innenstadt. Sie waren beladen mit großen Körben, in denen sich Käse, Fleisch, Eier, Speck, Schinken und Wurst befanden. Es gab Fässer, Amphoren und Krüge, gefüllt mit Olivenöl, Wein oder Milch; da quiekten Schweine, gackerten Hühner und schnatterten Gänse. Große Hunde strichen um die Wagen und kläfften. Immer wieder mussten Theodoros und Hormus sich mit der Bahre an den Hauswänden entlangdrücken, um einem Gefährt auszuweichen. Sie atmeten auf, als sie endlich den Eingang zur Insula erreichten, in der der Arzt wohnte und arbeitete.

Athenodoros gab jedem Fackelträger ein kleines Trinkgeld und entließ sie nach Hause. Das Licht des sternklaren Himmels reichte nun gerade aus, dass die Zurückgebliebenen sich schemenhaft erkennen konnten.

Leise sagte Athenodoros zu Tillia: »Du bleibst natürlich hier heute Nacht!«

Sie nickte. Dann fragte sie: »Und die Jungs?«

»Ich denke, wir sollten sie für heute entlassen. Sie können sich ja morgen früh hier melden und dich zurück in deine Wohnung begleiten.«

Theodoros, der in der Nähe stand und das Gespräch mitgehört hatte, reckte sich und tönte: »Herrin!«

»Ja?«

»Darf ich dazu mal was sagen?«

»Aber natürlich, mein Junge!«

»Das geht nicht!«

»Was?«

»Dass wir in den Ludus!«

»Und warum nicht?«

»Wegen der … der Verantwortung!«

»Welcher Verantwortung?«

»Meiner!«

»Wie bitte?«

»Ich bleibe hier!«

»Ach! Und warum?«

»Weil … Diesen spitzen Buben ist nicht zu trauen. Werden Verstärkung holen und das hübsche Häuschen hier belagern. Werde das aber zu verhindern wissen, dass es eine Freude! Werde ihnen einheizen, dass ihnen Hören und Sehen!«

»… vergeht«, ergänzte Geta, der dazugetreten war. Er kannte die überknappe Ausdrucksweise des Hünen seit langem.

Auch Hormus kam heran, nickte beifällig und erklärte: »Theodoros hat Recht, Herrin.«

»Habe immer Recht!«, brummte dieser. »Könnte im Ludus kein Auge zutun, Herrin. Wir alle sind dir verschuldet.«

»… schuldig«, korrigierte Geta, »sind dir das schuldig!« Er schüttelte den Kopf.

»Ja, aber …« Tillia schaute Athenodoros fragend an.

Und dieser, forsch: »Einverstanden. Kommt alle mit nach oben.«

Athenodoros hatte im vierten Stock des Hauses eine ganze Etage gemietet – nicht weil sie billiger war als als die drei unteren Geschosse, sondern weil der Lärm von der Straße in dieser Höhe an Intensität verlor. Das war besonders nachts von einiger Bedeutung, so wie jetzt, wenn die Bauern und Händler der Umgebung in die Stadt fuhren, um die Märkte und Läden der Millionenstadt mit Viktualien zu beliefern.

Die Wohnung war erheblich größer als die Tillias, benötigte doch Athenodoros mehrere Räume zur Ausübung seines Berufes. An die eigentliche Praxis, einen großen lichten Raum, in dem er akute Fälle aus der Nachbarschaft behandelte, schloss sich das Wartezimmer an, auf der anderen Seite das

Laboratorium, in dem er seine Salben und Cremes, Tropfen und Säfte, Öl- und Kräuterextrakte mischte. Diese Räume lagen, wie die Küche und der Arbeitsraum seiner Sklaven, zur Straße hin. Sein privates Arbeitszimmer, ein großer Raum mit zwei Fenstern und Balkon, ging nach hinten zum Garten hinaus, der sich an der Rückseite der Insula entlangzog. Gleich daneben befanden sich sein Schlafzimmer und das stattliche, sehr geschmackvoll eingerichtete Tablinum. Vom Lärm der Straße drang kaum ein Laut bis hierher.

Dem viel beschäftigten Arzt standen drei Hilfskräfte zu Verfügung, die ihm bei seinen vielfältigen Verpflichtungen und Tätigkeiten unterstützten. Glykon und Phyllis, schon seit Jahrzehnten als Sklaven in seinem Haushalt, hatte er vor fünf Jahren freigelassen, nachdem sie vier Fünftel der Summe, die er einst für sie ausgegeben hatte, angespart und ihm zurückgezahlt hatten.

Glykon war fünfundfünfzig, sah aber erheblich jünger aus, während Phyllis mit ihren fünfundvierzig Jahren in jeder Beziehung dem gängigen Bild einer Frau dieses Alters entsprach: füllig und überall rund, ausgestattet mit einem phänomenalen Busen und einem festen Doppelkinn; auf Wangen, Fingern und Ellbogen zeigten sich Grübchen. Doch trotz ihres offensichtlichen Übergewichts – für Tillia eine lebendige Warnung! – bewegte sie sich sehr flink. Wie Chrysostomos und Melitta lebten sie und Glykon in einem eheähnlichen Verhältnis, das nach beider Freilassung juristisch enger gefasst worden war. Von ihren drei Kindern hatte nur eine Tochter überlebt. Die Zwanzigjährige war längst außer Haus und mit dem Sohn eines Fuhrunternehmers verheiratet. Glykon und Phyllis besorgten den Haushalt und kümmerten sich um das leibliche Wohl ihres Herrn.

Wichtiger als die beiden war für Athenodoros freilich ein Dritter: Diogenes. Obwohl erst Ende vierzig, wirkte er älter. Ursache dafür war weniger sein früh ergrautes Haar oder seine leicht gebeugte Haltung bei hagerem, kleinem Wuchs als vielmehr seine versponnene, stets leicht zerstreute Art. Im Allgemeinen war Diogenes sehr zurückhaltend, Fremden gegenüber geradezu schüchtern und wenn er sprach – was ohnehin selten vorkam –, bestand die Gefahr, dass er sich in komplizierten Satzgebilden verhedderte. Im Lauf der Jahre hatte er es sich deshalb angewöhnt, in unvollständigen Wendungen zu reden. Das hatte zur Folge, dass Fremde ihn stets unterschätzten. Bei seiner hohen Intelligenz war ihm dieser Umstand natürlich nicht entgangen. Darum pflegte er jenen Teil seiner Äußerungen, den er – jedenfalls aus seiner Sicht – für bedeutsam oder aussagekräftig hielt, einfach zu wiederholen.

Diogenes war ein wandelndes Lexikon. Er vergaß nichts, keine Aktion, keinen Vorgang oder Auftrag, selbst wenn die Ereignisse zwanzig, dreißig Jahre zurücklagen – denn so lange stand er schon bei Athenodoros in Diensten. Er hatte hunderte komplizierter Rezepturen im Kopf, kannte die Krise jeder Krankheit und konnte erstaunlich gute Diagnosen stellen, sodass Athenodoros ihn bei ernsten Fällen stets um seine Meinung fragte.

Darüber hinaus führte Diogenes seinem Herrn die Bücher, notierte die eingehenden oder noch ausstehenden Zahlungen, erledigte die umfangreiche Korrespondenz und kümmerte sich akribisch um die Archivierung der Krankengeschichten. Dementsprechend war er oft besser über diesen oder jenen weit zurückliegenden Fall unterrichtet als sein Meister selbst. Und darauf war er nicht wenig stolz, zumal Athenodoros in einem solchen Fall mit Lob nicht sparte. Mit einem Wort: Diogenes war Athenodoros unentbehrlich geworden.

Keiner der drei Angestellten war überrascht, als Athenodoros zu dieser späten Stunde mit zwei kräftige Männern erschien, die eine Bahre mit einem Ohnmächtigen in die Wohnung trugen. So etwas kam häufiger vor.

Phyllis war in der Küche mit Stickereien an einem Kissen beschäftigt, während Glykon einen neuen Schlüssel für die Wohnungstür zurechtfeilte. Diogenes saß in seinem eigenen Zimmer und studierte eine Schrift des berühmten Dioskurides, die er – sie war leicht beschädigt – in der Buchhandlung von Pollius Valerianus sehr günstig erstanden hatte.

Phyllis kam aus der Küche und registrierte, dass neben den Trägern ein weiterer Fremder sowie die Herrin Tillia Capriola erschienen waren. Höflich fragte sie: »Möchten die Herrschaften vielleicht noch etwas essen? Ich habe noch etwas kalten Braten.«

»Nein, danke, Phyllis. Wir kommen gerade vom *Siebengestirn*. Aber sag dem Diogenes Bescheid, dass er gebraucht wird.«

»Bin schon da, Herr.« Auch er war in den Flur getreten, warf einen kurzen Blick auf den Mann auf der Bahre und fragte: »Verletzt?«

»So ist es. Messerstich im Rücken. Bereite alles vor!«

Diogenes nickte und gab Phyllis einen Wink, ihm in die Küche zu folgen, um Holzkohle im eisernen Becken zum Glühen zu bringen, denn jetzt wurde heißes Wasser benötigt.

Währenddessen brachten Hormus und Theodoros die Bahre in den Praxisraum und ließen Silius auf der Liege an der Seitenwand vorsichtig nieder. Athenodoros wandte sich an Hormus: »Hat er viel Blut verloren?«

»Das wissen wir nicht, Herr. Es war zu dunkel, um ...«

»Hm ...« Er hatte vorhin, in Lamias Kammer, beim Blick auf die Wunde und die Verbandstücher nicht den Eindruck gehabt.

Diogenes kam dazu, teilte mit, dass das Wasser erhitzt werde und schickte die beiden Träger freundlich, aber bestimmt nach draußen. Sie leisteten auf der Stelle Folge und gingen zu Tillia und Geta in die Küche, wo Phyllis genau wissen wollte, was geschehen war. Tillia berichtete ihr so viel von den Zusammenhängen, wie sie glaubte preisgeben zu können. Mit keinem Wort erwähnte sie, dass Athenodoros und sie selbst nun in großer Gefahr waren. Wenn überhaupt, war es Athenodoros' Sache, sie darüber zu informieren.

Phyllis entging nicht, wie Theodoros immer wieder zum Fliegenschrank schaute und unmerklich in die Richtung schnupperte. Also stand sie auf und holte den kalten Braten hervor, verteilte an Geta, Hormus und Theodoros Holzbrettchen und Messer. Dann stellte sie den Braten und einen Brotkorb in die Mitte des Tisches.

»Geniert euch nicht, Männer! Greift zu!«

Sie ließen es sich nicht zweimal sagen und machten sich über den Schweinebraten her, während Tillia abwehrend beide Hände hob. Ihr war der Appetit für heute vergangen.

Währenddessen half Diogenes seinem Herrn beim Freilegen der Wunde.

»Schau sie dir genau an!«, forderte Athenodoros seinen Assistenten auf.

Diogenes gehorchte.

»Wir müssen verhindern, dass Wundbrand einsetzt. Was schlägst du vor?«

»Dioskurides ...«

»Aha! Und was meint der Meister?«

»*Oleum Myrteum.*«

»Und warum?«

»Weil ...« Diogenes holte Atem und setzte zu einem kleinen Vortrag an: »Dieses Öl hat eine Kraft, dass es zusammenzieht und fest macht und wird derhalben unter die Arzneien gemischt, welche die Wunden verschließen und heilen. Ist gut wider ein fließendes Hauptgeschwür, den Brand und die aufbrechenden Blattern. Wie gleichfalls wider den Wolf des Hintern. Vertreibt auch die Schuppen und heilt die Schrunden des Afters wie auch die Warzen.«

»Donnerwetter!« Staunend hatte Athenodoros zugehört, denn einen so umfangreichen Text hatte er lange nicht mehr aus dem Munde seines wortkargen Famulus gehört. Diogenes verbeugte sich leicht. Er verschwieg natürlich, dass er gerade diese Stelle vor wenigen Augenblicken gelesen und sich eingeprägt hatte.

»Sehr gut! Haben wir frisches Myrtenöl?«

»Ist vorhanden.«

»Dann an die Arbeit!«

XX

Athenodoros säuberte die Wunde noch einmal gründlich, zunächst mit abgekochtem Wasser, dann mit Essig, fügte dem Myrtenöl weitere heilende Ingredienzien zu und brachte die Mixtur so tief wie möglich in die Wunde ein. Der Verband wurde mit frischen Tüchern und Binden erneuert.

Dabei stöhnte Silius auf und erwachte. Er hatte Mühe sich in der fremden Umgebung zu orientieren und fragte mit matter Stimme, wo er sich befinde.

Athenodoros, erleichtert, dass der Patient ins Leben zurückgekehrt war, gab ihm mit wenigen freundlichen Worten Auskunft und meinte dann: »Du musst jetzt schlafen, nicht wahr, um wieder zu Kräften zu kommen. Über alles andere reden wir morgen. Ich werde dir einen starken Schlaftrunk geben, der zugleich die Wundschmerzen lindert.«

»Was … was ist es?«, fragte Silius.

»Mohnsaft.«

»Das ist gut. Ich danke dir.« Er vertraute dem Kollegen vollkommen.

»Tut's sehr weh?«, fragte Athenodoros mitfühlend.

Silius nickte. Diogenes reichte ihm das Getränk in einer kleinen flachen Schale und half Silius beim Einnehmen. Athenodoros ermahnte ihn eindringlich sich nicht auf die rechte Seite zu legen. Silius versprach es und meinte, das werde er ohnehin nicht versuchen, weil es zu schmerzhaft sei. Schon nach wenigen Augenblicken wirkte der Beruhigungstrank. Silius fiel wieder in Tiefschlaf.

Athenodoros ging mit Diogenes in die Küche und legte mit ihm, Glykon und Phyllis die Reihenfolge der Nachtwachen fest. Die erste würde Diogenes übernehmen, dann folgten Glykon und Phyllis.

»Herr!« Theodoros meldete sich zu Wort.

»Sprich!«

»Halte es durchaus für angebracht!«

»Was?«

»Dieses hübsche Häuschen muss Tag und Nacht bewacht werden. Auch im Dunkeln.«

»Hm ...«

»Sehe sie nämlich vor mir!«

»Wen?«

»Diese ... diese lausigen Knaben mit ihren Messerchen. Werde sie aber lehren, dass sie hören und sehen!«

»... dass ihnen Hören und Sehen vergeht«, verbesserte Geta und schüttelte einmal mehr den Kopf.

»Sag ich doch! Und sie werden es suchen!«

»Was?«

»Das Weite!« Man schmunzelte, während Theodoros fortfuhr: »Herr!«

»Ja?«

»Geta übernimmt die erste Wache.«

»Wie bitte?« Geta wechselte mit Hormus einen Blick.

»Na, dann eben nicht ...« Theodoros presste die Lippen aufeinander.

»Doch, mein Junge.« Tillia schaltete sich ein. »Gute Idee. Ich halte es nach den Ereignissen des heutigen Tages ebenfalls für angebracht, dass wir das Haus und seine Umgebung im Auge behalten.«

»Na also ...«, brummte Theodoros und setzte zu einem seiner gewaltigen Faustschläge durch die Luft an, unterließ es aber, als er Getas mahnenden Blick sah. Also zog er seinen

Dolch aus der Scheide, fuhr geradezu zärtlich mit der Hand über die Klinge und steckte ihn wieder weg.

Sie einigten sich dann darauf, dass Geta die erste, Hormus die zweite und Theodoros die dritte Wache übernehmen sollte. Ferner war noch zu klären, wo die beiden, die nicht auf Posten standen, schliefen. Athenodoros schlug vor, dass einer auf der Liege im Tablinum, der andere in einem der Sessel ruhen könnte. Die Männer waren einverstanden.

Tillia stand auf und gähnte. »Wie spät ist es eigentlich?«

»Kurz nach Mitternacht, Herrin«, sagte Geta.

»Gute Göttin! Ich muss ...«, sie gähnte noch einmal, »... schlafen!«

»Ach, der Dolch!«, rief Geta und legte die Waffe, die er auf der Straße gefunden hatte, auf den Tisch. Tillia meinte: »Das hat Zeit bis morgen. Gute Nacht!«

Alle erhoben sich. Phyllis begleitete Theodoros und Hormus ins Tablinum und zeigte ihnen ihre Schlafgelegenheiten, holte noch zwei warme Decken und versprach sie pünktlich zu wecken. Auf den Tisch stellte sie eine Öllampe. Sie machten es sich bequem und fielen schon wenige Augenblicke später in tiefen Schlaf.

Während Athenodoros noch einmal nach Silius schaute, ging Tillia schon ins Schlafzimmer. Dort stand immer ein zweites Bett für sie bereit. Phyllis hatte schon eine brennende Lampe auf ihren Nachttisch gestellt und die Vorhänge der beiden Fenster zugezogen. Sie entkleidete sich, holte aus einer Truhe, die ihre eigenen Sachen enthielt, eine frische Tunika, zog sie über und kroch mit einem tiefen Seufzer unter die Decke.

Ihr Körper war vollkommen erschöpft, doch ihre Gedanken fanden keine Ruhe. Sie kannte und fürchtete diesen überreizten Zustand, der sie schon oft daran gehindert hatte, Schlaf zu finden. Er stellte sich ein, wenn in schneller Folge unerhörte dramatische Dinge geschahen.

Sie verschränkte die Arme hinter dem Kopf und blickte zur Decke. Drei Mordanschläge an einem Tag! Der erste vor Sonnenaufgang, der zweite am Vormittag, der dritte heute Abend. Und alle Opfer waren Angehörige der Factio Prasina. Es lag nahe, anzunehmen, dass der Täter zum Personal der Grünen gehörte. Aber wer war es? Sie ging der Reihe nach noch einmal all jene durch, die sie gut zu kennen meinte:

Tatianus. Sehr kultiviert. Besaß ein eigenes Gestüt. Warum sollte er dann vier Hengste der eigenen Factio entführen oder sie von Komplizen entführen lassen? Er galt als sehr vermögend. Falls der Täter auf die Erpressung einer großen Summe zielte, konnte er unmöglich Tatianus sein. Der hatte das nicht nötig.

Diocles. Bester *Agitator* der Grünen. Vollkommen absurd sich vorzustellen, er würde seine eigenen Pferde beiseite schaffen. In drei Tagen wollte er ins Rennen gehen und siegen.

Sein Bruder Nymphidianus. Immer im Schatten von Diocles. Der ewige Zweite, gut, aber er würde doch niemals mit Mordanschlägen gegen den eigenen Bruder vorgehen! Zwillinge – sie wusste es von vielen anderen Beispielen – hielten zusammen wie Pech und Schwefel, immer!

Cornelius Sabinus. Chefarzt der Factio. Pflichtbewusst, zurückhaltend, stets bescheiden. Und mit Doro befreundet! Unmöglich, sich ihn als Täter vorzustellen.

Gaius Mummius. Unsinn! Er war zur Zeit des zweiten wie des dritten Anschlags nicht am Tatort.

Laches. Sekretär des Chefs. Intelligent, aber glatt; höflich, aber undurchsichtig. Dem Cyrus sehr ähnlich. Sollte er etwa …? Sie konnte sich nicht vorstellen, dass er den Willen, die Kraft und die Skrupellosigkeit besaß solche Anschläge zu planen und an einem einzigen Tag durchzuführen.

Novius Niger. Vollkommen überarbeitet. Am Ende mit seinen Nerven. Aber das war er immer in den Tagen vor einem Rennen. Ihm traute sie diese Verbrechen eigentlich nicht zu. Sie hielt ihn nicht für den Mann, der die Voraussetzungen dafür mitbrachte: den wild entschlossenen Willen zur Tat und die Kaltblütigkeit sie durchzuführen. Sie hielt ihn für feige.

Tillia wurde in ihren Überlegungen gestört, denn Athenodoros kam ins Zimmer. Er schloss die Tür, ging zu Tillias Bett und ließ sich auf der Kante nieder.

»Wird er durchkommen?«, fragte sie.

»Ich denke, ja. Seine Verletzung ist bei weitem nicht so schlimm wie die von Commius.«

»Aber er war lange ohne Besinnung.«

»Das lag am Wein. Er muss Unmengen in sich reingeschüttet haben.«

»Dann hat er ein gewaltiges Problem. Sogar Mummius bemerkte erstaunt, so habe er den Mann noch nie gesehen.«

»Ich auch nicht«, bestätigte Athenodoros.

Sie sah ihn an. »Du siehst müde aus, Doro.«

»Du auch, Lunula. Wir werden gut schlafen.«

»Hoffentlich.«

Er stand auf, entledigte sich seiner Kleidung, und als er nackt im Raum stand, meinte sie: »Du hast abgenommen!«

»So?« Er blickte an sich herunter.

»Ja. Siehst bald aus wie ein mageres Hühnchen! Morgen wird reichlich gefrühstückt! Und zwar in aller Ruhe! Egal, was passiert.«

»Einverstanden.« Er zog eine frische Tunika über und ging auf sein Bett zu.

»Komm noch ein bisschen zu mir«, sagte sie.

Sie hob die Decke. Er kroch zu ihr ins Bett und legte sich in ihren Arm. Lange ruhten sie so schweigend nebeneinander und dachten über die Ereignisse des Tages nach. Schließlich fragte sie: »Wo wohnt Novius Niger eigentlich?«

»In Transtiberim.«

»Nein!« Sie fuhr hoch.

»Was hast du denn?«

Sie sah ihn an und zwinkerte. »Woher weißt du das?«

»Ich glaube, von Sabinus.«

»Und das sagst du erst jetzt?!«

»Du hast mich doch nicht danach gefragt. Ist das denn wichtig?«

»Allerdings.«

»Und warum?«

Sie gähnte. »Ich erklär's dir …« Das Gähnen wollte kein Ende nehmen. »Ich erklär's dir morgen, Doro. Aber es ist wichtig.« Sie schlug die Decke zurück. »So, und nun enteile in dein Bett, sonst schläfst du in meinem Arm ein und ich muss dich wecken. Das kennen wir doch …«

»Na, dann eben nicht …«, äffte er Theodoros nach und seufzte, denn er war wirklich schon halb eingeschlafen gewesen. Folgsam erhob er sich und ging zu seinem Lager. Schon wenige Augenblicke später schlief er fest. Tillia drehte sich auf die Seite. Als Letztes dachte sie noch: Morgen musst du die Smaragde endlich bei Nymphidius fassen lassen … und das Buch für Papa bei Pollius Valerianus abholen … und …

Sie schlief ein.

XXI

Alle außer Diogenes, Phyllis und Glykon hatten nach den Aufregungen des Vortages lange geschlafen. Selbst Theodoros, der bei Sonnenaufgang in die Wohnung zurückgekehrt war, hatte sich sofort in den zweiten Sessel des Tablinums geworfen und gemurmelt: »Na, dann eben nicht ...« Ob er damit das Ausbleiben der Verbrecher kommentierte oder bedauerte, nicht in seinem Bett im Ludus Magnus zu liegen, war nicht festzustellen. Er schlief auf der Stelle ein.

Phyllis, die zur gleichen Stunde aufstand, hütete sich einen der Schläfer zu wecken. Sie schickte Glykon frische Semmeln kaufen und bereitete währenddessen in der Küche das Frühstück vor. Auf einem Ölbrenner mit mehreren Flammen brutzelten Eier mit Speck in der Pfanne. Und es war der intensive Duft dieses köstlichen Gerichts, der nach und nach alle weckte, denn er strich appetitanregend durch die Räume der Wohnung.

Als Tillia erwachte, stand sie sofort auf, schüttete Wasser aus der Kanne in die Schüssel, die auf einem kleinen Seitentisch an der Wand stand, zog die Tunika aus und wusch sich.

Auch Athenodoros erhob sich, reckte sich, gähnte, begrüßte sie mit einem verschlafenen »Morgen, Lunula!« und trocknete ihr den Rücken.

»Musst du gleich weg?«, fragte sie.

»Nein, erst später.«

»Ach, schön! Dann können wir in aller Ruhe frühstücken.«

Während sie sich ankleidete und kämmte, absolvierte Athenodoros seine Frühgymnastik, die er seit Jahrzehnten regelmäßig durchführte.

»Also wirklich, Doro ...« Sie sah ihm bei seinen Streck- und Dehnübungen zu und betrachtete seinen hageren Körper. »Du solltest etwas mehr essen!«

»Warum? Ich fühle mich blendend.«

»Wie du meinst.«

»Stört es dich denn?«

»Überhaupt nicht.«

Anschließend wusch auch er sich, zog eine frische Tunika an, streifte die Sandalen über und bürstete sein kurz gehaltenes Haar sorgsam nach vorne, um die Stirnglatze zu bedecken.

Es klopfte an der Tür und Phyllis rief: »Frühstücken!«

»Wir kommen«, antwortete Tillia.

Athenodoros verließ das Schlafzimmer, um nach Silius zu schauen. Tillia nutzte die Gelegenheit und erledigte ihr Geschäft auf dem Topf. Athenodoros kehrte schon nach wenigen Augenblicken zurück. Tillia fragte: »Wie geht's ihm?«

»Er schläft immer noch.«

»Sein gutes Recht. Das wird ihm helfen sich zu erholen.«

Es war Brauch bei ihnen, dass sie, wenn kein besonderer Anlass vorlag, gemeinsam in der Küche aßen. Vor zwanzig Jahren, in den ersten Tagen ihrer Bekanntschaft, hatte Phyllis im Tablinum gedeckt, da sie davon ausging, es stehe der Tochter eines römischen Ritters zu, in festlicherem Rahmen zu speisen; doch Tillia hatte ihr sehr bald klargemacht, dass sie darauf keinen Wert legte und viel lieber in der Küche esse, wie sie es auch in ihrer eigenen Wohnung tat.

Freilich wurde es an diesem Morgen etwas eng am großen Eichentisch mitten im Raum, um den sich nach und nach acht Personen versammelten. Glykon holte weitere Sitzgelegenheiten aus dem Arbeitszimmer und zog noch zwei Hocker heran, sodass alle Platz fanden. Theodoros konnte es kaum erwarten, bis das Mahl begann. Er ließ sich von Phyllis eine riesige Portion Speckeier auf den Teller häufen und machte sich unverzüglich an deren Bewältigung. Dass es ihm schmeckte, hörte man an seinem ungehemmt genussvollen Schmatzen, untermalt von einem zufriedenen Singsang, der zwischen wohligem Brummen und seltsam hohen Tönen wechselte. Geta, in Gegenwart Tillias immer darauf bedacht, seine Wohlerzogenheit zu zeigen, sah Theodoros mehrmals mit streng mahnendem Blick an, doch dieser übersah das geflissentlich. Hormus, nicht gewohnt in solcher Umgebung zu speisen, kaute still vor sich hin.

Tillia wandte sich an Theodoros: »Wie war's denn heute Nacht?«

»Jawohl!« Er fuhr sich mit der Hand über den Mund und berichtete: »Die Knaben haben sich nicht blicken lassen. Pinkelten sich vor Angst irgendwo in die Sandalen, dass es eine wahre Freude!«

Am Tisch wurde geschmunzelt. Nur Geta presste die Lippen aufeinander und schüttelte den Kopf.

»Sehr gut. Dennoch ...« Tillia blickte in die Runde. »Von nun an heißt es, auf der Hut sein!«

»Jawohl!«

»Sie werden nicht locker lassen und erneut versuchen uns bei unserer Arbeit zu behindern.«

Theodoros fühlte sich immer noch angesprochen: »Hasse behindern! Werde eine Bresche schlagen, dass sie hören und sehen!« Er hob die Faust und ließ sie, begleitet von einem kämpferischen Aufstöhnen, durch die Luft sausen.

»Vorsicht, mein Junge, Vorsicht!«

Der *Junge* fühlte sich sehr geehrt, in diesem Kreise so genannt zu werden; zeigte dies doch allen, dass die erlauchte Herrin Tillia Capriola ihn geradezu in ihr Herz geschlossen hatte. Er warf Geta einen triumphierenden Blick zu, den dieser wohlweislich übersah.

»Nun wissen sie nämlich«, fuhr Tillia ernst fort, »wer ihnen auf den Fersen ist, und sie werden ihren Auftraggeber darüber bereits informiert haben. Das bedeutet: Keiner von euch darf sich allein in der Stadt bewegen.«

»Das Gleiche gilt für dich, Tillia«, ergänzte Athenodoros sehr ernst.

»Natürlich.« Sie nickte ihm zu. »Darüber werde ich gleich heute Morgen mit Perdikkas reden. Er ist doch im Ludus – oder?«

Die Frage galt Geta, der bestätigend nickte.

Athenodoros gab Diogenes den Auftrag, Silius alle zwei Stunden den Verband zu wechseln und frisches Myrtenöl aufzutragen; wenn er große Schmerzen habe, solle er ihm Mohnsaft in kleinen Dosen geben. Er selbst werde am frühen Nachmittag zurück sein, falls nichts Unvorhergesehenes dazwischenkomme.

Tillia dachte weiter. »Man muss Tatianus und auch Sabinus von dem Zwischenfall in Kenntnis setzen.«

Geta erklärte sich bereit das zu übernehmen. Hormus und Theodoros würden Tillia und Athenodoros zum Argiletum begleiten.

»Darf er was essen?«, wollte Phyllis wissen. Sie meinte Silius.

»Selbstverständlich«, sagte Athenodoros. »Was er will. Er sollte dabei freilich seinen Rücken so wenig wie möglich bewegen, nicht wahr.«

»Hat er eigentlich Familie?«, fragte Tillia.

»Nein. Er lebt allein.« Und zu Diogenes gewandt fügte Athenodoros hinzu: »Er wird irgendwann ein gewisses Geschäft erledigen wollen. Du hilfst ihm dabei.«

Diogenes nickte. Er hatte an diesem Morgen noch keinen Satz gesprochen.

Das Frühstück war beendet. Alle erhoben sich. Tillia, Athenodoros, Geta, Theodoros und Hormus verließen die Wohnung. Geta machte sich unverzüglich auf den Weg zu den Grünen.

Tillia stellte sich schon darauf ein, im Argiletum mit weiteren schlimmen Nachrichten konfrontiert zu werden. Doch Melitta hatte keine Neuigkeiten mitzuteilen. Sie war sichtlich erleichtert, dass die Herrin unbeschadet zurückgekehrt war. Da Pankrates bereits in der Wohnung war, hielten sich Hormus und Theodoros nicht lange auf, sondern berichteten dem Kameraden mit wenigen Worten, was gestern Abend geschehen war und kehrten auf dem schnellsten Weg in den Ludus Magnus zurück, um Perdikkas von den Vorfällen in Kenntnis zu setzen.

Tillia ging mit Athenodoros ins Tablinum, bat auch Pankrates ins Zimmer und sagte. »Ich habe so eine schlimme Vorahnung, als ob heute noch etwas Schreckliches geschehen wird.«

»Aber Tillia!«, rief Athenodoros. »Reichen dir die bisherigen Anschläge noch nicht?«

Sie sah ihn an, schien aber durch ihn hindurchzublicken. Nur noch zwei Tage bis zum Rennen!, dachte sie und fügte laut hinzu: »Die Zeit drängt. Wir brauchen mehr Informationen!«

»Über wen?«, fragte Athenodoros.

»Über Dacius, Sabinus, Laches, vor allem aber über Novius Niger und Nigidius Maius.«

»Mit den Letzteren bin ich einverstanden. Aber Sabinus?«

»Doro, ich weiß, du bist mit ihm befreundet. Aber das darf zum gegenwärtigen Zeitpunkt unserer Ermittlungen keine Rolle spielen. Sabinus gehört zur Spitze der Hierarchie in der Factio Prasina. Wenn er auch darüber nicht redet, so weiß er doch eine Menge über mögliche Spannungen, ja Feindschaften, wenn nicht sogar Intrigen innerhalb des Personals.«

»Darüber hat er mir gegenüber nie Andeutungen gemacht.«

»Aber Doro, natürlich nicht. Weil er ein verschwiegener Mann ist. Ich bin sicher: Selbst wenn du ihn direkt darauf ansprichst, wird er sich bedeckt halten.« Sie zwinkerte lebhaft. »Bei Silius ist das anders. Er steht unter großem Druck, ja er hat nun Angst um sein Leben und sicherlich das Bedürfnis, mit jemandem, dem er vertraut, darüber zu reden. Ich werde heute Nachmittag mit ihm sprechen. Halte ihn unter irgendeinem medizinischen Vorwand fest. Das dürfte dir leicht fallen. Erzähl ihm meinetwegen auch, in deiner Wohnung sei er am sichersten. Nach dem gestrigen Überfall wird er das gerne glauben. Er hat Angst. Die Burschen werden ihm weiter auf den Fersen bleiben. Er ist in Lebensgefahr, denn er muss etwas wissen, was den Tätern gefährlich werden kann. Wir müssen versuchen es aus ihm herauszuholen. Darum werde ich Perdikkas bitten zwei Leute zu seiner Bewachung abzustellen.«

Sie ging zum Regal, holte ein Papyrusblatt, Tinte und Rohrfeder, nahm am Tisch Platz und sagte: »Vorher muss ich noch ein paar Zeilen an Caenis schreiben.«

Eilig notierte sie:

Tillia Capriola grüßt Caenis.
Es ist der Fall eingetreten, dass ich dich um deine Hilfe bitten muss. Ich benötige dringend Informationen über den Chefarzt der Grünen, Cornelius Sabinus, ferner über den obersten Conditor *Novius Niger und einen gewissen Alleius Nigidius Maius, seines Zeichens neureicher Besitzer mehrerer Insulae in der Subura und vormals Betreiber eines Wettkontors beim Circus Maximus. Falls du es für notwendig hältst, können wir uns treffen und die Dinge unter vier Augen besprechen. Bestimme du Zeitpunkt und Ort. Verzeih die lakonische Kürze, aber es eilt. Meine Melitta wird auf deine Entscheidung warten.* Vale!

Athenodoros, der, hinter ihr stehend, den Text des Schreibens mitgelesen hatte, meinte: »Ist das nicht sehr riskant? Ich meine Melitta … allein … Sie könnte …«

»Das glaube ich kaum. Außerdem bin ich sicher, dass Asinius Gallius einige seiner Leute in Zivil in der Nähe hält. Sie werden sie beschatten und im Notfall eingreifen.«

»Bist du sicher?«

»Absolut. Ich kenne doch Asinius!«

Tillia rief Melitta, teilte ihr den Auftrag mit, gab ihr das gefaltete und gesiegelte Schreiben und mahnte sie zur Eile. »Wir haben keine Zeit zu verlieren, Mädchen. Du wartest in jedem Fall auf Antwort, sei sie schriftlich oder mündlich!«

»Sehr wohl, Herrin!« Melitta knickste, wie üblich auch vor

Athenodoros, der wieder huldvoll seine Rechte hob, was die Dienerin veranlasste ein weiteres Mal in die Knie zu gehen.

»Und schick Avita herein!«

»Sehr wohl.«

Als Avita eintrat, wies Tillia zu einem Stuhl und bat sie Platz zu nehmen. Auch Athenodoros und Pankrates setzten sich. Avita hielt die Hände im Schoß und machte einen gefassten Eindruck.

»Ich muss nun«, begann Tillia vorsichtig, »mit dir über Dacius sprechen, Avita. Wenn du aber der Meinung bist, dies sei noch zu früh, habe ich volles Verständnis dafür. Doch ich denke, auch du willst den Täter so schnell wie möglich überführt sehen, damit wir ihn vor Gericht bringen und seiner gerechten Strafe zuführen können.«

Avita nickte langsam, sagte aber nichts.

Tillia wies auf beide Männer und fuhr fort: »Athenodoros und Pankrates helfen mir bei der Suche nach dem Täter. Du wirst wohl von Melitta erfahren haben, was sich bei den Grünen zugetragen hat.« Avita nickte. »Darum kann es sehr wichtig sein, was du auf meine Fragen antwortest.«

»Frage nur, Herrin!«

Tillia nahm ihr gegenüber am Tisch Platz. »Du warst, nehme ich an, abends des Öfteren in der Wohnung von Dacius …«

»Ja.«

»Die Männer pflegen, wenn sie nach anstrengender Arbeit nach Hause kommen, oft ihrem Unmut über die vielen Ärgernisse des Tages freien Lauf zu lassen – ich könnte auch sagen, sie sind dann schlecht gelaunt. Denn anders als viele Frauen regen sie sich dann über diese und jene Kleinigkeit auf, die ihnen im Laufe des Tages in die Quere gekommen ist. War das bei Dacius ähnlich?«

»Es war selten. Aber es kam vor.«

»Nannte er dann schon mal den einen oder anderen Namen?«

»Ja.«

»Kannst du dich an einen erinnern?«

»Meist war es Tatianus, der *Dominus Factionis*.«

»Aha. Wer sonst noch?«

»Der eine oder andere Stallknecht.«

»Auch schon mal Commius?«

»Der auch, ja.«

»Und Novius Niger? Ich nehme an, du weißt von Dacius, wer das ist.«

»Gewiss. Aber seinen Namen nannte er nie.«

»Bist du sicher?«

»Vollkommen.«

»Kann man daraus schließen, dass er zu Novius in einem besonders guten Verhältnis stand?«

»Das kann ich nicht beurteilen, Herrin.«

»Hast du ihn mit Novius schon einmal zusammen gesehen, ich meine nach Dienstschluss?«

»Ja. Wir sind ein-, zweimal zusammen essen gegangen.«

»Wo?«

»Im *Siebengestirn*.«

»Ahja ...« Tillia wechselte mit Athenodoros und Pankrates einen Blick. Dann fragte sie weiter: »Wie behandelte Novius den Dacius? Ich meine: freundlich, herablassend, hochnäsig, sachlich neutral oder gleichgültig ...?«

»Sehr freundlich.«

»Könnte man sagen, dass sie sich gut verstanden haben?«

»Ja, das kann man sagen.«

»Gut.« Tillia zwinkerte. »Und wie äußerte sich Dacius über Cornelius Sabinus?«

»Wer ist das?«

»Oh, das ist nicht von Bedeutung.«

In diesem Augenblick wurde an die Tür geklopft, Chrysostomos kam herein, ohne sich für die Störung zu entschuldigen, und nuschelte: »Da is'n Mann.«

»Was für ein Mann?«, fragte Tillia ungehalten.

»Ein großer.«

»Das ist unwichtig. Wo kommt er her, wie heißt er und was will er?«

»Wie er heißt, weiß ich nicht.«

»Was will er denn?«

»Weiß ich auch nich'.«

»Gute Göttin! Wo kommt er denn her?«

»Von den Grünen, hat er gesagt.«

»Na endlich! Schick ihn herein!«

Laches erschien, verbeugte sich und wandte sich an Tillia: »Herrin! Tatianus lässt dir mitteilen, dass Commius aus seiner Ohnmacht erwacht ist.«

»Danke. Kann ich mit ihm sprechen?«

»Ja, freilich nur kurz. Sein Zustand ist immer noch ernst.«

»Ich verstehe. Aber ich werde nur wenige Fragen an ihn haben.«

XXII

Tillias Hüften schmerzten und obwohl sie gut geschlafen hatte, kam sie sich nach den gestrigen Ereignissen wie zerschlagen vor. Darum hatte sie keine Einwände, als Athenodoros vorschlug Sänften zu nehmen.

Sie hielten sich im Ludus Magnus nicht lange auf. Perdikkas, von Hormus und Theodoros über den Anschlag auf Silius informiert, schickte sofort Dumnorix zur Wohnung von Athenodoros. Am Abend werde noch ein weiterer Mann abgestellt werden, damit die beiden abwechselnd die Nachtwachen vor dem Haus übernehmen könnten. Theodoros und Hormus sollten sich vor Sonnenuntergang bei Tillia melden, das Haus im Auge behalten und dort übernachten. Tillia dankte Perdikkas für sein Entgegenkommen und verließ zusammen mit Athenodoros und Pankrates den Ludus in Richtung Factio Prasina.

Die Träger erhielten Anweisung das Forum Romanum zu meiden, den Weg nach Süden zum Circus Maximus einzuschlagen und von dort eine Parallelstraße zum Tiber zu nehmen, die beim Marcellustheater auf den Vicus Aesculeti und dann direkt auf den Vicus Stablarius mündete. Diese Strecke war zwar erheblich länger, doch herrschte hier nicht so ein fürchterliches Gedränge wie in der Innenstadt, sodass sie ihr Ziel am Ende schneller erreichten.

Immer noch wurde der Eingang der Factio von einer großen

Menschenmenge umlagert. Wieder wurde jede Sänfte, die sich dem Tor näherte, genau in Augenschein genommen und geprüft, ob es sich bei den Ankömmlingen um bekannte Persönlichkeiten handelte. Einige meinten die Herrin und ihren hageren Begleiter gestern schon hier gesehen zu haben.

Pankrates betätigte den Türklopfer. Es wurde sofort geöffnet. Der Pförtner, offenbar instruiert, geleitete Tillia, Athenodoros und Pankrates auf der Stelle ins Kontor des *Dominus Factionis.* Tatianus kam hinter seinem Schreibtisch hervor und reichte Tillia die Hand. Er sah noch mitgenommener aus als am Vortag.

Ohne Umschweife fragte Tillia mit einer gewissen Forschheit: »Tatianus! Wie ist der Stand der Ermittlungen?«

»Derselbe wie gestern: gleich null. Von dem neuen Fall Silius will ich gar nicht erst reden.«

»Nun«, meinte Tillia. »Silius ist jedenfalls in Sicherheit.«

»Wo?«

»Bei Athenodoros, wo er von Perdikkas' Leuten bewacht wird.«

»Das ist gut. Danke.«

»Gibt es neue Nachrichten von Asinius Gallus?«

»Nein, er scheint wie wir alle noch im Dunkeln zu tappen.« Tatianus betrachtete abwesend, ja resigniert seine Handflächen. Dann gab er sich einen Ruck, griff nach einem gefalteten Blatt Papyrus auf der Tischplatte und reichte es Tillia.

»Das kam heute Morgen.«

Sie faltete das Blatt auseinander und las:

Zehn Millionen Sesterzen! Und ihr habt die Hengste wieder. Genaue Anweisungen folgen.

Der Text war sehr liederlich und kaum lesbar hingekrakelt, als ob der Schreiber in großer Eile gewesen wäre. Am unteren Rand des Blattes befand sich sogar ein großer schwarzer Klecks. Die Geldforderung war mit roter Tinte hervorgehoben.

»Interessant.« Tillia zwinkerte und gab das Blatt Athenodoros, der es überflog. »Ich habe damit gerechnet. Wo lag das Schreiben?«

»Am Haupttor.«

»Am Tor?«

»Ja. Jemand hat es darunter durchgeschoben.«

»Wer hat es entdeckt?«

»Laches.«

»Wieso Laches?«

»Er war als Erster hier heute Morgen.«

»Ist das üblich?«

»Ja, er kommt immer sehr früh.«

»Noch früher als Sabinus?«

»Meist, ja.«

»Übernachtet er nie hier in der Factio?«

»Selten.«

»Hat er Schlüssel?«

»Sicher.«

Athenodoros gab Tatianus das Blatt zurück und fragte: »Kennst du diese Schrift? Es könnte ja sein, nicht wahr, dass …«

Tatianus warf einen Blick auf das Schreiben, schüttelte den Kopf und erklärte entschieden: »Nein. Sie ist mir vollkommen unbekannt.«

»Bist du sicher?«, fragte Tillia.

»Absolut.«

»Kennst du denn die Schrift all deiner Leute?«

»Natürlich – das heißt, sofern sie überhaupt schreiben können.«

»Und … wer ist das?«

»Na, zum Beispiel Novius Niger, Sabinus, Silius und natürlich Laches.«

»Sind das alle?«

»Ich denke, ja.«

Brennend gern hätte sie Tatianus nun gebeten, ihr einen Text von der Hand Novius Nigers zu zeigen. Sie unterließ es, denn sie konnte den obersten *Conditor* nicht mit dem Anschlag in Verbindung bringen, solange sie nicht irgendeinen handfesten Beweis dafür in Händen hielt. Also doch ein Fremder?

Sie verließen das Kontor und begaben sich ins Krankenzimmer. Commius lag mit geschlossenen Augen auf dem Bett, die Hände seitlich am Körper über der Decke ausgestreckt. Athenodoros beugte sich über ihn und betrachtete konzentriert seine Züge.

Tillia sagte leise: »Wenn er schläft, sollten wir ihn in Ruhe lassen, Doro. Er muss neue Kräfte sammeln.«

Athenodoros berührte eine Hand des Liegenden. Hob sie an. Ließ sie los. Sie fiel kraftlos zurück. Er beugte sich noch tiefer, öffnete mit Zeigefinger und Daumen die Lider eines Auges und studierte die Pupille.

Dann erhob er sich, drehte sich langsam um und sah Tillia an. Sein Gesicht war wie erstarrt. Tonlos sagte er: »Er schläft, ja, aber er schläft einen Schlaf, aus dem ihn kein Gott mehr erwecken kann.«

Tillia, Tatianus und Pankrates wechselten betroffene Blicke.

Tatianus trat neben Athenodoros, blickte auf den Liegenden hinunter und stammelte fassungslos: »Bist du … bist du sicher?«

Athenodoros nickte. Plötzlich fragte er: »Wo ist Sabinus?«

»Sabinus?« Tatianus dachte nach. »Er ist vor einer halben Stunde nach Hause gegangen.«

»Wie bitte?«, fiel ihm Tillia ins Wort und sah ihn erstaunt an. »Warum denn das?«

»Eine plötzliche Herzattacke. Ich habe ihm meinen eigenen Wagen zur Verfügung gestellt.«

Tillia war plötzlich hellwach. »Hat er öfters solche … Attacken?«

»Wie? Nein, ich kann mich nicht …«

»Hat er, bevor er die Factio verließ, noch nach Commius gesehen?«

»Ja, natürlich. Ich war dabei! Warum fragst du, Tillia?«

»Weil es wichtig ist!« Sie war nicht – noch nicht gewillt die Gedanken, die ihr in diesem Augenblick durch den Kopf schossen, vor Tatianus in Worte zu fassen.

Währenddessen schaute sich Athenodoros suchend im Raum um und fand, was er brauchte: eines dieser hölzernen, flachen Stäbchen, die ein Arzt immer in Reichweite hatte, um einem Patienten in den Mund zu schauen. Er zog einen Hocker neben die Liege, öffnete den Mund des Toten und drückte mit dem Holz die Zunge nach unten. Er näherte seine Nase der Öffnung und sog mehrmals die Luft ein. Dann betrachtete er konzentriert die Zunge und nickte mehrmals wortlos vor sich hin. Anschließend öffnete er noch einmal beide Augen und studierte sehr genau die Pupillen und ihre Umgebung. Zum Schluss hob er eine Hand, betrachtete ihre Innen- und Außenseite und widmete sich besonders aufmerksam den Fingernägeln.

»Und?«, fragte Tatianus. »Was bedeutet das alles?«

Athenodoros gab darauf keine Antwort, sondern sagte zu Tillia: »Du solltest dich nun abwenden. Es wird unappetitlich.« Tillia hielt erschrocken die Hand an den Mund, ging zu einer Ecke des Raumes und schaute doch fasziniert hinüber.

Athenodoros winkte Pankrates mit der Hand herbei. »Hilf mir!« Er schlug die Decke zurück. »Heb ihn an den Beinen hoch!«

Pankrates führte die Anordnung aus und Athenodoros streifte die Tunika des Toten nach oben. Die Glieder ließen sich leicht bewegen. Die Leichenstarre war noch nicht eingetreten.

»Bitte noch höher!«

Pankrates tat es und sah, dass Commius breiigen, fast flüssigen Stuhl abgegeben hatte. Ein fürchterlicher Gestank stieg vom Lager auf, sodass Tatianus, der alles aus nächster Nähe verfolgt hatte, sich angewidert abwandte. Unbeeindruckt davon tastete Athenodoros die Haut an Bauch, Brust, Rücken und Beinen ab, roch an den Fingerspitzen und nickte. Dann erklärte er: »Danke, das genügt. Du kannst ihn wieder hinlegen.«

Pankrates senkte den Körper langsam ab. Athenodoros zog die Decke hoch, bis sie den Körper und auch das Gesicht des Toten bedeckte. Dann reckte er sich, warf Tillia einen bedeutsamen Blick zu, ging zum Wasserbecken in der Ecke, wusch sich sorgfältig die Hände und trocknete sie mit einem Leinentuch ab.

Tatianus, der ebenso neugierig wie erstaunt die Untersuchung des Leichnams verfolgt hatte, fragte erstaunt: »Ich bitte dich, was bedeutet das denn alles?«

»Tatianus, ich habe dir eine wichtige Mitteilung zu machen.«

»Ja bitte?« Er hing an den Lippen des Arztes.

»Nicht hier. Lass uns in dein Kontor gehen.«

Als sie den Raum betraten, sortierte Laches mit einem Schreiber irgendwelche Akten. Tatianus schickte beide nach draußen, schloss die Tür und nahm hinter seinem Arbeitstisch Platz. Auch die andern setzten sich.

»Bitte!« Tatianus hob die Hand und sah Athenodoros gespannt an.

Der Arzt lehnte sich zurück und schaute eine Weile auf den Boden, was die Spannung erhöhte. Schließlich hob er den Blick und teilte allen mit: »Commius ist vergiftet worden.«

»Nein!«, rief Tatianus, beugte sich vor und blickte Athenodoros, dann Tillia und Pankrates an. »Bei den Göttern! Athenodoros, weißt du, was du da sagst?«

»Ich bin mir völlig sicher. Alle Anzeichen sprechen dafür. Wahrscheinlich wurden sogar zwei Gifte verwendet: Extrakte von *Aconitum Napellus* und von *Conium Maculatum*. Das erste, auch bekannt unter dem Namen Blauer Eisenhut, enthält eine der giftigsten Substanzen, die wir überhaupt kennen, nicht wahr. Schon das Riechen an der lebenden Pflanze kann Vergiftungen hervorrufen. Im vorliegenden Fall wurde mit Sicherheit der aus der Wurzel gepresste Saft zur Anwendung gebracht. Schon der zehnte Teil einer Unze wirkt bei einem gesunden Erwachsenen absolut tödlich. Neben gewissen Veränderungen der Haut und der Augen ist besonders der stark verflüssigte und äußerst übel riechende Stuhlabgang ein sicheres Zeichen, dass bei Commius *Aconitum Napellus* im tödlichen Spiel gewesen ist. Ich bin freilich ziemlich sicher, dass zusätzlich auch noch *Conium Maculatum* eingegeben wurde. Der Saft des gefleckten Schierlings wirkt zwar anders, aber das war dann ja auch das Ziel des Mörders, nicht wahr. Die Früchte der Pflanze weisen eins bis drei vom Hundert des tödlichen Giftes auf. Auch hier genügt schon die Dosis einer Zehntelunze, um einen gesunden Menschen umzubringen. Das wussten schon die Alten, nicht wahr, wie man bei Plato nachlesen kann, denn der Schierlingssaft kam bekanntlich bei der Vollstreckung des Todesurteils gegen Sokrates zur Anwendung.«

Nach dieser mehr allgemeinen Einleitung kam er zur Sache und fuhr fort: »Nach Einnahme des Giftes stellen sich schon binnen kurzem Übelkeit, Erbrechen und Durchfälle ein. Letzteres haben wir bei Commius festgestellt. Dass er sich nicht zusätzlich erbrochen hat, liegt einmal an der Kombination des Schierlingsgiftes mit dem *Aconitum* des Eisenhuts, vor allem aber an der ohnehin sehr geschwächten Konstitution des Verletzten. Einziger Trost, nicht wahr, ist, dass er nicht lange hat leiden müssen. Erfolgt doch normalerweise der Tod durch Atemlähmung bei völlig erhaltenem Bewusstsein.«

»Welch schrecklicher Tod!«, flüsterte Tillia und fuhr sich über die Augen. Doch sie fasste sich schnell. Es hatte sich eine völlig neue Situation ergeben: Sabinus hatte geradezu fluchtartig die Factio verlassen, wobei die Herzattacke nur ein Vorwand sein konnte; Laches war frühmorgens oft der Erste, der auf dem Gelände erschien, auch heute war er der Erste gewesen; der Erpresserbrief war von keinem Angehörigen der Grünen geschrieben worden, wenn es stimmte, was Tatianus behauptete, nämlich die Handschrift all derer zu kennen, die schreiben konnten. Und nun die Vergiftung des bereits mit dem Tode ringenden Commius. Eins war in diesem Fall allerdings klar: Das Gift musste Commius von einem Angehörigen der Factio eingegeben worden sein – und zwar nach der Visite von Sabinus, bei der ja Tatianus zugegen war. Nach dem, was Athenodoros soeben ausgeführt hatte, musste das Gift sehr schnell, wahrscheinlich innerhalb weniger Augenblicke wirken. Jetzt gab es nur noch einen einzigen lebenden Zeugen, der vielleicht etwas zur Erhellung der Anschläge beitragen konnte: Silius.

»Tatianus!« Sie zwinkerte schon wieder lebhaft und sah den Chef an, der zusammengesunken und kraftlos auf seinem Stuhl saß. »Eine Frage: Wann hat Cornelius Sabinus das Gebäude verlassen?«

»Gleich nachdem er zusammen mit mir nach Commius geschaut hatte.«

»Aha. Und wann war das?«

»Das war … vor etwa einer Stunde.«

»Und wo ist Novius Niger?«

»In der Stadt.«

»In der Stadt?« Vor Überraschung hielt sie eine Weile den Mund offen.

»Ja, warum denn nicht? Er macht für mich ein paar Besorgungen, da ich hier gebunden bin. Er wird wohl erst am Abend zurück sein.«

»Verstehe. Ich habe eine Bitte, Tatianus.«

»Sprich, Tillia.«

»Ich möchte, dass du mir dieses Schreiben«, sie wies auf das gefaltete Blatt auf der Tischplatte, »bis morgen überlässt.«

»Warum?«

»Ich möchte jemanden zurate ziehen.«

»Etwa Asinius Gallus?«

»Nein. Es handelt sich um einen Fachmann, der wie kein Zweiter Erfahrung mit Schriften hat.«

»Kenne ich ihn?«

»Ich denke, ja. Es ist Pollius Valerianus.«

»Der Verleger und Buchhändler? Aber Tillia, was versprichst du dir davon?«

»Einiges. Was es im Einzelnen bringen wird, kann ich dir jetzt noch nicht sagen. Es käme auf den Versuch an.«

»In Ordnung. Aber ist er … verschwiegen?«

»Ich kenne und schätze ihn seit langem. Er wird schweigen.«

»Also gut. Zuvor lasse ich aber eine Abschrift anfertigen.«

Er stand auf und verließ den Raum, um Laches die Kopie schreiben zu lassen.

XXIII

»Gute Göttin! Ich weiß nicht mehr, wo mir der Kopf steht.« Tillia ließ sich mit einem tiefen Seufzer im bequemsten Korbsessel des Tablinums nieder. »Und ich frage mich, was ich als Erstes anpacken soll.«

»Welche Alternativen gibt es denn?«, fragte Athenodoros, der am Fenster stand und auf die belebte Straße blickte.

»Na, ich könnte zu Pollius gehen und ihn wegen der Schrift befragen. Oder Asinius Gallus aufsuchen. Vielleicht weiß er was Neues. Oder Caenis … oder diesen schmierigen Kerl mal so richtig ausquetschen …«

Athenodoros drehte sich um. »Wen meinst du?«

»Diesen Alleius Nigidius Maius. Ihm gehört das Haus, in dem Dacius gewohnt hat. Ich habe da so ein Gefühl, als ob er … Allein dass er mir auf der Stelle Avita überlassen hat, nachdem ich nur etwas Druck auf ihn ausgeübt habe, macht ihn mir verdächtig. Und er ist mit Novius Niger gut bekannt. Er war mit ihm zweimal im *Siebengestirn* essen. Ich weiß das von Avita. Sie war dabei.«

»Gut, gut, Lunula, aber du solltest keine voreiligen Schlüsse daraus ziehen. Immerhin war Novius Niger zu dem Zeitpunkt nicht in der Factio, als Commius das Gift eingegeben wurde.«

»Woher willst du das wissen?«

»Nun, äh, ich habe doch ausführlich dargelegt, warum die Gifte – und es handelte sich mindestens um zwei – schon nach wenigen Augenblicken tödlich wirkten. Und der Körper von Commius war noch warm, nicht wahr, die Starre noch nicht eingetreten. Daraus ist zu folgern, dass ihm das Gift spätestens eine halbe Stunde vor unserem Erscheinen verabreicht worden ist.«

»Aber du stimmst mir doch zu, Doro, dass es jemand vom Personal gewesen sein muss, der Commius vergiftet hat!«

»Gewiss, ja, denn ein Fremder wird zurzeit nicht hereingelassen.«

Sie schwiegen und hingen eine Weile ihren Gedanken nach. Schließlich gab Athenodoros sich einen Ruck und sagte: »Ich muss nach Silius schauen. Sollte in der Zwischenzeit da drüben irgendetwas passiert sein, schicke ich sofort den Glykon mit Nachricht. Also, was wirst du unternehmen?«

»Pollius Valerianus aufsuchen.«

»Das ist gut. Dann können wir ein Stück zusammen gehen.«

Melitta war aus dem Palast noch nicht zurück, woraus Tillia schloss, dass Caenis sich unverzüglich an die Beschaffung des erbetenen Materials gemacht hatte, was sicherlich einige Zeit in Anspruch nehmen würde. Avita kam aus der Küche und fragte nach den Wünschen der Herrin bezüglich des Mittagessens.

»Wenn überhaupt, dann was Kaltes, Kind. Es kann aber sein, dass ich überhaupt nicht zum Essen komme. Also am Besten einen gemischten Salat mit Schafskäse. Nichts Besonderes. Du kannst ihn im *Siebengestirn* holen.«

Pankrates, der Avita in der Küche Gesellschaft geleistet hatte, kam ebenfalls in den Flur und schob sich ein Stück Schinken in den Mund. Er fühlt sich hier wie zu Hause, dachte Tillia und lächelte ihm freundlich zu. Und Avita gefällt ihm!

Sie verließen die Wohnung, wandten sich vor dem Haus nach links und gingen stadteinwärts. Nach wenigen hundert Schritt war das Ende des Argiletums erreicht und Athenodoros trennte sich von Tillia und Pankrates.

»Ich komme am Nachmittag vorbei.«

»Hoffentlich bin ich dann da.« Tillia gab ihm einen Kuss auf die Wange.

»Pass gut auf sie auf!«, schärfte Athenodoros dem athletischen Mann mit dem sensiblen Gesicht ein. Und er meinte es ernst.

Anders als Theodoros, der nun einige deftige Beteuerungen von sich gegeben und allen Verbrechern der Subura den Kampf angesagt hätte, bis sie samt und sonders vom Erdkreis verschwunden wären, sagte Pankrates nur: »Das werde ich tun.«

Sie trennten sich.

Der Laden von Pollius Valerianus, unmittelbar am Schnittpunkt des Argiletums mit dem Vicus Cuprius gelegen, befand sich in der besten, renommiertesten und somit teuersten Geschäftslage, die Rom zu bieten hatte. Von dieser Kreuzung aus erreichte man binnen kurzem alle Hügel, das benachbarte Forum Romanum, auch Capitol und Palatin, das Marsfeld, das Forum Boarium, den Tiber und seine Brücken. Wer in der Innenstadt Besorgungen zu tätigen hatte, kam irgendwann im Laufe des Tages hier vorbei.

Verlag und Buchhandlung waren schon seit vier Generationen im Besitz der Familie. Der Urgroßvater des jetzigen Namensträgers hatte noch die Schriften Catulls, Cornificius' und anderer »Neutöner« verlegt, Cicero und Caesar waren hier ein und aus gegangen. Der Vater des jetzigen Inhabers, noch mit Vergil und Horaz befreundet, war vor drei Jahren hochbetagt gestorben. Er hatte sich unter Tiberius einigen Ärger eingehandelt, weil er es entgegen dem Verdikt des Kaisers gewagt hatte, einige unverfängliche Titel aus dem Werk des in der Verbannung lebenden Dichters Ovid weiterhin zu veröffentlichen. Nur der Tod des verbitterten, einsamen und misanthropischen Alten auf Capri hatte den Verleger vor einem Prozess gerettet.

Da Verlag und Buchhandlung immer vom Vater auf den ältesten Sohn übergingen, trugen alle Inhaber seit Generationen den gleichen Namen: Quintus Pollius Valerianus. Es hieß, die Familie sei ursprünglich adliger Herkunft gewesen, habe aber aus Gründen, die nicht mehr bekannt waren, ihr Adelsprädikat schon in der mittleren Republik verloren. Doch das spielte nun keine Rolle mehr. Die Reputation des Hauses war inzwischen so gewachsen, dass sie nicht nur das Prestige des verarmten, einflusslosen Uradels, sondern erst recht das eingebildete Ansehen neureicher Provinzaristokraten in den Schatten stellte. Und der jetzige Patron der Firma, der vierundfünfzigjährige Quintus Pollius Valerianus, hatte keine Hemmungen dies bei gegebenem Anlass auch deutlich zu zeigen. Sein Sarkasmus war gefürchtet.

Neben dem Stammhaus im Argiletum betrieb Pollius Valerianus noch zwei weitere Buchläden, einen in unmittelbarer Nähe des Pompeiustheaters, einen zweiten an der Einmündung der Via Recta in die Via Lata. Er hatte den Tod des in vielerlei Hinsicht altersstarren Vaters abwarten müssen, der strikt gegen dieses »neumodische Zeug« gewettert hatte, womit er vor allem die frechen Produkte aus der Feder eines Martial meinte, aber auch die Gefälligkeitserzeugnisse für einen »verwässerten Publikumsgeschmack, dem die Schriften der Alten nichts mehr bedeuten«.

Der Sohn hatte unmittelbar nach dem Hinscheiden des Vaters mit der Expansion der Firma begonnen. Im Stammhaus wurde nach wie vor der klassische Kanon griechischer und römischer Autoren verlegt und verkauft, doch scheute er sich nicht, die gesellschaftskritischen Epigramme eines Martial herauszubringen, die sich wachsender Beliebtheit bei seinen Kunden erfreuten. Die Zweigstellen auf dem Marsfeld widmeten sich mehr der Reiseliteratur wie der leichten Unterhaltung.

Als Tillia mit Pankrates den Laden betrat, unterhielt sich Pollius gerade mit einem uralten Männchen – dem greisen Asconius Pedianus. Pollius musste sich zu ihm herunterbeugen und sprach sehr laut, damit Asconius, der an zunehmender Schwerhörigkeit litt, ihm auch folgen konnte. Trotzdem hielt Asconius immer wieder in einer reflexartigen Bewegung die Hand ans Ohr, auch dann, wenn er sehr wohl verstanden hatte, was Pollius sagte. Tillia schmunzelte, denn die Geste erinnerte sie lebhaft an ihren Vater.

Einer von Pollius' Angestellten näherte sich Tillia und fragte nach ihren Wünschen.

»Nun«, sie zwinkerte, »ich möchte wissen, ob das Haus etwas aus der Feder eines gewissen Decimus Iunius Iuvenalis vorrätig hat.«

»Iuvenalis?« Der wohlerzogene junge Mann hob die Augenbrauen. »Nein, Herrin, aber der Herr ...«

»Was gibt es?«

Pollius, der offenbar ihre Frage und die ratlose Reaktion des Sklaven mitbekommen hatte, wandte sich um.

»Ah, Tillia Capriola! Eine Freude, dich wieder zu sehen.«

»Ganz meinerseits, Pollius.«

»Du fragtest nach einem gewissen Iuvenalis?«

Sie nickte und er fuhr fort: »Welch ein seltsamer Zufall! Auch Asconius erkundigt sich gerade nach diesem Autor.«

»Wie?« Asconius' Hand fuhr ans Ohr. Pollius wiederholte seine Äußerung.

»Wieso Zufall, he?«, rief der Alte mit hoher Stimme. »Tillia und ich kennen diesen jungen Mann sehr gut. In Kürze wird ganz Rom von ihm sprechen! Nicht wahr, Tillia Capriola?«

»So ist es.« Und zu Pollius: »Asconius hat ihn bereits zu einem seiner literarischen Abende eingeladen! Nicht wahr, Asconius?«

»Wie? Ja, natürlich, natürlich. Er hat neulich sein Debüt bei Antonius Felix gegeben. Alle waren hingerissen. Sogar Felix! Und das will doch wohl schon etwas heißen, nicht wahr, denn Felix hat es an und für sich nicht mit jungen frechen Leuten. Nicht wahr, Tillia Capriola?« Er pflegte sie immer bei ihrem vollen Namen zu nennen.

Dann wechselte er, wie es seine Art war, urplötzlich das Thema und rief, dabei lebhaft gestikulierend: »Aber was rede ich da! Ich muss weiter ... weiter. Die Götter haben mir nur noch eine Schonfrist gegeben. Arbeit wartet ... sehr viel

Arbeit! Und da ist niemand, der sie mir abnimmt, niemand! Jede Stunde ist kostbar. Und das Werk Ciceros fordert den ganzen Mann ... den ganzen! Haltet mich nicht auf! Keine Zeit ... keine ... *Valete*!«

Mit kleinen flinken Schritten, die man einem Dreiundachtzigjährigen kaum zugetraut hätte, eilte er davon.

Tillia schaute ihm lächelnd nach. Pollius meinte: »Es ist nicht zu fassen. Er hat immer noch das Temperament eines Zwanzigjährigen.«

»Der Mann wird hundert!«, behauptete Tillia.

»Das hoffe ich. Er muss noch seine Kommentare zu Ciceros Prozessreden fertig stellen.« Er seufzte. »Es ist zwar ein Verlustgeschäft, aber ich bin das dem Cicero, dem Asconius und auch mir selbst schuldig. Allmählich sterben die Leute aus, die noch in der Lage sind die komplizierten politischen Verhältnisse in den letzten Jahren der Republik zu durchschauen. Darum versuche ich für die Nachwelt zu retten, was noch zu retten ist.«

Er hatte das mit zunehmendem Ernst von sich gegeben. Nun schaute er Tillia an, grinste und meinte: »Martial hat mir noch vor ein paar Tagen diesen jungen Mann ... wie heißt er noch ...?«

»Decimus Iunius Iuvenalis.«

»... also diesen Iuvenalis hat er mir empfohlen.«

»Oh, das ist aber nett von ihm. Da kommt nämlich Konkurrenz auf ihn zu!«

»Warten wir's ab. Es ist noch kein Meister vom Himmel gefallen. Kennst du ihn?«

»Allerdings.«

»Dann schick ihn doch einmal mit einigen Texten aus seiner Feder vorbei!«

»Gern, Pollius. Aber deswegen bin ich nicht hier.«

»Sondern?«

Sie trat nahe an ihn heran und sagte leise: »Ich möchte mit dir über eine Sache von ... von einiger Brisanz reden.«

»Sagtest du Brisanz?« Überrascht schaute er sie aus seinen großen dunklen Augen an.

»So ist es.« Sie blickte zur Seite, vergewisserte sich, dass niemand mithören konnte, und fügte hinzu: »Es hat etwas mit den Vorfällen bei den Grünen zu tun.«

»Verstehe … Das heißt, ich verstehe gar nichts. Aber du wirst es mir erklären. Lass uns in mein Arbeitszimmer gehen, wo wir ungestört sind.«

Jetzt erst schien er den etwas abseits stehenden Pankrates wahrzunehmen. Tillia entging nicht sein fragender Blick und sie erklärte: »Pankrates! Aus dem Ludus Magnus. Mein Beschützer. Auf allerhöchsten Befehl.«

Und Pollius, höchst erstaunt: »Bist du in Gefahr?«

»Ja. Ich erklär dir's später.« Sie bat Pankrates hier zu warten und ein Auge auf den Eingang zu werfen.

Zusammen mit Pollius durchquerte sie den riesigen Verkaufsraum, der sich über das gesamte Erdgeschoss des fünfstöckigen Hauses erstreckte. Er wurde von massiven Travertinpfeilern, die mächtige alte Gewölbe trugen, in einzelne Bereiche gegliedert. Im hinteren Teil brannten an den Wänden, Pfeilern und auf den Lesetischen Öllampen und Kerzen, während der vordere sein Licht von der Straße her erhielt, da beide Eingänge weit offen standen. Überall deckenhohe Regale, gefüllt mit Buchrollen, die nach verschiedenen Wissens- und Sachgebieten geordnet waren. An einigen Tischen saßen interessierte Kunden, in Schriftrollen vertieft und noch unschlüssig, ob sie das eine oder andere Exemplar erwerben sollten.

Alles in diesem Raum strahlte eine zeitlose Gediegenheit aus. Man hatte es nicht nötig, neumodischen Firlefanz in Mobiliar und Wandschmuck aufzubieten, um die Kundschaft zu beeindrucken. Wer hierher kam, suchte nach dem zeitlosen Erbe der Vergangenheit, wie es sich in Wort und Schrift niedergeschlagen hatte. Wer auf Unterhaltsames aus war, ging zur Konkurrenz in der Nachbarschaft oder aufs Marsfeld.

Pollius' Kontor lag am linken hinteren Ende des Ladens; rechts daneben schlossen sich mehrere Arbeitsräume an, in denen an die zwei Dutzend Schreiber an Stehpulten nach Diktat die Werke vervielfältigten, die augenblicklich besonders gefragt waren. Durch ein großes Fenster, dessen Flügel weit offen standen, ging der Blick in einen schönen alten Garten. An drei Seiten war er von steinernen Pergolen gefasst, deren helle Kalksteinsäulen ebenso wie das altersdunkle Gebälk von wuchernden Weinreben umschlungen wurden. Der Raum selbst war karg eingerichtet: an den Wänden Regale mit Schriftrollen, vor dem Fenster der große Arbeitstisch aus dunkelrot gebeiztem Kirschbaum, bedeckt mit Notizblättern, Schriften und Schreibzeug, davor ein hochlehniger gepolsterter Stuhl mit geschnitzten Tierköpfen an den Lehnenenden, abgegriffen und speckig; in einer Nische ein zweiter, kleinerer Rundtisch mit zwei grazilen Korbsesseln.

Pollius bat Tillia, dort Platz zu nehmen.

Sie holte aus ihrem ledernen Umhängebeutel den Erpresserbrief hervor, faltete ihn auseinander und reichte ihn kommentarlos Pollius.

»Was ist das?«, fragte dieser.

»Bitte, lies!«

Er beugte sich vor, damit das Licht vom Fenster voll auf das Blatt traf, überflog den kurzen Text und stellte sachlich fest: »Nun, das war doch wohl zu erwarten. Leider bringt das den guten Tatianus nicht weiter. Schrecklich für ihn. Und das zwei Tage vor dem Rennen!«

Er wollte ihr das Blatt zurückgeben, doch Tillia hob die Hand: »Pollius Valerianus! Du giltst als einer der besten Schriftkenner von Rom und hast, wie ich weiß, vor drei Jahren in einem anderen Fall von Erpressung die Spur zum Täter gefunden. Ich war damals im Publikum und habe deine scharfsinnigen Gedankengänge und Argumente vor Gericht bewundert. Bitte, schau dir diese Schrift noch einmal genau an! Wie würdest du den Schreiber charakterisieren?«

Pollius stand auf, ging zum Fenster und betrachtete konzentriert das Blatt. Dabei formulierte er wie im Selbstgespräch seinen Eindruck: »Der Text ist in großer Eile zu Papier gebracht worden … Dabei hat sich der Schreiber offenbar vertan, denn *Sesterzen* hatte er zunächst mit *ae* geschrieben.«

Tillia trat neben ihn. Er zeigte es ihr. Sie schüttelte erstaunt den Kopf und sagte: »Das war mir überhaupt nicht aufgefallen.«

»Doch, doch!«Pollius nickte. »Schau hier … Das *a* des *ae's* wurde zwar von einem Spritzer dieses Kleckses halb verdeckt, aber es ist noch deutlich zu erkennen, wenn er es auch zum Schluss durchgestrichen hat. Du erlaubst?«

Er zog sich den Stuhl heran und setzte sich, griff nach einem halbkugelförmigen Glas, legte es auf das Blatt, beugte sich darüber und studierte die Schrift. Dann schob er das Vergrößerungsglas zurück und sagte: »Kein Zweifel, er hat sich verschrieben.«

»Was schließt du daraus?«

»Nun …« Er lehnte sich zurück. »Es dürfte sich beim Verfasser dieser Zeilen um jemanden handeln, der die schriftliche Form der lateinischen Sprache nicht vollkommen beherrscht. Entweder handelt es sich bei ihm um einen Ausländer oder um jemanden mit einer miserablen Bildung. So schreiben Leute, die über die Anfangsschwierigkeiten der Orthografie nicht hinausgekommen sind.«

»Du meinst ein Sklave?«

»Nicht unbedingt. Viele Römer schreiben so. Einfach nach dem Klang eines Wortes. Ich kenne Senatoren, die so schreiben!«

»Nein!«

»Aber ja doch. Es muss sich im Übrigen um einen einfach strukturierten Mann handeln.«

»Ahja? Und warum?«

»Weil zu dieser fehlerhaften Orthografie diese, wenn du willst, plebejische Formulierung passt: *Zehn Millionen Sesterzen. Und ihr habt die Hengste wieder.* Dazu passt ferner, dass er, obwohl es nur drei kurze Sätze sind, es nicht für nötig befunden hat, den ordinären Klecks zu beseitigen beziehungsweise den Text auf ein neues Blatt und dann sauber zu schreiben.

Dazu passt auch, dass es sich bei diesem Papyrusblatt um eines der schlechtesten Qualität handelt. Es ist das Billigste, was man kaufen kann.«

»Interessant.« Sie zwinkerte. »Und das bedeutet?«

»Es könnte sich um jemanden handeln, der bei allem aufs Geld schaut. Etwa ein Mann, der aus ganz kleinen Verhältnissen stammt und sich zu einer höheren Stufe seines Einkommens hochgearbeitet hat, dabei aber die früh geübte Tugend der Sparsamkeit beibehalten hat. Allerdings ...«

»Ja?«

»Er scheint in großen Geldschwierigkeiten zu stecken. Zehn Millionen Sesterzen! Das ist eine gewaltige Summe. Ich denke, er hat sich bei seinen Geschäften – welcher Art sie auch immer sind – in finanzielle Schwierigkeiten hineinmanövriert und hofft nun mit einem Schlag alle Sorgen loszuwerden. Daraus kann man wiederum schließen, dass es sich um jemanden handeln muss, der gewohnt ist, mit großen Summen umzugehen, was nicht der von mir geäußerten Vermutung widerspricht, er könne aus kleinen Verhältnissen stammen. Aber bitte, das sind alles nur Vermutungen.«

Er gab Tillia das Blatt zurück. Sie faltete es, steckte es zurück in den Beutel und sagte: »Du hast mir sehr geholfen, Pollius. Danke!«

»Keine Ursache, Tillia. Wenn du mir nun aber die Frage erlaubst: Was hast du mit der ganzen Sache zu tun?«

Mit wenigen Worten teilte sie ihm so viel mit, wie sie verantworten zu können glaubte. Dabei nannte sie keinen der Namen, die sie schon in den inneren Kreis der Verdächtigen genommen hatte.

»Ach, da fällt mir ein«, meinte Pollius und griff sich an die Stirn, »ich habe da ein Buch für dich!«

»Für mich?« Sie zwinkerte. »Etwa eine Schrift über die Quellen des Nils?«

»So ist es. Ich glaube, dein Vater hatte dafür Interesse bekundet.« Er ging zu einem Regal, entnahm ihm einen runden Lederbehälter und fuhr fort: »Sie soll von Poseidonius aus

Rhodos stammen, doch da hege ich erhebliche Zweifel, wenn der Mann auch über die verschiedensten Gegenstände geschrieben hat. Viele kleinere Geister verstecken sich ja hinter dem Namen der Großen. Bitte!«

Er überreichte ihr den Behälter.

»Was bin ich dir schuldig?«, fragte Tillia.

»Du würdest mir eine Freude bereiten, wenn ich sie dir, das heißt deinem Vater, schenken dürfte.«

»Aber Pollius!«, rief sie. »Das geht doch nicht!«

Er lächelte bescheiden. »Sagen wir so: Ich bin deinem Vater Claudius Balbinus einiges schuldig. Hätte er vor fünfzehn Jahren nicht seinen ganzen Einfluss für mich eingesetzt, wäre mein Laden geschlossen worden. Ich hoffe, dass ihm die Schrift bei seiner Arbeit über Ägypten weiterhilft.«

»Das ist sehr freundlich von dir. Danke! Auch im Namen meines Vaters.«

Sie entsann sich vage: Damals hatte einer der Konkurrenten von Pollius diesen bei Hofe angeschwärzt: Er veröffentliche und verkaufe unter der Hand Schmähschriften über das Sexualleben Neros.

Sie reichte ihm die Hand. »Wenn die schreckliche Geschichte vorbei ist, werde ich mit ihm vorbeikommen. Er wagt sich nicht mehr allein in die Stadt.«

»Das kann ich verstehen. Grüße ihn herzlich!«

»Gern.«

»Und berichte mir gelegentlich, wie die Sache ausgegangen ist. Die Wetten stehen übrigens vierzehn zu drei.«

»Ach ja? Und gegen wen?«

»Gegen Diocles.«

»Dass er nicht an den Start geht?«

»So ist es.«

»Abwarten! Diocles wird starten.«

XXIV

Auf dem Rückweg zu ihrer Wohnung beschäftigte Tillia nur ein Gedanke: Auf wen konnte die kluge und sehr differenzierte Beschreibung des Erpressers, die Pollius aus Form und Inhalt des Brief abgeleitet hatte, zutreffen? Auf Novius Niger? Niemals. Novius führte keine finanziellen Transaktionen in Millionenhöhe durch. Woher sollte er so viel Geld haben? Nun gut, er besaß ein kleines Gestüt vor der Stadt, aber da ging es nicht um solche Summen! Wahrscheinlich hielt er es überhaupt nur mit eiserner Sparsamkeit am Leben. Er wollte sich und anderen beweisen, dass er es sich leisten konnte. Männer wie Tatianus lächelten sicherlich über solchen Ehrgeiz. Im Übrigen war die Schrift auf dem Erpresserbrief nicht die von Novius Niger, wie Tatianus glaubwürdig versichert hatte. Silius schied ebenfalls aus, denn er war angestellter Veterinär bei den Grünen, kein selbstständiger Geschäftsmann. Ihm fehlte die Skrupellosigkeit zu Verbrechen dieser Größenordnung, mehr noch der kühl abschätzende Verstand und die kriminelle Energie, einen so gewagten Anschlag zu planen und in die Wege zu leiten. Außerdem schien er nun doch ein Problem mit dem Wein zu haben.

Aber wieso musste es sich überhaupt um einen Geschäftsmann handeln? Hinter dem Anschlag konnte ein vollkommen Fremder stehen, der nichts, aber auch gar nichts mit der Factio Prasina zu tun hatte, der es sich aber – aus was für Gründen auch immer – zum Ziel gesetzt hatte, ausgerechnet die Grünen zu erpressen. Wollte er etwa dem Kaiser eins auswischen? Denkbar war vieles. Aber noch wichtiger war die Frage: Wie war es dem Unbekannten gelungen, Angehörige der Grünen dazu zu bringen, einen … zwei … drei Morde zu begehen?

Tillia gab das Spekulieren auf. Sie hatten ihr Haus erreicht und gingen nach oben.

Melitta kam ihnen schon im Flur entgegen. Sie schniefte, fuhr sich über die Nase und teilte aufgeregt mit: »Die Herrin Caenis hat mich sogar in ihre Privatgemächer gebeten, Herrin!«

»Fein.«

»Dort musste ich lange warten.«

»Warum?«

»Weil … Sie hat gesagt, sie müsste sich selbst darum kümmern … und dann habe ich zu essen bekommen!«

»Hoffentlich hast du nicht so geschnieft wie jetzt.«

»Aber, Herrin!«

»Und hat sie dir was mitgegeben?«

»Aber ja. Ein ganzes Bündel. Hier.«

Sie reichte ihr eine schmale Tasche aus dunkelrotem Leder. Tillia wollte damit ins Tablinum gehen, als Avita aus der Küche kam und höflich fragte, ob die Herrin in Kürze den Salat zu sich nehmen möchte.

»Danke, ja. In einer Viertelstunde, Kind. Aber Pankrates wird großen Hunger haben. Kümmer dich bitte um ihn.«

Die beiden verschwanden in der Küche. Tillia ging ins Tablinum, schloss die Tür und legte die Mappe auf den Tisch. Dann zog sie einen Stuhl heran, ließ sich mit einem Seufzer nieder und entnahm der Tasche ein Bündel Papyrusblätter, das mit einem über Kreuz geknoteten und gesiegelten Seidenband zusammengehalten wurde. Sie brach das Siegel und entfernte vorsichtig das Band. Sofort erkannte sie Caenis' feine Handschrift.

Caenis grüßt ihre Freundin Tillia Capriola.

Es hat etwas länger gedauert, als du wohl erwartet hast. Doch ich wollte keinen Dritten mit diesen heiklen Dingen konfrontieren. Die ganze Stadt lauert ja nur darauf, wie der Palast in der Angelegenheit reagieren wird. Also habe ich mich selbst ins Geheimarchiv begeben und die einschlägigen Akten durchgesehen.

Zur Sache! Fast alle Personen, über die du etwas wissen möchtest, haben dunkle Flecken in ihrer Vergangenheit. Doch ich berücksichtige im Folgenden nur das, was dir vielleicht weiterhelfen kann. Weil die Zeit drängt, fasse ich mich kurz, möchte dich aber dringend bitten diese Aufzeichnungen nach der Lektüre ohne Verzug zu vernichten, damit sie nicht in falsche Hände geraten und missbraucht werden können.

Caecina: Der Chef der Roten ist von maßlosem Ehrgeiz getrieben die Grünen für alle Zeiten auf den zweiten Platz zu verweisen. Er hat sich mit Tatianus überworfen. Die beiden gehen sich aus dem Wege. Wenn er auch ein schäbiger Opportunist ist, halte ich Caecina dennoch nicht für den Mann, der zu verbrecherischen Mitteln greift, um den Grünen zu schaden. Würde er doch das Wohlwollen des Kaisers, der ihn schon mehrfach wegen früherer Verdienste ausgezeichnet hat, aufs Spiel setzen. Letzteres trifft übrigens ebenso für die Chefs der Blauen wie der Weißen zu, wenn sie auch allerlei Dreck am Stecken haben.

Tatianus: Ein integrer Mann mit ausgeprägtem Gerechtigkeitssinn, der sich nicht scheut unerträgliche Dinge ebenso wie Personen beim Namen zu nennen, wodurch er sich natürlich zahlreiche Feinde macht. Ich schätze ihn sehr.

Cornelius Sabinus: Stiller, unbescholtener Mann bescheidener Herkunft. Sehr pflichtbewusst. Ist noch nie in irgendeiner Weise negativ aufgefallen. Hat sich von ganz unten bis zum Chefarzt der Grünen hochgearbeitet.

Silius: Ein Mann mit einfachem Gemüt. Fühlt sich durch Tatianus zurückgesetzt, da er sich Hoffnungen gemacht hatte den Posten des Chefarztes der Grünen zu bekommen. Doch Sabinus wurde vorgezogen.

Novius Niger: Ein vom Ehrgeiz zerfressener Mann. Will immer alles besser machen als alle andern. Exotische Herkunft. Hypernervös. Wahrscheinlich Magengeschwüre. Stets misstrauisch. Noch nie negativ aufgefallen. Typischer Befehlsempfänger. Ohne Eigeninitiative. Undurchschaubar. Verschlossen. Sein Verhältnis zu Tatianus ist nach außen hin jedenfalls ohne Spannungen. Besitzt vor der Stadt ein kleines Gestüt. Äußerst sparsamer Mann.

Alleius Nigidius Maius: Schillernde Persönlichkeit. Ehemaliger Sklave. Hat mit Wettgeschäften beim Circus angefangen. Betreibt sie auch heute noch. Unter Nero ist es fast zu einem Prozess wegen Betrugs gekommen, der aber mithilfe potenter Freunde niedergeschlagen wurde. Schmieriger Typ. Zu seinen Freunden zählt Novius Niger.

Dacius: Über ihn liegt nichts Negatives vor. Er war noch nicht lange in Rom. Galt als großer Pferdekenner.

Diocles/Nymphidianus: Selbst wenn die Zwillinge, wie du weißt, in permanentem Wettstreit liegen, ist es absurd anzunehmen, dass Nymphidianus mit kriminellen Mitteln gegen den Bruder arbeitet. Auch wenn es bisweilen anders scheint: Die beiden lieben sich und einer ist stolz auf den andern.

Leider muss ich dir mitteilen, dass auch Asinius Gallus bisher keine handfesten Verdachtsmomente finden konnte, die es rechtfertigen würden, jemanden festnehmen zu lassen. Ich setze also nach wie vor auf deine intime Kenntnis der Factio Prasina und der genannten Personen. Falls du mich sprechen möchtest, ergäbe sich morgen früh dazu die Gelegenheit. Würde dir die vierte Stunde passen?

Dies noch: Bei all deinen Fahrten, Ritten oder Gängen durch die Stadt sind Asinius' Leute in deiner Nähe. Selbst wenn du nichts davon bemerkst, kannst du sicher sein, dass sie da sind. Sei trotzdem vorsichtig bei allem, was du unternimmst. Vale!

Tillia legte das letzte Blatt aus der Hand, stand auf und ging zum Fenster. Auf der anderen Straßenseite lehnten zwei junge kräftige Männer lässig an einem Pfeiler der Arkade und erzählten sich irgendetwas. Jetzt lachten sie. Es entging Tillia nicht, dass sie trotzdem immer wieder wachsam beide Seiten der Straße im Auge behielten.

Sie ging zurück zum Tisch und blickte nachdenklich auf die beschriebenen Blätter. Im Grunde hatte sie nichts Neues erfahren. Andererseits war gerade das erstaunlich. In unglaublich kurzer Zeit hatte Caenis wesentliche Gesichtspunkte über die genannten Personen aus irgendwelchen Geheimakten zusammengestellt.

»Gute Göttin!«, murmelte Tillia. Ein leichter Schauer lief ihr über den Rücken, als sie sich bewusst machte, was das bedeutete: Es gab im Palast eine Behörde, die tagein, tagaus damit beschäftigt war, Material zu sammeln über die Bürger der Stadt. Jeder, der irgendwann auffällig geworden, des Betrugs oder anderer Delikte überführt war oder nur auf einem verantwortungsvollen Posten saß, wurde dort von fleißigen, penibel registrierenden Leuten erfasst. Etwa auch sie selbst? »Sollen sie doch!«, murmelte sie. »Ich habe nichts zu verbergen.«

Dennoch. Sie machte sich klar, dass diese Behörde über zahllose Beobachter, Zuträger und Spitzel verfügen musste. Dabei hatte sie bislang immer angenommen, dass das unselige Treiben dieser Leute – der »Ohren des Kaisers«, wie man sie unter Nero nannte – mit der Herrschaft des grausamen Tyrannen ein Ende gefunden hatte.

»Du bist naiv, Tillia«, murmelte sie. »Der Kaiser stammt aus kleinen Verhältnissen. Er hat mächtige Feinde im alten Adel. Es gibt kein probateres Mittel, sich vor ihnen zu schützen. Er muss ihnen immer einen Schritt voraus sein.«

Ihr Respekt vor Caenis stieg gewaltig, als sie sich klarmachte, dass diese ohne weiteres zu jedem dieser Dossiers, das sich im Archiv der Spitzelbehörde befand, Zugang hatte. Was für ein Wissen musste sie haben! Eben Herrschaftswissen. Sie war die bestinformierte Frau des Imperiums. Wehe dem, der sie sich zur Feindin machte.

Während Tillia noch überlegte, ob sie Caenis morgen aufsuchen sollte, kam Avita herein und bat sie zum Essen. Danach legte sie sich ins Bett und schlief eine gute Stunde.

XXV

Gegen die neunte Stunde machte sie sich auf den Weg zu Athenodoros. Da er keine Nachricht geschickt hatte, ging sie davon aus, dass es Silius besser ging. Sie steckte den Erpresserbrief in die Tasche. Avita, Theodoros und Geta würden sie begleiten. Die beiden hatten sich, während sie schlief, wieder zum Dienst gemeldet. Pankrates war in den Ludus Magnus zurückgekehrt. Geta konnte Avita behilflich sein, die Dinge, die sie noch in ihrer Kammer bei Nigidius Maius liegen hatte, ins Argiletum zu tragen. Da die Wohnung am Wege lag, wollte Tillia die Gelegenheit nutzen und Lamia aufsuchen, die schräg gegenüber hauste.

Während Geta mit Avita ins Haus von Alleius Nigidius ging, überquerten Tillia und Theodoros die Straße, passierten den großen Torbogen und betraten das düstere Treppenhaus. Das Messingschild mit der Aufschrift »CVRA DOMESTICA« schien frisch geputzt worden zu sein, denn es leuchtete wie ein Fremdkörper in der grauen Umgebung.

Tillia wies zur Tür. Theodoros ging darauf zu und polterte so gewaltig mit der Faust gegen das Holz, dass Tillia schon um das Schloss fürchtete. Eine Weile rührte sich nichts. Dann näherten sich schlurfende Schritte. Die Tür wurde einen Spalt breit geöffnet und eine verschlafene männliche Stimme brummte ungehalten: »Was is' denn?«

Tillia hielt sich nicht lange mit Erklärungen auf, sondern

erklärte in ziemlich scharfem Ton, sie wünsche eine gewisse Lamia zu sprechen.

»Lamia?« Der Mann kam heraus, sperrte den zahnlosen Mund auf, musterte erst Tillia, dann Theodoros und erklärte: »Hier is' keine Lamia!«

»Aber sicher!«, erwiderte Tillia.

»Wieso sicher, Herrin? Hier gib's keine …«

»Aber sie ist doch für das Haus zuständig!«

»Wie?« Er starrte sie weiter mit offenem Mund blöde an und verbreitete widerliche Schwaden von billigem Wein und Knoblauch um sich.

Da trat Theodoros vor. Er maß den Mann mit einem strengen Blick unter zusammengezogenen Brauen und tönte: »Herhören! Du scheinst nicht zu wissen, mit wem du es zu tun hast! Hier steht und spricht die hoch erhabene Herrin Tillia Capriola! Alle Menschen sind klug! Die einen vorher, die anderen hinterher! Kannst dir gleich aussuchen, zu welchen du dich zählen willst.«

Er packte ihn mit seinen mächtigen Pranken an beiden Oberarmen, hob ihn hoch und setzte ihn mit einem einzigen Schwung auf dem unteren Pfosten des Treppengeländers ab.

»Aber … aber was soll das? Wa… was erlaubst du dir!?«

Theodoros ließ nicht locker, verstärkte den Druck auf die Oberarme und fuhr leise drohend fort: »Sie heißt Lamia!«

»Wie? Nein, ich kenne keine La…«

»Sagte: Lamia! Wiederholung!«

»La… Lamia … Aber lass mich doch los, Mann! Ich bin nur … nur ein einfacher Sklave im Dienste des Nigidius, der hier den Pförtnerdienst versieht. Ich … ich …«

»Ja?«

»Ich kenne keine Lamia.«

»Warum nicht?«

»Wie? Weil ich sie nicht kenne.«

»Das wirst du noch bereuen. Könnte dir nämlich jetzt deine blauen Flecken mit ihren Mittelchen behandeln. Und nun suche es!«

»Was denn?«

»Das Weite!«

Theodoros ließ von ihm ab und verfolgte argwöhnisch, wie der Mann sich umständlich vom Pfosten auf den Boden gleiten ließ. Als er sich hinkend zur rettenden Tür hin bewegte, donnerte Theodoros: »Halt!«

Erschrocken blieb der Mann stehen, gewärtig, wieder auf den Geländerpfosten gesetzt zu werden, und drehte sich langsam um.

»Herhören! Die edle Herrin möchte einen Blick in deine elende Hütte werfen. Nun bitte sie hinein!«

»Bitte.« Er tat alles, was der Hüne von ihm verlangte. »Bitte, Herrin.«

Er wies zur Tür und ließ Tillia eintreten.

Sie blickte sich im Raum um. Alles war wie gestern. Auf dem Regal standen die Behälter und Säckchen mit den verschiedenen Hausmitteln, die Lamia zusammengemischt hatte. Tillia trat nahe heran, öffnete einige von ihnen und schnupperte am Inhalt. Es fiel ihr nichts Verdächtiges auf.

Sie drehte sich um und betrachtete den Mann mit einem so kritischen Blick, dass er ihren Augen auswich. Vom Aussehen mochte er Mitte bis Ende sechzig sein, doch das konnte täuschen, denn er hatte das früh gealterte Gesicht eines Trinkers: die Augen ohne Glanz, der Blick fahrig, die Lider ebenso wie die Nase unnatürlich gerötet und geschwollen, am stoppeligen Kinn und den Wangen eitrige Pusteln von Akne oder Rosacea, seine Hände zitterten unkontrolliert.

Tillia hatte das sichere Gefühl, dass der Alte sie belog. Ebenso sicher war sie nun, dass auch Lamia sie gestern angelogen hatte, als sie ihr die Geschichte von ihrem armseligen Witwenstand aufgetischt hatte. Das sah nach abgekartetem Spiel aus. Lamia beherrschte, wie sie gestern Abend bewiesen hatte, sehr gut die Kunst der akuten Wundbehandlung. Selbst der äußerst kritische Athenodoros hatte sie dafür gelobt. Wahrscheinlich war sie auch erfahren im Umgang mit giftigen Substanzen. Ein ungeheurer Verdacht stieg in Tillia auf:

Konnte es nicht sein, dass Lamia das Gift, mit dem Commius umgebracht worden war, dem Mörder bereitgestellt hatte? Und dann Dacius! Er hatte in diesem Hause gewohnt! Sie kannte ihn. War sicher schon in seiner Wohnung gewesen. Vielleicht heimlich. Eine verschlossene Wohnungstür zu öffnen war mit einfachen Mitteln möglich. Tillia sah Lamia vor sich, wie sie aus einem kleinen Fläschchen etwas von einer farblosen Flüssigkeit in den Weinkrug träufelte, der auf dem Tisch stand. Ein Betäubungsmittel! Damit der Mörder später leichtes Spiel hatte.

Warum war sie jetzt nicht hier, wie sie es verabredet hatten? Und wieso leugnete der Alte sie überhaupt zu kennen? Wenn sie ihn fragen würde, ob Lamia hier im Haus wohne, würde er auch das verneinen. Es gab dafür zwei Erklärungen: Entweder steckte er mit Lamia unter einer Decke oder er kannte sie wirklich nicht. Gegen die zweite Annahme sprach die Tatsache, dass Lamia sich gestern in diesem Raum bewegt hatte, als ob sie hier täglich ein und aus gehe.

Tillia verspürte plötzlich große Lust, Theodoros zu befehlen, handgreiflich zu werden, um die Wahrheit aus dem verkommenen Subjekt herauszuprügeln. Doch rohe Gewalt widerstrebte ihr. Außerdem konnte er ihr alles Mögliche erzählen, das nachzuprüfen sie hier und jetzt nicht in der Lage war. Man müsste seinen Herrn fragen. Seinen Herrn? – Sie zwinkerte lebhaft: Das war Alleius Nigidius Maius! Ihr Entschluss stand fest. Gleich anschließend würde sie Nigidius aufsuchen und ihn nach dem Pförtner und Lamia ausfragen.

Scharf fragte sie: »Wie heißt du, Alter?«

»Hilarion, Herrin. Zu Diensten, Herrin …« Er hatte die gleiche schleimige Unterwürfigkeit an sich wie Lamia und verbeugte sich fast bis zum Boden.

Angewidert wandte Tillia sich ab, nickte Theodoros zu und verließ mit ihm den Raum und das Haus. Auf der anderen Seite der Straße warteten bereits Avita und Geta auf sie, zwei prall gefüllte Säcke neben sich.

Tillia fragte Avita, ob sie Nigidius gesehen habe.

»Ja, er ist in sein Kontor gegangen.«

»Allein?«

»Ja.«

Geta tippte Theodoros auf die Schulter und erklärte: »Kannst mir tragen helfen, Herkules!«

»Nein.«

»Wie bitte?«

»Bin im Dienst!«

»Ach! Ich wohl nicht, wie? Immer wenn es um handfeste Dinge geht, drückst du dich!«

»Hasse handfest. Liebe weiche Eier.« Und zu Tillia: »Hätte allerdings diesem Knaben eben gerne handfest die Meinung gesagt, Herrin!«

»Hm.« Tillia war mit den Gedanken nicht bei der Sache.

»Er lügt wie die Balken!«

»... dass sie sich biegen!«, verbesserte Geta und blickte entrüstet gen Himmel.

»Sag ich doch. Du aber gehe hin und erweise dich der Ehre würdig!«

»Welcher Ehre?«

»Der edlen Avita diesen Sack zu tragen.«

»Das ist denn doch ... Aber warte! Das wirst du noch büßen!«

Geta lud sich sich den schwereren Sack auf die Schulter und klemmte den zweiten unter den Arm, doch Avita bestand darauf, ihn selbst zu tragen. Dann trennten sie sich.

Als Tillia und Theodoros das Haus durch den Hintereingang betraten, stellte sich ihnen im Flur ein schwerer, grobschlächtiger Mann mit verschränkten Armen in den Weg und erklärte: »Herr nicht da!«

»Doch, doch, mein Junge, Herr da!«, äffte Theodoros ihn nach und nickte.

»Herr nicht da!«, grollte der andere. »Ihr gehen!«

»Jawohl. Wir gehen.« Theodoros wollte an dem Athleten vorbei, doch dieser hob abwehrend den Arm und wiederholte: »Herr nicht da.«

»Na, dann wir nachsehen, ob Herr da.«

Theodoros wollte ihn zur Seite schieben, als der Faustkämpfer plötzlich einen Dolch aus dem Gürtel zog und ihn damit bedrohte. Das hätte er nicht tun dürfen, denn Theodoros hatte in den letzten Wochen besonders hart geübt, wie man unerwartete Attacken mit Schwert oder Messer parieren konnte. Seine Reaktion kam so schnell, dass Tillia kaum folgen konnte: erst ein Tritt ins Gemächte, dann ein unglaublich harter Handkantenschlag auf die Faust! Der Athlet schrie auf, ließ den Dolch fallen und krümmte sich vor Schmerzen.

Theodoros hob die Waffe auf, betrachtete die Klinge – »Gute Arbeit!« –, steckte sie in seinen Gürtel und meinte zu Tillia: »Herrin! Ich überzeugt: Herr jetzt da!«

Die Tür des Kontors öffnete sich, Alleius Nigidius Maius kam heraus, betrachtete die Szene und fragte streng: »Was ist hier los?«

Theodoros schien es besonders bunt treiben zu wollen: »Hier wild gewordener Gorilla! Du ihn wieder in Käfig sperren.«

»Wie?« Nigidius starrte den Sprecher an und hatte sichtlich Mühe, die Fassung zu bewahren, zumal Tillia über Theodoros' flapsige Bemerkung schmunzelte. Schließlich gab er seinem Leibwächter ein Zeichen zu verschwinden und wandte sich höflich an Tillia: »Ich bitte um Verzeihung, Herrin. Es wird nicht mehr vorkommen.«

»Das will ich hoffen.«

Sie folgte ihm mit Theodoros ins Kontor und nahm Platz, ohne dazu aufgefordert zu sein. Theodoros postierte sich hinter ihr, verschränkte die Arme und blickte grimmig drein.

Auch Nigidius setzte sich. Ehe er sich mit weiteren Entschuldigungen aufhalten konnte, begann Tillia: »Nigidius! Ich habe nur eine Frage an dich: Sagt dir der Name Lamia etwas?«

Erstaunt schaute er sie an. »Lamia? Aber Herrin! Jeder kennt sie.«

»Ach ja?«

»Ich bitte dich! Die Lamia ist ein Vampir, der durch Aussaugen des Blutes und Verzehren des Herzens den Menschen die Lebenskraft nimmt! Sie kann sich in jede beliebige Gestalt verwandeln, raubt den Frauen ihre Kinder und verschlingt sie.«

Tillia lächelte ironisch. »Die Geschichte ist mir bekannt.«

»Aber Herrin, warum fragst du dann?«

»Weil ich keinen Geist, sondern eine lebendige Person dieses Namens meine, auf die allerdings gewisse Züge der von dir beschriebenen Hexe passen würden. Also noch einmal: Kennst du eine Frau dieses Namens?«

»Nein, natürlich nicht.«

»Bist du sicher?«

»Vollkommen.«

»Gut. Eine andere Frage. Wie heißt der Pförtner des Hauses, in dem Dacius ermordet wurde?«

»Hilarion.«

»Ist er verheiratet?«

»Er ist Witwer.«

»Lebt er mit einer Frau zusammen?«

»Das weiß ich nicht. Das interessiert mich auch nicht. Ich kann mich doch nicht um alles ...«

»Das solltest du aber.« Tillia erhob sich.

Auch Nigidius stand auf und fragte verwundert, ob das alles sei, was sie wissen wolle.

»Vorläufig, ja.« Sie zwinkerte. »Es kann freilich sein, dass ich zu einem späteren Zeitpunkt noch Fragen an dich habe.«

»Zu einem späteren ... Aha, aber warum denn? Was soll das? Sind wir hier in einer Gerichtsverhandlung?«

»Vielleicht. Ich danke dir.«

»Ja, aber ...«

Sie ignorierte ihn und verließ zusammen mit Theodoros den Raum.

XXVI

»Wie geht es Silius?«, fragte Tillia als Erstes, als Phyllis sie und Theodoros in die Wohnung eingelassen hatte.

»Recht gut, Herrin. Er hat schon wieder gegessen.«

»Fein. Wo ist Athenodoros?«

»In seinem Arbeitszimmer.«

Bevor sie hineinging, bat sie Phyllis sich um Theodoros zu kümmern. »Der gute Junge ist sicherlich hungrig. Nicht wahr, Theodoros?«

»So es sein. Ich viel hungrig.«

Phyllis stutzte, sah Tillia verwirrt an, wies auf den Hünen und meinte: »Was hat er denn?«

»Oh, nichts.« Tillia schmunzelte und wandte sich an Theodoros: »Hast du was?«

»Ich nichts haben.«

Er verschwand in der Küche. Phyllis blickte zur Decke, schüttelte den Kopf und folgte ihm.

Tillia ging ins Arbeitszimmer und fand Athenodoros am Tisch, wo er mit dem Ordnen von Papyrusblättern beschäftigt war. Mit einem Seufzer ließ sie sich auf einem freien Stuhl nieder.

»Und?«, fragte er, ohne aufzublicken. »Wie war's? Was gibt es Neues?«

»Einiges. Du wirst es kaum glauben.« Sie berichtete von der Begegnung mit dem seltsamen Hausmeister, der, wie anschließend auch Nigidius Maius, vorgegeben hatte eine gewisse Lamia nicht zu kennen.

»Interessant!«

»Ja, nicht?«

Theodoros blickte immer noch nicht auf. »Die Alte kam mir gleich nicht ganz geheuer vor. Welche Folgerungen wirst du daraus ziehen?«

»Nun, ich halte sie für fähig, dass sie …« Mitten im Satz hielt sie inne, sah Athenodoros aus großen Augen an und rief: »Gute Göttin! Dass ich nicht gleich daran gedacht habe!«

»Woran?« Er hob den Kopf und schaute sie fragend an.

Tillia stand auf, öffnete die Tür und rief nach Theodoros. Es dauerte eine Weile bis dieser kam.

»Herrin?« Er schluckte und fuhr sich mit der Hand über den Mund.

»Hast du das Messer noch?«

»Ich haben.«

»Gib's her!«

Er reichte es ihr so, dass sie den Griff zu fassen bekam. Sie legte es auf die Arbeitsplatte, blickte sich im Raum suchend um und sagte: »Das andere Messer!«

»Welches andere Messer?«, fragte Athenodoros.

»Das Messer, mit dem Silius … Hormus hat es gestern vom Boden aufgehoben, nachdem er den Burschen außer Gefecht gesetzt hatte. Er hat es mit nach oben genommen. Es muss hier sein!«

Athenodoros öffnete die Schreibtischschublade und griff hinein. »Meinst du vielleicht dieses?«

»Ja.«

»Leg es neben dieses hier! Bitte!«

Er tat es. Tillia betrachtete beide Waffen und fragte: »Na, was sagst du dazu?«

Athenodoros beugte sich darüber und erklärte: »Nun, sie scheinen identisch zu sein, nicht wahr.«

»Sie scheinen nicht nur, Doro, sie sind es! Theodoros, komm her, schau sie dir auch an!«

Theodoros nahm beide Messer in die Hand und verglich sie miteinander. Er bestätigte: »Die beiden gleichen sich wie Zwillinge. Besonders hier ...«

»Was meinst du?«

»Das sind ... Pferde ... und Wagen!«

»Zeig mal!«

Theodoros wies mit dem Zeigefinger auf Strichzeichnungen, die in die Klingen eingraviert waren. Die Konturen waren zwar schon an einigen Stellen verschwunden, aber dennoch konnte man deutlich die Umrisse von Pferden erkennen, die einen Rennwagen zogen.

»Na endlich!«, rief Tillia. Sie zwinkerte aufgeregt. »Endlich haben wir was Konkretes in Händen. Doro! Weißt du, was das bedeutet?«

Athenodoros betrachtete beide Waffen. »Du meinst, nicht wahr, dass der gestrige Mordversuch an Silius auf das Konto von ...«

»Na? Von wem?«

»... von Nigidius Maius geht?«

»Genau das!« Sie sah ihn triumphierend an. »Eine Quadriga! Wer lässt sich ausgerechnet eine Quadriga in seine Messerklingen ritzen? Doch nur jemand, der mit den Rennen im Circus zu tun hat!«

»Aber das hat er doch nicht!«

»Aber ja doch! Er betreibt ein Wettkontor beim Circus Maximus!«

»Vorsicht, Lunula. Keine voreiligen Schlüsse! Es kann sich durchaus um einen anderen handeln, nicht wahr.«

»Unmöglich!«, rief sie. »Diese Waffe hat Theodoros vor einer halben Stunde einem Torhüter abgenommen, als der ihn damit bedrohte. Und der steht bei Nigidius Maius in Diensten. Ist es so, Theodoros?«

»Stimmt. Sollte aber durchaus verboten werden. Werde dafür sorgen, dass der Knabe bald Erbsen zählen wird, dass es eine Freude. Im Carcer Mamertinus!«

»Trotzdem«, beharrte Athenodoros. »Es kann sein, dass dieses Messer eben nicht aus dem Besitz von Nigidius Maius stammt, sondern von einem anderen.«

»Aber Doro! Das gibt doch keinen Sinn.«

»Oh doch! Du hast nicht den geringsten Beweis dafür, dass der Mann, der Silius gestern Abend überfallen hat, dies im Auftrag von Nigidius tat.«

»Ich gehe noch einen Schritt weiter: Es könnte sogar sein, dass es am Ende sogar der selbe ist, der eben Theodoros angegriffen hat.«

»Und der zweite Mann? Es waren gestern zwei!«

Tillia hatte sich Athenodoros zugewandt, schien aber durch ihn hindurchzublicken. Unvermittelt sagte sie: »Ich muss mit Silius reden! Ist er ansprechbar?«

Athenodoros nickte. »Er ist auf dem besten Wege zur Genesung. Fieber hat er gar nicht mehr. Eigentlich könnte er nach Hause gehen.«

»Davor sei Apollo! Er befindet sich nach wie vor in Lebensgefahr.«

»Dann komm!«

Tillia ging mit Athenodoros ins Krankenzimmer, während Theodoros sich wieder in die Küche zurückzog, um das unterbrochene Mahl fortzusetzen.

Silius lag auf der Seite. Er war wach und blickte ihnen mit einem kleinen Lächeln entgegen. Tillia nahm auf dem Hocker vor der Liege Platz, griff nach Silius' Hand und fragte mitfühlend: »Schmerzen?«

»Nur wenn ich lache.« Er versuchte ein Grinsen.

Sie studierte sein blasses Gesicht, das leicht verkrampft wirkte. »Du hast großes Glück gehabt, Silius.«

»Ich weiß.« Er nickte. »Aber ich habe von alldem nicht viel mitbekommen.«

»Verstehe. Der Wein, nicht?«

»Jaja, der Wein.«

Tillia überlegte, wie sie ihn dazu bringen konnte, ihr alles, was er wusste, mitzuteilen. Sie ging aufs Ganze: »Commius ist tot.«

»Nein!« Silius riss die Augen auf, sah sie einen Augenblick entgeistert an und blickte dann zur Decke.

»Er wurde auf dem Krankenlager vergiftet«, fuhr Tillia ruhig fort. »Das Gelände der Factio ist, wie du selbst weißt, hermetisch abgeriegelt, kein Außenstehender kommt ungesehen hinein. Nur ein Mitglied der Grünen war also in der Lage Commius den tödlichen Trunk einzugeben.«

Sie erwartete irgendeine Reaktion, doch Silius schaute weiterhin unbewegt zur Decke.

»Mein lieber Silius …« Tillia legte die Hände ineinander und betrachtete sie. »Du bist, wie man so sagt, dem Tod von der Schippe gesprungen. Jemand hat offenbar sehr großes Interesse daran, dich in den Hades zu schicken. Er wird nicht zögern einen weiteren Versuch zu unternehmen. Um deiner Sicherheit willen bist du hier und wirst auch die Tage bis nach den Rennen in diesem Hause bleiben. Das Haus und die Wohnung werden Tag und Nacht bewacht. Viermal hat der Täter schon zugeschlagen. Drei Menschen mussten sterben. Die Ermordeten gehörten alle zum Personal der Factio Prasina, waren also deine Kollegen. Daraus leite ich ab: Wie die andern drei musst du etwas wissen, was dem unbekannten Drahtzieher im Hintergrund gefährlich werden kann. Vielleicht kennst du ihn sogar.«

Silius schwieg. Aber man sah, wie es in seinem Gesicht arbeitete. Auch seine Fingerspitzen bewegten sich unkontrolliert. Tillia wechselte mit Athenodoros, der sich am Fußende der Liege auf einem Stuhl niedergelassen hatte, einen Blick. Er nickte ihr zu fortzufahren.

Sie beugte sich vor und sprach nun leise, doch sehr eindringlich auf Silius ein: »Es geht doch längst nicht mehr nur um vier gestohlene Pferde – sicherlich die besten, die es zurzeit in Rom gibt –, sondern um drei ermordete Menschen! Hier scheint ein Wahnsinniger am Werk zu sein. Und du musst ihn kennen! Wenn du dazu etwas sagen kannst, dann tu es bitte jetzt!«

Silius schwieg beharrlich und starrte weiter gegen die

Decke. Doch Tillia gab nicht auf. Aus seinem Verhalten schloss sie, dass Silius in irgendwelche Machenschaften verwickelt war. Zwar glaubte sie nicht, dass er selbst zum Kreis der Täter gehörte, doch konnte er beiläufig etwas erfahren haben, was den Erfolg des verbrecherischen Unternehmens infrage stellte, sollte er von seinem Wissen Gebrauch machen. Es war auch denkbar, dass man ihn erpresste. Aber womit? Er hatte Angst. Todesangst! Hartnäckig setzte sie das Verhör fort und griff zur ältesten aller Finten, die ein Anwalt vor Gericht benutzte, um einen eingeschüchterten Zeugen zum Reden zu bringen: »Also gut, du willst nicht reden. Daraus kann ich nur einen Schluss ziehen: Der Veterinär der Grünen Gaius Silius ist an den Verbrechen beteiligt! Ich werde veranlassen, dass man ihn ins Stadtgefängnis bringt. Alles Weitere ist dann Sache eines kaiserlichen Gerichts.«

»Nein! Das nicht! Aaah …« Er schrie vor Schmerz auf, denn er hatte sich halb aufgerichtet.

Athenodoros hob mahnend die Hand und erklärte kühl: »Das darfst du nicht machen! Du musst ruhig liegen bleiben.«

Langsam ließ Silius sich zurückgleiten und atmete mehrmals tief durch. Seine Stirn wurde feucht. Er sah plötzlich uralt aus. Als er dann sprach, schaute er Tillia nicht an, sondern richtete den Blick weiter gegen die Decke: »Ich werde reden.«

»Das ist gut.« Sie öffnete ihre Umhängetasche, entnahm ihr das Schreiben des Erpressers und fragte: »Ich darf doch wohl annehmen, dass du die Schrift deines Vorgesetzten Novius Niger kennst – oder?«

Er nickte.

»Dann lies das, bitte!« Sie gab ihm das Blatt.

Er hielt es mit zitternden Händen und überflog den Text.

»Ist das die Schrift von Novius Niger?«

»Nein.« Er gab ihr das Schreiben zurück.

»Ist es vielleicht die Schrift von … Alleius Nigidius Maius?«

Sie beobachtete aufmerksam sein Gesicht. Seine Augen zuckten, nur ein wenig, aber es war ihr nicht entgangen.

»Also, ist sie es?«

»Woher soll ich das wissen?«

»Hm …« Tillia dachte konzentriert nach: Wenn er zugab die Schrift zu kennen, hätte er damit seine Mitwisserschaft eingestanden; durch seine Gegenfrage wies er das aber von sich. Log er? Wenn ja, wurde er von Alleius unter Druck gesetzt; wenn nicht, hieß das keineswegs, dass er nicht doch mehr über die Hintergründe wusste. Vor allem aber: Er hätte sagen können, er kenne die Schrift nicht, weil er Alleius nicht kenne; er hatte aber gesagt: ›Woher soll ich das wissen?‹ Daraus konnte man ableiten, dass er sehr wohl Alleius kannte.

»Du sagtest eben, du willst reden …« Er nickte. »Beim Herkules! Dann tu es endlich!«

Silius wandte den Kopf zur Seite und sah Tillia an. »Was willst du wissen?«

»Zunächst dies: Weißt du, ob Novius Niger mit Alleius Nigidius Maius vertrauten Umgang hat?«

»Ja, die beiden kennen sich gut.«

»Woher weißt du das?«

»Alleius Nigidius war hin und wieder in der Factio.«

»Hin und wieder? Kannst du dich genauer ausdrücken?«

»Na, vielleicht drei-, viermal.«

»Wann war er zum ersten Mal da?«

»Vor etwa einem Monat.«

»Und später?«

»Dann längere Zeit nicht mehr.«

»Aha. Und in den letzten zehn Tagen?«

»Auch. Zuletzt habe ich ihn vor fünf Tagen gesehen.«

»Es kann auch sein, dass er noch öfter kam …«

»Das ist möglich, aber dann ist er mir nicht aufgefallen.«

»Aus welchem Grund kam er? Ich meine, was hatte er denn in der Factio zu tun?«

»Das weiß ich nicht. Ich tue meine Arbeit und kümmere mich nicht um das, was andere …«

»In Ordnung. Er ging also, wenn er kam, direkt zu Novius Niger …«

»Das ist anzunehmen.«
»Suchte er auch Tatianus auf?«
»Nein.«
»Nie?«
»Nie.«
»Hm. Wo hast du ihn zusammen mit Novius gesehen?«
»In den Ställen.«
»Interessierte er sich für die Pferde?«
»Ja.«
»Besonders für die Hengste von Diocles?«
»Das kann ich nicht beurteilen. Sie sprachen allgemein über Pferde.«
»Wie gaben sie sich, wenn du in der Nähe warst? Ich meine, man merkt doch, ob man ungelegen ist, weil man ein vertrauliches Gespräch stört. Wechselten sie plötzlich das Thema?«
»Nein, diesen Eindruck hatte ich nicht. Sie gaben sich ganz locker.«
»Hm ...« Tillia nickte bedächtig und leitete zu der Frage über, die sie am meisten beschäftigte: »Silius! Du musst etwas gesehen oder gehört haben, das mit den Anschlägen zu tun hat. Du hast Angst. Ich nehme sogar an, dass du gestern Abend deinen Kummer im Wein ertränken wolltest. Habe ich Recht?«
Die Antwort kam leise und zögernd: »So ist es.«
»Du trinkst regelmäßig, nicht wahr?«
»Nein.« Wie alle Trinker stritt er es ab.
»Nun, das ist deine Sache. Du hast also Angst. Wovor? Wirst du bedroht?«
»Ja.«
»Von wem?«
»Das weiß ich nicht.«
»Was heißt das?«
Er holte tief Luft, schluckte und fuhr sich mit der Hand über den Mund. »Ich fand gestern auf meinem Arbeitstisch einen Drohbrief. Die Schrift war die gleiche wie auf dem Erpresserschreiben, das du mir eben gezeigt hast.«

»Der Text! Wie lautete der Text?«

Er dachte kurz nach. »Es waren nur ein paar Sätze: *Wenn dir dein Leben lieb ist, halte dich aus der Sache raus! Du hast niemanden gesehen. Oder du bist als Nächster dran.*«

»Hast du das Blatt noch?«

»Nein. Ich habe es sofort verbrannt. Es sollte nicht in fremde Hände gelangen.«

»Schade. So können wir die Schrift nicht mehr vergleichen.«

»Es war die gleiche. Schnell hingeworfen. Nachlässig, in großer Eile geschrieben. Auf dem Blatt war ebenfalls ein Klecks.«

»Und die Schrift … du kennst sie wirklich nicht?«

»Nein.«

»Zum Inhalt: Aus welcher Sache solltest du dich raushalten?«

»Ich … eh … Ich war in der Tatnacht in der Factio geblieben …«

»Ach! Und warum?«

»Delicatus aus dem Gespann von Nymphidianus lahmte hinten rechts. Nymphidianus hatte ihn in den vergangenen Tagen beim Training im Circus zu hart rangenommen. Eine leichte Sehnenzerrung. Sie musste alle zwei Stunden mit Kräuterumschlägen behandelt werden. Sonst bestand die Gefahr, dass er beim Rennen nicht zum Einsatz kommen würde.«

»Ich verstehe. Du hast also deinen Schlafraum verlassen …«

»… und bin dann nach unten und über den Hof gegangen. Da hörte ich, dass das Haupttor zum Stall geöffnet wurde. Die Tür quietscht nämlich in den Angeln. Das kam mir seltsam vor. Mein erster Gedanke war: Nymphidianus ist selbst herabgekommen, um nach dem Pferd zu sehen. Ich war nur noch drei, vier Schritt von der Tür entfernt, als ich einen Schrei hörte.«

»Und da bist du sofort hinein!«

»Ich wollte es, aber …«

»Ja?«

»Im gleichen Augenblick wurde die Tür von innen aufgestoßen und fünf oder sechs Männer kamen mit vier Pferden heraus.«

»Konntest du ihre Gesichter sehen?«

»Nein. Alle hatten sich Kapuzen über den Kopf gezogen. Außerdem war es zu dunkel um Einzelheiten zu erkennen. Aber sie haben mich sofort gesehen, denn ich stand ja nur wenige Schritte von ihnen entfernt.«

»Weiter! Wie reagierten sie, als sie dich bemerkten?«

»Einer von ihnen, es schien der Anführer zu sein, gab den vieren, die die Pferde am Zügel führten, mit der Hand ein herrisches Zeichen und wies zum Außentor. Sie überquerten mit den Pferden den Hof – wobei mir auffiel, dass man keinen Hufschlag hörte. Sie hatten ihnen Tücher um die Hufe gebunden. Ein anderer öffnete das Tor. Sie brachten die Tiere nach draußen. Aus den folgenden Geräuschen leitete ich ab, dass man sie auf bereitstehende Wagen verfrachtete, denn wenige Augenblicke später setzten sich die Fuhrwerke in Bewegung und ratterten über das Pflaster davon.«

»Unglaublich!«, rief Tillia. »Eine solche Tollkühnheit ist kaum zu übertreffen!« Sie schüttelte entrüstet den Kopf und wechselte mit Athenodores einen langen Blick.

»Weiter, Silius! Was geschah dann?«

Er konzentrierte sich und fuhr fort: »Zwei von ihnen waren bei mir zurückgeblieben. Der eine, der das Sagen hatte, und ein Zweiter.«

»Fiel dir irgendeine Besonderheit auf? Waren sie groß oder klein …?«

»Einer war groß, sogar sehr groß. Und sehr kräftig.«

»Der Große, sagte er etwas?«

»Nein, der Kleinere … Er packte mich am Arm, zerrte mich zur Tür, damit das Licht einer Laterne mich traf – nachts brennen im Gang drinnen immer Lampen – und zischte: ›Ah, Silius! Hör zu! Du hast hier nichts gesehen und gehört. Sonst bist du erledigt! Wir fackeln nämlich nicht lange.‹ Dabei ging er mir mit einem Messer an die Kehle und fügte mir einen kleinen Schnitt bei. Hier!« Silius legte den Kopf zurück und wies auf eine rote Narbe von der Länge eines Fingers, die quer über seinen Hals verlief. »Dann ließ er mich los und sie machten sich davon.«

»Wie?«

»Sie liefen über den Hof, legten den Sperrbalken vor das wieder geschlossene Haupttor, öffneten die Pforte neben dem Tor mit einem Schlüssel und verschwanden nach draußen. Ich hörte, wie sie draußen den Schlüssel ins Schloss steckten und es wieder verriegelten.«

Silius tastete mit zitternden Fingern über seinen Hals, als ob die Tat gerade erst geschehen sei. Tillia betrachtete aufmerksam die Wunde, zwinkerte lebhaft und stellte kritisch fest: »Es wäre ein Leichtes gewesen, dich in diesem Augenblick umzubringen. Sie taten es aber nicht. Warum nicht?«

»Es dämmerte bereits im Osten. Aus dem Hauptgebäude waren schon Stimmen zu hören. Sie mussten damit rechnen, dass in Kürze jemand vom Personal den Hof betreten würde. Außerdem kommt um diese Zeit Cornelius Sabinus zum Dienst. Er ist ja immer einer der Ersten, die ... Ich nehme an, dass sie auch das wussten.«

Tillia nickte. »Und dann bist du in den Stall gegangen ...«

»Ja. Im Gang brennen immer einige Nachtlampen. Ich ging an den Ställen entlang und fand die Boxen von Geminator, Silvanus, Saxo und Nitidus leer.«

»Aber du hattest doch einen Schrei gehört. Hast du Commius gefunden?«

»Nein.«

»Wie bitte?«

»Es kam etwas dazwischen.«

»Ich höre!«

»Es näherten sich Schritte.«

»Von draußen?«

»Ja. In der ersten Erregung dachte ich, dass einer von ihnen zurückgekommen war, um mich doch noch zu erledigen. Ich rannte zum Ende des Gangs und versteckte mich hinter einem Stapel Säcke.«

»Aber es war keiner von diesen Leuten, sondern …«

»Diocles! Es war Diocles. Er wollte schon vor Sonnenaufgang nach seinen Pferden schauen. Das tut er öfters. Immer vor den Rennen.«

»Aber dann hättest du doch aus dem Versteck hervorkommen und ihm berichten können, was geschehen war!«

»Nein, auf keinen Fall. Er hätte mir das nicht abgenommen. Er hätte mich für den auf frischer Tat ertappten Täter gehalten. Oder er hätte gefragt, warum ich keinen Alarm gegeben hätte. Ich weiß, es war dumm von mir, aber ich war völlig fertig. Ich hörte, wie er rief: ›Die Pferde! Wo sind die Pferde? Das ist doch nicht möglich! Sie sind weg! Alle vier sind weg!‹ – Er war außer sich. Und dann lief er aus dem Stall, um Alarm zu geben. Sobald er weg war, kroch ich aus meinem Versteck und begab mich in mein Zimmer. Im Treppenhaus konnte ich hören, wie Diocles Novius Niger und Sabinus gegenüber seiner Empörung und seinem Zorn freien Lauf ließ.«

Silius ließ sich kraftlos zurücksinken und betrachtete wieder die Decke.

Tillia stand auf und sagte: »Ich danke für diese Mitteilungen, Silius. Aber wenn du uns das alles schon gestern erzählt hättest, wären wir heute einen großen Schritt weiter.« Er nickte zerknirscht. »In deinem eigenen Interesse raten wir dir: Bleib hier! Hier bist du am sichersten.«

»Danke.« Er schloss die Augen.

XXVII

»Ich muss nachdenken, Doro«, sagte Tillia, als sie hinter sich die Tür des Arbeitszimmers geschlossen hatte. Sie ging zum Fenster und blickte in den Garten. Eine Frau war damit beschäftigt, Lauch aus dem lockeren Boden zu holen und in einem Korb zu stapeln, eine andere jätete Unkraut in einem Salatbeet, ein kleines Mädchen sammelte die losen Pflanzen und trug sie zu einem kleinen Komposthaufen in der hinteren Ecke des Grundstücks.

Sie wies nach unten. »Ist dein Gemüsegarten auch in Schuss?«

»Ja, natürlich. Phyllis kümmert sich darum.«

»Er ist das Einzige, was ich im Argiletum vermisse. Aber hinter dem Haus ist eben kein Platz. Schade. Aber es gibt Schlimmeres.«

Sie drehte sich um, lehnte sich gegen die Fensterbank und fragte: »Sag mal, nimmst du ihm die Geschichte ab, die er uns eben aufgetischt hat?«

»Ich gestehe: Ich weiß nicht so recht.« Er nahm auf seinem Sessel am Tisch Platz und schaute sie an: »Und du?«

»Nun, auf den ersten Blick erscheint alles glaubhaft, nicht? Er erwähnte sogar den Klecks auf dem Papyrusblatt. Andererseits … Er kann sich sehr wohl die ganze Geschichte ausgedacht haben. Genügend Zeit zum Nachdenken hatte er ja.« Sie zwinkerte. »Aber das ergibt keinen Sinn.«

»Es sei denn«, meinte Athenodoros, »er arbeitet mit den Tätern zusammen. Wenn das stimmt, dann könnte *er* es auch gewesen sein, der Commius das Gift eingegeben hat. Immerhin ist er ein erfahrener Arzt, nicht wahr, und den Umgang mit Giften gewohnt.«

»Aber diese Gifte liegen doch wohl nicht im Medikamentenschrank der Factio herum!«

»Natürlich nicht. Doch für einen Arzt ist es leicht, sie sich zu beschaffen.«

»Für dich etwa auch?«

»Aber selbstverständlich!«

»Wo würdest du sie denn, falls du sie benötigst, bekommen?«

»Na, zum Beispiel auf dem Marsfeld, bei Petronius, dem *Aromatarius*. Aber auch bei anderen.«

Tillia kannte Petronius gut, denn bei ihm kaufte sie ihre Öle, Salben und Cremes zur Pflege ihrer Haut. Nach Athenodoros' Meinung allerdings zu weit überhöhten Preisen, an Wucher grenzenden. Schon oft hatte er sie deswegen gerügt: Er könne ihr eine Kamillensalbe mischen, die erheblich billiger sei und den gleichen Effekt habe, nämlich keinen!

»Ich wusste gar nicht, dass Petronius auch Gifte verkauft.«

»Oh doch. Das gehört zu seinem Aufgabenbereich. Du darfst nicht vergessen, dass grundsätzlich jede Medizin ein Gift ist, nicht wahr. Es kommt immer auf die Dosis an.«

»Könnte auch ich mir bei ihm *Aconitum* beschaffen? Einfach so?«

»Sicher, sofern er welches vorrätig hat. Weil er dich kennt, bekämst du es von ihm. Freilich würde er es nicht an jeden x-Beliebigen verkaufen.«

»Aber an Silius!«

»Sicher. Doch ich gehe davon aus, dass Silius das nicht nötig hatte, wenn er den Commius vergiften wollte. Silius ist sehr intelligent und würde in einem solchen Fall bestrebt sein schlimme Folgen von Anfang an auszuschließen: Sollte der Verdacht auf ihn fallen, würde man bei allen infrage kommenden *Aromatarii* Roms nachfragen, ob Silius sich bei einem von ihnen das tödliche Gift beschafft habe. Da es sich bei diesen Händlern durchweg um ehrenwerte Leute handelt – ich kenne sie alle –, würden sie natürlich die Wahrheit sagen. Nein, er kann sich das Gift auch auf anderen Wegen beschafft haben. Für einen Arzt, nicht wahr, gibt es da viele Möglichkeiten.«

»Zum Beispiel?« Sie hatte eine bestimmte Person im Auge. »Wo würdest du es denn versuchen?«

»Na, bei dieser Lamia zum Beispiel.«

»Danke! Das wollte ich hören.« Sie sah Silius vor sich, wie er mit der Alten im Verborgenen tuschelte, von ihr ein kleines Fläschchen mit einer farblosen Flüssigkeit in die Hand gedrückt bekam und ihr einen Beutel mit Münzen zusteckte.

Sie verscheuchte das Bild, denn sie hatte sich an die gegebenen Tatsachen zu halten. Und die sprachen dagegen.

»Einspruch, Doro! Der Überfall! Warum sollten diese Leute Silius dann auf offener Straße überfallen und lebensgefährlich verletzen?«

»Was weiß ich? Vielleicht wollte er nicht mehr mitspielen und hat ihnen dies deutlich zu verstehen gegeben.«

Athenodoros warf einen Blick auf den Terminplan des Tages, den Diogenes wie immer säuberlich in seiner steifen, korrekten Schrift auf einem Papyrusblatt notiert hatte. Er erhob sich: »Es tut mir Leid, Lunula. Ich muss jetzt. Meine Patienten ...«

»Geh nur, Lieber. Wie gesagt: Ich muss über alles in Ruhe nachdenken.«

»Was wirst du tun?«

»Das weiß ich noch nicht. Vielleicht suche ich Asinius Gallus auf ... oder Tatianus ... Ich weiß es wirklich noch nicht.«

»Sehen wir uns heute Abend?«

»Ich denke, ja. Wir können zusammen essen ... im *Siebengestirn*. Wenn ich verhindert sein sollte, werde ich dich benachrichtigen.«

Sie gab ihm einen Kuss auf die Wange, rief nach Theodoros und verließ mit ihm das Haus.

Es war eine Stunde vor Sonnenuntergang, als sie ihre eigene Wohnung erreichte. Schon im Flur teilte Melitta ihr aufgeregt mit: »Der Tribun ist da, Herrin!«

»Wo ist er?«

»Im Tablinum.«

»Ist er allein?«

»Ja.«

Sie ging sofort hinein. Asinius stand am Fenster und blickte auf die Straße. Er war in Zivil.

»Oh, du kommst heute inkognito!« Tillia legte ihre Tasche auf den Tisch.

»Sozusagen. Ich hatte in der Stadt private Dinge zu erledigen. Dabei ist die Montur eher hinderlich.«

»Verstehe.« Sie bat ihn Platz zu nehmen, fragte, ob sie ihm etwas anbieten könne, was er freundlich ablehnte, und setzte sich ihm dann gegenüber.

»Was führt dich zu mir, Asinius?«

Er blickte sie offen aus seinen großen dunklen Augen an. »Ich will es einmal so sagen: Der Stein, der ins Wasser geworfen wurde, zieht immer größere Kreise.«

»Was ist denn geschehen?«

»Aus Solidarität mit den Fahrern der Grünen weigern sich die *Agitatores* der Blauen und der Weißen übermorgen ins Rennen zu gehen.«

»Na, das ehrt sie doch!«

»Mag sein, aber …«

»Ja?«

»Der Kaiser! Als Vespasian davon erfuhr, soll er getobt haben!«

»Wundert dich das? Immerhin steht auch sein Prestige auf dem Spiel. Die Grünen sind die *Kaiserlichen*! Von wem weißt du's?«

»Von Titus.«

»Ahja. Und wie reagierte der Caesar?«

»Erstaunlich gelassen. Das hängt freilich damit zusammen, dass Titus, wie du weißt, eher ein Anhänger und Förderer des

Ludus Magnus ist. Jedenfalls hat der Kaiser aus seiner Privatschatulle eine hohe Belohnung für den ausgesetzt, der zweckdienliche Hinweise gibt, die zur Ergreifung des Täters führen.«

»Das habe ich erwartet. Und wie hoch ist die Summe?«

»Eine Million!«

»Sesterzen?«

»Denare!«

»Oh!« Tillia öffnete staunend die Augen. »Da muss er aber über seinen Schatten gesprungen sein.« Ihr war nur zu bekannt, dass Vespasian jeden Sesterz dreimal umdrehte, ehe er ihn ausgab; diese Sparsamkeit wurde ihm, sogar von seinen Freunden, als Geiz angekreidet.

»Das ist aber noch nicht alles«, fuhr Asinius fort. »In eingeweihten Kreisen kursiert das Gerücht, Aulus Caecina werde morgen vier Hundegespanne mit den Farben der Roten in den Circus schicken und sie vor den Augen Roms trainieren lassen.«

»Das ist ja mal ganz was Neues!« Tillia lachte. »Ich hätte Caecina einen solchen Ulk nicht zugetraut.«

»Ulk? Das ist ein ungeheurer Affront gegen die Grünen – und also gegen den Kaiser!«

»Meinetwegen. Aber ein witziger. Weiß Vespasian schon davon?«

»Ja, natürlich.«

»Und wie hat er reagiert?«

»Ich nehme an, mit Humor.«

»Es bleibt ihm ja auch nichts anderes übrig. Das ist doch mal ein Scherz nach seinem Geschmack. Macht er sich doch selbst immer wieder auf ähnliche Art über die Fehler anderer lustig. Und Caecina wird es nicht schaden, da er in der Gunst des Kaisers steht.«

»Da bin ich mir nicht so sicher.«

»Seine Sache – ich meine Caecinas. Aber lassen wir das.« Tillia betrachtete ihre Hände. »Mein lieber Asinius Gallus, ich gehe wohl recht in der Annahme, dass du nicht gekommen bist, nur um mir solch amüsante Geschichten zu erzählen.«

»Das ist richtig.«

»Also, ich höre!«

Asinius lehnte sich zurück, schlug die Beine übereinander und legte seine feingliedrigen Hände aufeinander. »Wie geht es Silius?«

»Ah, du weißt ...?«

»Ja. Tatianus hat mir berichtet.«

Tillia versicherte ihm, dass es dem Veterinär den Umständen entsprechend gut gehe; es bestehe keine Lebensgefahr; aus Sicherheitsgründen werde er bis zum Rennen in der Wohnung von Athenodoros bleiben.

»Das ist gut«, meinte Asinius. »Hast du eine Ahnung, warum man ihn aus dem Weg räumen wollte?«

»Nein, bis jetzt nicht. Ich dachte, du ...«

Asinius schüttelte den Kopf. »Ich tappe immer noch im Dunkeln. Allerdings befürchte ich, dass die Bande keine Ruhe geben wird. Darum habe ich veranlasst, dass das Haus von Athenodoros Tag und Nacht bewacht wird.« Er sah sie ernst an. »Du bist dir hoffentlich darüber im Klaren, dass nun auch Athenodoros selbst in großer Gefahr ist. Die Bande könnte ihn als Geisel benutzen. Darum habe ich den Personenschutz auch auf ihn ausgedehnt.«

»Danke, Asinius. Das beruhigt mich etwas.« Dennoch sah sie für einen Augenblick Athenodoros am Boden liegen, ein Vermummter beugte sich über ihn und bedrohte ihn mit einem Messer.

»Und du ... du hast wirklich keine neuen Erkenntnisse?«, fragte Asinius.

»Nein. Außer Vermutungen nichts.« Sie berichtete ausführlich, was Pollius Valerianus aus dem Erpresserbrief über dessen Verfasser ausgeführt hatte.

»Nun, das ist doch einiges«, meinte Asinius. Er dachte eine Weile nach und sagte: »Ich neige mehr und mehr zu der Annahme, dass sich hier ein Zweiter die Lage zunutze macht. Es kann nämlich sein, dass die Geldforderung überhaupt nicht vom Entführer der Pferde kommt.«

Kluger Junge, dachte Tillia und wurde sich im gleichen Augenblick bewusst, dass sie selbst die ganze Zeit über mit diesem Gedanken gespielt hatte, ohne ihn in Worte zu fassen. Sie fragte: »Hast du einen bestimmten Verdacht?«

»Nein. Aber ich bin mir sehr sicher, dass es sich um einen Angehörigen der Factio Prasina handelt. Der Giftanschlag auf Commius ist ein weiterer Beleg dafür.«

»Ich bin ganz deiner Meinung, Asinius. Nur wird es schwer sein, ihn zu überführen. Laut Auskunft von Tatianus stammt die Schrift eben nicht von einem seiner Leute.«

»Ich weiß. Aber wir haben nicht mehr viel Zeit, Tillia. Übermorgen ist das Rennen!«

Asinius erhob sich, blickte von oben in ihre hellblauen Augen und lächelte sein jungenhaftes Lächeln, das sie so sehr an ihm mochte. Schließlich sagte er: »Ich bin zwar sicher, dass du mit etwas hinterm Berg hältst, aber ich will nicht in dich dringen. Du wirst deine Gründe haben.«

»So ist es.« Sie lächelte ihm freundlich zu.

»Dies noch! Es kann der Fall eintreten, dass du dich plötzlich entscheiden musst eine bestimmte Fährte zu verfolgen, ohne mich davon in Kenntnis setzen zu können. Dann gilt die alte Regel: All deine Schritte werden von meinen Männern beobachtet. Sie sind immer in der Nähe und werden im Notfall eingreifen. Außerdem steht jederzeit ein berittener Bote bereit, der weiß, wo er mich finden kann.«

Er neigte mit einer ruckartigen Bewegung den Kopf und reichte ihr die Hand. Tillia begleitete ihn bis zur Wohnungstür.

XXVIII

Grübelnd ging sie ins Tablinum zurück. Als Avita die Herrin nach ihren Wünschen bezüglich des Abendessens fragte, schrak sie auf und antwortete, dass sie gleich mit Athenodoros im *Siebengestirn* speisen werde, bat sie aber, für Theodoros etwas zurechtzumachen. »Der gute Junge hat bestimmt schon wieder Hunger. Wo ist eigentlich Melitta?«

»Sie ist mit Chrysostomos in der Wäscherei.«

»Gut. Sag ihr, wenn sie kommt, dass ich in der nächsten halben Stunde nicht gestört werden möchte.«

Sie ging in ihr Schlafzimmer und legte sich angekleidet aufs Bett. Das Licht verlor schon an Intensität, die Schatten der Gegenstände wurden unscharf, in einer Stunde würde es dunkel sein. Sie verschränkte die Hände hinter dem Kopf und schaute zur Decke. Sofort kehrten ihre Gedanken zum Gespräch mit Asinius Gallus zurück. Das Wichtigste hatte er fast beiläufig erwähnt: »Ich neige mehr und mehr zu der Annahme, dass sich hier ein Zweiter die Lage zunutze macht. Es kann nämlich sein, dass die Geldforderung überhaupt nicht vom Entführer der Pferde kommt ...«

Aber von wem dann? Wenn diese Vermutung stimmte, dann hätte der Entführer der Pferde überhaupt kein Interesse an Geld. Die Hengste! Es ging ihm nur um die vier Hengste! Was sollte ein Nigidius Maius auch mit ihnen anfangen? Er besaß kein eigenes Gestüt, wo er sie hätte unterstellen können. Aber Novius Niger! Er besaß vor der Stadt einen kleinen Reiterhof. Er galt als großer Fachmann in allen Fragen der Hippologie. Er könnte sehr wohl die Pferde an sich gebracht haben. Bei ihm suchte man sie am allerwenigsten.

Wie sie war auch Asinius überzeugt, dass der Haupttäter aus der Factio stammen musste. Kein Außenstehender hatte genaue Kenntnis von den internen Abläufen bei den Grünen, von den Einteilungen der Wachen, von der Reihenfolge, in der Sabinus und andere, die in der Stadt wohnten, frühmorgens eintrafen.

Tillias Puls beschleunigte sich. Novius selbst hatte die Wachen für die Nacht eingeteilt, in der die Pferde verschwanden. Nur er war in der Lage sich die Schlüssel zum Tor zu beschaffen oder davon Kopien herstellen zu lassen, damit seine Gehilfen sich ohne den Einsatz brachialer Mittel Einlass verschaffen konnten. Dazu passte seine Nervosität, seine Unruhe, das ununterbrochene Zucken der Augen, er war ihr wie gehetzt vorgekommen und ihren forschenden Blicken ausgewichen. Aus welchem Grund er die Hengste entführt haben könnte, war zwar völlig unklar, doch das schien im Augenblick zweitrangig. Man musste sich Gewissheit verschaffen.

Und Nigidius Maius? Die Herkunft der Waffe, mit der Silius beinahe getötet worden war, belastete ihn schwer. Außerdem war er mit Novius befreundet. Er konnte von der Entführung gewusst und sofort die Möglichkeit gewittert haben mit einer Erpressung schnell an eine größere Summe zu kommen.

Tillias Entschluss stand fest: Das Gut vor der Stadt musste in Augenschein genommen werden. Es war keine Zeit zu verlieren. Morgen konnte es zu spät sein, denn übermorgen war bereits das Rennen. Sie musste Perdikkas informieren und ihn veranlassen alle verfügbaren Leute zur Verfügung zu stellen. Am besten noch heute Abend! Im Schutz der Dunkelheit konnte man sich ungesehen dem Ort nähern und das Gelände inspizieren.

Sie sprang auf, öffnete die Tür und rief nach Theodoros.

Er kam aus der Küche und fuhr sich mit der Hand über den Mund.

»Theodoros, ist Perdikkas um diese Zeit noch im Ludus?«

»Jawohl.«

»Gut. Ich habe einen wichtigen Auftrag für dich.«

»Jawohl! Auftrag!« Er stand wie ein Baum.

Tillia erklärte ihm mit wenigen Worten, aber sehr eindringlich, worum es ging.

Er nickte und brummte: »Das lässt sich machen. Werde den ganzen Ludus auf die Beine, dass es eine Freude! Die Brüder werden es suchen!«

»Das Weite, ja. Und nun beeil dich!«

»Jawohl!« Er setzte zu seinem rituellen Schlag durch die Luft an und da niemand dagegen Einspruch erhob, führte er ihn auch aus, begleitet von einem kämpferischen Urlaut.

»Sehr schön. Und nun geh! Benachrichtige auch die Jungs vor dem Haus. Wir brauchen jeden Mann. Du findest mich dann im *Siebengestirn*.«

»Jawohl! *Siebengestirn* finden!« Er schlug sich mit der Faust auf die Brust, dass es dröhnte, ging zur Wohnungstür und stieß fast mit Athenodoros zusammen.

»Oh, durchaus um Verzeihung, Herr!«

»Macht nichts.«

Theodoros zwängte sich an Athenodoros vorbei und polterte die Treppe hinunter. Tillia zog Athenodoros in den Flur und weihte ihn sofort in ihren Plan ein. Er nickte beifällig und meinte, selbst wenn die Aktion ins Leere stoße, sei man insofern einen Schritt weiter, nicht wahr, als man Novius Niger dann von der Liste der Verdächtigen streichen könne.

Tillia fragte ihn nach dem Befinden von Silius und Athenodoros teilte mit, sein Zustand sei unverändert; er scheine sich in seinem aufgezwungenen Exil sichtlich wohl zu fühlen, zumal die Zahl der Bewacher vor dem Haus über den Tag hin zugenommen habe. Wahrscheinlich handle es sich bei diesen Leuten um solche aus der Truppe von Asinius Gallus.

Bevor sie die Wohnung verließen, schärfte Tillia Avita ein

sämtliche Riegel an der Flurtür vorzulegen, die drei Schlösser einrasten zu lassen und niemandem außer Melitta und Chrysostomos zu öffnen.

Der Schank- und Speiseraum des *Siebengestirns* war zwar schon zu drei Vierteln besetzt, doch Cyrus hatte wie immer den Tisch in der Ecke freigehalten. Tillia fragte ihn nach dem Tagesgericht, und Cyrus nannte Pullum Parthicum.

»Huhn auf parthische Art?« Tillia zwinkerte und sah ihn erstaunt an. »Was ist denn das?«

Als Cyrus antworten wollte, kam ihm jemand zuvor. Plötzlich stand Fabius am Tisch und erklärte: »Eine durchaus lukullische Köstlichkeit! Freilich mit dem Unterschied, dass Lukullus selbst sie noch nicht kannte.«

»Und was ist das Besondere daran?«

»Dass es aus Parthien stammt!«

»Und woher hast du das Rezept?«

»Von meinem neuen Koch.«

»Du hast einen neuen Koch?«

»Ja. Einer allein schafft es nicht mehr. Darum der zweite.«

»Etwa ein Parther?«

»Nein, ein Alexandriner.«

»Sklave?«

»Aber Tillia!« Er riss die Augen auf. »Solche Fachleute gibt es nicht mehr auf dem Sklavenmarkt! Und wenn, sind sie unbezahlbar geworden. Nein, er ist ein freier Mann. Ich stehe mich weitaus besser, wenn ich ihm ein angemessenes Gehalt zahle. Er wird zunächst für ein Jahr hier arbeiten. Dann weiß ich, ob er mir neue Gäste ins Haus gebracht hat. Ich denke da an die wachsende Zahl von Ägyptern, Judäern, Syrern und Perser, die in der Stadt ihren Geschäften nachgehen. Und er kennt alle Rezepte des Orients. So wie dieses. Also, probiert es! Wenn es euch schmeckt, rufe ich den Koch und er kann dir, Tillia, die Rezeptur erklären.«

Tillia und Athenodoros erklärten sich einverstanden und nickten Cyrus zu, der sich sofort entfernte, um die Bestellung an die Küche weiterzugeben. Fabius aber blieb am Tisch stehen, setzte eine ernste Miene auf und fragte: »Darf ich einen Augenblick Platz nehmen?«

»Aber natürlich«, sagte Tillia.

Er ließ sich umständlich nieder, wobei er den Stuhl zurücksetzen musste, um Platz für seinen kolossalen Bauch zu schaffen. »Du hast mich doch gestern nach diesem Nigidius Maius gefragt, Tillia.«

»Ja. Und?«

»Er war heute Morgen hier.«

»Ach ja? Was wollte er denn?«

»Er machte mir ein Angebot.«

»Ein Angebot, aha …«

»Ja, er hat mir drei Immobilien zum Kauf angeboten.«

»Nein!« Tillia wechselte mit Athenodoros einen Blick.

»Doch, doch, drei Häuser! In der Subura!«

»Drei Häuser? Warum? Ich meine, gab er dir dafür eine Begründung?«

»Wie? Ja, er schwafelte was von Überarbeitung, klagte über seine schlechte Gesundheit und dass ihm die Dinge allmählich über den Kopf wüchsen. Er wolle sich ohnehin demnächst aufs Land bei Tusculum zurückziehen.«

»Ha, ausgerechnet!«, rief Tillia erbost, denn sie selbst hatte dort ihr Sommerhaus.

»Ja, und er hatte gleich die Pläne dabei und zu jedem Objekt eine Aufstellung.«

Hellwach fragte Tillia: »Hat er sie selbst geschrieben?«

»Wie? Ja, er betonte das ausdrücklich, weil … es gehe ja um wichtige Dinge, hat er gesagt.«

»Ahja. Hast du diese Papiere noch?«

»Sicher. Ich wollte sie zwar nicht, weil ich kein Interesse am Kauf dieser Häuser habe, aber er drängte sie mir geradezu auf. Ich sollte es mir in Ruhe überlegen. Selbst wenn ich nur eins der Häuser kaufen würde, käme ich auf meine Kosten. Ja, ich habe sie noch.«

»Kann ich sie mal sehen?«

»Interessierst du dich denn dafür?«

»Vielleicht.«

Fabius erhob sich und ging in sein Direktionszimmer, das sich links vom Eingang befand.

Tillia legte Athenodoros die Hand auf den Arm, näherte sich seinem Ohr und flüsterte: »Jetzt fällt vielleicht die erste Entscheidung, Doro!«

»Ich verstehe. Hast du denn das Erpresserschreiben dabei?«

»Nein. Brauche ich nicht. Ich kenne die Schrift mittlerweile.«

Fabius kam zurück – er war ganz außer Atem –, nahm wieder umständlich Platz und legte mehrere lose Papyrusblätter auf den Tisch. Es handelte sich um die Baupläne der drei Häuser mit Grund- und Aufrissen, bautechnischen Angaben sowie detaillierten Anmerkungen zu den Wasseranschlüssen, Bädern und Heizungen.

Tillia beugte sich über die Blätter und tat so, als ob sie die Zeichnungen kritisch in Augenschein nähme. Sie kannte die Gebäude. Eines davon war jenes, in dem Dacius gewohnt hatte, die beiden andern entsprachen den Beschreibungen, die sie in der Toreinfahrt dieses Hauses studiert hatte. Zeichnung und Beschriftung dieser Bögen stammten wohl vom Architekten selbst.

»Und das hier ...« Fabius legte drei weitere Bögen auf den Tisch. »Das sind die Angebote von Nigidius.«

Tillia überflog die Texte und hielt einen Augenblick den Atem an. Kein Zweifel, die Schrift war die gleiche wie auf dem Erpresserbrief, hier freilich sauber und akkurat geschrieben; der Papyrus war von schlechter Qualität, wie Pollius sich abfällig dazu geäußert hatte: »Das Billigste, was man kaufen kann ... Es könnte sich um jemanden handeln, der bei allem aufs Geld schaut ... ein Mann, der aus kleinen Verhältnissen stammt«.

Haus A:
Lage: Centrum, Subura
Alter: 22 Jahre

5 Stockwerke, alle gemauert – 4 große Läden im Erdgeschoss – 10 luxuriöse Wohnungen verschiedener Größe mit Balkonen zur Straße und zum Garten – 12 Dachkammern – Wasseranschluss – Fließendes Wasser im Erdgeschoss und im 1. Stock – 8 Bäder: 4 große im Terrain, 4 kleine im 1. Stock – Großer Garten hinter dem Haus
Stellplatz für mehrere Reisewagen – Stall für 8 Maultiere oder Pferde
Preis: 800 000 Sesterzen – Mieteinnahmen im Jahr: ca. 120 000 Sesterzen
Das Objekt wirft in 7–8 Jahren Gewinn ab

Das zweite Haus sollte eine Million, das dritte eine Million und zweihunderttausend Sesterzen kosten. Am Schluss wurde besonders darauf hingewiesen, dass alle drei Gebäude beim großen Brand vor zehn Jahren vom Feuer verschont worden waren. Nun, das ließ sich nachprüfen.

Tillia reichte Athenodoros die Bögen und lehnte sich zurück. Fabius sah sie erwartungsvoll an. Schließlich sagte sie: »Das sind wirklich sehr interessante Angebote!«

»Willst du etwa eins der Häuser kaufen?«

»Vielleicht.«

Fabius starrte sie geradezu überwältigt an. Ihm war zwar bekannt, dass Tillia als die wohlhabendste Domina des gesamten Argiletums galt, aber dass sie sozusagen aus dem Stand eine Million Sesterzen oder mehr ausgeben konnte, das war ihm denn doch unheimlich. Zumal sie bescheiden lebte und auftrat.

Tillia aber hatte anderes im Sinn: »Sag mal, Fabius, könntest du mir diese Unterlagen einen oder zwei Tage überlassen?«

»Kein Problem. Aber …« Er kratzte sich am Kopf. »Was sage ich dem Nigidius, wenn er morgen kommt und fragt, ob ich …?«

»Sag ihm, du müsstest noch eine Weile darüber nachdenken. Eine solche Ausgabe tätige man nicht alle Tage.

Erwähne aber mit keinem Wort, dass die Angebote bei mir sind. Klar?«

»Klar.«

Das Essen wurde aufgetragen. Tillia legte die Unterlagen zusammen und verstaute sie in ihrer Tasche. Fabius erhob sich, wünschte guten Appetit und zog sich zurück.

Das »Huhn auf parthische Art«, kombiniert mit einem raffiniert gewürzten Chicoréesalat, weichem Gemüse aus Lattichblättern mit Zwiebeln und einem Champignonsalat, schmeckte so vorzüglich, dass Tillia Cyrus Bescheid gab, er möge doch bitte den neuen Koch aus Alexandria an ihren Tisch schicken. Schon wenige Augenblicke später näherte sich ein Mann Mitte dreißig, sehr schlank und kaum dem Bild entsprechend, das man sich gemeinhin von einem erfolgreichen Meister der Kochkunst machte. Tillia lobte ihn ausgiebig für das köstliche Pullum Parthicum und er strahlte.

»Würdest du mir die Rezeptur verraten?«

»Aber gern, Herrin!«

Sie kramte in ihrer Umhängetasche und entnahm ihr eine mit Elfenbein gefasste Wachstafel, an der ein silberner Stilus mit einem Silberkettchen befestigt war. »Bitte, du kannst anfangen.«

»Es ist ganz einfach, Herrin …« Er diktierte langsam, damit sie folgen konnte: »Öffne das Huhn hinten. Stampfe Pfeffer, Liebstöckel und etwas Kümmel, befeuchte es mit Liquamen und mische es mit Wein. Lege das Huhn in einen irdenen Topf und gieße die Soße darüber. Lasse es eine gute Stunde schmoren. Bestreue es mit Pfeffer und serviere.«

Tillia notierte mit fliegendem Stift und meinte: »Ich kenne zwar einige Rezepte zum Thema Huhn, aber dieses noch nicht. Dabei ist es doch ganz einfach.«

»So ist es, Herrin. Wenn du mich jetzt entschuldigen würdest …«

»Einen Augenblick bitte! Wie heißt du?«

»Apion, Herrin.«

»Danke, Apion!«

Der Koch verbeugte sich und ging zurück in die Küche. Tillia blickte ihm nach und meinte: »Ein netter Mensch, nicht? Wo Fabius den wohl aufgetrieben hat?«

Athenodoros wollte etwas sagen, kam aber nicht mehr dazu, denn ein auffallend großer, sehr muskulöser Mann betrat den Raum, musterte mit grimmigem Gesicht die Gäste und bewegte sich zielsicher auf den Tisch von Tillia und Athenodoros zu: Theodoros. Er baute sich sehr senkrecht auf, schlug mit der Faust auf den Brustkorb trompetete: »Wir sind bereit, Herrin! Werden die Knaben ausräuchern, dass es eine Freude! Es sei denn ...«

»Ja?«

»Sie suchen es! Werden es aber nicht finden!«

»So ist es.« Tillia lächelte ihm zu und wandte sich an Athenodoros: »Er meint *das Weite*.« Dann winkte sie Cyrus herbei, Athenodoros zahlte und steckte ihm wie immer ein üppiges Trinkgeld zu. Als Cyrus gegangen war, fragte Tillia leise: »Habt ihr Wagen dabei?«

»Nein, Herrin, Pferde. Der Chef meinte, Wagen seien zu langsam und zu laut.«

»Einverstanden.«

Sie verließen den Gastraum. Placida, die riesige Molosserhündin, begleitete sie bis zum Ausgang.

Auf der Straße war es schon dunkel. Im Schein der sieben Laternen des Wirtshausschildes erkannte Tillia fünf Gestalten und acht Pferde. Es waren Perdikkas, Pankrates, Hormus, Geta und Dumnorix. Perdikkas löste sich aus der Gruppe, trat zu Tillia und fragte leise auf Griechisch: »Du kannst doch reiten – oder?«

»Wie du noch allemal, *Lanista*!«

»Dacht ich's doch!« Er zog sie am Arm in den Schatten der Arkade und fuhr noch leiser fort: »Warst du schon mal auf dem Gestüt dieses Novius Niger?«

»Nein. Ich weiß nur, dass es an der Via Tusculana beim vierten Meilenstein liegen soll. Kennst du die Anlage?«

»Ja.«

»Ach! Woher?«

»Wollte mir letztes Jahr ein Pferd bei ihm kaufen.«

»Hast du's?«

»Nein. Das Tier war mir zu leicht. Er züchtet ja nur diese schlanken Renner für den Circus, keine Reitpferde.«

»Ich weiß.« Sie zwinkerte. »So, wir können!«

Perdikkas gab Geta ein Zeichen. Der Sekretär näherte sich mit einem schwarzen Wallach. Tillia legte dem Tier die Hand auf die Nüstern und sprach mit ihm. Staunend verfolgten die Übrigen, was dann geschah: Perdikkas hielt seine verschränkten Hände so, dass Tillia sie als Stütze benutzen konnte. Sie setzte einen Fuß hinein, stemmte sich mit einem gekonnten Schwung hoch und erreichte sicher den Rücken des Pferdes. Die Zuschauer klatschten Beifall, was Theodoros so kommentierte: »Herhören! Wer nicht weggeht, kommt nie wieder! Nehmt euch die Herrin als mahnendes Beispiel! Klatschen kommt vor dem Fall!« Sprach's, ging zu seinem Pferd und schwang sich auf dessen Rücken. »Na also!«

Geta schüttelte wie immer missbilligend den Kopf, die Übrigen grinsten.

»Aufsitzen!«, befahl Perdikkas.

Athenodoros schaffte es ohne fremde Hilfe, denn er war ein geübter Reiter. In den Sommermonaten unternahm er oft zusammen mit Tillia Ausritte in den Albaner Bergen.

Perdikkas setzte sich an die Spitze und trabte los. An der Gabelung des Argiletums bog er nach rechts in den Clivus Suburanus ein.

XXIX

Schon nach wenigen Augenblicken erreichten sie die Porta Esquilina. Beide Flügel des Haupttores standen offen, denn nun setzte der Strom der bäuerlichen Fahrzeuge ein, um die Stadt während der Nacht mit Viktualien zu versorgen. Fackeln erhellten den Platz. Perdikkas saß ab, ging auf die Posten zu und teilte ihnen mit, dass der Reitertrupp im Laufe der Nacht zurückkehren werde. Wann das genau sei, könne er nicht sagen. Da das Tor dann vielleicht geschlossen war, machte er mit ihnen für alle Fälle ein Losungswort aus: *Geminator*. Es war der Name des besten Pferdes aus Diocles' Gespann.

Die Wachen, die den Chef des Ludus Magnus und seine athletischen Begleiter längst erkannt hatten, fanden es zwar seltsam, dass in deren Mitte eine Domina mittleren Alters souverän zu Pferde saß, stellten aber keine Fragen. Man öffnete das rechte Seitentor und ließ die Reiter passieren.

Nach etwa zweihundert Schritt gabelte sich die Straße. Perdikkas schwenkte nach rechts auf die hier abzweigende Via Merulana ein. Tillia kannte die Gegend gut und konnte sich auch in der Dunkelheit orientieren. Wenn sie zu ihrem Sommersitz nach Tusculum fuhr, nahm sie den gleichen Weg, denn die Via Merulana – die »Amselstraße« – verlief an der Ostseite der Gärten des Maecenas fast kerzengerade nach Süden und stieß nach einer halben Meile auf die Via Tusculana. Dieses Areal, seit Augustus als REGIO V der östlichste

Stadtbezirk, gehörte dem Namen nach zwar zum Esquilin, hatte aber einen völlig anderen Charakter als dessen innerhalb der Servianischen Mauer gelegener Teil. Während der Republik befand sich hier ein großer Friedhof, den Straßen und Wasserleitungen durchquerten. Maecenas hatte schließlich mit der Sanierung dieses Gebiets begonnen, andere Adelige waren ihm gefolgt und hatten das ganze Plateau mit Villen und Parkanlagen überzogen. So war eine zusammenhängende breite Grünzone entstanden, die sich über mehr als vier Meilen, nur vom Exerzierplatz der Prätorianer unterbrochen, in einem großen Bogen von den Gärten des Lucullus und des Sallust im Norden der Stadt bis zu jenen des Maecenas im Osten erstreckte. Die meisten Anwesen waren nach Augustus längst in kaiserlichen Besitz übergegangen, doch immer noch gab es vereinzelte, kleinere Partien in Privatbesitz. Tillia hatte schon mit dem Gedanken gespielt, eines der wenigen noch in Privatbesitz befindlichen Grundstücke zu kaufen, hatte aber schnell Abstand davon genommen, als man ihr den Kaufpreis für Grundstück und Haus nannte, der sich in astronomischen Höhen bewegte.

Sie passierten die gewaltigen Bögen des Aquädukts, der die Wasser der Aqua Claudia über die Straße und weiter zu den Kaiserpalästen auf dem Palatin leitete. Wenig später erreichten sie den großen Verkehrsknotenpunkt im Südosten der Stadt, wo die Merulana sich mit der Tusculana, Caelimontana und Asinaria sternförmig kreuzte. Sie bogen links in die Tusculana ein und folgten ihr in südöstlicher Richtung. Hauchdünne Wolkenstreifen lagen über dem mittleren Himmel, doch sie trübten den Mond kaum. Die Reiter konnten sich gut orientieren.

Ein schier endloser Zug schwerfälliger Ochsengespanne kam ihnen entgegen, immer wieder mussten sie seitlich ausweichen. Stadtauswärts waren sie die Einzigen, die in der Dunkelheit noch unterwegs waren.

»Sollte durchaus verboten werden, das Gerümpel«, brummte Theodoros.

Prompt belehrte ihn Geta: »Gerumpel! Es heißt Gerumpel!«

»Sag ich doch! Halten den ganzen Verkehr an sich auf. Lächerhaft!« Da keiner der andern reagierte, folgte das übliche »Na, dann eben nicht …«.

Schweigend ritten sie hintereinander her. Niemand wusste, was sie erwartete. Sogar auf dem Gesicht von Perdikkas zeichnete sich eine gewisse Spannung ab. Tillia, die noch nie auf dem Gelände des Gutes gewesen war, verließ sich voll und ganz auf die Kenntnis von Perdikkas. Man konnte erst vor Ort entscheiden, wie vorzugehen war.

Sie mochten eine halbe Stunde geritten sein, als Perdikkas nach links auf einen unbefestigten Feldweg abbog. Voraus erkannte Tillia eine Ansammlung von Zypressen, die ihre nachtschwarzen Finger gen Himmel streckten. An einigen Stellen schimmerte schwacher Lichtschein durch die Bäume.

Perdikkas hielt an, ließ sich auf den Boden gleiten, führte das Pferd am Zügel zu einer Baumgruppe, die etwas abseits vom Weg stand, und zwängte sich durch das Geäst zu einer kleinen Lichtung. Die anderen folgten mit den Tieren nach. Der Ort ist gut gewählt, dachte Tillia. Man war unmittelbar neben dem Weg und konnte von dort nicht gesehen werden. Außerdem erreichte man schnell die Via Tusculana.

»*Audite!* Herhören!« Perdikkas blickte in die Runde und fuhr auf Griechisch leise fort: »Dumnorix bleibt hier bei den Pferden.«

»Jawohl!«

»Ich gehe davon aus, dass die vier Hengste, wenn sie denn hier sind, sich innerhalb des ummauerten Areals befinden. Ich kenne das Gelände. Die Ställe sind unmittelbar neben dem Wohnhaus. Dort wird man die Tiere aber nicht versteckt haben. Am östlichen Ende des Anwesens gibt es eine Senke mit einem Teich, der von einem Bach aus den Bergen bewässert wird. Dahinter befindet sich ein Tor, durch das man das außerhalb der Mauer gelegene Übungsgelände, eine provisorische Rennbahn, erreicht. Unmittelbar neben diesem Tor steht ein hölzerner kleiner Stall. Dort pflegt Novius die Pferde nach den Übungen ausruhen zu lassen, bevor er sie wieder über die Bahn jagt. Das wäre der geeignetste Ort, um die gestohlenen Hengste unterzustellen.

Ich glaube nicht, dass dieser Stall besonders bewacht wird. Novius Niger dürfte sich hier vollkommen sicher fühlen. Dennoch könnten die Tiere bei unserem Erscheinen unruhig werden und die Aufmerksamkeit der Stallknechte im vorderen Teil wecken. Novius und seine Leute müssen abgelenkt werden. Das ist der riskanteste Teil des Unternehmens.«

»Liebe riskant!«, tönte Theodoros und reckte sich. »Werde ihn ablenken, dass er hört und sieht!«

»... dass ihm Hören und Sehen vergeht«, schulmeisterte ihn Geta. Doch bevor der Hüne darauf eingehen konnte, schnitt ihm Perdikkas das Wort ab: »Nein! Du wirst hinten gebraucht. Ich denke an Geta ...«

Da schaltete Tillia sich ein: »*Lanista!* Du wirst jeden der Jungs hinten brauchen, auch Geta. Ich habe einen besseren Vorschlag: Athenodoros und ich melden uns mit unseren Pferden ganz offiziell am Haupttor und erklären, wir müssten den Hausherrn unbedingt sprechen. Die Sache eile. Wir brauchten einen sachdienlichen Hinweis von Novius, der Licht in die Affäre bringen könnte. Du kannst sicher sein, man wird uns einlassen.«

»Und was willst du ihm erzählen?«

»Oh, sei unbesorgt«, sie zwinkerte lebhaft und ihre Augen funkelten, »was ich ihm erzähle, wird ihn sehr interessieren. Und dass Athenodoros mich begleitet, macht die Sache glaubwürdiger. Verliert also keine Zeit! Macht euch auf den Weg!«

»Er könnte euch als Geiseln nehmen!«

»Warum sollte er das tun? Er weiß doch nicht, dass ihr hier seid, noch weniger, was ihr vorhabt. Außerdem traue ich ihm nicht die bedenkenlose Brutalität eines Nigidius Maius zu.«

»Na gut. Wenn alles klappt, sehen wir uns später in der Factio.«

»Hals und Beinbruch!«

Perdikkas und seine Männer verließen das Gehölz und verschwanden in der Dunkelheit. Tillia und Athenodoros warteten eine Weile, dann traten auch sie mit ihren Pferden aus dem Gebüsch, saßen aber nicht auf, sondern gingen die kurze Strecke bis zum Haupttor zu Fuß.

Auf den Torpfeilern brannten Laternen. Athenodoros suchte und fand rechts einen Griff, der über einen Zug mit einer Glocke verbunden war. Er betätigte ihn. Laut scheppernd zerriss die Glocke mit blechernem Ton die Stille.

»Hoffentlich hat er keine Wachhunde auf dem Gelände«, sagte Tillia. Sie dachte dabei weniger an sich und Athenodoros als an Perdikkas und die andern.

Da sich nichts regte, betätigte Athenodoros noch einmal den Zug. Endlich näherten sich Schritte. Sie klangen forsch und fest, wie von einem jungen Mann. Als der Öffnende in den Lichtschein der Lampen trat, fand Tillia ihre Vermutung bestätigt. Er hatte das Gesicht eines Zwanzigjährigen, trug das Haar sehr kurz, sodass sie ihn für einen der Sklaven von Novius hielt.

»Was gibt es?«, fragte er und musterte erstaunt die beiden Fremden vor dem Tor, die Pferde am Zügel hielten.

Tillia lächelte ihm freundlich zu und erklärte: »Sag deinem Herrn Novius Niger, Tillia Capriola und Athenodoros der Arzt seien da und möchten dringend mit ihm sprechen.«

Vielleicht kannte er ihren Namen, vielleicht war er auch nur überrascht eine Domina mit Reitpferd vor sich zu sehen, jedenfalls zog er den Torflügel, den er nur einen Spalt weit geöffnet hatte, ganz auf und ließ beide eintreten. Sofort wurde das Tor wieder geschlossen und verriegelt.

»Bitte folgt mir!«

Er ging voraus. Gesäumt von Hecken, Buschwerk und Zypressen, führte der Weg im Bogen zu einem freien Platz. An drei Seiten rahmten ihn Gebäude ein. In der Mitte das Wohnhaus, rechts und links Ställe, Lagerräume und Werkstätten. Die weißen Mauern schimmerten im Mondlicht. Der mittlere Eingang zum Gutshaus wurde von Laternen beleuchtet. Auch an den Türen zu den Ställen brannten Lampen. Der unverwechselbare Geruch von Pferden lag in der Luft.

»Bitte wartet!«

Der junge Mann nahm die drei Stufen des Eingangs mit einem Satz und verschwand im Haus. Schon wenige Augenblicke später erschien Novius Niger im Türrahmen und blickte geradezu verstört auf die Ankömmlinge. Sein Gesicht zuckte. Er sieht noch schlechter aus als gestern, dachte Tillia.

Novius musste nun irgendetwas sagen. Er rief, dabei um Verbindlichkeit bemüht: »Das ist aber eine Überraschung! Darf ich bitten!«

Mit einer Handbewegung wies er den Sklaven an sich um die Pferde zu kümmern. Tillia beobachtete ihn genau, konnte aber keinen Hinweis auf irgendeine geheime Absprache zwischen den beiden entdecken. Der junge Mann nahm beide Pferde am Zügel und verschwand mit ihnen in einem der Ställe. Tillia merkte sich die Tür für den Fall, dass sie mit Athenodoros das Anwesen schnell verlassen musste. Zugleich schoss ihr durch den Kopf, dass dies im Ernstfall wohl gar nicht ginge, weil das vordere Haupttor verschlossen war. Zum ersten Mal wurde sie sich der heiklen Lage bewusst, in die sie Athenodoros und sich selbst gebracht hatte. Doch nun gab es kein Zurück mehr.

Sie gingen ins Haus. Tillia hatte neureichen Prunk erwartet, farbige Bodenmosaiken, in Marmor gefasste Türrahmen, kostbare Möbel, doch alles machte einen einfachen, ganz auf Zweckmäßigkeit ausgerichteten Eindruck. Mehr noch, es schien ihr, als ob bei der Einrichtung des Hauses nur das Notwendigste berücksichtigt worden war, um es bewohnbar zu machen. Die Ausstattung wirkte karg, spartanisch, farblos, ja geradezu ärmlich. Entweder legte Novius keinen Wert auf größeren Aufwand oder er hatte einfach nicht die Mittel dafür, weil er alles in den laufenden Betrieb steckte. Tillia hielt das Zweite für wahrscheinlich. Offenbar musste Novius sein Geld zusammenhalten.

Der Hausherr führte Tillia und Athenodoros in einen der

hinteren Räume. Es war wohl sein Arbeitszimmer. Auch hier war die Einrichtung karg. Die Wände prosaisch weiß getüncht, ganz ohne schmückende Bemalung. Der Tisch alt, an den Kanten abgewetzt. Die Stühle entsprechend einfach.

Novius rückte ihnen die Stühle und nahm hinter dem Tisch Platz.

»Wie ich schon sagte«, begann er, »das ist wirklich eine große Überraschung!« Sein rechtes Auge zuckte gleich dreimal hintereinander. »Dessen ungeachtet freue ich mich ganz außerordentlich, dass ihr einmal den Weg hierher gefunden habt. Was darf ich euch anbieten? Dabei muss ich mich gleich entschuldigen: Da ich nicht auf euren Besuch eingestellt bin, kann ich natürlich kein Mahl offerieren, das euch angemessen wäre. Aber ich denke …«

»Ich bitte dich, Novius!«, unterbrach ihn Tillia. »Wir sind wirklich nicht zum Essen gekommen und müssen uns für dieses unangemeldete Eindringen entschuldigen.« Sie hatte seiner langen umständlichen Eröffnung mit großem Erstaunen gelauscht. Noch nie, solange sie ihn kannte, hatte sie diesen sonst so wortkargen gehemmten Mann so viel reden hören. »Wir werden dich«, fuhr sie fort, »auch nicht lange belästigen. Mach also bitte keine Umstände.«

»Nun, wie ihr meint.« Er fuhr sich mit der Hand über das zuckende Auge, strich das Haar zurück und schaute Tillia an. Was würde sie als Grund für den späten Besuch nennen? Höflich wandte er sich an Athenodoros: »Wie geht es Silius?«

»Ich denke, er ist, dank seiner äußerst stabilen Konstitution, nicht wahr, über den Berg. Er hat großes Glück gehabt.«

»Ja, das denke ich auch.« Er nickte. »Ist er noch in deiner Wohnung?« Die Frage klang wie beiläufig, doch Tillia entging nicht, dass sie etwas zu schnell kam.

»So ist es.«

»Dann ist er in guten Händen. Das Haus wird ja nun Tag und Nacht bewacht.«

»Das ist richtig«, meinte Athenodoros. »Nach den schrecklichen Vorfällen dürfen wir kein Risiko mehr eingehen, nicht wahr.«

»Natürlich nicht.« Wieder fuhr er sich über das zuckende Auge. »Schlimm das alles. Was sage ich? Furchtbar! Wenn es nur um die Pferde ginge. Aber zwei Menschen sind kaltblütig ermordet worden.«

»Drei!«, verbesserte Tillia. »Du vergisst Commius!«

»Wie? Ja natürlich, Commius. Schrecklich! Der beste Stallknecht, den ich hatte.« Er betrachtete seine Hände. Tillia aber frohlockte: Soeben hatte er sich verraten! Als er die Factio verließ, lebte Commius noch!

Novius fuhr fort: »Ich gehe wohl recht in der Annahme, dass ihr gekommen seid, um mir noch einige Fragen zu stellen. Im Übrigen …«

»Ja?«

»Es ist mir natürlich bekannt, dass …«, er lächelte wissend, »dass du, Tillia Capriola, insgeheim mit einigen Untersuchungen betraut bist.«

»Ahja? Von wem willst du das erfahren haben?«

»Oh, man bekommt einiges mit in der Factio.« Wieder dieses Lächeln, nun schon eine Spur anzüglicher.

Tillia lachte böse auf: »Ähä … Die Factio Prasina scheint eine Quasselbude zu sein! Aber ich sage dir …« Plötzlich schossen ihre hellblauen Augen Blitze und sie fixierte ihn scharf: »Du kannst sicher sein, ich hätte mich auch ohne diese Bitte von höchster Stelle mit gleicher Leidenschaft der Aufklärung dieser Verbrechen gewidmet. Immerhin drängt die Zeit. Übermorgen ist das Rennen.«

»So ist es.« Novius nickte, sichtlich beeindruckt von ihrer Direktheit. »Aber wie … wie wollen wir denn in der kurzen Zeit, die uns bleibt, den Ort finden, an dem die Pferde versteckt sind? Das ist doch unmöglich! Ganz zu schweigen davon, dass die Tiere durch die Ereignisse und den Aufenthalt in fremder Umgebung verstört sind. Selbst wenn wir sie morgen fänden, brauchte Diocles mehrere Tage, um sie auf den alten Stand zu bringen.«

Er ist sehr geschickt, dachte Tillia, geschickter, als ich dachte. Er sagt *wir*, als würde er wie alle Übrigen leiden. Gezielt fragte sie: »Also, Novius, kannst du mir noch irgendwelche Hinweise geben, die mir weiterhelfen könnten?«

Sein Auge zuckte, er blickte auf die Tischplatte. »Ich muss nachdenken …«

»Tu das!«

»Nun ja, nach allem, was passiert ist, kann es sich doch nur um jemanden handeln, der in der Factio tätig ist. Nur ein Grüner wäre in der Lage gewesen diese Taten gezielt durchzuführen.«

»So ist es. Und an wen würdest du dabei denken?«

»Das ist wirklich sehr schwer zu entscheiden. Ich selbst könnte es zum Beispiel gewesen sein …« Er lächelte und es wirkte gewollt zweideutig.

»Allerdings«, meinte Tillia. »Du als Verwaltungschef hältst immerhin alle Fäden in der Hand.«

Er spielte mit: »Das ist richtig. Aber nun sag mir, warum sollte ich das tun?«

Während sie noch überlegte, was sie dazu sagen sollte, hörte man von draußen Schreie. Novius hielt den Kopf schief und lauschte. Es war wieder ruhig. Er schüttelte unwirsch den Kopf. »Dabei habe ich ihnen eingeschärft, sie sollen ihrer Arbeit leise nachgehen. Schreien ist so schrecklich ordinär. Mit Sklaven hat man nur Ärger!«

Wieder ein Schrei! Jetzt wurde Novius unruhig. »Das ist denn doch …!« Er stand auf, entschuldigte sich und verließ den Raum.

Tillia und Athenodoros schossen in die Höhe, gingen zur Tür, die nur angelehnt war, und spitzten die Ohren. Draußen hastete jemand über den Kies des Platzes davon. Auch die Schreie entfernten sich.

»Gute Göttin!«, flüsterte Tillia. »Doro, jetzt fällt die Entscheidung!« Dass ihre Hand sich an Athenodoros' Arm festkrallte, wurde ihr nicht bewusst.

Sie warteten. Tillias Gedanken jagten sich: Jeden Augenblick konnte Novius zurückkommen und sie beide als Geiseln nehmen, wie Perdikkas befürchtet hatte.

»Hörst du was?« Sie starrte ihn offenen Mundes an.

»Nein.«

»Ich auch nicht.« Vorsichtig öffnete sie die Tür und spähte in den langen Flur. Im Haus war es vollkommen ruhig.

»Da!« Tillia erstarrte. Eine Tür war zugeschlagen worden. In der Nähe wieherte ein Pferd. Es musste unmittelbar vor dem Eingang sein. Dann hörten sie Novius schreien: »Beeil dich!« Es klang wie in höchster Verzweiflung. Im gleichen Augenblick ging das Pferd aus dem Stand in einen scharfen Galopp über. Man hörte das Mahlen der Hufe im Kies.

Athenodoros ging mit schnellen Schritten durch den Gang, Tillia folgte ihm. Er öffnete die Haustür einen Spalt und trat zusammen mit Tillia nach draußen. Sie sahen gerade noch, wie zwei Pferde mit großer Geschwindigkeit auf dem Kiesweg davonjagten.

Tillia fasste nach ihrem Herzen: »Doro! Er gibt alles verloren! Er flieht! Also war er es!«

Athenodoros nickte und riss sie in den Eingang zurück, denn von der anderen Seite näherten sich zwei Reiter, die jeder zwei weitere Pferde am Zügel führten. Sie hielten genau auf den Eingang zu und sprangen dort vom Rücken der Tiere. Athenodoros erkannte Theodoros und Pankrates und trat hinaus.

»Herr!«, rief Theodoros mit gedämpfter Stimme. »Nichts wie weg!«

»Habt ihr sie?«

»Wir haben sie!« Er zeigte auf die Pferde und grinste breit. Tillia trat heran und erkannte mit einem Blick, dass es sich um Geminator, Silvanus, Saxo und Nitidus handelte.

»Aber unsere eigenen Pferde!«, rief sie. »Wir müssen sie holen!«

»Brauchen wir nicht, Herrin. Haben genug von den hübschen Tierchen, dass es eine Freude! Kannst auf zweien reiten, wenn du willst!«

Er half Tillia beim Aufsitzen, Athenodoros kam allein auf den Rücken seines Tieres. Sie wendeten und galoppierten zum hinteren Teil des Anwesens. Das Tor nach draußen stand weit offen. Perdikkas erwartete sie unruhig.

»Wo sind Hormus und Dumnorix?«, fragte Tillia.

»Die Pferde holen. Dann sind wir schneller weg.«

Tillia lachte befreit auf und rief: »Das eilt überhaupt nicht, *Lanista*. Novius ist zusammen mit einem Vertrauten geflohen.«

Theodoros brummte: »Habe ich doch gesagt: Er wird es suchen! Nun sucht er es!«

»Das Weite, ja.« Überglücklich betrachtete Tillia die vier Hengste. »Das ist wichtiger: Wir haben sie! Wir haben sie!«

Man hörte Pferdegetrappel. Hormus, Geta und Dumnorix bogen mit drei weiteren Pferden in die Einfahrt ein.

»Hat es hier Schwierigkeiten gegeben?«, wollte Tillia wissen. »Es ist so ruhig!«

»Tja ...« Perdikkas rieb sie Hände. »Hier waren nur drei Leute.«

»Und wo sind sie?«

»Auch über alle Berge.«

»Na dann ...« Tillia schüttelte den Kopf. »Er muss sich vollkommen sicher gefühlt haben.«

»Das mag schon so sein«, meinte Perdikkas nachdenklich. »Aber es passt in keiner Weise zur Schwere des Verbrechens. Das Unternehmen ist absolut dilettantisch aufgezogen worden. Und dieser Mann wollte zehn Millionen haben? Nicht zu fassen!«

Er betrachtete kritisch die vier Hengste, die nervös tänzelten, schnauften und scharrten. »Sie sind es nicht gewöhnt, geritten zu werden. Lassen wir sie also nur mitlaufen.«

Die Posten an der Porta Esquilina staunten nicht wenig, als sie gewahr wurden, was die Heimkehrer da am Zügel mit sich führten. Im Nu hatten sich alle um die vier Hengste versammelt und betrachteten sie mit großer Scheu, als seien sie vom

Himmel gefallen. Endlich traten einige näher heran, nannten sie zärtlich bei ihren Namen, tätschelten ihnen die Flanken, legten die Hand auf die Nüstern und lobten sie ausgiebig. Und schon begann ein längeres Palaver über die Stärken und Schwächen von Nitidus, Saxo, Silvanus und Geminator, denn all diese Männer waren leidenschaftliche Anhänger der Grünen, die sich noch kein Rennen der Saison hatten entgehen lassen.

Plötzlich hieß es: »Herhören!« Alle wandten sich um. Theodoros reckte sich zu voller Größe und tönte grollend: »Es besteht überhaupt kein Anlass sich allhier in die Sandalen zu pinkeln! Die niedlichen Tierchen müssen übermorgen an den Start! Sie sind müde. Ihr auch. Nun geht also in euch und bleibt, wo ihr seid. Herhören! Gestern standen wir noch am Rande des Abgrunds, heute sind wir schon einen Schritt weiter! Na also …«

Die Männer grinsten und ließen sie ziehen. Noch an diesem Abend würde es sich in den Kneipen der Subura und des Argiletums wie ein Lauffeuer verbreiten, dass Geminator, Silvanus, Saxo und Nitidus wieder frei waren. Morgen würde es die ganze Stadt wissen.

Die Route über die Porta Esquilina war zwar ein Umweg – der schnellere Weg zur Factio Prasina hätte über die Via Tusculana geführt, die bis zum Ludus Magnus im Zentrum vorstieß –, doch Perdikkas hatte sichergehen wollen, dass man sie in der Dunkelheit noch in die Stadt ließ, darum hatte er die Posten bei der Esquilina informiert.

Der Himmel hatte sich zugezogen. Sie sahen kaum noch die Hand vor Augen. Nun mussten sie vorsichtiger reiten, denn diese Umgebung war den Hengsten fremd. Beruhigend wirkte sich auf sie die Gelassenheit der übrigen Pferde aus. Lediglich das plötzliche Auftauchen von grölenden Betrunkenen verunsicherte die Tiere und ließ sie einmal kurz scheuen.

Als sie den Vicus Stablarius erreichten, hatte die erste Nachtwache gerade begonnen. Die Straße war vollkommen leer, auch vor dem Haupttor der Factio lungerte niemand mehr herum. Die Reiter ließen sich von den Pferden gleiten und merkten plötzlich, wie müde sie waren. Perdikkas ging selbst zum Tor und betätigte den bronzenen Klopfer. Drinnen rührte sich nichts.

»Darf ich mal, Herr?« Theodoros war neben Perdikkas getreten und schaute ihn fragend an.

»Bitte! Aber lass die Tür ganz!«

Die Schläge, die der Hüne gegen das Holz donnerte, ließen das Tor erzittern. Sie hätten den letzten Schläfer im Umkreis einer Viertelmeile geweckt. Endlich näherten sich Schritte. »Na also.«

Die Klappe ging auf, eine Lampe wurde hochgehoben, das Gesicht des Störenfrieds begutachtet, und dann hieß es: »Wohl verrückt, wie! Was soll das, Mann?«

Offenbar sah der Pförtner in der Dunkelheit nur das Gesicht von Theodoros vor sich. Dessen Antwort kam auf der Stelle: »Herhören! Du wirst auf der Stelle deine gichtigen Finger bewegen und dieses Törchen öffnen, auf dass es dir gut gehe auf Erden! Sonst werde ich dir heimleuchten!«

»Wie bitte?«

»Sagte: Öffnen! Die göttlichen Pferde müssen endlich ins Bett! Und du auch!«

»Sag mal, hast du 'ne Meise?«

Da schob Perdikkas Theodoros zur Seite, trat in den Lichtschein der Laterne und fragte: »Kennst du mich?«

Der Mann hielt die Lampe noch näher heran, nickte und murmelte beflissen: »Bitte um Verzeihung, Herr! Konnte ja nicht wissen ...«

»Nun weißt du's«, brummte Theodoros, fügte aber hinzu: »Öffne das Haupttor, damit die Sterne der Rennbahn sich nicht bücken müssen! Haben das nämlich nicht gerne.«

»Selbstverständlich!«

Der Mann traute seinen Augen nicht, als er endlich begriff, was Theodoros meinte: Geminator, Silvanus, Saxo und Nitidus kehrten heim. Sorgsam schloss er das Tor und legte den schweren Balken vor.

Tillia fragte: »Ist Tatianus noch da?«

»Jawohl!« Der Pförtner bemühte sich jetzt sogar um eine irgendwie soldatische Haltung, was ihm bei seinem Leibesumfang freilich Mühe machte. »Ich werde ihn sofort ...«

Er eilte davon.

Schon wenige Augenblicke später stürzte der *Dominus Factionis* aus dem Verwaltungsgebäude, gefolgt von Laches, seinem Sekretär. Er hielt mitten im Lauf inne, blieb stehen, fuhr sich über die Augen und stammelte: »Ein Wunder ... ein Wunder ist geschehen!«

»Keineswegs«, meinte Tillia trocken. »Es ist mehr das Ergebnis gründlichen Nachdenkens.«

»Nenn es, wie du willst, Tillia. Für mich ist es eins!« Tatianus strahlte, ging um die vier Hengste herum, betrachtete sie, als ob er sie zum ersten Mal sähe, und wandte sich an Laches: »Diocles! Hol den Diocles!«

Sachlich fragte Tillia: »Wie geht es ihm?«

»Schlecht. Was erwartest du!«

»Ist Cornelius Sabinus wieder in der Factio?«

»Nein. Warum?«

»Ich hätte gern mit ihm gesprochen. Aber das kann ich auch morgen.«

Diocles eilte herbei, blieb wie Tatianus einen Augenblick wie angewurzelt stehen, ging dann auf die Pferde zu, machte erneut Halt und rief sie leise bei ihren Namen. Da wendeten alle vier die Köpfe, richteten ihre Ohren auf, kamen auf ihn zu und begannen an seinen Armen, Händen, an Hals und Gesicht zu knabbern. Diocles umarmte sie, streichelte sie, sprach ununterbrochen leise auf sie ein, legte diesem und jenem die flache Hand auf die Nüstern, lehnte seinen Kopf gegen den ihren und küsste sie.

Tillia traten die Tränen in die Augen. Sie fuhr sich mit der Hand darüber, um ihrer Rührung Herr zu werden. Schließlich wandte sie sich an Tatianus: »Wir müssen mit dir reden.« Und zu Diocles: »Mit dir auch!«

Diocles nickte. »Ich komme gleich nach.«

Längst hatten sich die Stallknechte um die Pferde versammelt. Auf einen Wink von Diocles brachten sie die Hengste in den Stall und kümmerten sich dann auch um die Pferde von Perdikkas. Tatianus ging mit den Übrigen ins Hauptgebäude.

Man kam schnell zu Sache. Perdikkas und Tillia berichteten dem *Dominus Factionis* ausführlich, wie es zur Wiederauffindung und Befreiung der Pferde gekommen war. Tatianus hörte gespannt zu. Als Tillia dann anmerkte, Novius Niger sei Hals über Kopf geflohen, lehnte Tatianus sich zurück und dachte nach. Schließlich nickte er mehrmals vor sich hin und sagte dann: »Das passt zu ihm.«

»Wie meinst du das?«, fragte Tillia.

»Nun, ich habe, seit ich ihn kenne, immer den Eindruck gehabt, dass der Mann sich übernimmt.«

»Du meinst damit sein Gestüt?«

»Ja, natürlich. Ihm fehlte das Kapital, um einen solchen Betrieb auf Dauer unterhalten zu können.«

»Ahja ... Das entspricht durchaus dem, was ich gesehen habe. Sein Haus ist geradezu ärmlich eingerichtet.«

»Da hast du's!« Tatianus hob die Hand. »Ich war zwar nie dort, kann es mir aber lebhaft vorstellen.«

Tillia zwinkerte. »Tatianus! Das Gehalt, das die Renngesellschaft ihm über all die Jahre zahlte, kann doch unmöglich gereicht haben, um sich diesen Luxus einer eigenen Zucht zu erlauben. Worauf ich hinauswill, ist Folgendes: Er muss sich aus anderen Quellen Geld beschafft haben.«

Tatianus nickte. »Das denke ich auch.«

»Hast du eine Ahnung, von wem?«

»Nein, aber dafür gibt es in dieser Stadt zahlreiche Möglichkeiten. Im Übrigen passt zu dem allen ja der Erpresserbrief.«

»Aber Tatianus ...« Tillia schüttelte energisch den Kopf. »Du sagtest doch selbst noch heute Morgen, dass die Schrift nicht von Novius Niger stammt.«

»Dabei bleibe ich auch, denn ich kenne seine Schrift durch den täglichen Umgang mit ihm sehr genau. Aber der Brief könnte auch von einem andern geschrieben worden sein.«

»Das ist richtig.« Sie lächelte wissend.

Er starrte sie überrascht an. »Weißt du etwa von wem?«

»Ja.«

»Und?«

»Nigidius Maius.«

»Nigidius Maius?« Tatianus hielt den Mund eine Weile überrascht offen. »Du meinst doch nicht etwa diesen Baulöwen, dem mehrere Insulae in der Subura gehören?«

»Genau den!«

»Und dafür hast du Beweise?«

»Allerdings.«

»Nämlich?«

»Mein lieber Tatianus ... ehä ... Die Sache ist noch sehr heiß, man kann sich daran die Finger verbrennen. Will sagen: Mir fehlen noch ein paar Steinchen im Mosaik. Aber ich denke, dass ich sie morgen finden werde.«

»Dann weißt du freilich mehr als Asinius Gallus!«

»Das ist durchaus möglich.« Sie unterdrückte ein Gähnen. »Eine Frage, Tatianus: Hat Novius noch eine Wohnung in der Stadt?«

»Nicht dass ich wüsste. Ist das denn wichtig?«

»Vielleicht.«

Tatianus, der spürte, dass Tillia am Ende ihrer Kraft war, stand auf, um sie und die andern bis morgen zu verabschieden. In diesem Augenblick kam Diocles herein und meldete strahlend: »Sie sind alle in Ordnung!«

»Na siehst du!« Tillia gähnte nun tatsächlich.

Als Diocles nun zu einem längeren wortreichen Dank ansetzen wollte, unterbrach ihn Tillia: »Mein lieber Junge, dafür ist es zu früh. Die Sache ist noch nicht abgeschlossen. Der oder die Mörder laufen immer noch frei herum und sinnen auf fürchterliche Rache. Immerhin ging es um zehn Millionen! Aber ich freue mich für dich, für die Pferde und die Factio Prasina. Und nun muss ich ins Bett. Morgen ist auch noch ein Tag. Gute Nacht allerseits!«

XXX

Perdikkas bestand darauf, dass Pankrates und Theodoros in Tillias Wohnung übernachteten. Solange die Hintermänner nicht gefasst und hinter Schloss und Riegel seien, befände Tillia sich in größter Gefahr. Sie erklärte sich einverstanden, bat aber darum, dass auch Athenodoros einen Personenschutz bekäme, da er nicht weniger gefährdet sei als sie. Das übernahmen Hormus und Dumnorix. Es wurde verabredet, dass sich alle Beteiligten morgen früh bei ihr zum Frühstück versammeln sollten. Der Abschied vor ihrem Haus war kurz.

Melitta und Avita waren noch wach, als sie ihre Wohnung betrat. Das fand sie rührend. Das Angebot der Frauen, ihr noch eine kleine Abendmahlzeit zu reichen, lehnte sie gähnend ab; sie sei viel zu müde und müsse sofort ins Bett. Aber wahrscheinlich hätten die Jungs noch Hunger.

Die beiden nickten und folgten Avita in die Küche.

Tillia wandte sich an Melitta und fragte streng: »Wo ist Chrysostomos?«

»Schon im Bett, Herrin.« Melitta zog dabei missbilligend die Mundwinkel nach unten, woraus Tillia schloss, dass er sich im *Siebengestirn* wieder einmal hatte voll laufen lassen. Sie nahm sich vor, ihm an einem der nächsten Tage, wenn der ganze Fall abgeschlossen war, gewaltig ins Gewissen zu reden. Welchen Eindruck musste es auf Avita machen, wenn er fast jeden Abend betrunken nach Hause kam!

»Weck mich morgen früh zur zweiten Stunde.«

»Sehr wohl, Herrin.« Sie knickste.

Tillia torkelte geradezu ins Schlafzimmer, schloss die Tür und lehnte sich dagegen, denn der Raum drehte sich vor ihren Augen. Am liebsten hätte sie sich angekleidet ins Bett gelegt. Immer wieder seufzte sie, während sie sich auszog. Als sie dann lag, fiel sie augenblicklich in einen Tiefschlaf, der immer wieder von absurden Träumen unterbrochen wurde. Einmal steuerte sie eine Quadriga im Circus, die von vier schwarzen Hunden gezogen wurde; doch die Hunde waren so groß wie Pferde und verschlangen nach und nach alle anderen Gespanne samt Wagenlenkern und den Tieren, die sie zogen. Sie wachte dann schweißgebadet auf, schlief aber nach wenigen Augenblicken wieder ein – bis zum nächsten Traum.

Als sie etwa zu Beginn der ersten Stunde erwachte, hatte sie Kopfschmerzen und fühlte sich wie zerschlagen. Sie hörte, wie Primosus seinen quietschenden Schuhständer nach draußen brachte. »Eine Zumutung!«, schimpfte sie, stand auf, ging zu den beiden Fenstern, zog die Vorhänge zurück und öffnete die Fenster. Sie war so recht in der Stimmung den Schuhmacher scharf zurechtzuweisen, doch er war schon in seinem Laden verschwunden. Tief atmete sie die frische, noch kühle Morgenluft ein. Auf der Straße setzte allmählich der morgendliche Verkehr ein. Einer der Sklaven von Fabius kehrte den Bürgersteig unter der Kolonnade vor dem *Siebengestirn*. Als er Tillia am Fenster bemerkte, machte er eine Verbeugung. Sie erwiderte den Gruß freundlich.

Es klopfte an der Tür. Melitta trat ein, fand ihre Herrin schon auf, knickste und fragte sie nach ihren Wünschen.

»Ein gutes Frühstück, Mädchen! Mit Eiern, Wurst, Käse, Schinken, frischen Semmeln – na du weißt schon. Ich habe nämlich großen Hunger! Sind die Jungs schon auf?«

»Ja. Sie holen die Semmeln.«

»Wie bitte?«

»Ich konnte es ihnen nicht ausreden, Herrin.«

»Schon gut, Mädchen.« Pankrates und Theodoros wussten, dass gleich sechs hungrige Männer am Tisch sitzen würden, und wollten für alle Fälle vorsorgen.

»Sie wollen sogar in der Küche essen!« Melitta legte stets großen Wert auf die Einhaltung von Konventionen.

»Ja, warum denn nicht? Da ist es doch am gemütlichsten. Und nun hilf mir beim Waschen und Ankleiden!«

»Sehr wohl, Herrin.« Sie knickste.

Als Tillia eine halbe Stunde später die Küche betrat, ging es dort sehr eng zu. Theodoros, Pankrates, Hormus, Dumnorix, Geta und Athenodoros führten gerade einen lebhaften Disput über die Vor- und Nachteile bestimmter Holzschienen zur Ruhigstellung der Gliedmaßen bei Knochenbrüchen. Das Gespräch verstummte auf der Stelle. Die fünf aus dem Ludus betrachteten sie mit großen Augen, denn sie hatte sich prächtig herausgeputzt: Über der weißen Stola trug sie eine hellgrüne Palla; an den Ohren baumelten zierliche, zarte Goldgehänge, das Gesicht war leicht gepudert, die Wimpern schwarz getuscht und die Lider mit etwas Blau belegt. Außerdem duftete sie nach Rosenwasser.

Theodoros, ganz hingerissen von ihrer Erscheinung, wandte sich an die Übrigen: »Herhören! Wer der Herrin zu nahe tritt, kommt mit mir!«

Geta schüttelte entrüstet den Kopf und verbesserte: »Bekommt es mit mir zu tun!«

»Wieso mit dir? Sagte: mit mir. Und er wird es suchen! Na also.«

Geta enthielt sich eines weiteren Tadels, denn Tillia lächelte Theodoros zu und ermunterte ihn und die anderen doch endlich Platz zu nehmen und sich den Köstlichkeiten zuzuwenden, die die Frauen aufgetischt hatten. Bevor Melitta Athenodoros etwas aufs Brettchen legte, zeigte sie ihm ihren Respekt, indem sie knickste. Athenodoros hob wohlwollend die Hand, was Melitta veranlasste erneut in die Knie zu gehen. Da alle sehr hungrig waren, mussten die Frauen mehrmals Brot, Schinken, Wurst und Käse nachlegen.

Sie waren mit dem Frühstück gerade fertig, als Chrysostomos ohne anzuklopfen hereinkam und im Türrahmen stehen blieb. Wie immer bewegte er sich langsam, doch an diesem Morgen machte es ihm noch mehr Mühe als sonst, das, was er sagen wollte, in eine verständliche Form zu bringen. Er sah sehr blass aus, die Augen waren rot angeschwollen und verquollen. Alle starrten ihn leicht betreten an. Die Situation war Tillia peinlich.

»Und? Was gibt es?«, fragte sie streng.

Chrysostomos bewegte mehrmals lautlos die Lippen, ehe er nuschelnd hervorbrachte: »Da is' einer!«

»Wer?«

»Der … der Mann.«

»Was für ein Mann?«

»Der schon 'n paarmal da war.«

»Was soll das heißen? Kannst du dich nicht klarer ausdrücken?« Tillia war heute Morgen nicht gewillt Nachsicht mit dem Trunkenbold zu üben.

»Sehr wohl.«

»Na, was denn?«

»Du solls' mit ihm komm'n.«

»Wohin?«

»In den Palas'.«

»Aha!« Also handelte es sich um den kaiserlichen Herold. »Führ ihn ins Tablinum. Sei freundlich zu ihm!«

»Sehr wohl.«

»Sag ihm, ich komme gleich.« Und zu Melitta: »Biete ihm etwas an. Er wird es zwar ablehnen, aber es gehört sich so.«

Chrysostomos schlurfte davon. Melitta folgte ihm und schloss die Tür.

»Scheint aber heute Morgen nicht ganz auf'm Damm zu sein, der liebe Chrysostomos!« Theodoros feixte fröhlich, während die andern die unangenehme Situation zu überspielen suchten.

Athenodoros schaute Tillia an. »Das bedeutet also, dass der Palast aktiv wird, nicht wahr.«

»Abwarten«, erwiderte Tillia nüchtern und zwinkerte. Sie erhob sich und ging ins Tablinum. Der Herold stand am Fenster und blickte auf die Straße.

»Eudoxos! Ich hoffe, es geht dir gut.«

»Danke, Herrin!« Verbeugung. »Ich darf dasselbe bei dir voraussetzen?«

»Durchaus, ja. Also, wer schickt dich?«

»Die Herrin Caenis.«

»Sagte sie, worum es sich handelt?«

»Nein, Herrin. Die Herrin Caenis bittet dich, wenn deine Zeit es dir erlauben sollte, in den Palast zu kommen. Die Sänfte steht bereit.«

»Danke. Wenn du noch einen Augenblick warten würdest.«

»Zu Diensten, Herrin!«

Tillia ging zurück in die Küche, schaute in die Runde und erklärte: »Caenis möchte mit mir sprechen. Entweder hat sie neue Erkenntnisse über die Hintermänner – oder sie möchte wissen, wie weit wir mit unseren Ermittlungen gekommen sind. Ich werde wohl zwei Stunden weg sein. Theodoros und Pankrates werden mich begleiten.« Die beiden nickten. »Hormus und Dumnorix! Ihr geht mit Athenodoros. Er ist den ganzen Morgen in seiner Praxis. Ihr werdet bis zum Mittag dort bleiben.«

»Jawohl!«

»Geta!«

»Herrin?«

»Du gehst in den Ludus und informierst den Chef. Anschließend kommst du wieder hierher und wartest, bis ich zurück bin.« Sie dachte nach, zwinkerte und erklärte: »Wir wollen uns etwas auf der anderen Seite des Tiber umschauen. Stichwort: Wohnung eines gewissen Novius Niger.«

»Werde ihn lehren, dass er hört und sieht!«, brummte Theodoros und holte zu seinem rituellen Faustschlag aus – unterließ ihn aber, als er den tadelnden Blick Getas bemerkte. »Na, dann eben nicht …«

Athenodoros erhob sich und wandte sich an Tillias

Beschützer: »Hütet sie wie euren Augapfel! Und geht kein unnötiges Risiko ein!« Sie nickten ihm ernst zu.

Wenige Augenblicke später verließen alle die Wohnung.

Tillia nahm vom morgendlichen Getriebe in der Stadt nicht viel wahr, denn ihre Gedanken kreisten um die ungelösten Fragen: Es musste zwischen Novius Niger und Nigidius Maius eine Absprache geben. Dass Niger nicht selbst den Erpresserbrief verfasst hatte, leuchtete ein. Er hätte sich damit verraten, denn er musste davon ausgehen, dass Tatianus seine Handschrift erkennen würde. Aber warum ausgerechnet Nigidius Maius? Es gab zwei Erklärungen: Entweder arbeiteten die beiden zusammen oder Nigidius erpresste Novius. Aber wie? Hatte Novius etwa dunkle Flecken in seiner Biografie?

Sie versuchte eine logische Beweiskette aufzubauen: Novius Niger entwickelt den Plan die vier Hengste aus der Quadriga von Diocles zu entführen. Die Motive dafür waren nicht bekannt. Doch ging sie davon aus, dass er den Entschluss nicht Hals über Kopf gefasst, sondern sich lange, vielleicht sogar jahrelang damit beschäftigt hatte, um alle Eventualitäten einzubeziehen. Allein die Tatsache, dass er es auf die vier besten Pferden der Factio Prasina abgesehen hatte, sprach für eine minutiöse Vorbereitung, nichts war außer Acht gelassen worden, was das Unternehmen stören und vereiteln konnte. Aber die Gründe! Wollte er sich auf diesem Wege Geld, viel Geld beschaffen? Sie hatte sich selbst davon überzeugen können, dass es ihm an allen Ecken und Enden fehlte. Andererseits traute sie ihm nicht die Unverfrorenheit zu gleich zehn Millionen zu fordern. Wenn es ihm aber nicht um Geld ging, worum dann? Etwa Rache? Weil er sich zurückgesetzt fühlte? Hatte Tatianus ihr gestern und heute wirklich alles über sein Verhältnis zu Novius offen gelegt? Arbeitete er von Anfang an mit Nigidius Maius zusammen? Maius kam aus dem Umkreis des Circus, war wie Novius Niger ehemaliger Sklave, hatte mit einem kleinen Wettkontor begonnen und betrieb wahrscheinlich immer noch Geschäfte dieser Art, nun freilich im großen Stil. Doch er konnte den Bogen überspannt haben. Vielleicht saßen ihm mächtige Gläubiger im Nacken, die mit einem Prozess drohten. Er brauchte dringend Geld. Das Verkaufsangebot an Fabius sprach dafür. An Fabius! Die aufgelisteten Häuser offerierte er weit unter ihrem tatsächlichen Marktwert. *Er* hatte den Erpresserbrief geschrieben, nicht Novius. Zehn Millionen! Von Caenis hatte sie einmal beiläufig erfahren, dass sich die jährlichen Ausgaben des Staates für die römische Garnison der Praetorianer auf viereinhalb Millionen Denare beliefen, das waren achtzehn Millionen Sesterzen! Und mehr als die Hälfte forderte Nigidius Maius! Er musste größenwahnsinnig sein!

Schließlich Silius, der schwer verletzt im Krankenzimmer von Athenodoros lag und nach wie vor um sein Leben zitterte. Silius hätte leicht das Gift beschaffen können, mit dem Commius umgebracht worden war. Aber warum ausgerechnet er? Und warum sollte er beseitigt werden?

Caenis empfing sie wie immer in ihrem privaten Arbeitszimmer, in dem der Webstuhl ihrer ehemaligen Herrin Antonia stand. Tillia spürte sofort, dass etwas nicht stimmte. Caenis strahlte nicht die gewohnte Ruhe aus. Sie bat Tillia Platz zu nehmen und setzte sich ebenfalls an den zierlichen Rundtisch beim Fenster.

»Du hast Großartiges geleistet, liebe Freundin«, begann sie. »Dabei muss ich dir gestehen, dass ich die Hoffnung bereits aufgegeben hatte die Pferde noch vor dem Rennen befreit zu sehen.«

Tillia hatte mit einer ähnlichen Eröffnung gerechnet und meinte bescheiden: »Nun, es war eigentlich eine höchst gewagte Aktion ins Blaue hinein. Es hätte ganz anders ausgehen können. Wir haben eben Glück gehabt.«

»Aber Tillia, du untertreibst! Immerhin hast du den Scharfsinn unseres Asinius Gallus in den Schatten gestellt.«

»Weißt du's von ihm?«

»Nein, von Titus.«

»Ach!«

»Ja. Aber er hat's wohl von Asinius. Doch nun erzähle! Ich will alles ganz genau wissen.«

Tillia berichtete, ohne sich in Einzelheiten zu verlieren. Als sie am Ende auf die Flucht von Novius Niger zu sprechen kam, meinte Caenis: »Das ist ein sehr wichtiger Punkt, der … nun, ich will es einmal so sagen: Du hast damit jemandem eine schwere Last von der Seele genommen.«

Tillia zwinkerte lebhaft, sah Caenis erstaunt an und fragte: »Bitte, wie darf ich das verstehen?«

»Domitia Longina …«

»Doch nicht die Gattin Domitians?«

»So ist es.«

»Ja, aber – was hat sie damit zu schaffen?«

»Sie? Überhaupt nichts, Domitian ebenfalls nicht. Aber das weiß Domitia erst, seit du den Täter überführt hast.«

Tillia dachte scharf nach. Dann verstand sie, worauf Caenis anspielte. Caenis' Worte bestätigten ihre Vermutung: »Wir wissen beide, dass zwischen Domitian und seinem älteren Bruder gewisse Spannungen bestehen. Immer wieder kursieren Gerüchte, dass er bei jeder sich bietenden Gelegenheit Titus Schwierigkeiten bereite. Wir haben unlängst schon einmal darüber gesprochen.« Tillia nickte bestätigend. »Nun hast du ja vor gar nicht langer Zeit im Zusammenhang mit dem Mord im Pompeiustheater zweifelsfrei nachgewiesen, dass dabei Domitian seine Hände im bösen Spiel hatte, und darum …«

»Ich verstehe«, rief Tillia. »Domitia Longina befürchtete, dass Domitian auch diesmal im Hintergrund die Fäden gezogen haben könnte.«

»So ist es. Doch das ist ja nun aus der Welt. Sie ist sehr erleichtert. Ich denke, dass sie in Kürze an dich herantreten wird, um dir persönlich ihren Dank auszusprechen.«

»Gute Göttin!« Tillia schüttelte verwundert den Kopf. »Ist es denn wirklich so schlimm zwischen den beiden?« Sie meinte das gespannte Verhältnis zwischen den ungleichen Brüdern.

Caenis nickte nur und Tillia sah ihr an, wie sehr sie selbst darunter litt, denn nach dem frühen Tod seiner Mutter hatte sie gerade Domitian wie einen eigenen Sohn in ihr Herz geschlossen.

Caenis wechselte das Thema: »Ich muss dich da noch auf eine andere Sache hinweisen, die auf dich zukommen wird.«

Tillia erschrak, denn sie rechnete mit einer weiteren Katastrophe. Doch dazu passte nicht die plötzliche Heiterkeit von Caenis, die, als sie fortfuhr, sogar schmunzelte. »Es ist nämlich so ... Nach Lage der Dinge kommst nur du als Empfängerin der Belohnung in Frage, die der Kaiser demjenigen ausgesetzt hat, der die Pferde vor dem Rennen zurückbringt. Dass es eine Frau sein würde, konnte er natürlich nicht ahnen.«

»Nein!« Tillia lehnte sich zurück und griff nach ihrem Herzen. Mit einigem hatte sie gerechnet, nicht damit.

»Doch, doch. Ich gehe davon aus, dass man dir, wenn nicht das Geld, so doch eine entsprechende Verleihungsurkunde übermorgen vor dem Rennen im Circus Maximus überreichen wird. Das Geld ist natürlich steuerfrei und du kannst damit machen, was du willst.«

Tillia brauchte eine Weile, um diese Mitteilung zu verkraften. Gute Göttin! Sie hatte das Geld nicht nötig. Auf keinen Fall würde sie es für private Zwecke benutzen. Und schon begann sie Überlegungen darüber anzustellen, was sie damit anfangen sollte. Sie sah die armseligen Gestalten vor sich, die im Argiletum herumstrichen und jeden Passanten um eine milde Gabe anbettelten ... Sie könnte es auch in einer Stiftung anlegen, in einem Fonds zur Förderung von verarmten Künstlern, Autoren, Schauspielern, Gladiatoren oder Wagenlenkern oder auch ... Das alles musste gründlich überlegt werden.

»Gut«, sagte sie, »ich werde darüber nachdenken, wie ich es am besten anlege. Aber noch ist die Sache nicht zu Ende gebracht! Novius Niger läuft noch frei herum! Er ist hartnäckig und wird nun zu anderen Mitteln greifen, um sich doch noch in irgendeiner Weise schadlos zu halten.«

»Denkst du an etwas Bestimmtes?«

»Nein. Aber ich bin mir sicher, dass er …«

»Ich bitte dich, Tillia, sei vorsichtig!«

»Natürlich. Aber ich werde nicht eher Ruhe geben, bis ich ihn dingfest gemacht habe. Und natürlich Nigidius Maius! *Er*, nicht Novius, hat den Erpresserbrief geschrieben. Du solltest Asinius Gallus ausrichten Nigidius nicht aus den Augen zu lassen und ihn Tag und Nacht zu überwachen.«

»Das wird schwer fallen. Er ist untergetaucht.«

»Woher weißt du das?«

»Von Asinius. Er war vor einer Stunde hier. Seine Leute haben die Spur von Nigidius verloren. In seinem Haus hieß es, er sei in den Süden verreist.«

»Sehr interessant.« Tillia blickte grübelnd vor sich hin. Schließlich nickte sie und sagte: »Das war zu erwarten. Sie stecken jetzt irgendwo die Köpfe zusammen und brüten einen neuen Anschlag aus. Aber lass mich nur machen. Ich habe da eine Idee …«

Caenis, die wusste, dass die Freundin sich weiterhin bedeckt halten würde, drang nicht weiter in sie. Sie stand auf und erklärte ernst: »Du weißt, ich bin jederzeit für dich erreichbar.«

»Wo?«

»Hier. Ich bin den ganzen Tag im Palast. Mein Kämmerer weiß, wo ich zu finden bin.«

»Gut zu wissen.«

Sie trennten sich.

XXXI

Eine halbe Stunde später eilten Tillia, Geta, Pankrates und Theodoros durch das Getriebe des Argiletums in Richtung Stadtmitte. Theodoros schritt voraus und hatte keine Hemmungen sich und den anderen mithilfe der Ellbogen Platz zu schaffen. Ein älterer Bürger blieb entrüstet stehen und schimpfte über das rüpelhafte Verhalten. Doch das ließ den Hünen kalt. »Weitergehen, Mann!«, brummte er. »Hier findet durchaus keine Volksversammlung statt! Na also …«

Der kürzeste Weg zum Pons Aemilius führte über das Forum, den Vicus Iugarius und das Forum Boarium. Beim Tempel des Portunus erreichten sie die Rampe der Brücke. Ein ununterbrochener Strom Bauernwagen und Karren verließ die Stadt, von der anderen Seite drängten Reisende zu Fuß oder zu Pferd, Lastenträger, Sänften, Bettler und Bewohner von Transtiberim über die Fahrbahn, sodass der Verkehrsfluss immer wieder ins Stocken geriet.

Am anderen Ende der Brücke winkte Tillia ihre Begleiter zur Seite, blickte in die Runde und erklärte: »Theodoros! Du hast vorgestern gesagt, der Bursche, der dir unter den Gaffern vor dem Tor der Factio Prasina aufgefallen ist und den du dann verfolgt hast, sei da drüben in die Straße eingebogen.« Sie wies hinüber zur Via Portuensis, die von der Via Aurelia nach Süden abzweigte.

»So ist es, Herrin.«

»Gut. Nun kann ich mir aber kaum denken, dass Novius Niger in der Gegend wohnt. Dort gibt es nur Speicher und die alten Wassermühlen am Fluss! Es ist laut und dreckig!«

»Ganz meiner Meinung, Herrin, aber ...«

»Ja?«

»Er ist dort hineingegangen. Und dann war er wie vom Erdbeben verschwunden.«

Geta enthielt sich diesmal eines Kommentars, blickte aber mit einem Seufzer zum Himmel. Tillia zwinkerte, hielt einen Finger an die Lippen und dachte laut nach: »Novius wohnt dort also nicht ... Aber es könnte sich um den Ort handeln, an dem er sich mit seinen Leuten trifft ... Das müsste herauszufinden sein ... Kommt!«

Sie zwängten sich zwischen den Wagen und Passanten hindurch auf die andere Seite und folgten langsam der Via Portuensis. Zu beiden Seiten der Straße reihte sich Speicher an Speicher. Die Gebäude machten zum Teil einen heruntergekommenen Eindruck. Dann folgten Wohnhäuser, auch sie alt und baufällig. Rechts und links zweigten Gassen ab, eng, schmuddelig, düster; es stank nach Unrat, Fäulnis und Urin, denn in der Nähe des Tiber lagen die großen Walkereien, in denen Urin zum Entfetten der Wollgewebe verwandt wurde. Obwohl die Gebäude im gleißenden Mittagslicht lagen, blieb der grau verwaschene Moder an ihnen haften. Auch hier waren zahllose Menschen unterwegs, die ihren Geschäften nachgingen, durchweg Angehörige der untersten Schichten, wie man an ihrer Kleidung erkannte.

Tillia blieb stehen und ließ sich von Theodoros genau beschreiben, an welcher Stelle er den Fremden aus den Augen verloren hatte. Sie blickte aufmerksam in die angegebene Richtung – und sah eine bekannte Gestalt: Die Alte überquerte, einen Sack auf dem Rücken, die Straße. Unverkennbar ihr Gang, flink und zugleich hölzern, wenn sie das steife Bein mit einem Ruck nachzog. Kein Zweifel! Das war Lamia!

Tillia machte ihre Begleiter leise auf die Frau aufmerksam. Möglichst unauffällig folgten sie ihr. Plötzlich bog sie nach rechts in die nächste Gasse ein. So schnell es ihre angeschlagenen Hüften erlaubten, eilte Tillia los, Theodoros preschte vor, erreichte die Abzweigung, hielt an, blickte um die Ecke und spähte mit höchster Konzentration in die Gasse. Als die andern ihn erreichten, meldete er: »Sie ist da vorne links verschwunden. Scheint unbedingt der Eingang zum Hades zu sein.«

»Das schauen wir uns an!«

Links neben dem großen hölzernen Doppeltor befand sich ein gesonderter Eingang im Gemäuer. Die Tür war morsch und unten angefault. Theodoros betätigte vorsichtig den Griff und öffnete sie. Sie betraten einen großen Hof und blickten sich um. An den Seiten rostiges Eisengerümpel, die Ruine eines Reisewagens, defekte Fässer, verrottete Kisten, zerbrochene Amphoren, Bauschutt und zertrümmerte Dachziegel. Links eine hölzerne Außentreppe, die in die oberen Stockwerke des Wohnhauses führte, auch sie ramponiert und morsch, die zweite Stufe angebrochen, im Geländer fehlten Sprossen. Neben der Treppe die Tür zum Erdgeschoss. Auf der rechten Seite des Hofes die fensterlose Rückwand des nächsten Hauses. Von Sockel und Wand bröckelte der Putz, die Ziegel waren von Algen und Flechten überwuchert. Es roch nach Fäulnis und Moder. Voraus, dem Eingang gegenüber, erkannte man ein zweistöckiges Gebäude mit mehreren großen Türen. Eine Werkstatt oder …

Ein Stall!, schoss es Tillia durch den Kopf. Hier haben sie die Pferde untergestellt und sie dann später auf das Gut von Novius gebracht. Sie hatte das Gefühl, als ob sie aus einem der dunklen, vergitterten Fenster beobachtet würde. Wenn es die Alte war, würde sie sich jetzt nicht blicken lassen. Während Tillia noch überlegte, ob sie links zur Tür und in das Haus eintreten sollte, rief jemand in dem stallartigen Gebäude: »Nichts wie weg!« Dann wurde eine Tür mit großer Gewalt zugeschlagen. Noch bevor Tillia reagieren konnte, schoss Theodoros schon mit mehreren großen Sätzen über den Hof auf die Stalltür zu und rüttelte am Griff. Sie war von innen verriegelt.

Pankrates handelte schnell. Er ging zu einem Haufen Gerümpel, kramte darin, fand eine Eisenstange, eilte damit zu der Tür und setzte die Stange hinter dem morschen Rahmen als Hebel an. Das Holz gab sofort nach, splitterte, die Nieten lösten sich, wurden nach innen gezogen und der Riegel fiel auf der anderen Seite scheppernd zu Boden. Pankrates riss die Tür auf und trat ein, die anderen folgten. Im Halbdunkel erkannten sie sechs leere Boxen für Pferde oder Maultiere. Kein Mensch war im Raum. Eine Ratte huschte in eine Ecke und verschwand hinter einem Stapel Säcke.

Rechts stand eine Tür offen. Dahinter befand sich ein Gang, der zur Rückseite des Gebäudes führte. Die Tür an seinem Ende war nur angelehnt. Sie traten hinaus, auf eine schmale, dunkle Gasse, die links zur Via Portuensis, rechts zum Fluss führte, und eilten in diese Richtung. Nach fünfzig Schritt erreichten sie eine hölzerne Anlegestelle. Flussabwärts, auf der anderen Seite des Tibers, legte gerade ein Boot am Kai des Emporiums an und drei Gestalten gingen an Land, zwei Männer und eine Frau.

»Lamia!«, murmelte Tillia. »Aber wer sind die beiden Männer?«

Theodoros schlug sich mit der Faust in die Hand und fluchte: »*Malum!* – Mist! Einer von den Knaben ist dieser Gorilla aus dem Nachlass von Nigidius Maius, Herrin! Nun sucht er es! Werde aber dafür sorgen, dass er hört und sieht!«

»Später, mein Junge, später!«

»Na, dann eben nicht ...«

»Doch, doch. Nun haben wir wenigstens Gewissheit, wer die Pferde hier untergestellt hat. Kommt! Wir schauen uns mal genauer um!«

Die Untersuchung des Stalls brachte keine neuen Erkenntnisse. Wohl aber die Inspizierung der Räume im linken Hauptgebäude. Die drei Entflohenen hatten keine Zeit mehr gehabt belastende Unterlagen zu beseitigen. In einer Art Kontor stand eine altersschwache Truhe. Sie war verschlossen, doch machte es Pankrates keine Mühe, sie mithilfe seines Dolches, den er wie ein Stemmeisen benutzte, zu öffnen. Sie enthielt nur einige lose Papyrusblätter. Pankrates holte sie heraus und legte sie auf die leere Platte des Arbeitstisches. Tillia nahm auf dem Stuhl Platz und schaute sie durch. Bis auf zwei trugen alle Blätter die gleiche Schrift wie auf dem Erpresserbrief – die von Nigidius Maius.

»Ha!«, rief Tillia und nahm das oberste Blatt. »Hört euch das an: ›Sie sind uns hart auf den Fersen. Aus dem gemeinsamen Abendessen wird nichts. Wir dürfen nicht zusammen gesehen werden.‹« Sie las auch die zweite Notiz vor: »›Geh der Domina aus dem Wege! Sie ist verdammt gefährlich. Außerdem sind dauernd diese Wachhunde um sie herum.‹«

Theodoros reckte sich, strahlte und tönte: »Sehr gut! Soll sie noch kennen lernen, die Wachhunde, nicht wahr, Pankrates?«

»So ist es. Besonders diesen großen, dicken!« Er grinste.

»Wie? Sag das noch mal!«

»Gern. Besonders den großen, dicken!«

»Herhören! Wenn du Streit haben willst, kannst du haben!« Theodoros maß Pankrates mit grimmigem Blick und begann wie ein Boxer mit erhobenen Fäusten in Angriffshaltung zu tänzeln.

»Es reicht!«, beschwichtigte Tillia, während Geta den Kopf schüttelte und entrüstet gen Himmel blickte.

»Na, dann eben nicht …« Es folgte ein gewaltiger Faustschlag durch die Luft, verbunden mit einem kämpferischen Urlaut.

Tillia seufzte, nahm das dritte Blatt und las vor: »›Es bleibt bei dem, was wir besprochen haben. Noch ist nichts verloren. Kopf hoch! Und dann nehmen wir uns diesen Silius vor. Er muss gequatscht haben.‹«

Die restlichen Blätter enthielten geschäftliche Notizen über den Kauf von Futtergetreide, Zaumzeug, Riemen und dergleichen Dinge, die man zur Versorgung von Pferden brauchte.

»Na, das ist doch was!« Tillia blickte triumphierend in die Runde und alle nickten beifällig. »Also, los!«

Als sie eine halbe Stunde später in der Wohnung von Athenodoros eintrafen, war dieser noch nicht von seinen Patientenbesuchen zurück. Tillia begab sich sofort ins Krankenzimmer und nahm am Bett von Silius Platz. Sie zeigte ihm die dritte Mitteilung und begann: »Bei den Göttern, Silius! Wenn du noch etwas dazu zu sagen hast, dann tu es jetzt! Du musst mehr gesehen haben, als du mir erzählt hast. Vor allem nehme ich nach der Lektüre dieser Botschaft an, dass du einen der Burschen erkannt hast, als sie mit den Pferden den Hof der Factio verließen.« Silius schaute angestrengt zur Decke. »Ist es so?«

Er wandte den Kopf: »Ja.«

»Und wer war es?«

»Einer von Nigidius' Leuten.«

»Dieser athletische Typ?«

»Ja.«

»Wie heißt er?«

»Apis.«

»Welch treffender Name! Stammt auch er wie der göttliche Stier der Ägypter aus Memphis?«

»Nein, aber er ist tatsächlich Ägypter.« Silius sah sie ängstlich an. »Erlaubst du, dass ich hier bleibe, bis …?«

»Natürlich. Das ist ja mit Athenodoros abgesprochen. Hier bist du am sichersten aufgehoben. Allerdings …« Sie betrachtete ihn kritisch. »Ich bin überzeugt, Silius, dass du mit der Sache etwas zu tun hast.«

Er schwieg und ließ sich mit einem Seufzer zurücksinken. Seine Augenlider zitterten.

Wieder in ihrer Wohnung, setzte Tillia zwei Schreiben auf, eines an Caenis, eines an Asinius Gallus, beide gleichen Inhalts: Sie, Tillia habe nun eindeutige Beweise dafür, dass Nigidius Maius mit Novius Niger zusammengearbeitet habe; beide seien flüchtig; es sei damit zu rechnen, dass sie einen weiteren Anschlag planten. Silius bleibe bis zum Abschluss des Falles in der Wohnung von Athenodoros. Er schweige beharrlich, woraus sie schließe, dass er von Novius Niger und Nigidius Maius unter Druck gesetzt werde.

Pankrates und Geta machten sich mit den Botschaften auf den Weg. Tillia selbst ging, begleitet von Theodoros, noch einmal in die Factio Prasina, um Tatianus persönlich über den Stand der Dinge zu unterrichten.

XXXII

Tatianus war wie verwandelt; er machte einen gelösten Eindruck und strahlte, als er Tillia begrüßte und ihr noch einmal seinen Dank aussprach.

»Auch mir ist ein großer Stein vom Herzen gefallen«, sagte Tillia. »Geminator, Silvanus, Saxo und Nitidus sind in Sicherheit und werden morgen an den Start gehen. Aber die Sache muss noch zu Ende gebracht werden. Darum habe ich noch ein paar Fragen an dich.«

»Frage nur, Tillia!« Er lehnte sich entspannt zurück.

»Tatianus ...« Sie sah ihn ernst an. »Wir sind uns wohl beide einig, dass an den Verbrechen mindestens ein weiterer Angehöriger der Factio beteiligt gewesen sein muss ...«

»Ja, das ist wohl leider so.«

»Gut. Dann haben wir drei Leute zur Auswahl: Silius, Laches und Cornelius Sabinus.«

Tatianus erhob zunächst keinen Einspruch, sondern nickte bedächtig vor sich hin. Schließlich wandte er ein: »Gegen die Mittäterschaft von Sabinus spricht, dass er, wenn ich den Argumenten von Athenodoros folge, zu dem Zeitpunkt, als Commius das Gift eingeflößt wurde, nicht mehr im Gebäude war. Und Silius kommt ohnehin nicht in Frage, da er in der Obhut von Athenodoros ist ...«

»Bleibt also Laches«, stellte Tillia fest.

»Laches, ja. Nur ... äh ... In mir sträubt sich etwas dagegen, ausgerechnet Laches einer solch niederträchtigen, heimtückischen Tat für fähig zu halten. Ich …«

»Verzeih, Tatianus!«, fiel ihm Tillia ins Wort. »Bis gestern hättest du auch Novius Niger nicht in den Kreis der möglichen Täter einbezogen. Aber lassen wir das. Mich interessiert im Augenblick weniger dein Sekretär Laches als Silius. Und dabei spielt seine Abwesenheit zum Zeitpunkt von Commius' Vergiftung keine Rolle. Es geht mir um dunkle Flecken in seiner Vergangenheit. Konkret: Gab es in den vergangenen Wochen und Monaten irgendwelche störenden Vorfälle im laufenden Betrieb, die Silius zu verantworten hatte?«

Tatianus dachte nach. »Nein, überhaupt nicht«, sagte er dann. »Er ging gewissenhaft seiner Arbeit als Veterinär nach.«

»Nicht das Geringste?«

Er schüttelte den Kopf. »Nein.«

»Und Laches?«

»Es gab und gibt nicht den geringsten Grund zur Klage.«

»Aha. Und sonst jemand?«

»Nicht dass ich wüsste.«

»Na gut.« Sie stand auf. Auch Tatianus erhob sich und fragte: »Kommst du morgen zum Rennen?«

»Selbstverständlich! Und zwar in die Carceres. Ich möchte mir den Start aus der Nähe ansehen. Im Übrigen …«

»Ja?«

»Ich bin überzeugt, dass Novius und Nigidius für morgen etwas geplant haben.«

»Bei den Göttern, Tillia! Hast du dafür Anhaltspunkte?«

»Nun ja. Es steht zu befürchten, dass die Bande noch einen Racheakt verübt. Ich rechne zurzeit mit allem. Darum solltest du dafür Sorge tragen, dass weder die Pferde noch die Lenker und Wagen auch nur einen Augenblick ohne Schutz sind. Ich werde mit den Männern aus dem Ludus Magnus zur Stelle sein. Außerdem werde ich Asinius Gallus informieren und ihn bitten seine Leute bereitzuhalten. Auch die Ställe solltest du bis morgen scharf bewachen lassen.«

»Das ist schon in die Wege geleitet. Die Wachen am Tor sind verstärkt worden.«

»Hoffentlich von den richtigen Leuten. Und halte Laches im Auge. Wir dürfen jetzt kein Risiko eingehen.«

»Natürlich nicht.«

Sie trennten sich.

Wieder in ihrer Wohnung angekommen, setzte Tillia ein paar Zeilen für Asinius Gallus auf, worin sie ihn bat morgen drei Hundertschaften Prätorianer oder mehr bei den Carceres und auf den Rängen des Circus zu verteilen sowie sämtliche Publikumseingänge mit Posten zu besetzen. Da Geta und Pankrates jeden Augenblick von ihren Botengängen zurück sein würden, schickte sie Theodoros mit dem Schreiben los. Anschließend legte sie sich ins Bett und schlief auf der Stelle ein.

Zum ersten Mal seit drei Tagen konnte sie frei über den verbleibenden Nachmittag und Abend verfügen. Sie schickte Melitta mit der Abhandlung über die Quellen des Nils zum Clivus Scauri ins Haus ihres Vaters. Sie solle Balbinus mitteilen, dass sie, Tillia, ihn morgen nach dem Rennen aufsuchen werde. Im Augenblick sei sie wegen verschiedener unaufschiebbarer Dinge verhindert zu kommen. Ab morgen werde sie mehr Zeit haben und könne sich wieder mehr um ihn kümmern. »Nimm ihm noch ein Stück von dem gallischen Schinken mit! Von dem luftgetrockneten! Er isst ihn so gerne.«

Bei Sonnenuntergang erschien Athenodoros. Zusammen mit Geta, Pankrates und Theodoros, die von ihren Botengängen zurück waren, gingen sie ins *Siebengestirn* essen. Das Gespräch kreiste immer wieder um einen möglichen Anschlag der Bande im Circus. Sie spielten die verschiedensten Möglichkeiten durch und kamen doch zu keinem schlüssigen Ergebnis. Alle waren nach den Aufregungen dieses und der vergangenen Tage sehr müde. Man legte sich zeitig schlafen.

Der Tag des Rennens brach an. Ein blauer Himmel spannte sich über Rom. Dennoch spürte Tillia, dass das Wetter im Laufe des Tages umschlagen würde. Wenn sie sich so matt fühlte und zudem noch Kopfschmerzen hatte, dann kündigte sich gewöhnlich Regen an. Sie trat zum geöffneten Fenster des Schlafzimmers und beugte sich vor. Weit im Westen lagen hauchdünne Wolkenfäden über dem Horizont. Am Nachmittag oder Abend würde es regnen. Keine guten Aussichten für das Rennen. »Schade«, murmelte sie. »Aber Diocles wird das nicht weiter stören. Seine Pferde noch weniger. Im letzten Jahr hat er das Rennen mitten in einem Wolkenbruch gewonnen, während die Pferde der Roten vor Blitz und Donner scheuten und aus der Bahn kamen. Warten wir's ab …«

Theodoros schäkerte in der Küche mit Melitta, die seine Späße mit ungewohnt gelöstem Lachen quittierte. Tillia fiel auf, dass Theodoros sich Avita gegenüber eine gewisse Zurückhaltung auferlegte. Offenbar hatte ihm Melitta mit bedeutungsvoller Miene mitgeteilt, Avita sei die Tochter eines Fürsten.

Obwohl sie kaum Appetit hatte, widmete Tillia sich in Ruhe dem Frühstück. Das Rennen begann in etwa zwei Stunden. Sie hatte mit Athenodoros abgemacht, dass er sie abholte. Er musste jeden Augenblick da sein.

»Wo ist Chrysostomos?«, fragte sie Melitta.

»Er zieht sich um.«

»Gut. Hoffentlich hat er sich rasiert!«

»Das hat er, Herrin.« Melitta nickte energisch, woraus Tillia schloss, dass sie ihm diesbezüglich die Leviten gelesen hatte.

»Weißt du, ob Avita mitgeht?«

»Oh ja! Ich habe ihr klargemacht, dass es besser ist, wenn sie mit uns in den Circus kommt. Was soll sie denn allein hier in der Wohnung? Das arme Kind! Doch, ich glaube, sie geht wirklich mit.«

»Das ist gut. Dann kommt sie auf andere Gedanken.« Es war Tillia nicht entgangen, dass Melitta sich etwas vom teuren

Augengrün ihrer Herrin auf die Lider getupft hatte. Doch enthielt sie sich jeden Tadels.

Athenodoros erschien und begrüßte alle mit einem kurzen Kopfnicken. Melitta knickste und ließ einen zweiten Knicks folgen, als Athenodoros huldvoll die Rechte hob. Er wollte sofort aufbrechen. »Ich halte es unter den gegebenen Umständen für angemessen, nicht wahr, dass wir früh genug da sind. Bist du bereit?«

»Aber ja.«

Alle brachen auf.

Der 3. Mai war der Höhepunkt der Ludi Florales. Bis auf die Bäckereien, die Gemüse- und Fleischmärkte hatten alle Geschäfte geschlossen, und auch diese würden in Kürze die Gitter vorlegen. Obwohl es noch etwa zwei Stunden bis zum Beginn des Rennens waren, strebten die Bürger zu tausenden aus den verschiedenen Vierteln der Stadt zum Circus Maximus: die Angehörigen der Unterschichten in dichten Massen, um noch einen guten Platz in der Nähe von Start und Ziel zu ergattern; Senatoren und Ritter mit ihren Angehörigen, um sich den feierlichen Einzug der Pompa Circensis mit den acht Quadrigen und das Erscheinen des kaiserlichen Clans nicht entgehen zu lassen. Davon würden Tillia, Athenodoros und ihre Beschützer nichts mitbekommen, da sie das Rennen vom Startgebäude aus verfolgten. Bei einem der Treppenaufgänge in der Nähe der Carceres trennten sich Melitta, Avita und Chrysostomos von Tillia und ihren Begleitern.

An sämtlichen Eingängen hatte Asinius Gallus seine Prätorianer postiert, alle in voller Montur, mit Schwert und Dolch bewaffnet. Das rief zwar Erinnerungen an die Zeiten der Despotie unter Nero wach, doch die Besucher kannten oder ahnten den Grund für diese Vorsichtsmaßnahme und lobten die Weitsicht der Verantwortlichen. Jeder, der eintrat, wurde von den Bewaffneten kritisch gemustert. Man hatte ihnen offenbar genaue Personenbeschreibungen von Nigidius Maius, Novius Niger und Apis gegeben. Hier wird keiner von ihnen durchkommen, dachte Tillia, doch zugleich schoss ihr durch den Kopf, dass sie vielleicht schon drinnen waren. Ihre Unruhe wuchs wieder.

Die Posten am Hintereingang der Carceres waren instruiert Tillia und ihre Begleitung auf der Stelle einzulassen. Tillia kannte das Innere des riesigen Gebäudes in allen Einzelheiten. Jede Factio besaß hier eigene Räumlichkeiten: im Erdgeschoss Ställe, Werkstätten, Futter- und Vorratskammern; im ersten Stock Aufenthalts- und Erholungsräume für die *Agitatores*, Ärzte, Trainer und die wichtigsten Angehörigen der Renngesellschaft, im zweiten die Kontore der *Domini Factionum* und der *Conditores*.

»Wo ist Diocles?«, fragte Tillia den Sklaven, der sie eingelassen hatte.

»Bei den Pferden, Herrin.«

»Und Tatianus?«

»In seinem Kontor.«

»Dann bring uns zu ihm!«

Der Aufstieg über die steilen Treppen war für Tillia mühsam, immer wieder musste sie Pausen einlegen, um zu Atem zu kommen. So erreichten sie das oberste Stockwerk. Quer zur Rennbahn verlief hier ein breiter überdachter Gang, der von einer steinernen Balustrade begrenzt wurde. Sie blieben am Geländer stehen. Von dieser Höhe hatte man einen Überblick über die gesamte Rennbahn, die in der Mitte durch die Spina, das Rückgrat, getrennt wurde. Ging man ein paar Schritte nach rechts, konnte man die sich entfernenden Gespanne verfolgen, auf der linken Seite sah man, wer als Erster um die Wende schoss. Die Entfernung bis zur Wendemarke betrug fast eine halbe Meile.

»Darf ich bitten, Herrin?« Der Sklave wies zu einer offen stehenden Tür. Sie betraten einen Flur, der Sklave ging zur zweiten Tür rechts, klopfte an, öffnete und meldete die Ankunft der Besucher. Tatianus selbst erschien im Türrahmen und bat sie herein.

»Ah, die Spitzen der Garde und des Ludus Magnus sind versammelt!«, bemerkte Tillia, worauf sich Asinius Gallus und Perdikkas erhoben und leicht verbeugten. Tatianus rückte ihr und Athenodoros Stühle zurecht. Sie nahmen Platz. Theodoros blieb in Habachthaltung stehen und verschränkte die Arme vor der Brust.

Asinius gab Tillia einen knappen Bericht über die Verteilung seiner Prätorianer auf dem Gelände des Circus und schloss: »Alle Eingänge werden von meinen Leuten streng kontrolliert. Niemand kommt unbemerkt rein oder raus.«

»Sehr gut!« Tillia nickte ihm zu. »Dennoch habe ich ein ungutes Gefühl, Asinius. Falls sie tatsächlich heute noch einen Anschlag verüben wollen, werden sie vorgesorgt haben.«

»Wie meinst du das, Tillia?«, fragte Perdikkas auf Griechisch. Auch die anderen sprachen von nun an Perdikkas zuliebe griechisch.

Tillia betrachtete ihren Siegelring, drehte ihn mehrmals, zwinkerte und erklärte: »Wenn ich in ihrer Lage wäre, dann hätte ich mir heute Nacht Einlass verschafft.«

»Aber, Tillia!«, rief Perdikkas. »Wie willst du das machen? Alle Türen und Tore sind mit starken Schlössern gesichert!«

»Ganz einfach, mein Freund: mit den passenden Schlüsseln.« Sie wandte sich an Tatianus: »Ich gehe doch wohl recht in der Annahme, dass Novius Niger als oberster *Conditor* über die entsprechenden Schlüssel verfügt, um sich jederzeit Eintritt in die Carceres zu verschaffen?«

Tatianus öffnete perplex den Mund, schlug sich mit der flachen Hand auf die Stirn und stammelte: »Gute Götter! Daran habe ich nicht gedacht.«

»Schade. Hat Novius diese Schlüssel?«

»Ja, natürlich.«

»Er könnte sich also zu jeder Zeit Zutritt zum Startgebäude verschaffen?«

»Ja.«

»Auch zu den Werkstätten und Ställen der Factio im Erdgeschoss?«

»Ja.«

»Zu diesem und den benachbarten Räumen ebenfalls?«

»Ja. Sein Arbeitszimmer liegt gleich nebenan.«

»Hast du es untersuchen lassen?«

»Selbstverständlich.«

»Mit welchem Ergebnis?«

»Keinem. Es fanden sich nicht die geringsten Hinweise auf das Verbrechen.«

»Natürlich nicht …« Tillia lächelte kühl und überlegte, während die Männer sie nicht aus den Augen ließen. »Tatianus«, fuhr sie fort, »besitzt du einen Plan der gesamten Anlage?«

»Nein. Er befindet sich bei der kaiserlichen Baubehörde.«

»Schade. Aber du weißt, ob es zwischen den Carceres und den Tribünen unterirdisch einen Verbindungsgang gibt?«

»Das muss sich feststellen lassen. Das werde ich sofort …«

Es klopfte, Laches trat ein, verbeugte sich, entschuldigte sich wegen der Störung und reichte seinem Herrn eine Rolle.

»Was ist das?«, fragte Tatianus ungehalten.

»Ich weiß es nicht, Herr. Es wurde für dich abgegeben.«

»Wo?«

»Bei den Posten.«

»Von wem?«

»Man sagte mir, von einem gewöhnlichen bezahlten Boten.«

»Ist der Mann noch da?«

»Nein.«

»Danke! Du kannst gehen.«

Laches zog sich zurück. Tatianus entfernte das Band, öffnete die Rolle und las. Dann rief er: »Ha! Hört euch das an.« Er begann vorzulesen: »›Wir kommen dir entgegen und bestehen auf Zahlung von drei Millionen in Gold, verteilt in drei Säcken. Du erklärst dein Einverständnis, indem du unmittelbar vor Beginn des Rennens von der Balustrade der Carceres aus mit einem weißen Tuch winkst. Wir werden es sehen. Du wirst das Geld nach Beginn der zweiten Runde zum Pons Aemilius bringen und von der Brücke beim ersten Pfeiler in ein Boot werfen. Wir wissen, dass du über die Summe verfügen kannst. Jeder deiner Schritte wird beobachtet. Solltest du dich weigern oder versuchen uns zu betrügen, wird es auf der Rennbahn zu einer Katastrophe kommen. Man wird dich dafür zur Rechenschaft ziehen.‹«

Tatianus ließ das Blatt kreisen. Tillia warf einen Blick auf die Schrift und stellte fest: »Ganz klar die Schrift von Nigidius Maius! Diesmal ohne Klecks.«

Sie reichte das Blatt Asinius, der nickte und ernst erklärte: »Deine Vermutung war also richtig, Tillia. Sie sind, wohl schon seit der Nacht, im Circus. Allerdings sitzen sie nun auch in der Falle, denn heraus kommen sie nicht mehr.«

»Abwarten!« Tillia dachte nach. »Ich traue ihnen nun jede denkbare Finte zu. Aber die entscheidende Frage lautet: Sollen, nein, dürfen wir auf diese Forderung überhaupt eingehen? Tatianus! Das ist deine Entscheidung.«

Tatianus nickte ernst und sagte leise: »Sie sind genau unterrichtet. Die Gelder, die ich jederzeit für den laufenden Betrieb zur Verfügung habe, belaufen sich etwa auf die von ihnen genannte Summe. Bis zum Beginn des Rennens haben wir nur noch eine knappe halbe Stunde. Die Quadrigen sind schon in den Carceres. Der Kaiser wird schon an seinem Platz sein. Das Geld in Säcke zu packen ist zwar eine Kleinigkeit, aber wir werden das in der uns verbleibenden Zeit nicht schaffen, denn ich müsste mich selbst in die Factio begeben und auf schnellstem Wege zurückkehren. Außerdem: Dürfen wir überhaupt auf ihre Forderung eingehen? Und was ist, wenn wir es nicht tun?« Er blickte fragend in die Runde.

Perdikkas meldete sich zu Wort, und was er sagte, entsprach seinem draufgängerischen Charakter: »Ich würde das Risiko eingehen und ihre überzogenen Forderungen einfach ignorieren. Immerhin hat Asinius die ganze Dritte Kohorte seiner Prätorianer auf dem Gelände, das sind eintausend Mann! Was die Kerle auch immer vorhaben – sie werden in irgendeiner Weise aktiv werden und sich durch ihr Verhalten verraten. Dann haben wir sie. Geben wir aber das Zeichen mit dem

Tuch, haben wir zwar Ruhe auf der Bahn – aber wir haben *sie* nicht! Bei der nächsten Gelegenheit werden sie erneut zuschlagen. Beim Herkules! Wo kommen wir denn hin, wenn wir solch aberwitzigen Erpressungen nachgeben? Wir haben die Pferde doch! Und die Toten können wir nicht wieder lebendig machen, indem wir nachgeben. Gerade ihnen sind wir es schuldig, die Täter zur Strecke zu bringen. Ich bin überzeugt, auch der Kaiser selbst würde so entscheiden.«

Tatianus wiegte bedenklich den Kopf: »Grundsätzlich bin ich deiner Meinung, Perdikkas. Aber die letzte Entscheidung darüber haben nicht wir zu fällen, sondern Diocles.«

»Das ist richtig«, sagte Tillia. »Aber da ist noch etwas. Sie schreiben: *Jeder deiner Schritte wird beobachtet.* Wer aber kann dich jederzeit unauffällig beschatten. Doch nur jemand, der ohnehin immer in deiner Nähe ist: Laches! Ich gehe sogar noch weiter: Wahrscheinlich war die Geschichte mit dem Boten eine Lüge. Er ist wahrscheinlich schon seit gestern im Besitz des Papiers. – Tatianus! Hat Laches gestern die Factio verlassen?«

»Ja, gegen Mittag.«

»Da hast du's! Er kann sich mit ihnen getroffen haben. Man sollte die Posten unten fragen, ob wirklich ein Bote bei ihnen diese Rolle abgegeben hat.«

»Gut«, sagte Tatianus und erhob sich. »Gehen wir nach unten.«

Die Posten bestätigten, dass ein berufsmäßiger Bote eine Rolle abgegeben habe. Herkunft und Name des Mannes und seines Auftraggebers seien nicht bekannt, man habe auch keinen Anlass gesehen danach zu fragen. Tillia gab Tatianus zu bedenken: Es könne sich dabei um eine Absicherung handeln, Laches hätte das Schreiben schon seit gestern besitzen können. Sie gab Tatianus den Rat seinen Sekretär von nun an nicht mehr aus den Augen zu lassen.

Diocles hatte sich in seinen Ruheraum begeben – und schlief. Zum Erstaunen seiner Freunde und Bewunderer tat er das immer vor einem Rennen. Doch er war auf der Stelle hellwach, als Tillia, Athenodoros, Tatianus, Perdikkas, Asinius Gallus und Theodoros eintraten. Tatianus setzte sich auf die Kante der Liege, teilte Diocles den Stand der Dinge mit und fragte: »Was wirst du unter diesen Umständen tun?«

Ohne Zögern kam die Antwort: »Starten!«

Tatianus wechselte mit den Übrigen einen Blick und fuhr fort: »Du bist dir dessen bewusst, dass es während des Rennens zu einem Zwischenfall kommen kann?«

»Ja. Aber das wird mich nicht abhalten. Das bin ich den Toten schuldig, besonders Commius.«

»Ich verstehe.« Tatianus legte ihm die Hand auf die Schulter. »Du hast noch eine halbe Stunde Zeit. Versuch dich zu entspannen. Wer ist bei deinen Pferden?«

»Die Jungs aus dem Ludus.«

»Das ist gut. Du solltest noch mit deinem Bruder reden.«

»Nicht nötig. Er denkt genau wie ich.«

»Bist du sicher?«

»Vollkommen.«

Tatianus erhob sich und ging mit den anderen nach draußen. Pankrates, Dumnorix, Hormus und Geta befanden sich im zurückliegenden Teil der Halle bei den Pferden. Tillia wandte sich an Theodoros: »Hör zu, mein Junge. Du lässt von nun an diesen Laches nicht mehr aus den Augen. Du heftest dich geradezu an seine Fersen!«

»Jawohl!«, trompetete Theodoros. »Werde heften, dass es eine Freude! Werde ihn lehren, dass er hört und sieht!«

»Aber bitte erst später, nach dem Rennen!«

»Jawohl!« Er schlug sich mit der Faust auf den Brustkorb, dass es in den Gewölben der Halle dröhnte, und machte sich auf die Suche nach seinem Schützling.

Tillia ging mit den Männern wieder nach oben. Sie traten an die Balustrade und blickten über die riesige Anlage des Circus. Die Tribünen waren fast bis auf den letzten Platz besetzt. Tillia schätzte die Zahl der Zuschauer auf zweihunderttausend. Also saß jeder fünfte Bürger der Stadt im Circus. Der festliche Einzug der Quadrigen war längst beendet. Nun richtete sich das Interesse des Publikums mit unverhohlener Neugier auf die kaiserliche Familie. Auch Tillia blickte nach links zur kaiserlichen Loge. Vespasian saß erhöht unter einem blauen, mit Sternen besetzten Baldachin, zu seiner Rechten Titus, links Domitian mit seiner Gattin Domitia Longina, Caenis etwas abseits in der Reihe darunter. Noch schien die Sonne, doch als Tillia nach rechts blickte, fand sie ihre Ahnung bestätigt. Im Südwesten zogen bereits die ersten dunklen Wolken auf.

»Verzeihung, Herrin!«

Tillia fuhr herum. Der kaiserliche Herold Eudoxos verbeugte sich vor ihr und meldete: »Ich habe Auftrag die Herrin in die kaiserliche Loge zu bringen.«

»Muss das sein?«, fragte Tillia und holte tief Luft.

»Befehl des Kaisers!«

Sie seufzte noch einmal. Athenodoros sagte: »Geh nur. Die Dinge, nicht wahr, sie nehmen jetzt ohne uns ihren Lauf.«

Sie nickte und verließ zusammen mit Eudoxos die Carceres.

Caenis erwartete sie am seitlichen Zugang der Loge. Sie war guter Dinge und teilte mit: »Der Kaiser selbst wird die Auszeichnung vornehmen. Daran erkennst du die Bedeutung, die er der Sache beimisst.«

»Heilige Juno! Wie sehen denn meine Haare aus?« Sie fuhr mit der Hand darüber.

»Gut.«

»Die Palla! Sitzt sie?«

»Hervorragend. Komm!«

»Und das Puder? Ist es verwischt?« Sie zwinkerte lebhaft.

»Nein, alles ist bestens. Nun komm, Tillia!«

Der Herold begleitete beide Damen zur Mitte der Loge, drei Stufen unterhalb des Throns. Dann stieg er zum Kaiser hinauf, beugte sich zu ihm herab und meldete leise die Ankunft der Herrin. Titus blickte freundlich lächelnd auf Tillia und nickte ihr ermunternd zu. Sein Bruder Domitian schaute in eine andere Richtung. Das Publikum verfolgte mit Interesse, was sich da in der Loge ankündigte. Jene, die in den letzten Tagen den Eingang der Factio Prasina belagert hatten, erkannten Tillia wieder und stellten erneut Mutmaßungen über die unbekannte Herrin in den besten Jahren an.

»Komm zu mir, Tillia Capriola! Sonst muss ich so laut reden.« Vespasian räusperte sich und winkte sie mit freundlicher Geste zu sich.

Sie nahm die erste, die zweite, die dritte Stufe und ging vor dem Kaiser in die Knie.

»Gut, gut, das genügt für die Leute, Tillia. Steh auf. Ich rede nicht gern mit Knierutschern.«

Sie erhob sich mühsam, wobei ihr der Herold half, und sah dem Kaiser ins Gesicht. Wieder fiel ihr die frappierende Ähnlichkeit mit seinem ältesten Sohn auf: die kurze Partie zwischen Nase und Mund, der mächtige breite Schädel, der kurze Hals. Dazu die Lachfältchen rechts und links der Augen. Er sah aus, als ob er im nächsten Moment einen Witz machen wolle. Nicht umsonst war der Kaiser für seinen Humor in ganz Rom bekannt.

Er studierte aufmerksam ihr Gesicht, und was er sah, schien ihm zu gefallen. »Ich wünschte mir«, fuhr er fort, »einige meiner Generäle hätten bisweilen deinen Schneid, deinen Verstand und deine Hartnäckigkeit, Tillia! Man hat mich in den vergangenen Tagen über alle Vorgänge auf dem Laufenden gehalten. Großartig! Einfach großartig! Du hast die Sterne der Rennbahn zurückgegeben, hast die Ehre der Factio Prasina wiederhergestellt – und somit auch die des Kaisers! Denn die Grünen waren und sind immer die Kaiserlichen!« Er lachte breit, doch plötzlich wurde er ernst, beugte sich vor und sprach leiser: »Das hat doch auch viel Geld gekostet – oder?«

Tillia entging nicht, wie Domitian für den Bruchteil eines Augenblicks gen Himmel blickte, während Titus schmunzelte. Sie erklärte mit fester Stimme: »Imperator! Das ist wirklich nicht der Rede wert.«

»Sag das nicht, Tillia, sag das nicht! Man muss seine Sesterzen immer hübsch zusammenhalten. Von nichts kommt nichts. Aber du wirst ja gleich in angemessener Weise entschädigt werden.« Unvermittelt fragte er: »Wie alt bist du?«

»Dreiundfünfzig, Imperator.«

»Oh, du siehst aber jünger aus.« Er lächelte, doch es wirkte wie ein Grinsen.

»Danke, Imperator.« Sie errötete.

»Du weißt, dass man dir gleich einen Gutschein über eine Million übergibt?«

»Ich habe davon gehört.«

»Das ist viel Geld! Was wirst du damit machen?«

Sie reckte sich. »Ich werde eine Stiftung gründen.«

»Eine Stiftung? Aha! Aber zu welchem Zweck?« Er war höchst interessiert, wie immer, wenn es um Geld ging.

»Ich werde mich um verarmte alte Autoren, Schauspieler und Gladiatoren kümmern.«

»Lobenswert! Das interessiert mich. Wenn du das Vorhaben in feste Formen gebracht hast, solltest du mir berichten. Caenis wird mich darüber informieren. Das interessiert mich sehr. Auch mir liegt das Schicksal dieser Menschen am Herzen. Aber nun kommt erst einmal die Auszeichnung.«

Er gab einem seiner Freigelassenen ein Zeichen. Der Mann trat nach vorne und reichte dem Kaiser eine Rolle. Vespasian öffnete sie und las selbst, dabei laut deklamierend: »Für herausragende Verdienste! Bei der Entdeckung und Rückführung der ruhmreichen Hengste Geminator, Silvanus, Saxo und Nitidus hat sich die Herrin Tillia Capriola in uneigennütziger Weise besonders hervorgetan. In Anerkennung ihres mutigen Einsatzes erhält sie aus der Privatschatulle des Kaisers eine Million Denare. Auszuzahlen bei Vorlage dieser Urkunde.«

Er reichte Tillia das Blatt. Sie wollte in die Knie gehen, doch Vespasian griff nach ihrem Arm und verhinderte das. Mit einer huldvollen Geste entließ er sie.

Als sie dann neben Caenis saß, atmete sie mehrmals tief durch. Caenis griff nach ihrer Hand, drückte sie und sagte:

»Du hast ihn sehr beeindruckt. Er hat Interesse an deiner Stiftung gezeigt. Das bedeutet, dass er das Vorhaben finanziell unterstützen wird. Wir reden noch darüber.« Sie ließ die Hand los und fragte: »Wie sieht's drüben aus?«

»Gespannt ...« Tillia schilderte in wenigen Worten die neue Lage. Caenis hörte aufmerksam zu und erklärte: »Die Entscheidung ist richtig. Der Kaiser hätte genauso gehandelt.«

»Wäre es nicht besser, ihn darüber zu informieren?«

»Ja. Das werde ich gleich tun, wenn das Rennen begonnen hat. Da! Es geht los!«

Vespasian hatte sich erhoben. Aller Augen waren abwechselnd auf ihn und auf die acht Gespanne gerichtet, die an ihren Startplätzen unter den Gewölben der Carceres in Position standen. Einige Pferde scharrten nervös im Sand. Sowohl Diocles als auch Nymphidianus hatten günstige Plätze in der Mitte. Wenn sie gut wegkamen, konnten sie sich gleich an die Spitze setzen. Tillia schaute nach oben, zur Balustrade. Von Tatianus und Asinius Gallus war nichts zu sehen. Angehörige der anderen Factiones standen rechts und links und beugten sich nun vor, um den Startvorgang aus nächster Nähe zu verfolgen.

Vespasian hielt nun ein großes weißes Seidentuch in der Hand ... es flatterte leicht im Wind ... er hob den Arm ... ließ das Tuch fallen ... der Wind trug es fort. Wie von einer Feder geschnellt sprangen die Pferde vor und gingen auf der Stelle in einen scharfen Galopp über. Gutta von den Roten peitschte auf seine Pferde ein, wild entschlossen, schon vom Start weg an der Spitze zu fahren. Es gelang ihm, doch Diocles und Nymphidianus folgten dicht hinter ihm. Aus der Entfernung war nicht zu erkennen, wer von den Zwillingen der eine oder der andere war. Aber das spielte jetzt keine Rolle.

Tillia ließ den Blick über das weite Rund der Anlage wandern. Irgendwo zwischen den hunderttausenden mussten sie sitzen. Oder hatten sie sich an verschiedenen Plätzen postiert? Hatten sie sich am Ende verkleidet und ihre Gesichter mit künstlichen Bärten verändert? Sie traute ihnen jetzt alles zu.

Beruhigend war nur, dass Asinius überall seine Prätorianer postiert hatte. Sogar auf dem flachen Dach der Halle, die hinter den obersten Sitzreihen um die gesamte Anlage lief, patrouillierten sie. Tillia ging davon aus, dass der Anschlag – falls sie ihn überhaupt noch durchzuführen wagten – in der sechsten oder siebten Runde, wenn die Spannung ihren Höhepunkt erreicht hatte, stattfinden würde. Der Effekt war dann größer.

Die Gespanne hatten die Wendesäule umrundet und näherten sich in aberwitzigem Tempo auf der Gegenfahrbahn. Ihre Reihenfolge war unverändert: Gutta führte mit seinen schwarzen Hengsten, verfolgt von den Schimmeln der Zwillinge. Tillia wusste von früheren Rennen, dass Diocles seine Pferde nie zu Beginn eines Rennens überanstrengte. Er ließ Gutta gewähren, der haarscharf die Wende bei Start und Ziel nahm. Sand spritzte auf. Sie hörte das Schnauben der Pferde, die Zurufe der Wagenlenker.

Die Anhänger der verschiedenen Parteien begannen ihre Lieblinge anzufeuern. Immer wieder skandierten sie: »Di-oc-les! … Di-oc-les!« Die Anhänger der Roten hielten mit »Gut-ta vor! … Gut-ta vor!« dagegen. Auf der Spina wurde der nächste Delphin gekippt, sein hochgestellter Schwanz zeigte den Beginn der zweiten Runde an.

Das Bild war unverändert: Gutta führte, dicht hinter ihm Diocles und Nymphidianus, eine halbe Wagenlänge zurück Didymos von den Weißen und Scorpianus von den Blauen, die übrigen drei Quadrigen waren schon etwas zurückgefallen. Tillia wusste, dass diese Reihenfolge sich jederzeit ändern konnte: Ein zu eng genommener Bogen bei der Wende, das Ausbrechen eines außen laufenden *Funalis,* der, wie sein Pendant innen, nicht im Geschirr lief, sondern nur am losen Seil, konnte eine neue Situation schaffen. Die Kunst des Wagenlenkers bestand darin, den innen laufenden Hengst zu verlangsamen und gleichzeitig den rechts außen laufenden zu beschleunigen. Wehe, wenn sich bei diesem Manöver zwei Wagen mit den Achsen berührten!

Diese Reihenfolge hielt sich bis zur vierten Runde. Dann setzte Didymos nach der Wende auf der Gegenfahrbahn zu einem kraftvollen Spurt an, kam Nymphidianus näher und näher, war auf gleicher Höhe mit ihm, setzte schon zum Überholen an, doch Nymphidianus schoss vor ihm zusammen mit Diocles um die Säule. Beifall brandete auf, sowohl für Didymos wie für Nymphidianus.

In der fünften Runde ließ die Kraft von Guttas Pferden nach. Als er nach der Kehre auf der Gegenfahrbahn erschien, hatte sich sein Abstand zu Diocles verringert. Diocles nutzte seine Chance. Ein kurzer Blick zu seinem Bruder. Der verstand. Schwenkte nach außen. Beschleunigte ebenfalls. Diocles rief den Pferden etwas zu. Sie zogen mit einer Kraft an, als ob sie eben aus den Carceres kämen. Ein einzigartiges Panorama bot sich Tillia. Die drei Quadrigen bildeten in der Entfernung eine Front, die sich in seltsamen Schlangenlinien hob und senkte, wenn die Körper der Pferde sich im Sprung hoben, die Hufe raumgreifend ausholten, die Mähnen wie silberne, braune oder schwarze Wogen wippten und sich im Fahrtwind wie Fahnen streckten. Die Menge tobte. Wenn Diocles es schaffte, sich jetzt an die Spitze zu setzen, bekam das Rennen die entscheidende Wendung. Die halbe Bahn war schon durchfahren. Tillia spürte, wie sich ihr Magen zusammenzog. Sie sah, wie Schaum von den Mäulern der Pferde wegflog, sah das Weiß ihrer Augen, die pulsierenden Adern an den Schläfen, das kraftvolle Arbeiten der Brustmuskeln.

Diocles' Angriff war nicht mehr zu bremsen. Mit gewaltigen, raumgreifenden Sprüngen schoben sich seine Hengste an Guttas Schwarze heran. Nicht ein einziges Mal benutzte er die Peitsche. Ein kurzer Riss an den Riemen, ein scharfer Zuruf an seine Renner! Sie griffen aus, schossen vor, rissen den Wagen nach links, nach innen! Beschleunigten wieder. Unglaublich, woher sie diese Kraft nahmen! Er riss die Hengste noch mehr nach innen, erreichte die Säule … der linke *Funalis* parierte blendend … wurde etwas langsamer … behielt seine Position … der äußere setzte Tempo zu … Diocles stemmte sich fest mit den Beinen zwischen die Seitenwände des Wagens … lehnte sich nach links … und umrundete als Erster die Meta. Zwischen Achse und Säule war nur noch eine Handbreit Platz. Die Menge klatschte, jauchzte, schrie, außer sich, der Circus war für einen Augenblick ein einziger Körper. Nymphidianus umrundete die Wende auf gleicher Höhe wie Gutta. »Heja!«, rief er und nannte seine Pferde anspornend bei ihren Namen.

Der fünfte Delphin senkte seinen Kopf und streckte den Schwanz in die Höhe. Die fünfte Runde!

Caenis sagte leise: »Wenn sie noch etwas vorhaben, dann müssten sie es jetzt versuchen. Es sind nur noch drei Runden. Außerdem fängt es an zu regnen.«

»Gute Göttin!«, seufzte Tillia. »Ich hoffe, sie haben aufgegeben. Wie wollen sie denn hier überhaupt noch eingreifen?«

Sklaven kamen mit Schirmen. Keinen Augenblick zu früh, denn unvermittelt ging ein starker Regenschauer zusammen mit Blitz und Donner nieder. Es wurde dunkel. Tillia ließ ihren Blick über die Ränge schweifen. Alle waren nur mit dem Geschehen auf der Bahn beschäftigt und kümmerten sich nicht um das Unwetter. – Alle? Als sie nach links, zum Tribünenbogen am äußersten Ende blickte, sah sie, wie der dort auf dem Dach der Halle stehende Prätorianer sich flach auf den Boden legte und mit einem länglichen Gegenstand hantierte. Niemand achtete darauf, weder die Zuschauer rechts und links unter ihm noch die anderen Angehörigen der kaiserlichen Garde. Alle hatten nur ein Auge für das dramatische Geschehen auf der Bahn.

Diocles schoss im Osten um die Wende, etwas versetzt hinter ihm sein Bruder Nymphidianus, unmittelbar neben diesem auf der Außenbahn Gutta, der wieder aufgeholt hatte, dicht dahinter das übrige Feld. Im gleichen Augenblick bewegte sich der liegende Prätorianer. Tillia sah in der Dämmerung nur undeutlich seinen Kopf und seine Arme. Er hantierte offenbar mit dem länglichen Gegenstand und machte eine ruckartige Bewegung. Fast im gleichen Augenblick bäumte sich eins der Pferde von Gutta mitten im Lauf auf – es war der äußere *Funalis* – und stürzte zur Seite.

Die Menge schrie auf!

Caenis griff nach Tillias Hand und presste sie zusammen, ohne dass es ihr bewusst wurde. Beide Frauen schossen in die Höhe und starrten, wie alle anderen, gebannt hinüber. Guttas Gespann schlingerte, der am Boden liegende Hengst war ja noch durch das Seil mit dem Wagen verbunden und wirkte wie ein plötzlich zupackender Bremsklotz. Der Wagen kam aus der Bahn, kippte, ein Rad löste sich und sauste wie ein Geschoss durch die Luft, Gutta wurde aus seinem Fahrzeug herausgeschleudert. Mit einer blitzartigen Bewegung riss er den Dolch aus dem Gürtel und durchtrennte damit die Zügel. Die noch im Geschirr laufenden inneren Pferde stürmten weiter, zogen den gekippten Wagen und den links laufenden Hengst mit. Längst war das Seil zum gestürzten Funalis gerissen, er lag am Boden, zuckte ein paarmal und streckte plötzlich alle viere von sich. Gutta, geistesgegenwärtig den Schwung nutzend, rollte sich an den äußeren Rand der Bahn. Keinen Augenblick zu früh, denn schon preschte Didymos mit unvermindertem Tempo haarscharf an ihm vorbei, unmittelbar hinter ihm die restlichen vier Quadrigen. Scorpianus von den Blauen konnte dem liegenden Pferd nicht mehr ausweichen, steuerte auf der Innenbahn direkt darauf zu, der bewegungslose Körper wirkte wie eine Schanze: In einem gewaltigen Sprung setzten Scorpianus' Renner darüber hinweg, sein Wagen wurde in die Höhe geschleudert, Scorpianus schoss noch höher hinauf, nur von den Zügeln gehalten, landete wieder hart auf dem Boden des Wagens und stürmte weiter. Die Leute tobten.

Tillia wandte den Blick und sah, wie der Kaiser erstaunt den Kopf schüttelte. Sie schaute zu dem Dach empor, auf dem sie vor wenigen Augenblicken den liegenden Prätorianer beobachtet hatte. Der Mann hatte sich erhoben, lief zum äußeren Rand und verschwand aus dem Blickfeld. In diesem Augenblick jagten unten, direkt vor ihren Augen, Diocles und

Nymphidianus auf gleicher Höhe vorbei, sie und ihre Pferde klatschnass vom Regen, nahmen elegant die Kehre und stürmten auf der Gegenbahn weiter. Der Abstand zu Didymos und dem Rest vergrößerte sich unaufhaltsam.

Hastig bemühte sich das Personal des Circus um die Reste von Guttas Wagen, sammelte die Teile ein, brachte auch die drei herrenlosen Renner endlich zum Stehen und schaffte sie zusammen mit dem toten Pferd aus der Gefahrenzone. Es war auch höchste Zeit, denn schon stürmten Diocles und Nymphidianus wieder heran. Endlich konnten Tillia und Caenis aufatmeten: Beiden war nichts geschehen. Es ging jetzt nur noch darum, wer von ihnen sich an die Spitze setzen würde. Die letzten beiden Runden steigerten sich zu einem dramatischen Zweikampf der Zwillinge. Die Menschen tobten, schrien sich die Kehle heiß, rangen die Hände, hüpften, sprangen in die Höhe, vollführten aberwitzige Bewegungen. Alle, nicht nur die Anhänger der Grünen, waren vollkommen hingerissen.

Die Schiedsrichter hatten an der Ziellinie Aufstellung genommen und beugten sich vor, um eine klare Entscheidung über die Platzierung fällen zu können. Doch das war unmöglich, Diocles und Nymphidianus schossen unmittelbar nebeneinander über die Linie, nahmen mit Schwung die Kehre und verlangsamten erst allmählich ihr Tempo. Sie würden die ganze Bahn noch einmal umrunden – nun als Sieger. Es war das erste Mal, dass Nymphidianus zusammen mit Diocles als Sieger ein Rennen beendete.

Tillia schaute zur Balustrade der Carceres. Dort standen nur Angehörige der Blauen, Weißen und Roten; sie meinte Aulus Caecina, den *Dominus Factionis* der Roten, zu erkennen. Er unterhielt sich mit einem seiner Leute. Der Ausfall von Gutta, seinem besten *Agitator*, hatte ihn schwer getroffen. Tatianus, Asinius und Perdikkas waren nirgends zu sehen.

»Wenn du mich jetzt bitte entschuldigen würdest …« Tillia erhob sich. »Ich muss sehen, was drüben los ist.«

»Natürlich«, sagte Caenis. »Du wirst mir später berichten. Besuch mich bitte heute Nachmittag. Ich bin im Palast.«

Tillia verbeugte sich leicht, lehnte es ab, von einem Sklaven mit Schirm begleitet zu werden, und verließ die Loge.

In der Halle des Startgebäudes wurde sie von Geta erwartet. Atemlos fragte sie: »Tatianus, Asinius, Perdikkas! Wo sind sie?« Sie strich sich die Tropfen von der Stirn.

»Sie sind hinter ihnen her!«

»Wo?«

»Keine Ahnung, Herrin.«

Es blieb also nichts, als zu warten. Aulus Caecina kam von oben, sah und erkannte Tillia, ging auf sie zu und erklärte ernst: »Da ist etwas nicht mit rechten Dingen zugegangen.«

»Ganz meiner Meinung, Caecina. Tut mir Leid für Gutta und für dich. Ist Gutta verletzt?«

»Ja. Er hat sich die Hand gebrochen.«

»Den Göttern sei Dank! Es hätte schlimmer ausgehen können.«

»Wem sagst du das! Wenn du mich bitte entschuldigen würdest …«

»Natürlich.«

Er ging ins Krankenzimmer, wo Gutta vom *Medicus Factionis* der Roten behandelt wurde.

Cornelius Sabinus erschien, trat ganz nahe zu Tillia und sagte leise: »Das sieht doch sehr nach einem Attentat aus!«

»Wie kommst du denn darauf?«

»Der Mann auf dem Dach! Das war kein Prätorianer!« Er bemerkte die Nässe auf Tillias Gesicht, Haaren und Gewand und bat sie in sein Behandlungszimmer, wo er ihr ein Tuch reichte, damit sie sich abtrocknen konnte. Schließlich sagte er: »Du hast von Anfang an gewusst, dass ein solcher Schlag geplant war, nicht wahr?«

»So ist es.«

»Aber es hat den Falschen erwischt – oder?«

»Davon gehe ich aus.«

»Und … du hattest zeitweise auch mich in Verdacht …«

»Nun …« Sie zwinkerte. »Ich habe natürlich alle Angehörigen der Factio, die in leitenden Positionen tätig sind, in

Betracht gezogen. Also auch dich. Vor allem, weil du dich ausgerechnet an dem Morgen, als Commius vergiftet wurde, krank gemeldet hattest.«

»Verstehe.« Er lachte auf. »Und ich nehm's dir nicht übel, Tillia. Aber jetzt solltest du einen Schluck heißen Wein zu dir nehmen! Unverdünnt! Du frierst ja!«

Er erhitzte das Getränk auf einem kleinen Ölbrenner, reichte ihr einen gefüllten Becher und goss auch sich selbst einen Schoppen ein. Da sie immer noch fror, legte er ihr eine Decke über und hieß sie in einem Sessel Platz nehmen. Sie mussten warten.

XXXIII

Nach etwa einer Stunde erschienen endlich Tatianus, Asinius Gallus, Perdikkas, Athenodoros und die Männer aus dem Ludus magnus. Alle durchnässt und noch außer Atem. Sabinus reichte Tücher, sie trockneten sich Gesicht, Hände und Kleidung notdürftig ab. Da es nun sehr eng im Behandlungsraum wurde, bat Tatianus alle in sein großes Arbeitszimmer im zweiten Stock. Er ließ aus benachbarten Räumen Stühle holen, damit alle sitzen konnten. Was er Tillia dann berichtete, überstieg an Dramatik alles, was sie erwartet hatte.

»Habt ihr sie?«, fragte sie und sah ihn gespannt an.

»Ja, wir haben sie.« Große Erleichterung stand ihm im Gesicht.

»Alle?«

»Ja. Allerdings …«

»Gab es Komplikationen?«

»Nein, eigentlich nicht. Bis auf Laches …«

»Laches?«

»Er ist tot.«

»Ach! – Selbstmord?«

»Schlimmer …«

Er berichtete: Novius Niger, Nigidius Maius und Apis hätten sich die Kleidung von Prätorianern beschafft. Woher, das müsse noch geklärt werden. Es sei möglich, dass sie einen Angehörigen der Garde bestochen hätten. Asinius werde der

Sache nachgehen. So verkleidet hätten sie sich schon in der Nacht Eintritt in den Circus verschafft – sie besaßen ja alle wichtigen Schlüssel – und letzte Vorbereitungen für die Durchführung des Anschlags getroffen, indem sie am östlichen Ende der Halle auf dem Dach eine Strickleiter befestigten, damit Apis, der den entscheidenden Schuss abgeben sollte, schnell und sicher entkommen konnte. Ihre Verkleidung schützte sie, da jeder Passant, der zufällig vorbeikam, ihre Tätigkeit als eine Sicherheitsmaßnahme der Garde deuten musste.

»Es gelang diesem Apis tatsächlich, sich auf der Rückseite abzuseilen, doch er wurde unten von dort patrouillierenden Posten in Empfang genommen. Nigidius Maius und Novius Niger, die in der Nähe warteten, wollten fliehen, wurden aber sehr schnell von Asinius' Leuten gefasst und festgenommen.«

»Wo sind sie jetzt?«, fragte Tillia.

»Im Carcer Mamertinus.«

»Das ist gut. Aber wieso hat dieser Apis auf das Gespann von Gutta geschossen?«

»Das wird noch zu klären sein. Ich nehme an, dass er nach dem bisherigen Verlauf des Rennens damit rechnete, dass Diocles als Erster um die Wende kommen würde. Hinzu kam diese plötzliche Dunkelheit und das Unwetter. Er musste sehr schnell handeln. Dabei sind ihm wohl die Nerven durchgegangen und er schoss auf die Pferde des ersten Gespanns, dass um die Wende raste. Übrigens ...« Tatianus schaute in die Runde. »Athenodoros sagt, dass die Pfeilspitze vergiftet gewesen sein muss. Die Dosis muss enorm gewesen sein, denn das Tier war schon nach wenigen Augenblicken tot.«

»Aconitum Napellus«, bestätigte Athenodoros.

Tillia nickte. »So könnte es gewesen sein. Und Laches?«

»Laches, ja ...« Tatianus fuhr sich über die Stirn. »Als er sah, dass Apis den Falschen getroffen hatte, muss er in Panik geraten sein. Und dann ... Aber das kann dir besser Theodoros erzählen. Bitte, Theodoros!«

»Jawohl! Liebe Panik!« Der Hüne reckte sich und tönte:

»Habe den Federfuchser nicht aus den Augen! Folgte ihm nach oben an die Ba … an die Balustrade. Sah, wie er sich vor Schreck durchaus in die Sandalen pinkelte, als der Gorilla den Falschen! Dann suchte er es. Hat es aber nicht gefunden!«

»Und warum nicht?«, fragte Tillia, während Geta wie immer zu dieser theodorischen Sprachregelung entrüstet den Kopf schüttelte.

»Weil … Es war so …« Er konzentrierte sich, um den komplexen Vorgang einigermaßen verständlich in Worte zu fassen. »Es regnete!«

»Das wissen wir!«, warf Geta ein und blickte aufstöhnend zur Decke.

»Du vielleicht, aber er nicht! Lief vor mir her, dass es eine Freude! Bis zum Pons Aemilius. Viel Volk auf der Fahrbahn. Und Wagen. Der Knabe musste an einer Stelle ausweichen. Kam auf eins der hübschen Spursteinchen, die die Fahrbahnen trennen. War glitschig wie eine Speckschwarte. Wegen dem Regen. Rutschte aus. Fiel hin. Das hätte er nicht tun sollen …«

»Wieso?«, fragte Tillia.

»Weil … Fiel nämlich direkt vor die Räder einer Kutsche.«

»Wie schrecklich!«

»Jawohl! Wurde nämlich über … Also, der Wagen fuhr über … Genick gebrochen. War auf der Stelle unsterblich!«

»Wie bitte?«

»Weil … Ist nun im Hades. Sucht dort weiter!«

Alle schwiegen eine Weile betroffen, denn sie sahen die Szene vor sich. Dann wandte sich Tillia an Tatianus: »Damit steht ja wohl fest, dass es Laches war, der Commius das Gift eingegeben hat.« Tatianus nickte. »Aber«, fuhr Tillia fort, »warum ausgerechnet er? Du hast ihn mir als höchst pflichtbewussten Mann beschrieben!«

»Nun«, meinte Tatianus, »ich nehme an, dass man ihn erpresst hat. Es kann sein, dass er sich in den letzten Wochen irgendetwas hat zu Schulden kommen lassen. Novius dürfte davon Kenntnis gehabt und ihn erpresst haben.« Er seufzte.

»Doch das wird vor Gericht zu klären sein.« Er stand auf. »Wenn ihr mich jetzt bitte entschuldigen würdet ... Ich habe noch mit Aulus Caecina zu reden!«

»Natürlich.«

Alle erhoben sich. Auch Asinius Gallus hatte es plötzlich sehr eilig. »Ich muss heute noch meinen Bericht an den Caesar schreiben. Und du?« Die Frage galt Tillia.

»Davor sei Apollo! Das brauche ich nicht.«

Asinius grinste. »Verstehe. Du wirst Caenis mündlich berichten.«

»So ist es.«

Perdikkas machte den Vorschlag, dass man sich gegen Abend im *Siebengestirn* treffen könnte, es seien ja immer noch viele Fragen offen geblieben. Alle waren einverstanden. Sogar der vornehme Marcus Terentius Mollicius Tatianus, *Dominus Factionis* der Grünen, erklärte sich bereit zu kommen.

Obwohl nun keine Gefahr mehr für Leib und Leben Tillias bestand, ließ sich Theodoros nicht davon abbringen, die Herrin und »den edlen Athenodoros« ins Argiletum zu begleiten. Er sah Tillia aus seinen großen dunklen Kinderaugen an und brummte in seinem tiefen Bass: »Man kann nie wissen, Herrin! Weil ... Der Knabe geistert jetzt dauernd im Hades herum und sucht es. Womöglich findet er es! Werde ihn dann aber lehren, dass er hört und sieht!«

Dann holte er zu seinem angedeuteten Schlag aus, übersah geflissentlich den warnenden Blick Getas und ließ die Faust, begleitet von einem ungeheuer kämpferischen Urlaut, durch die Luft sausen. Es war Tatianus, der gewaltig erschrak und zusammenzuckte, als sei er getroffen worden. Die Übrigen taten so, als hätten sie nichts gesehen oder gehört.

»Na also ...«, brummte Theodoros und ging mit Pankrates, Hormus und Dumnorix nach draußen. Kopfschüttelnd folgte ihnen Geta.

Schon zehn Tage später trat auf Befehl des Kaisers ein prätorisches Gericht zusammen, um den Fall zu untersuchen, die Schuldigen zu finden und ihre Tatmotive zu klären. Unter lebhafter Anteilnahme der Bürger Roms kamen diese Fakten ans Licht:

Nigidius Maius hatte Schulden in Millionenhöhe. Mit seinen spekulativen Käufen von Grundstücken und Häusern im Zentrum der Stadt hatte er sich übernommen. Da er seit langem mit Novius Niger befreundet war und wusste, dass auch dieser finanziell am Rande des Abgrunds stand, gelang es ihm, den Verwaltungschef der Grünen auf seine Seite zu ziehen. Gemeinsam heckten sie den Plan aus das berühmteste Gespann der Grünen mit den Hengsten Geminator, Silvanus, Saxo und Nitidus zu entführen, um mit ihnen als Pfand Lösegeld in Millionenhöhe zu erpressen.

Um sich eines weiteren Helfers zu versichern, nahmen sie sich Laches vor. Novius Niger war ihm bei einer Unterschlagung von Geldern der Grünen auf die Spur gekommen. Es handelte sich zwar nur um die geringfügige Summe von dreihundertfünfundsiebzig Denaren, doch Novius drohte ihm mit einer Anzeige bei Tatianus. So brachte er ihn auch dazu, Commius das Gift einzugeben.

Die Mordanschläge auf die Stallknechte Haldavo und Commius in der Factio Prasina gingen auf das Konto von Apis, Nigidius Maius und zwei Sklaven.

Der nächtliche Überfall auf Silius wurde beschlossen und durchgeführt, weil man befürchtete, der Veterinär der Grünen habe die Mörder am Morgen des Überfalls auf dem Hof der Factio erkannt.

Silius selbst hatte mit der ganzen Sache nichts zu tun. Er verließ das Gericht als freier, unbescholtener Mann.

Unter dem Druck der Beweise und durch die Zeugenaussagen von Avita und Tillia in die Enge getrieben, musste Nigidius schließlich zugeben Dacius selbst ermordet zu haben.

Das Gift, mit dem Commius beseitigt und das Pferd während des Rennens getötet wurde, war von einer gewissen

Lamia beschafft worden, die trotz gründlichster Suche nirgendwo auffindbar war. Lamia war untergetaucht und blieb verschwunden.

Das Urteil lautete auf »Tod durch Erdrosseln«. Vespasian bestätigte es ohne Zögern. Es wurde am nächsten Tag im Carcer Mamertinus vom Henker vollstreckt.

Anhang

Rom:

Argiletum: stark frequentierte Straße im Zentrum Roms zwischen der Subura und dem Forum, die sich in den Clivus Suburanus und den Vicus Patricius teilt, gleichzeitig Bezeichnung für ein ganzes Stadtviertel.

Subura: volkreiche Niederung zwischen den Hügeln der Stadt.

Amphitheatrum Novum oder **Flavium (Kolosseum):** Baubeginn 71 n. Chr. unter Kaiser Vespasian, Einweihung im Mai 80 n. Chr. durch seinen Sohn und Nachfolger Titus. Das Kolosseum erhielt seinen Namen nicht wegen seiner Größe, sondern wegen seiner Nähe zu der Kolossalstatue des Nero. Sitzplätze (nach Schätzungen) zwischen 40.000 und 68.000.

Ludus Magnus: die größte der drei Gladiatorenkasernen beim Flavischen Amphitheater. Durch einen unterirdischen Gang mit dem Kolosseum verbunden.

Factiones: Die Ställe und Verwaltungsgebäude der Factiones (Renngesellschaften) lagen am Vicus Stablarius (»Straße der Ställe«) in der Nähe des heutigen Campo di Fiori.

Kleidung:

Tunika: Hauptunterkleid bei Frauen wie Männern. Kurzes oder langärmliges Hemd, das bei den Männern oberhalb der Knie, bei den Frauen an den Fußknöcheln endet.

Stola: knöchellanges Gewand der Frauen, eine große Tunika mit kurzen oder langen Ärmeln, mit Spangen am Oberarm und mit je einem Gürtel unterhalb der Brust und über den Hüften befestigt. Darunter wurde die Tunika intima getragen, ein leichtes Hemd, das von der Stola ganz verdeckt war.

Palla: festliches, faltenreiches Obergewand der Frauen, das mit Agraffen an den Schultern befestigt und locker über der Stola getragen wird, sodass diese an Hals, Armen und unterhalb der Knie sichtbar bleibt.

Amtsbezeichnungen:

Caesar: seit Claudius auch die Bezeichnung für den oder die kaiserlichen Prinzen.

Tribun (Tribunus militum): Stabsoffizier der Legion. Kommandeur einer Kohorte (in der Armee 600, bei den Prätorianern 1000 Mann).

Prätorianer (Cohortes praetoriae): kaiserliche Garde. Ihre Kaserne (Castra praetoria) lag außerhalb der alten Stadtmauer im Nordosten der Stadt, in der Nähe des heutigen Hauptbahnhofs von Rom.

Die Deutsche Bibliothek – CIP-Einheitsaufnahme

Stöver, Hans Dieter:
Mörderisches Rennen: ein Fall für Tillia Capriola: Roman /
Hans Dieter Stöver. –
Stuttgart; Wien; Bern: Weitbrecht, 1999
ISBN 3 522 71836 4

Umschlagillustration: Arno Löbbe, Bergkamen
Umschlagtypografie: Michael Kimmerle, Stuttgart
Satz: KCS GmbH, Buchholz/Hamburg
Schrift: ITC Giovanni
Reproduktion: Repro Brüllmann, Stuttgart
Druck und Bindung: Franz Spiegel Buch GmbH, Ulm

5 4 3 2 1*   99 00 01 02 03

ROM
im 1. Jahrhundert n. Chr.